Taiwan's modern history
of children's literature

臺灣近代
兒童文學史

邱各容——著

推薦序／
網口既寬，網眼又細

林良

（前國語日報社董事長・資深兒童文學作家）

　　過去，有關臺灣兒童文學史的論述，習慣上都從一九四五年日本戰敗、臺灣光復說起。這是因為論述者對日治時期的臺灣了解不多，資料又缺乏，所以想談也無從談起。這樣的情況，給人一種印象，就是臺灣在日治時期的兒童文學是一片空白。彌補這樣的缺憾，唯有期待熟悉臺灣社會、熟悉臺灣文學的本土研究者的努力了。

　　這一本《臺灣近代兒童文學史》，正好彌補了前面提到的缺憾。更難得的是著者恰好又是出生於臺灣，了解臺灣社會、臺灣文學的兒童文學研究者，所以格外值得珍惜。

　　本書作者邱各容先生，也是臺灣第一本《臺灣兒童文學史》的著者。他出生於新北市的九份。他是一位兒童文學研究者，一直把書寫臺灣兒童文學發展的歷史視為己任。他對史料的蒐集和整理有濃厚的興趣。二十多年來，他蒐集的史料發展成一個令人注目的臺灣兒童文學史料庫。這些史料的閱讀、研判、增補、修正，是多麼繁重的工作，但是他卻能甘之如飴，應付裕如。這個史料庫，常能對其他的研究者提供適時的幫助，節省許多自己爬梳的辛勞。

　　邱各容在兒童文學世界裡的資歷十分完整。他是作者、編者、評論者；又是童書出版公司的總經理、發行人，負責管理和行銷；在東方出版社總經理任內辦過一系列兒童文學座談會，在靜宜大學教過兒童文學。他榮獲中國文藝協會頒贈的兒童文學史料獎章，而且擔任過中華民國兒童文學學會秘書長。因為這個緣故，他撒出去的「史料蒐集網」，方面既廣，範圍很大，「網口既寬，網眼又細」，令人不能不驚嘆他蒐集史料的巨細靡遺。

　　讀一本文學史著作，所讀的有兩樣事。第一是著者的發現和見解，第二是可以作為論據的豐富史料。邱各容在研究的過程中，發現在日治時期，無論是具有「殖民者」身分的日本作家和學者，或者是「被殖民」的臺灣作家和學者，都曾經在童謠的創作、兒歌的蒐集、臺灣民間故事的整理，出現過相互支援、共同參與的盛況。他們為了兒童文學的緣故，放下了對立的意識型態，達成了一次「不可能的和諧」，為臺灣近代的兒童文學完成了奠基的工作。這是把「純真」視為「美學表現」的兒童文學才辦得到的。

　　另一個發現是在日治時期即將結束的時候，日本強力推動「皇民化」運動，禁止漢文的傳播。當時以日文從事兒童文學創作的臺灣作家已有二十二位，而以漢文從事兒童文學創作的臺灣作家，也有二十二位。可見在日治時期，臺灣的兒童文學並不是「一片空白」。

　　為了探索這三十幾位臺灣作家的姓名、筆名和他們的作品內容，邱各容長期獨處在國立臺灣圖書館六樓的「臺灣資料中心」，遍讀在日治時期刊行的、紙張已經發黃的雜誌，把他們的作品一一找出，一一登錄。這一本《臺灣近代兒童文學史》就是靠他耗去大量體力和心血換來的。

　　邱各容的著作，常附有許多他製作的年表和附錄。這些年表和附錄都很有價值，我把它視為我的「臺灣兒童文學百科事典」，是我讀書、寫作常會用到的。這本書，當然也不例外。

　　因為喜歡這本書，所以我寫了前面的幾句話，列舉它的特色和優點。現在，就讓我以這幾句話，做為我為這本書寫的一篇短序吧。

推薦序／
可貴的史蹟探討

傅林統

（退休校長・資深兒童文學作家）

　　很榮幸，在第一時間悅讀邱各容先生《臺灣近代兒童文學史》鉅著，第一個感覺是：這並非硬梆梆的論著，而是引人入勝的可讀性很高的「故事書」，不是虛擬的、想像的故事，而是「多少資料、多少證據，說多少話」的真實故事，更令人振奮的是說故事的人，又引經據典，以明確的論點解析故事。

　　對走過「日治時期」，像我這般的老人來說，那是一群文學工作者的傳記，那些「傳主」在作者生動的敘述中，一一活生生的浮現我的腦際，親切無比！

　　邱先生鑽研「日治時期的兒童文學」，是懷抱著濃烈的歷史使命感、純真的民族情懷，以及理性的思維，排除偏頗的意識型態，一步一步蒐集、研判、彙整，然後一筆一筆刻劃完成的學術論著。

　　一般人說起臺灣的兒童文學史，咸認為始於臺灣光復之後，但邱先生在早先完成臺灣第一本兒童文學史──《臺灣兒童文學史》的同時，就堅信光復前的日治時期，臺灣的兒童文學絕不是空白！

　　這樣的論點提出時，雖然也有人談論著相關的話題，但都是片段的、侷限於某一個點的，如果以這些資訊去瞭解長達半世紀的日

治時期的臺灣兒童文學，猶如以蠡測海，以管窺天，於是邱先生許下宏願，遍尋相關史料，展開了他史料探索之旅。平時就留意蒐集的他，決意長時間進出國立臺灣圖書館，也遍尋耆舊，探訪第一手口述資料，經多年搜尋、醞釀、彙編，憑著他清晰的本土史觀，宏遠的世界觀，純真的兒童文學觀，於是當時的人、事、物，都躍然紙上，精彩的「故事」果然條理井然的在祝福聲中問世了！

歷史紀錄是民族的精神足跡，是值得人們珍視的龜鑑，凡是文明國家無不重視他們的歷史，近代尤其重視表徵高度文明的兒童文學史，臺灣豈可讓自己的兒童文學史殘缺不全！

臺灣的歷史文化是多元的、多變的，容納多種文化而自成一體的，因此，史蹟的書寫、史實的詮釋，非有本土的深刻認識，就無法展現這塊土地上所有居民的真正精神和情感。

寫歷史本來就是一種很困難的鉅大工程，寫臺灣兒童文學史，其難度更高，就像連雅堂在＜臺灣通史序＞裡說的：「斷簡殘編，搜羅不易，老成凋謝，莫可諮詢，巷議街譚，事多不實。」

邱先生所處的時空，並不比連雅堂修纂史書時容易多少，然而熱情和使命，使他一步一腳印，以嚴謹的學術研究態度，站在族群的立場詮釋，兼顧理性的剖析和情意的感受，儼然成為扣人心弦的史書。

多少日治時期為臺灣兒童文學辛勤耕耘的臺灣人，多少情寄臺灣的日本文學家，認同臺灣的居臺日人，他們揚棄意識型態，突顯臺灣淳樸的精神，有的妙喻不可言，有的意在弦外之音，共同以文字的力量在殖民強權下，寫下多少令人拍案叫絕的歌謠、故事！這些可歌可泣的舊人、舊事，豈可泯滅！

邱先生認為完成《臺灣近代兒童文學史》，有其時間的壓力，

也就是「適時」的必要性，史料雖殘缺，尚可尋覓，但歷史的解釋豈可委之於他人！如果時過境遷，非本土的史觀已蔓延之後再想修史，就會有更多阻礙和難為！

　　邱先生的睿智、文才、毅力，果然完美的達成了他自己許下的願望，為努力過的先賢立傳，為臺灣兒童文學史的完整著書！這正是所有關心臺灣的人所殷切期盼的文學盛宴，值得歡呼慶賀！

自序／
微曦——臺灣近代兒童文學研究的曙光

文學與意識型態

　　日治時期在整個臺灣近代兒童文學發展史上是一個極待開發的「空白」。這段「共生的歷史」卻是臺灣近代兒童文學發展史上的關鍵期，也是以臺灣為主體的兒童文學啟蒙的初始階段。

　　過去一般總認為臺灣兒童文學是從臺灣光復後才開始的，雖然趙天儀、李雀美等都曾經發表有關光復前臺灣兒童文學的文章，也或多或少提到一些有關日治時期的文獻，但都是點到為止。筆者過去曾在〈日治時期臺灣兒童文學勾微〉一文中提到若干日治時期有關臺灣兒童文學的新文獻，在《臺灣兒童文學史》一書中提出更多文獻，證明在那段「共生的歷史」，臺日兒童文學工作者已經為臺灣近代兒童文學發展奠定了基礎，這是一段不容忽視的歷史見證；經過筆者的努力蒐集，有越來越多的文獻，更能彌補過去所謂的「空白」。

　　筆者從「意識型態」的面向探討在日本殖民政策下的共生主義所發展出來的臺灣兒童文學，其重要性不只在證明歷史雖然已經成

為過去，但它卻是一個客觀存在的事實，同時也為重新建構臺灣兒童文學的分期提供更為具體而充實的文獻資料。

　　日本殖民統治當局從初期的「懷柔政策」到後期的「高壓政策」，臺日兒童文學工作者如何在「共生的歷史」中建構臺灣近代兒童文學？臺灣新文學作家及臺灣新文學運動在臺灣近代兒童文學發展過程中的角色扮演？日本兒童文學工作者又是扮演什麼樣的角色？無論是日本居臺的兒童文學工作者或是臺灣在地的兒童文學工作者，他們所抱持的意識型態究竟為臺灣近代兒童文學的啟蒙期奠定什麼樣的基礎？這是本書所要探討的重點。

　　培利‧諾德曼（Perry Nodelman）在其《閱讀兒童文學的樂趣》一書中提到：

　　　　歷史上同一時間所書寫的文本，因作者皆有共同的意識型態情境，因此，彼此之間往往有許多共通處；同一個國家所書寫的文本也是如此。如果我們知道一些歷史事件或某種文化的特徵，就可以有趣的看出文本和書寫時間及地點的關聯。

　　上述培利‧諾德曼是就「歷史與文學」的面向探討產生文學作品的相應關係。他認為對於產生文學作品的文化或歷史有稍許了解，對於文學作品就能夠有進一步的理解。

　　同樣的道理，如果我們對於日治時期的歷史與文化有稍許了解，那我們對於日本殖民統治下的臺灣兒童文學作家與作品就會有進一步的認識與了解。

　　西元1868年日本明治維新之後，國勢日漸強大，遂有所謂「北進」與「南進」的國土伸張政策，而朝鮮及臺灣就成為其獵取的標

的。1894年的中日甲午戰爭，積弱不振又不堪一擊的清廷不敵船堅礮厲的日本而慘遭敗北，遂於第二年被迫簽訂「馬關條約」，將臺灣及湖群島割讓給日本，淪為日本的殖民地。從1895年5月起至1945年10月止，日本殖民臺灣共五十年又四個月，這段期間統稱為「日治時期」。

日本以殖民地的壓迫手段，作為「治理臺灣」的策略。在政治、經濟、社會、文化、教育等方面，採取「差別待遇」與「歧視」的態度，視臺灣人族群為其附庸的群體；同時並以美麗謊言的「一視同人」等口號，哄騙臺灣人民，無形中刺激臺灣人意識型態的建立，引發抗日思潮及抗日運動的主要原因。

當日本擠入帝國主義國家的行列，初次「領臺」，一方面因為缺乏殖民統治的經驗，在面對具有悠久傳統文化的臺灣人族群，究竟要採取何種統治措施，既迷茫又徬徨；一方面面對臺灣各地風起雲湧的抗日活動，除了以武力鎮壓以外，還建立所謂的殖民地行政體制，用以「安撫」臺灣人族群，藉以鞏固其開發臺灣的基礎，此一時期稱之為「綏撫時期」（1895.05-1919.10）。其後又歷經兒童文化活動頻繁的「同化政策時期」（1919.10-1936.09）以及高壓取締漢文雜誌的「皇民化時期」（1936.09-1945.10）。

從不同時期的名稱可以反映出不同的殖民政策。從「懷柔」到「高壓」，這樣的意識型態轉變的殖民政策，也同時反映在文學（當然也包括兒童文學在內）上面。日本殖民政府，在臺灣推行「國語教育」政策，兒童文學被視為最沒有政治煙硝味的文化統戰工具，無論是統治階層的總督府，或是半官方性質的教育會，以及居臺日人作家，還有全臺各地成立的各種兒童文學團體，經由他們的努力與用心，彩繪出日治時期臺灣兒童文學圖像。

　　為了對臺灣有更進一步的認識與了解，以便有效推行殖民政策，因此，對臺灣人族群的慣習進行全面性的調查與蒐集。在「綏撫時期」反映在兒童文學方面的計有臺灣少年社臺南支局發行的《臺灣少年》、臺北若草會刊行的《若草》。在「同化政策時期」有《臺灣童話五十篇》、《童謠傑作選集》、《蕃人童話傳說選集》。在「皇民化時期」有《七娘媽生》、《七爺八爺》、《鯨記》等。

　　雖然日治時期臺灣兒童文學及兒童文化幾乎清一色是日本人的文學世界，但是，透過日本兒童文學也讓臺灣不至於淪為世界兒童文學的邊陲；透過日本兒童文學，使臺灣兒童文學不至於和世界兒童文學脫鉤。

　　與此同時，臺灣人如臺北國語學校教諭張耀堂和臺南學甲公學校訓導莊傳沛等在《臺灣教育》雜誌也曾發表數十首童謠作品以及有關童話教育的論述性文章；臺灣公學校學童在《臺灣日日新報》「臺日兒童新聞」所發表的童謠作品等，在在說明日治時期臺灣兒童文學也有臺灣人的努力和心血在內。雖然他們作品的量無法和居臺日本作家相提並論，但不能說日治時期沒有臺灣本地作家的兒童文學作品。換句話說，處在日本殖民統治當局的殖民政策，臺灣和日本的文學工作者儘管彼此的意識型態（殖民／被殖民）不盡相同，但在「共生的歷史」的特殊情況下，卻能夠共同為臺灣近代兒童文學的啟蒙期奠定良好的基礎。也就是說，撇開政治因素之外，他們共同的志趣──為兒童寫作則是彼此一致的意識型態，就是依止在這樣的共同意識型態，使日治時期的臺灣兒童文學不致流於「一片空白」。

多重文化主義

　　朗裘布（Ron Jobe）說：「任何切入文學作品的方法或真正的多重文化主義，其主要部分都應該放在人們之間的共通性和相似性，而不是差異性。」若照朗裘布的說法，放諸於日治時期在〈共生的歷史〉中締造臺灣兒童文學的臺日兒童文學工作者，他們雖然來自不同國家民族，他們雖然身分不同，但是這樣的差異性並無礙於他們之間對兒童文學寫作的共通性和相似性。特別是在童謠創作方面，日本作家宮尾進不但是童謠作家，也是一名報刊編輯。他從當時的《臺灣日日新報》「臺日兒童新聞」所刊載的小學校的日本學童以及公學校的臺灣學童的童謠作品中選出具有藝術性的作品共三百多首編輯成書，名為《童謠傑作選集》。

　　宮尾進對《童謠傑作選集》的編選主要依據兩個原則，一是同一個人若作品很多，則選較具代表性的作品；二是同一種類主題的作品太多，則選較具藝術性的作品。他是日本人，但其所編選的《童謠傑作選集》並沒有種族的偏見，純粹是針對作品的優劣作為選取的主要依據，也就是說，他重視的是學童在「童謠創作」這點上的共通性和相似性，而非種族上的差異性。

　　此外，在日本人柴山關也編著的《合歡樹》（童謠誌）中，除了刊行成人童謠作品外，另有八位從三到五年級的臺灣學童作品在內。《合歡樹》和《童謠傑作選集》都是日本人編輯的刊物，前者是童謠誌，以刊行童謠作品為主；後者是童謠作品集。前者主要以成人作品為主；後者以學童作品為主。前者是雜誌，後者是文集。儘管有這三種的差異性，但是「童謠」卻是它們所擁有的共通

性和相似性。雖然他們因為政治因素而有殖民／被殖民的符碼，但這無礙於他們為孩子創作童謠的「初衷」。固然也因為殖民統治當局積極推廣「童謠運動」的政策驅使下，使得這些成人作家以及小（公）學校的學童紛紛投入童謠創作的行列。更因為童謠創作對學童的「國語教育」的確具有加分的作用，讓臺灣的學童能夠更迅速有效的學習日文，藉以達成「國語教育」的目的。

在「多重文化主義」的催化下，由臺灣知識份子創辦的《臺灣民報》曾經轉載過大陸作家魯迅翻譯的俄國盲人作家愛羅先珂（1890-1952）的童話作品，先後是1925年6月11日的〈魚的悲哀〉（《臺灣民報》第57號）以及同年9月6日起的〈狹的籠〉（《臺灣民報》第69-73號）。在日治時期這樣特殊的時空，臺灣人還可以閱讀到大陸作家所翻譯的，以中文呈現的俄國作家的童話作品，這在臺灣近代兒童文學發展史上的確是一件罕見的事。

愛羅先珂是一位充滿人道主義色彩的作家。〈狹的籠〉是描寫一隻老虎屢次想為人類、其他動物解開奴隸的桎梏，讓大家得享自由；然而，關在柵欄裡的綿羊、困在水缸裡的魚、囚在籠子裡的金絲雀，卻沒有一個願意回到寬廣的林野、汪洋的大海、茂密的森林，牠們都認為沒有什麼比「自由」更危險的了。至於不幸的人類，則幽禁在無形的、難以摧毀的宗教信仰和倫理節操的束縛下。牢籠是「不自由」的象徵，狹窄的牢籠更令人有透不過氣的感覺。最後，老虎黯然神傷，認定人類是卑鄙的奴隸，而動物則是可憐的人類的奴隸。

作者不斷透過老虎的行動，呼喚所有被奴役的人和動物起來掙脫枷鎖，恢復自由。但是牢籠無所不在。奴隸心態一日不滌除，永無真正自由之日。愛羅先珂這篇童話作品的旨趣就在於此。

　　另一篇〈魚的悲哀〉，是一篇感人至深的童話作品。描寫魴魚的兒子福納塔羅為了追求一個沒有冬寒、沒有飢寒貧困的「另一個世界」，結果由於人類的濫捕生物，福納塔羅不滿於「所有的昆蟲鳥獸和魚只是為了人類的需要才被創造」這樣的命運，以身殉道，希望人類不要再去觸犯其他生物。全篇故事明顯隱喻另一個問題：人類的侵略行為，對所有的生物來說，遠比大自然惡劣的環境還具有壓迫感和毀滅的危機。〈魚的悲哀〉正是悲哀這一個不公平的命運。

　　這段時間正承第一次世界大戰之後，民主自由思潮風靡於世，民族自覺觀念瀰漫全球；再加上臺灣民智大開，民族意識覺醒，日本殖民當局遂因勢利導，採取「同化政策」。在「同化政策」的因應下，魯迅的翻譯作品始得以「轉載」形式出現在《臺灣民報》，而這也是在「多元文化主義」下所產生的一段插曲。

　　《臺灣民報》是日治時期臺灣人唯一的發聲媒體，當年它之所以「轉載」魯迅翻譯的俄國童話作品，筆者認為透過〈狹的籠〉和〈魚的悲哀〉這兩篇愛羅先珂的兒童文學作品，表面上似乎只是透過中國作家介紹俄國作家的童話作品，實質上應該是透過作品傳達一種訊息，那就是希望臺灣人能夠凝聚文化抗日的民族情結，灌輸臺灣人敵愾同讎的民族意識。那種「文化抗日」的意識型態隱藏在兒童文學作品之後，這中間夾雜著臺、日、中、俄等國家地區複雜的多元文化，在臺灣近代兒童文學發展史上的確是一種別開生面的特出文化現象。

　　日人童謠作家日高紅椿在臺灣作家成立的「臺灣文藝聯盟」所創辦的《臺灣文藝》雜誌發表過他的童謠集〈馬廄〉和〈秋景〉；臺灣文學少女黃鳳姿在居臺日人作家成立的「臺灣文藝家協會」所

創辦的《文藝臺灣》發表她的散文作品〈臺灣的粽子〉等。雖然是被殖民統治，但是臺日作家透過文藝雜誌，彼此還是保持相當的互動性，就因為這種的「互動」，為日治時期臺灣兒童文學保留非常珍貴的史料及文獻，為後世的史料研究提供有利的線索及文化遺產，他們的付出和貢獻，則成了今日研究日治時期臺灣兒童文學的蛛絲馬跡。

　　但是，在另一方面，就「作者的意識型態能沒有種族歧視，但潛意識是否還是有種族歧視的意識存在？」這個面向而言，以日高紅椿和窗道雄兩人為例，他們都是童謠作家，但是在創作心態上截然不同。日高紅椿顯然保有殖民者／被殖民者的高姿態和優越感，他認為臺灣沒有具代表性的獨特色彩，導致他的作品無法表現臺灣的特色。但是窗道 雄的作品卻充滿臺灣民情風土，因為他融入了臺灣在地生活。他的平易近人，和日高紅椿的高傲態度顯然有天壤之別。

　　窗道雄視臺灣為他的「第二故鄉」，因父親工作的關係，1919年十歲的他，移居臺灣，直到他日後接到出征令前往南洋為止，他在臺灣居住時間長達二十四年之久。換句話說，臺灣是他經歷童年、青少年、就學、就業、結婚和戰爭等人生大事的舞臺。窗道雄的作品中，處處可見「萬物生而平等」、「自我認同」等意識。在「皇民化時期」的1941年，由總督府情報部出版的《輕鬆掌握青少年劇腳本集》是為了讓臺灣的孩童從小就養成「優秀的日本人性格」。窗道 雄的劇本〈兔子阿吉和烏龜阿吉〉是以幽默的方式描述龜兔第二代賽跑的狀況，其結局是在狸貓的協助下，烏龜和兔子在眾人面前和好，承認彼此從造物者那裡領受不同的身體構造，各具特色與才能。體認「自己能夠成為身為自己是一件多麼幸福的

事」，這種意識型態和總督府的態度完全南轅北轍。

　　身為統治者的族群，但在窗 道雄的作品中見不到統治者的驕傲，相反的，他堅信「萬物生而平等」的平等觀。〈兔子阿吉和烏龜阿吉〉的劇本，不啻是對當時的政府以及社會潮流的控訴和反諷。

文化的純粹性與複雜性

　　在後殖民論述中，Bhabha和Fanon兩人對於文化的形成，分別提出不同的觀點。前者一方面強調保存既有的文化形式，換句話說，是強調一種純粹與正統的文化。例如在日治時期雖然有所謂的「新舊文學之爭」，但畢竟還是中華文化的傳統。另一方面，他也指出以多元文化主義為基礎的文化多元性，強調保存個別文化，而非鼓勵文化混合。日人片崗 巖編輯的《臺灣風俗誌》、瀨戶尾寧和鈴木 質兩人合編的《蕃人童話傳說選集》兩部書，前者是有關臺灣人的風俗習慣與童謠等的蒐集整理；後者是有關原住民的神話傳說。這兩部書多少也保留了漢民族和臺灣原住民的文化，透過蒐集整理，既保留個別文化，也無文化混合的問題。

　　至於《臺灣民報》轉載中國作家魯迅譯自俄國盲人作家愛羅先珂童話作品〈狹的籠〉和〈魚的悲哀〉，我們無法證明魯迅的這兩篇童話譯作是根據俄文或是日文翻譯而成的，只知道愛羅先珂和魯迅都曾在日本待過。在以日文為主的日治時期，將俄國童話作品譯成中文在中文報紙轉載，的確展現出一種Bhabha所謂的「文化複雜性」。

　　相較於Bhabha所主張的「文化複雜性」，Fanon則傾向於推崇將「文化純粹性」作為一種在殖民地重新建構本土文化的構想，以

便喚醒被殖民者的文化意識。他也肯定本土文化與知識份子在建構
國家文學中的重要地位。日治時期處身在臺灣新文化運動中的新文
學作家,幾乎都是知識份子,不是留學日本,就是留學中國。他們
雖然身在海外,卻更關心故鄉。他們透過各種努力,成立文學社
團、創辦報刊雜誌、創作兒童文學作品(民間童話、童話、兒歌、
童謠、少年小說等),企圖喚醒同樣是被殖民者的文化意識,進而
達到「文化反日」的民族意識。

　　雖然這些新文學作家的文學作品多半是成人文學,但是作品
中不乏兒童形象的書寫。以林越峰用中文寫作的童話作品〈雷〉和
〈米〉為例,前者主要強調稻米是農民辛苦努力的結果,不是統治
者的賜與。後者旨在說明電的產生是自然現象,藉以打破迷信,而
這也是日治時期唯一以中文寫作的童話作品。

　　在日治時期臺灣的許多作家與作品,由於異族統治而凝聚出強
烈的民族意識,這是可以完全理解的。另一方面在殖民政策的共生
主義下,臺日兒童文學工作者為臺灣近代兒童文學的啟蒙共同付出
了他們的努力和心血,這也是不爭的事實。

　　日治時期前後共歷五十年又四個月,佔整個臺灣兒童文學發
展史的一半,我們豈能不重視此一時期的兒童文學發展?而「意識
型態」的呈現和臺灣近代兒童文學的發展可說是如影隨形。從初期
武官統治的「撫綏時期」,歷經中期文官統治的「同化時期」,到
末期回歸武官統治的「皇民化時期」,可從「高壓」──「懷柔」
──「高壓」的過程中,突顯殖民統治者不同的意識型態。

　　在殖民政策下推行的「國語教育」,主要目的在教育被殖民的
臺灣孩童將來成為良順的日本國民。為什麼受過日本教育的臺灣青
年會成為日後「文化抗日」的先鋒部隊,這純粹是民族意識使然。

他們的作品也是以「文化抗日」作為共同的圖騰與符碼。而「文化抗日」就是新文學作家展現意識型態的主軸。

　　意識型態可以凝聚一股向心力，無論是臺灣作家或是居臺的日人作家，他們拋開民族的仇恨，突破身分的藩籬，以兒童文學為中心，共同為日治時期的臺灣兒童文學貢獻一份心力，在十九世紀初葉，為臺灣近代兒童文學的啟蒙期揭開隆重的一頁。換句話說，「日治時期」是臺灣近代兒童文學的啟蒙期，這點是無庸置疑的。更由於日治時期臺灣兒童文的文獻資料陸續被發掘，臺灣兒童文學的建構與分期，勢必要進行重新的洗牌。更進一步，為完整的臺灣兒童文學發展史寫下歷史的新頁。

目　次

第壹章　緒論

　　中日甲午戰爭（1894-1895），結果清廷大敗，1895年4月17日，日本首相伊藤博文、清廷大學士李鴻章代表中日雙方，於日本下關簽訂《馬關條約》，根據條約，同意中國賠款庫平銀兩億兩，並割讓臺灣、澎湖給日本。同年6月17日，日本治臺第一任總督兼海軍大將樺山資紀率領文武百官於臺北巡撫衙門舊址，舉行「臺灣總督府始政典禮」，就從這一天開始，臺灣進入所謂的「日治時期」，共計歷經「明治」、「大正」、「昭和」等三位日本天皇時代。

　　從1985年6月17日到1945年8月止，半世紀的日治時期，臺灣人和日本殖民統治者共構成「共生的歷史」。

　　1907年（明治38年）臺灣總督府民政部總務局學務課發行的民間故事《むかしばなし　第一桃太郎》和1912年（大正元年）《むかしばなし　第二埔里社鏡》二書，正式揭開臺灣近代兒童文學發展的序幕。易而言之，十九世紀初葉，是臺灣近代兒童文學發展的初始。

第一節　臺灣近代兒童文學史的定義與定位

　　半世紀的日本殖民統治，在臺灣這塊土地所孕育產生的兒童文學，無論是居臺的日本作家、童謠小作家、兒童文化工作者；或是臺灣在地的新文學作家、師範學校臺籍教諭、公學校臺籍訓導、童謠小作家、文化工作者等所共同建構的臺灣兒童文學，統稱為日治時期臺灣兒童文學，又稱為臺灣近代兒童文學。

　　雖然在政治上臺灣是日本的殖民地，但在文化上依然保有中華文化的傳承。在政治上，日本藉由強勢武力，在「去中國化，再日本化」的殖民政策下，以殖民主的身分企圖「同化」臺灣人民歸屬為日本人；但在文化上卻以「鴨子划水」的迂迴方式，透過所謂的「國語教育」，「異化」臺灣人的思想，接受日本教育。

　　在日本殖民統治臺灣期間，正值日本近代兒童文學興起的時期，1891年1月，博文館刊行的《少年文學》叢書第一部——巖谷小波的《黃金船》是開啟日本近代兒童文學的扉頁。（宮川健郎，2001：05）但是，另外也有一說，應該以1910年12月，京文堂書店刊行的——小川未明的第一部童話集《赤船》（宮川健郎，2001：05）作為日本近代兒童文學的起點。不管是巖谷小波，或是小川未明，總之，日本近代兒童文學的興起是在十八世紀末葉，十九世紀初期則是毋庸致疑的。

　　柳書琴在〈他者之眼或他山之石：從近年日本的日治時期臺灣文學研究談起〉一文中，提到「共生的歷史」的概念。她語重心長的表示，倘若臺、日雙方的研究者，堅持一己歷史解釋的正當性或正確性，我們將再次對立，並且一起失去歷史。

在統治行為進行時，為遂行統治的政治與經濟目的，殖民主
必須和殖民地菁英，甚至群眾進行某種低程度（儘管很少）
的協商，或在容忍殖民地既有社會機制與文化傳統的基礎
上，進行統治政策的規劃。如果殖民統治沒有這些空隙，臺
灣的文化抗日，根本沒有誕生的可能。換言之，殖民主儘管
有絕對的優勢，卻也全然不是主動，全然沒有條件限制，全
然不會由於因應鞏固統治與經濟掠奪等需求，而被迫「異
化」的。在殖民行為衍生出來的現象中，不只有被殖民者被
「同化」而已，還包括殖民主被殖民的經驗或殖民地的文化
所「異化」的層面。（柳書琴，2001：101）

　　有關日治時期臺灣兒童文學的研究，目前只有臺灣單方面的進
行啟蒙時期的歷史尋根。希望在那段「共生的歷史」中，重新建構
臺灣兒童文學的發展進程，為臺灣近代兒童文學進行歷史的尋根。
　　筆者浸淫臺灣兒童文學史料研究工作長達二十餘年，二〇〇五
年六月出版《臺灣兒童文學史》一書，在〈前言〉中，筆者提到：

從現有的文獻資料顯示，其實，日治時期的臺灣兒童文學與
日本兒童文學、中國兒童文學皆有密切關聯性，而非過去所
認為的「空白」。……根據筆者自國立中央圖書館臺灣分
館（現更名為國立臺灣圖書館）編印的《日文臺灣資料目
錄》、《日文舊籍目錄》，以及中島利郎主編的《日據時期
臺灣文學雜誌——總目・人名索引》、游珮芸的《日治時
期臺灣的兒童文化》所顯示的臺灣兒童文化活動情形，都足
以表示臺灣兒童文學在日治時期的確存在，而且相當活躍。

資料或文獻的一再出現，在在顯示「天下無難事，只怕有心人」的實踐精神。更由於多位有心人的論文發表，使得日治時期臺灣兒童文學的研究初露曙光，進而彌補那一段的歷史空白。（邱各容，2005：ⅩⅡ）

　　筆者旨在強調日治時期臺灣兒童兒童文學文獻的一再出現，對彌補臺灣近代兒童文學那一段的歷史空白，具有相當的鼓舞作用。

　　《臺灣兒童文學史》第一章──〈四十年代（含以前）的臺灣兒童文學〉第一節到第四節，分別是：「日治時期的兒童文學與兒童文化」、「居臺日籍兒童文學作家」、「臺籍兒童文學作家」、「其他相關兒童文化」等。

　　當時由於出版在即，有些資料來不及補充；再加上出版後，筆者陸續在中島利郎主編的另一本工具書《臺灣教育第124–497號（1912～1943）總目錄‧著者索引》、以及林鍾隆《臺灣童謠傑作選集》譯作一覽表等，找到更多可以充實日治時期臺灣兒童文學的文獻，特別是臺籍作家和學童作家以日文創作的童謠作品。

　　中島利郎主編的《臺灣教育第124–497號（1912～1943）總目錄‧著者索引》以及宮尾進主編的《童謠傑作選集》，是目前所知刊載臺灣作家或學童創作童謠最多的刊物。就歷史研究的面向而言，的確是進一步了解臺灣近代兒童文學發展非常重要的窗口。前者讓筆者了解到在日治初期到二〇年代，臺灣作家與日本作家在童謠創作上所展現的童謠創作。那個年代，也是殖民主在臺灣推動童謠運動如火如荼的年代。這些日治初期的臺灣童謠作家真正是臺灣近代兒童文學的開拓者。後者讓筆者了解在二〇年代後期，臺灣學童在原創性的童謠創作的傑出表現。

　　另一方面，深受中國新文化運動影響的臺灣新文學運動，自賴和以降，諸如周定山、蔡秋桐、張我軍、朱點人、郭秋生、李獻璋、楊逵、楊松茂、楊雲萍、王詩琅、翁鬧、張文環、黃得時、林越峰、莊松林、龍瑛宗、廖漢臣、巫永福、呂赫若、吳瀛濤、黃耀麟等新文學作家；以及民俗研究者如李獻璋、江肖梅、黃連發；它如當時還是少女的黃鳳姿、陳鳳蘭等都有以漢文或日文發表的小說、童話、兒歌、童謠、民間故事、散文等文類作品。刊載這些作品的《南音》、《先發部隊》、《臺灣文藝》、《臺灣新文學》等漢文藝文雜誌，也成為了解臺灣新文學作家與臺灣近代兒童文學關係的另一重要窗口。

　　這些新文學作家透過漢文或日文作品的發表，對殖民主進行所謂的「文化抗爭」，也是對殖民主的「柔性抗爭」。換言之，臺灣新文學作家在日治時期中、後期，就民間文學的面向而言，其所發表的民間故事、民間童話、童謠，或多或少都隱含有反日、抗日的精神意涵。就小說的面向而言，何嘗不是如此。

　　雖然這些新文學作家有關兒童文學的作品或許篇數並不多，但不能說沒有。誠如已逝的臺大教授黃得時所言：「不錯，在光復前臺灣人確實過著相當痛苦的生活，但是並不是完全沒有作家，只是人數不多而已。這些作家的作品有好幾篇刊登在當時日本第一流的綜合雜誌或文學專刊。」（黃得時，1977：02）他又說：「如果說光復前，臺灣作家為數不多，是可以的，如果說【完全沒有作家】，那是不合實情的。」日治時期的臺灣文學如此，日治時期的臺灣兒童文學又何嘗不是如此。

　　日治時期的日本殖民當局，基於「內臺融合」的考量，透過「國語教育」的推行，間接將日本近代兒童文學傳輸到臺灣。他們

透過一群居臺的民俗研究者如平澤丁東、瀨戶尾寧、鈴木直、片岡
巖、以及兒童文學工作者如西岡英夫、吉川精馬、日高紅椿、宮尾
進、柴山關也、西川滿、池田敏雄、窗道雄等，或是基於職務的需
要，或是政策的考量，一方面進行臺灣民俗的調查研究，一方面推
行口演童話運動與童謠運動，正因為如此，臺灣近代兒童文學才不
至於成為世界兒童文學的邊陲。

　　日治時期的臺灣兒童文學是由臺灣作家與居臺的日本作家共
構的，這是歷史的偶然所造就的。這些臺日文學工作者在「日治時
期」這個特殊的時空為臺灣近代兒童文學留下有關童話、少年小
說、兒歌、童謠、民間故事、神話傳說、兒童劇等的作品，或創
作、或改寫、或翻譯，雖然作品的「量」和今日無法相提並論，但
是，作品的「質」是可以經得起檢驗的。像張耀堂的童話論述、莊
傳沛的童謠、莊松林的民間童話、黃鳳姿的兒童散文、張文環、巫
永福等的少年小說。

　　《臺灣教育》、《第一教育》這兩份教育雜誌更是善盡媒體的
功能，的確為臺灣近代兒童文學保留相當豐富的公共文化財。至於
《臺灣民報》、《臺灣日日新報》、《臺灣時報》等報紙，尤其是
《臺灣日日新報》「臺日兒童新聞」所刊載的小‧公學校學童的童
謠作品高達三千五百多首，更是日治時期臺灣兒童文學在童謠創作
上最好的歷史見證。

　　至於臺灣人創辦的文藝雜誌，諸如《南音》、《第一線》、
《臺灣文藝》、《臺灣新文學》、《臺灣藝術》、《緣草》、《潮
流》等都在不同年代或多或少刊載新文學作家的兒童文學作品，這
些雜誌和作家突顯出臺灣媒體與臺灣作家在臺灣近代兒童文學發展
歷程中不但沒有缺席，甚至還有相當表現。

　　整體而言，臺灣兒童文學發展逾一世紀的時間長流中，日治時期就佔了一半，筆者深深以為我們不但不能忽略，甚至還要加以發揚光大。因為這段期間的臺灣兒童文學，是由臺灣與日本在「共生的歷史」架構下所締造出來的兒童文學結晶。

　　是以，日治時期臺灣兒童文學的歷史定位是超越國族之上，超越日本「外地文學」或「殖民地文學」之上。日治時期是臺灣近代兒童文學的啟蒙期，這是對日治時期臺灣兒童文學歷史定位的最佳註解。

　　本書書寫過程中透過文獻資料的蒐集整理分析，以日文從事論述或創作的臺灣作家計有：張耀堂、江肖梅、陳湘耀、陳英聲、莊傳沛、莊月芳、陳保宗、徐富、黃玉湖、林世淙、楊逵、翁鬧、張文環、龍瑛宗、巫永福、黃連發、呂赫若、周伯陽、黃鳳姿、陳鳳蘭、陳千武、張彥勳等二十二位。

　　至於以漢文從事兒童文學創作、改寫或翻譯的臺灣作家計有：賴和、周定山、許丙丁、蔡秋桐、張我軍、蔡培火、陳君玉、謝萬安、朱點人、李獻璋、楊松茂、楊雲萍、翁鬧、王詩琅、郭秋生、黃得時、林越峰、莊松林、廖漢臣、吳瀛濤、黃耀麟、謝萬安等二十二位。

　　有鑑於二○年代公學校臺籍訓導、公學校臺灣學童，以及三○年代的新文學作家，尤其是三○年代的新文學作家更是臺灣近代兒童文學啟蒙時期的主要參與者和見證者，他們的兒童文學寫作，並未因為戰爭結束而停滯。特別是三○年代的江肖梅、楊雲萍、黃得時、洪炎秋、王詩琅、廖漢臣；四○年代的吳瀛濤、周伯陽、詹冰、陳千武、張彥勳等在戰後臺灣兒童文學發展也都具有一定的歷史定位。為求書寫的完整性，舉凡作家的生卒、戰後的兒童文學寫

作、兒童文化活動參與等事蹟，都是《臺灣近代兒童文學史》撰述的領域。

第二節　殖民主與被殖民者建構共生的歷史

我們尊重日本殖民臺灣的事實，也肯定臺日民俗研究者和兒童文學工作者共同為臺灣近代兒童文學的啟蒙所做的努力與貢獻。只是這些努力與貢獻，已經隨著時代的變遷衍變成彌足珍貴的「史料」。半世紀後的現在，基於研究需要，如何建構日治時期的臺灣兒童文學，筆者念茲在茲。國立臺灣圖書館臺灣學研究中心不僅是研究日治時期臺灣兒童文學的資料主要來源；同時也是日治時期臺灣兒童文學史料的集中點，更是研究臺灣近代兒童文學發展重要的窗口。

日治時期臺灣與中國分屬兩個不同的政治環境，但是臺灣人依然保持著民族文化的血脈，不但沒有被「同化」，甚至與居臺的日本人共同為臺灣近代兒童文學奠定良好的基礎。他們跨越民族文化的相異性，達成為兒童寫作兒童文學作品的一致性。

> 雖然一方是殖民主，一方是被殖民者；一方掌握優勢，一方迫於被動；再加上殖民主與被殖民者擁有不同的歷史，但是無論順從或反逆，兩者的歷史是共生的。日本如果沒有佔領殖民地，她的現代歷史與文化將有不同面貌；臺灣如果沒有被殖民，本土的歷史也將有不同的發展。我們從共生的歷史走來，當從審思不均衡的歷史中一起學習。（柳書琴，2001：107）

　　中國思想家梁啟超嘗言：「吾儕居常慨嘆于過去史料之散亡。當知後之視今，猶今之視昔。」（梁啟超，2003：42）過去因為普遍缺乏史識，讓珍貴的史料隨著時間的推移而湮滅。筆者以為我們更應該重視和珍惜目前所能掌握的史料，在「共生的歷史」精神下，激發大家的共同記憶，回顧共同的歷史，進一步重新形塑日治時期臺灣近代兒童文學圖像。

> 　　歷史於往事的紀錄以外，應是研究往事的學術。如果將「科學」作廣義看，法國史學家布羅（Marc Block 1886-1944）所謂「歷史是人在時間中的科學」，是為歷史所下的極正確的定義。英國史學家柯林吾（R.G.Collingwood 1889-1943）所謂「歷史是一種研究」，也代表著真理。歷史進到這種境界，對於人類才能發生偉大的作用。（杜維運，1979：22）

　　筆者肯定與贊同杜維運的見解，歷史與研究的結合，才能對人類產生偉大的作用。以日治時期而言，半世紀來，有關臺灣近代兒童文學的史料雖然不能說是浩如煙海，但絕對有很多值得重視的史料。在「共生的歷史」歲月中，對於日本兒童文學工作者對臺灣近代兒童文學所做的努力與貢獻，超越民族的仇恨，代之以感恩的心來面對；同時對本土的臺灣新文學作家在「文化抗日」的前提下，透過文學作品（包括兒童文學作品）所展現的臺灣人內心的吶喊，表示由衷的敬意。

第三節　史料是建檔勾微的礎石

　　沒有豐富的史料難有美好的史篇。歷史學方法論中所謂的「史料」，係指歷史解釋或歷史研究所據以完成的最基本材料。「史料為史之細胞，史料不具或不確，則無復史之可言；史料為何？過去人類思想行事所留的痕跡，有證據傳留至今日者也。」（梁啟超，1998：40）。

　　文學史是一種屬於文物的專史，梁啟超將它列為「文化專史」。毫無疑問的，它既是一種文學的研究，同時也是一種歷史的研究，沒有理由不重視史料的整理考證與彙編等工作。

　　從事臺灣近代兒童文學發展研究所面臨的最大問題就是文獻資料的短缺。換言之，就是史料明顯不足。幸好有日本學者中島利郎所編的《日據時期臺灣文學雜誌總目・人名索引》，以及《臺灣教育第124–497號（1912–1943）總目錄・著者索引》兩書，這兩本工具書對研究臺灣近代兒童文學助益匪淺。

　　日治時期有關臺灣近代兒童文學的資源都掌握在殖民主手中，著作出版，概以日文為主；殖民主為壓抑被殖民者的民族意識，以及抗暴精神的奮揚，尤其是出版事業，攸關被殖民者的思想，更是其所關注者。是故，日治時期有關臺灣兒童文學的出版品，幾乎清一色是日文。

　　至於漢文的兒童文學作品，散見於當時的《南音》、《第一線》、《臺灣文藝》、《臺灣新文學》等文藝雜誌。涓涓滴水，實難與掌握優勢資源的殖民主抗衡。臺灣作家的少數兒童文學作品，就「量」而言，自然無法與日本作家等量齊觀；就「質」而言，雖

然中文創作屬於微量，但卻蘊含了臺灣的「本體性」、「鄉土性」與「寫實性」。

　　臺灣近代兒童文學由於特殊的政治環境，在殖民主採取「懷柔政策」的情況下，不僅是公學校臺籍訓導，甚至是公學校的臺灣學童，他們的童謠作品都分別刊登在《臺灣教育》、《第一教育》、《臺灣日日新報》的「臺日兒童新聞」，以及《木瓜》、《鳥籠》、《合歡樹》等童謠誌。是以，本書將採日籍作家和臺籍作家雙線並行的模式論述，將相關的作家、作品以及各種兒童文化活動，客觀地呈顯出在「共生的歷史」軌跡下所建構的臺灣近代兒童文學的多元風貌，進一步確定他們在臺灣近代兒童文學發展的歷史定位。

　　由於文獻資料的一再出現，在在顯現日治時期的臺灣兒童文學，無論是兒童文學作品的出版，或是兒童文學刊物的創刊發行，以及口演童話或童謠運動等兒童文化活動的推展，都是有跡可循的。

　　在日治時期，透過日本兒童文學，擴展臺灣兒童文學視域；透過日本兒童文學，使臺灣兒童文學不致和世界兒童文學脫鉤，透過日文可以閱讀欣賞諸如：《世界童謠集》、《グリム童話集》、《世界童話集》、《西洋少男少女童話集》、《印度童話集》、《アラビヤ夜話》、《アンテルヤン童話集》等世界兒童文學作品。易而言之，在日治時期那樣特殊的時空環境，透過日文，在臺灣依舊可以閱讀世界兒童文學名著；透過日文，在臺灣依舊可以受到世界兒童文學名著的滋潤。如果不是這樣，臺灣兒童文學發展的進代化可能延後不知多少時候。

第四節　作家身分與作品的符碼

由於本書探討的時間點正值日本殖民臺灣之時，因此，所謂的作家「身分」，就包含臺灣的本土作家以及居臺的日本作家，或是從事兒童圖雜誌出版的出版人等都涵蓋在內。由於西岡英夫等積極推動內臺兒童文化的交流，多位日本名作家數度應邀來臺；此外，翻譯俄國盲人作家愛羅先珂童話作品在《臺灣民報》轉載的中國作家魯迅也在作家之列。

兒童文學作者有大人為兒童寫作的，以及兒童自己創作的兩種。無論是大人或兒童，都採取比較寬鬆的認定標準，只要有作品公開發表，經相關報章雜誌刊載，雖未有結集出版作品者，都是本書認定的作家。

除此之外，嚴格而言，日治時期漢文著作的兒童文學作品本就不多，而且泰半屬於民間文學如民間故事、童謠、兒歌之類，真正屬於兒童文學如童話作品的很少。在這種情形下，只發表一篇作品或有關童話論述的作者也都包括在內，如蔡培火、陳君玉、連溫卿、王詩琅、廖毓文、張耀堂等是。

本書所謂的「作品」，除以單行本的兒童文學作品為主，如黃鳳姿的《七娘媽生》，也包括其他的兒童雜誌或教育雜誌以及臺灣新文學作家創辦的中文藝文雜誌所刊載的單篇作品或論述性文章在內，漢文如林越峰〈米〉（童話）、廖毓文〈春天〉（童謠）、張我軍〈元旦的一場小風波〉（小說）、莊松林〈鹿角還狗舅〉（民間童話）、黃耀麟〈海水浴場〉（童謠）。日文如楊雲萍〈弟

兄〉（小說）、張耀堂〈新興兒童文學──童話の價值探究〉（童話）、莊傳沛〈ダルア〉（童謠）、巫永福〈阿煌とその父〉、〈黑龍〉、（小說）、楊逵〈鬼征伐〉、〈泥人形〉（小說）等。

　　日治時期出版的兒童文學作品就創作文類而言，大致可分為童話、童謠、童話廣播劇、繪本、兒童散文等；童話如《童話故事──貓寺》；童謠如《鳳梨花童謠集》；童話廣播劇如《鯨祭》；繪本如《桃太郎》、《臺灣繪本》；兒童散文如《七娘媽生》、《七爺八爺》、《臺灣の少女》等。

　　就編輯形式而言，有讀本，如《臺灣課外讀本》、《臺灣少年讀本》；有選集，如《番人童話傳說選集》、《童謠傑作選集》、《兒童劇選集》；有文集，如《臺灣兒童文學文集》、《臺灣文學集》；有劇本集，如《青少年劇腳本集》；有詩集，如《童詩集》等。這一部分幾乎清一色都是日本作家或編著者一手包辦。而在《童謠傑作選集》、《臺灣文學集》、《青少年劇腳本集》都有臺灣作家（成人和兒童）的作品在內。

　　以上是就以「書」的形式表現的出版品而論，接著是以「雜誌」型態呈現的出版品。日治時期跟兒童文學相關的雜誌刊行，先後計有《子供世界》、《學友》、《すゞらん》、《ババヤ》、《ねむの木》、《童心》、《兒童街》等。就翻譯作品而論，魯迅翻譯愛羅先珂、春薇翻譯托爾斯泰等俄國童話作家作品、山下太郎翻譯佛印童話、得音翻譯山本有三的小說等是。至於臺灣教育會發行的《臺灣教育》雖然不屬兒童刊物，卻刊載不少臺籍作家的兒童文學作品，特別是原創性的童謠作品。

　　臺灣文藝團體創辦的漢和文並刊的文藝雜誌計有《南音》、《先發部隊》、《第一線》、《臺灣新文學》、《臺灣文藝》等也

刊載過二十餘位臺灣新文學作家的作品，計有少年小說、童話、童謠、兒歌、民間故事、散文等。凡此種種，無論就創作、改寫、翻譯的兒童文學作品；無論是以漢文或日文創作的作品，皆屬本書所謂的作品。

臺灣兒童文學逾一世紀的發展，單就日治時期佔了將近一半，因此，有關這時期的兒童文學發展研究，具有特殊的歷史意義。過去那一段被日本殖民統治的時期，總認為臺灣兒童文學彷彿一片空白。不過，在那段「共生的歷史」歲月中，事實上，臺灣作家和所謂「渡來者」、「灣生」、「第二世」的日本作家所共構的臺灣近代兒童文學，剛好適逢日本近代兒童文學的啟蒙階段，經由西岡英夫的大力推動，童話運動在臺灣如火如荼的開展，以及日高紅椿在童謠運動的推展，日本兒童文學名家如巖谷小波、北原白秋、佐藤春夫等的先後來臺，使臺灣兒童文學及時跟上日本兒童文學近代化的腳步，當然，在臺日兒童文學交流過程中，臺灣兒童文學自然而然的受到日本文化的影響。

由於藉助日籍學者中島利郎編輯的《日據時期臺灣文學雜誌總目‧人名索引》、《《臺灣教育》第124–497號（1912–1943）總目錄‧著者索引》，以及宮尾進編纂的《童謠傑作選集》，使得有關臺灣近代兒童文學的研究曙光初露，再配以國立臺灣圖書館編印的《日文臺灣資料目錄》，更使得該時期臺灣兒童文學研究，不再是一片空白，而是輪廓越來越清晰。此時此刻，透過兒童文學史料了解臺灣近代兒童文學發展歷史，更具有實質上的研究意義。也讓筆者更加深信，史料是幫助大家瞭解歷史唯一的最佳途徑。同時也更加確信，彰顯臺灣近代兒童文學的發展軌跡，對後學者不啻提供一個有利的研究方向。

第五節　臺灣文學與臺灣兒童文學同歌同行

趙天儀在《臺灣兒童文學的出發》一書中，提到：

> 臺灣文學的版圖與臺灣兒童文學的位置，臺灣文學大約可以
> 包括臺灣原住民文學、臺灣傳統漢文學、臺灣日治時期新文
> 學、臺灣戰後現代文學、臺灣戲劇文學、臺灣兒童暨青少年
> 文學等六大領域，顯然地，在這六大領域中，都有兒童文學
> 的成分在其中萌芽茁壯。兒童文學在臺灣，從政治史來看，
> 大概可以分為日治時期臺灣兒童文學與戰後時期臺灣兒童文
> 學兩大時期。（趙天儀，2006：16-17）

從趙天儀的論述中，可以很明確的找到臺灣兒童文學在臺灣文
學版圖中的位置。換句話說，當年從事新文學運動的新文學作家，
從賴和以降，總計有周定山、蔡秋桐、張我軍、朱點人、蔡培火、
陳君玉、謝萬安、郭秋生、李獻璋、楊逵、楊松茂、楊雲萍、王詩
琅、翁鬧、張文環、林越峰、莊松林、黃得時、廖漢臣、巫永福、
呂赫若、黃耀麟等二十二位，都有兒童文學作品傳世。這些作家一
面從事臺灣文學創作，也從事臺灣兒童文學創作或者從事兒童文學
作品的編輯出版；他們一手臺灣文學，一手臺灣兒童文學，由是之
故，筆者同意趙天儀的見解，進一步認定臺灣兒童文學是臺灣文學
的一環。臺灣兒童文學應該匯入臺灣文學史中，成為臺灣文學長流
中的支流。易而言之，兒童文學應該在臺灣文學版圖中擁有適當
的位置，兒童文學與小說、詩、散文等在臺灣文學中是同源而分

流的。

　　日治時期的臺灣兒童文學與臺灣新文學，基於大多數新文學作家同時也是兒童文學作家，臺灣兒童文學與臺灣文學既平行，又交集。這是在日治時期歷史的偶然造成的特殊文學現象，這種特殊的文學現象造成另一種文學風情，那就是臺灣文學與兒童文學同歌同行。

第六節　臺灣近代兒童文學的發展歷程

　　十八世紀末正是近代世界兒童文學開始發展的時代，日本經由「明治維新」引進西方科學新知，連帶也輸入西方的兒童文學思想，受到西方兒童文學思想的啟蒙，是以十八世紀末是日本近代兒童文學的啟蒙時期；至於臺灣由於受到中日甲午戰爭的影響，淪為戰勝國日本的殖民地，日本為要早日同化臺灣人，透過國語（日文）教育在臺灣的廣為推行，進而帶動「口演童話運動」以及「童謠運動」的推展。

　　至於臺灣人則在日本殖民政策「共生主義」下與日本人建構具有共同記憶的「共生的歷史」。當然，打從日治初期就共同參與近代臺灣兒童文學的發展。就如《むかしばなし　第一桃太郎》和《むかしばなし　第二埔里社鏡》兩位編者之一的白陳發，他是臺北人，1904年（明治三十四年）畢業於臺灣總督府國語學校語學部國語科，是他與杉山文悟共同編輯這兩本民間故事的。

　　日治時期的臺灣兒童文學，筆者以為可以「二〇年代」作為分水嶺，二〇年代以前採單線發展，主要在配合殖民政策的推行，也就是臺灣舊習調查。而居臺日本人像宇井生、西岡英夫、平澤丁

東、片岡巖等,他們著重在臺灣童謠、風俗習慣以及童話等的蒐
集或探討。

二〇年代以後,採雙線發展。臺灣新文學運動不但啟動臺灣新
文學的發展,同時也讓新文學作家與臺灣近代兒童文學的發展具有
密不可分的關係。他們不僅是寫作與兒童文學有關作品的參與者,
他們也是臺灣近代兒童文學的播種者,他們更是臺灣近代兒童文學
發展的見證者。

在居臺日人方面,從早期的西岡英夫、吉川精馬;中期的平澤
丁東、片岡巖,到後期的宮尾進、西川滿、日高紅椿、池田敏雄、
窗道雄等皆在日治時期臺灣兒童文學各個發展階段上留下豐碩的
果實。

至於日本人創辦的《臺灣教育》、《第一教育》、《學友》、
《子供の世界》、《童心》、《兒童街》、《ねむの木》、《文藝
臺灣》、《民俗臺灣》、《臺灣日日新報》、《臺灣時報》等日
文報刊雜誌;以及臺灣人創辦的《臺灣民報》、《南音》、《第
一線》、《臺灣文藝》、《臺灣新文學》、《臺灣藝術》、《緣
草》、《潮流》、《臺灣文化》等漢文或漢和並刊的報刊雜誌也都
在各年代留下豐富而珍貴的兒童文學文獻。

二〇年代的張耀堂、莊傳沛等多位臺灣教育工作者先後參與該
年代兒童文學的論述與創作,張耀堂在童話論述、莊傳沛等在童謠
創作都留下彌足珍貴的公共文化財。

三〇年代臺灣新文學運動臻於巔峰,新文學作家在創作新文
學作品(漢文或日文)之餘,也從事兒童文學寫作。像賴和、江肖
梅、郭秋生、黃耀麟等之於童謠;周定山、李獻璋、朱點人、楊
守愚、王詩琅、莊松林、黃得時、廖漢臣等之於民間童話與民間故

事；林越峰之於童話；張我軍、楊逵、楊雲萍、翁鬧、張文環、龍
瑛宗、巫永福、呂赫若等之於少年小說。他們不但是日治時期臺灣
文學的見證者，也是臺灣近代兒童文學的共同開拓者。

　　四〇年代的日治時期已接近尾聲，吳瀛濤、周伯陽、詹冰、陳
千武、張彥勳、黃連發等在戰前最後一個階段以及戰後初期階段，
維繫臺灣兒童文學的寫作脈絡於不墜。而稍後游彌堅主導的「臺灣
文化協進會」及其機關刊物《臺灣文化》月刊則適時扮演承先啟後
的重責大任，也讓臺灣兒童文學的薪傳不至於因為終戰而中斷。

　　筆者秉持拙著《臺灣兒童文學史》一貫的撰寫模式，將臺灣近
代兒童文學的發展歷程劃分為日治初期、二〇年代、三〇年代以及
四〇年代等四個階段，並賦予獨角唱戲、花開並蒂、黃金時期、繼
往開來等四大特色。

第貳章 日治初期的臺灣兒童文學： 獨角唱戲

日本殖民臺灣初始，臺灣各地義民風起雲湧，群起反抗，當局除以武力鎮壓，並全力建立殖民地體制，一面部署統治機構，一面設法安撫民眾，一切以樹立臺灣殖民地體制的全面基礎為首要。

第一節 時代背景

一、同化教育

日治初期，日本政府以教育為其貫徹殖民統治方針的重要手段，故教育政策的基本原則，自以殖民政策的演變而推移。

日本以新殖民帝國的姿態，仿照歐美列強統治殖民地的做法，採行總督制，實施民族差別的殖民政策。在教育文化上，日本為同化歷史、文化、語言迥異的不同民族，乃標榜「同化政策」或「內地延長主義」，強迫臺灣人接受「同化教育」，欲抹殺臺灣人一切的民族傳統與特性。

　　1896年3月，日人攜眷渡臺者漸多，對其子弟的教育，依據日本本國的小學校令及中學校令，另設小學和中學，施以與其國內相同的教育，對臺灣人而言，是差別性的同化教育。

　　1898年7月，總督府頒布「臺灣公學校令」，規定以地方經費，開辦六年制公學校，取代原有的國語傳習所，公學校自此成為此一時期最為重要的同化教育機關。師資根據「臺灣公學校官制」，教師分教瑜和訓導兩種，教諭為正式教師，訓導為輔助教諭的助手。並於公學校設漢文科，延聘書房教師或受尊敬的地方學者為教席。

　　1899年3月31日總督府頒布「臺灣總督府師範學校官制」，據此，國語學校師範部以培養日本人為主，師範學校以培養臺灣人為主。4月13日發布「師範學校規則」，同年10月，設臺北、臺中、臺南三所師範學校，為臺籍學生受師範教育之始，臺灣人自此也有接受師範教育的機會。（1995：22）

　　之所以如此，筆者認為應該和1898年6月總督府開始採行切合實際的漸進主義有關。

二、日文報紙

　　日治初期，日人對一切言論自由，採直接壓制手段。明令非經臺灣總督府核准，不得在臺灣島內發刊新聞，以及帶有新聞性質的雜誌刊物，其得核准者，亦應於開始發行前，先期將每期報紙或雜誌檢送兩份於當地主管當局，以待檢閱許可，然後發行。（1995：22）

　　1896年6月17日，日人山下秀實（或謂田川大吉郎）在臺北創刊《臺灣新報》，此為臺灣最早而正式的報紙。初為週刊，同年10月改為日報，並於1898年5月1日改組為《臺灣日日新報》。在這份以日人為主幹的報紙，也有臺灣人在該報擔任過重要職務，諸如辜顯榮、林熊徵、魏清德等，尤以魏清德主漢文筆政，對臺灣人的教育貢獻良多。（1995：33）1898年以後的《臺灣日日新報》，被正式公認為總督府的機關報。

　　日治時期，禁用漢文，以「日文」為「國文」，以「日語」為「國語」。所有新聞及各種雜誌，多係基於日本殖民地政策，消除臺灣人的祖國觀念及民族思想，實無啟發民智與發揚文化可言，各報紙且多為日文主編，專為幫助總督府統治階級立言的半官式刊物。（1995：33）

　　至於臺灣人發行的第一份雜誌，首為《臺灣青年》月刊。此為臺灣留日同學會於東京發行，發行人蔡培火。該刊於1922年更名為《臺灣》，翌年4月15日再更名為《臺灣民報》，初為半月刊，編輯人林呈祿。1927年，獲准正式遷臺發行。（1995：33）

三、出版法令

　　1900年總督府頒布「臺灣新聞條例」、「新聞紙發行保證金規則」、「臺灣出版規則」等三項法令。採行的依舊是許可制和保證金制。唯一受「平等」待遇的，只有版權法。1887年12月的「版權條例」，六年後廢除，正式公布「版權法」。1899年總督府先後頒布「著作權法」與「著作權法在臺灣之施行令」，表面上似乎在保護臺灣人的著作權；實際上，當時臺灣人就學人口很低，能達到著

作能力者根本微乎其微，因此，其最終目的端在保護日本人的權益是顯而易見的。

　　日本大正時代（1910年代）臺灣人受教育較為普及，人口增多，日本人移民來臺大為增加，印刷技術也有顯著的進步，再加上中國五四運動及第一次世界大戰的影響，雜誌數量急速增加。

第二節　開墾者素描：宇井生、西岡英夫、吉川精馬

　　本年代臺灣兒童文學尚未成型，初始階段只有少數關於童謠、謎語、民間故事等的撰述。最早發表相關論述的是臺北師範學校助教授兼總督府編修書記的宇井生。

一、宇井生：最早發表兒童文學文章者

　　宇井生於1912年11月1日在《臺灣教育》第127號發表〈臺灣の童謠〉，此為日治時期第一篇與兒童文學相關的論述，從此正式揭開近代臺灣兒童文學發展的序幕。緊接著，又於《臺灣教育》第128號發表〈臺灣の子守歌と童謠〉（〈臺灣的搖籃曲和童謠〉），第138-139號發表〈臺灣の謎語〉等，由此可知，為日治時期臺灣兒童文學敲下第一聲鐘響的是宇井生。

二、西岡英夫：實演童話推動者

　　1879年11月4日生於東京，出身於日本早稻田大學政經科。在學期間及畢業後，曾從事新聞工作，嘗為各少年雜誌執筆，係巖谷

小波主持的「木曜會」成員之一，與押川春浪、木村小舟、武田櫻桃、竹貫佳水、久留島武彥等數位明治時代的作家共同為推展普及童話事業而盡心盡力。1910年代渡臺後，常以「塘翠」這個別號在東京各雜誌發表文章，介紹臺灣風俗習慣等。

　　西岡英夫渡臺之初，先後任職於總督府法務部勤務、臺灣銀行、臺灣煉瓦公司。一方面活躍於實業界，一方面對漢民族與原住民的風俗抱有濃厚興趣。西岡英夫的渡臺，對他推展童話事業而言，不但轉換另一個舞臺，而且是一個全新的舞臺，這個舞臺，是日本的殖民地——臺灣。

　　編著有1917年臺北新高堂書店出版的《課外讀本——臺灣歷史故事集》、《世界童話大系——臺灣童話篇》（其中包括臺灣及原住民神話、傳說、民間故事、童話共33篇），這是西岡居臺期間兩本有關兒童文學編著成書的作品。

　　《課外讀本——臺灣歷史故事集》一書寫於草山竹子湖櫻花盛開之時，以「塘翠」之名寫的。內容包括荷蘭時期的赤崁樓，勇敢的濱田赤兵衛，佔領臺灣、忠君愛國的孤臣鄭成功，內亂頻繁的清朝時代，身著紅衣的通事吳鳳，明治七年的牡丹社事件，護國之神北白川宮，尊敬的芝山巖六士先生，以及標示臺灣繁榮的高塔等十二則歷史故事。

　　在該書中，顯然作者將殖民地的臺灣視為日本的一部分，因此才將濱田赤兵衛、北白川宮、牡丹社事件、六士先生等有關日本的人與事，都一一將其列為臺灣歷史故事。就日本人而言，儼然是理所當然，順理成章的事；就臺灣人而言，由於是被殖民者，卻不得不被迫接受殖民者將他們的事蹟視為臺灣歷史一部分的事實。

　　此外，西岡對童話的研究論述屢見不鮮。對童話事業普遍化的

希望、所謂的童話事業、有關童話事業的留意事項，以及童話的選擇與資料等面向自第141號起在當時的《臺灣教育》一一發表。

　　他在〈對本島童話事業的普及化期待〉一文中提到：童話事業的家庭教育很重要。兒童教育一方面是學校教育，一方面是家庭教育，兩者相輔相成。家庭教育主要在培養兒童高尚的趣味，涵養向上的精神，這也正是童話事業最終的目的。他更進一步表示：

> 我的童話事業在本質上是通俗教育事業的一環，我提倡本島的童話事業完全依附在「教育會」（指臺灣教育會）這棵大樹下發芽成長的。（西岡英夫，1914：30）

　　從西岡的這段話可以看出他對臺灣教育會的期待之深，以及為何他的文章主要以《臺灣教育》為發表場域的原因所在。作者最期待的是作品發表的園地，顯然，《臺灣教育》這份半官方的教育雜誌，的確是西岡最佳的發表園地。

　　西岡不但是童話理論研究者，也是童話運動的推動者。被視為日治時期臺灣童話運動的開拓者，更是當時臺灣童話運動的靈魂人物。三神順在《兒童街》一卷三號所寫的〈臺北兒童藝術界的今昔〉一文中，肯定西岡英夫是當時臺灣童話界的先驅。（三神順，1939：5-7）

　　此外，在《日本兒童文學大事典卷二》中也有關於西岡英夫的記載，他以口演童話家的身分，推行童話普及運動，被稱為在臺灣的童話運動開拓者。（林文茜，2002：64）所謂「口演童話」，就是聚集一群孩子，為他們說演童話故事。和現在的說故事（story telling）活動相似，在當時也稱為「實演童話」。（游珮芸，

2007：36）

　　西岡英夫於大正初期，延續他在內地推展童話事業的經驗，在臺北推動實演童話運動，不僅是臺灣童話運動的先驅，致力於童話普及運動；他同時也是一位著名的口演童話家，對日治時期臺灣的童話發展具有相當的影響力。他對促進內臺兒童文化交流，尤其是口演童話，更是不遺餘力。在二〇年代以前，曾數度因緣際會的邀請日本童話家久留島武郎、巖谷小波來臺。前者因視察東洋協會之便，接受西岡邀請，進行首次口演童話之旅。後者三度應邀來臺，本年代（1916.02.25）、二〇年代（1925.02.27）、三〇年代（1931.11.14）各一次。

　　西岡英夫在二〇年代以前，除以實際的各項實體活動進行童話的推展，還在當時相關雜誌諸如《臺灣教育》1914年（大正三年）第141號〈對本島童話事業普及化的期待〉、第142號〈關於所謂的童話事業〉（1914.02）、第144號〈對於童話事業的留意事項與心理準備〉（1914.04）、第168號〈從通俗教育的立場〉（1915）、第174號〈大正五年的兒童界──從通俗教育的觀點來回顧〉（1916.12）、第183號〈關於童話研究〉（1917）等先後發表數篇有關童話與通俗教育的文章。

　　除了《臺灣教育》之外，西岡英夫還以塘翠生、英塘翠、西岡塘翠、みどり生等筆名自1914年10月15日起，至1929年5月5日止，在當時的《臺灣時報》發表一系列文學性及非文學性的論述性文章。

　　西岡英夫不但關心童話事業，同時對臺灣的民俗、風土也頗多涉獵。

三、吉川精馬：創辦臺灣最早的兒童雜誌

　　日本大分縣速見郡人。其父吉川利一曾任《南日本新報》社長。日治時期在臺灣發行的兒童雜誌可謂鳳毛麟角，吉川精馬不僅創辦日治時期在臺灣居重要地位的兒童讀物出版社——臺灣子供の世界社（臺灣兒童世界社），並先後於1917年4月創辦《兒童世界》、1919年1月創辦《學友》等兩份兒童雜誌；吉川精馬身兼總編輯和發行人，同時又是兒童讀物出版社負責人，其對兒童文學的推廣與努力，足可與西岡英夫對臺灣童話運動的推展相提並論。

　　吉川精馬經營的《學友》發行不到1年，於1919年11月宣告停刊；翌月（12月），又創辦《婦女與家庭》雜誌，同樣身兼總編輯和發行人。至於《兒童世界》雜誌則於1922年停刊，前後發行5年。吉川精馬在二〇年代初期（1923年9月）創辦《第一教育》雜誌，這份純民營的教育雜誌可與半官方的《臺灣教育》雜誌分庭抗禮。

　　吉川精馬對臺灣兒童文學的貢獻在於他不但是出版人，也是雜誌人，更是一位作家和兒童文化關心者。淵田五郎在〈簡述臺灣兒童文化運動〉一文中，有關「實演童話運動與《兒童世界》」一節中，提及：

　　　　與西岡英夫共同推動口演童話的是吉川精馬，由臺灣兒童世界社所創立的臺灣少年雜誌的濫觴——《兒童世界》主宰。傾向採行利潤形式，將兒童文化運動組織化。
　　　　但實演童話運動並不因為《兒童世界》誕生的因素，而無法以賺取利潤的方式繼續存在。素質甚高的《兒童世界》也難逃廢刊的噩運。（淵田五郎，1940：09）

　　吉川精馬經營的《子供の世界》（《兒童世界》）於1919年（大正八年）1月，依年齡層二分為《第二次兒童世界》（以幼年為對象）和《學友》（以小學生為對象）。同年12月該兩份雜誌又合併為《第三次兒童世界》繼續存續，直到1922年（大正十一年）四月停刊為止。（淵田五郎，1940：09）

　　《子供の世界》的刊行，對於實演童話運動以及童話、童話歌劇、童話大會、兒童日等的舉辦，吉川精馬主持的臺灣兒童世界社的存在，的確具有非凡的意義。

　　臺北師範學校（第一師範前身）所屬的「童話研究會」，其與《子供の世界》在實演童話運動的傳播與參與，具有十分密切的關係。吉川精馬創辦的《子供の世界》在日治初期的兒童文化活動中扮演重要角色。

　　在經營兒童文化事業之餘，吉川精馬一方面以作家身分，先後在自己創辦的《學友》發表小說作品。如：《學友》第1卷第1-3號〈續無人島探險〉（1919.01-03）、第1卷第4-6號〈海峽的秘密〉（1919.04-06）、第一卷第7-9號〈南極探險〉（1919.07-09）等。另一方面，積極參與西岡英夫推動的口演童話運動。

　　在臺灣近代兒童文學發展史上，一個在口演童話運動方面，一個在兒童文化推展方面，做為日治時期臺灣兒童文學發展的先鋒，西岡英夫與吉川精馬兩人委實舉足輕重。

第三節　臺灣歌謠與風俗的採擷

　　日治初期，臺灣總督府為推行殖民政策，作為施政參考，自1896年1月8日起，於民政局設立臨時調查股，針對臺灣的制度、風

俗、習慣進行調查（1994：30）。並於1901年10月25日以敕令第96號公布「臨時臺灣舊慣調查會」規則，主要目的是希望對臺灣的慣習進行深入的、官方的田野調查，採擷臺灣庶民生活的紀事影像，俾便讓治理臺灣能夠在最短時間內進入狀況。這是在「知之以治之」的基本精神下所採取的良策。

　　此外，在日治時期參與臺語調查、研究、編纂等工作，除主導者小川尚義外，實際參與編纂的助手不少，比較著名的有總督府學務課編修書記平澤平七、總督府囑託伊能嘉矩等人。除總督府學務課以外的單位也有研究者，以業餘身分參與其中者，計有臺北地方法院通譯片崗巖、東方孝義等人。這些參與其事者後來都各有成就與表現，諸如伊能嘉矩《臺灣文化誌》、平澤丁東《臺灣の歌謠と名著物語》（《臺灣歌謠與名故事》）、片岡巖《臺灣風俗誌》。

一、平澤丁東與《臺灣歌謠與名故事》

　　平澤丁東，又名平澤平七。任職於總督府編修課（郭啟傳，2002：34），其所編著的《臺灣歌謠與名故事》是將臺灣歌謠整理成冊的嚆矢，有關臺灣童謠的採集，也是以平澤丁東為最早。李獻璋在《臺灣民間文學集》的〈自序〉中提到：

> 大正七年府編修課平澤丁東氏，因愛這南方的異國情調，採集閩歌童謠共二百條，編成《臺灣之歌謠》是為斯道專冊之嚆史。他的紀錄錯誤固然是很多，但總算得是件難能可貴的工作。（李獻璋，1936：自序1）

　　該書於1917年2月5日由臺北晃文館發行。其自序屬名為平澤丁東，版權頁則屬名平澤清七。全書共412頁，分為三個單元，依次為「臺灣の歌謠」、「臺灣の昔譚」以及「臺灣の小說」。其中「臺灣の歌謠」分俗謠（民謠）與童謠兩部分，在兩百多首歌謠作品中，童謠有六十二首，包括〈月光光〉、〈草蜢公〉等傳統童謠在內，其中〈月光光〉的童謠就有三首。此為首冊的臺灣歌謠集，有關臺灣童謠的蒐集也是以此為濫觴。句型有三言一句、五言七言的組合或是四言七言的混合，若單就童謠而言，其所佔篇幅為全書的六分之一。

　　　　所謂臺灣童謠，即是指傳統的、方言的自然童謠。就時間言，是以臺灣光復前的傳統社會的童謠為主，也就是指傳統社會裡的自然童謠或傳統童謠。以地理環境言，即指臺灣及澎湖各島嶼，不論高山、平原和島嶼皆包含在內。以語言論，是指方言，是指臺灣人，指在臺灣光復以前，就設籍定居在臺灣的住民。（林文寶，1995：267）

　　林文寶對「臺灣童謠」的詮釋，基本上以時間和空間為限。前者設定在臺灣光復以前的自然童謠或傳統童謠；後者包括臺灣及澎湖各島嶼。至於平澤丁東《臺灣歌謠與名故事》中所蒐集的就是林文寶所謂的傳統童謠或是自然童謠。

　　此書在中文歌詞旁以日文拼出讀音，並附有翻譯。學者咸認為詞藻優美，平澤注重的是臺灣歌謠的獨特性，並具有浪漫唯美的創作傾向。

　　茲以一首〈搖籃曲〉為例：

嬰仔眠，一暝大一寸，／嬰仔惜，一暝大一尺，／嬰仔搖，搖到三板橋，大龜軟燒燒，豬腳雙邊，／搖仔搖，豬腳雙邊料，／大麵雙碗燒，肉圓湯散胡椒。（1917：130-131）

至於「臺灣的昔譚」單元，除眾所皆知的民間故事〈白賊七〉之外，令人訝異的是作者把流傳在中國大陸家喻戶曉的〈祝英臺與梁山伯〉也列入其中。這在作者的序文中曾經提到，他認為臺灣是中國的一部分，因此把中國的民間故事〈祝英臺與梁山伯〉也視為臺灣的昔譚。這也就是李獻璋在其《臺灣民間文學集》〈自序〉中提到關於平澤丁東所犯的紀錄錯誤之一。

事實上，平澤丁東的《臺灣歌謠與名故事》一書，不能列為兒童讀物，只能說其中某些單元的若干部份與兒童文學有關。諸如「臺灣の歌謠」的童謠，「臺灣の昔譚」的白賊七等是。林文茜《日據時期的臺灣兒童文學發展研究》，認為該書雖然不是給孩童閱讀的讀物，不過提供後人研究當時臺灣兒童文學的資料，是現存日本人整理臺灣的童謠、民間故事或傳說最完整的一本書。（林文茜，2002：10）

林文茜的認為未必正確，童謠只佔全書的六分之一，充其量只能提供有關童謠的研究資料，無法涵蓋整個的兒童文學。何況該書所謂的「名故事」較為後世熟悉的不過只有〈白賊七〉與〈祝英臺與梁山伯〉，更離譜的是後者根本不是臺灣的民間故事。此外，林文茜將《臺灣歌謠與名故事》列為童謠單行本加以論述，基本上也與事實不符，「童謠」只是該書「臺灣の歌謠」的一部分，將其列為「單行本」，顯然並不恰當。

　　更且，林文茜在分類上將該書分為臺灣的歌謠、童謠、民間故事或傳說、以及小說四大類（2002：10）。這種分法顯然也與事實不符。其實該書只分成三篇，第一篇「臺灣の歌謠」（1-142頁），包括俗謠（民謠）及童謠在內，第二篇「臺灣の昔譚」（143-238頁），第三篇「臺灣の小說」（239-412頁）。林文茜卻將「臺灣の歌謠」一分為二，才會衍生出所謂的四大類。

二、片崗巖與《臺灣風俗誌》

　　片崗巖自1914年2月1日《臺灣教育》第142號起，開始在該雜誌發表有關臺灣民間風俗的文章，持續達數年之久。諸如142號〈虎〉、143號〈壁題〉，並自144號開始非連續性的發表八篇〈臺灣兒童的遊戲〉（144、145、149、150、151、152、155、157等）。《臺灣風俗誌》的問世，適足以表示其對臺灣風俗研究用心之深。

　　片崗巖是位民俗學者，除在法院擔任通譯工作，大半時間都致力於臺灣民間風俗的蒐集、整理與研究。積二十餘年研究成果，於1921年由臺灣日日新報社出版其著作——《臺灣風俗誌》。該書有意藉民間文學了解臺灣風俗；是以，採錄許多臺灣人的音樂、雜念、謎語、笑話、故事及傳說，其中民間故事採原音紀錄方式，加以解說對照。

　　全書共1184頁，分十二集，其中第四集第二章、第五集第二章和第四章中，收錄有童謠、童謎等約一百首。誠如當時總督府民政長官下村宏所說：『《臺灣風俗誌》正是臺灣社會的側面史』（1921：序文）足見這是一部研究臺灣舊有風俗習慣評價甚高的鉅

著。林文寶也提到：

> 『如果說伊能嘉矩的《臺灣文化志》是有關臺灣「縱」的探
> 討，那麼這部片崗巖的《臺灣風俗誌》，正可以說是「橫」
> 的敘述了。其不同的地方，是在於《臺灣風俗誌》偏重於現
> 象的記載。』（林文寶，1995：302）

林文寶將伊能嘉矩的《臺灣文化志》與片崗巖的《臺灣風俗誌》相提並論，並點出相異之處。

片崗巖編著《臺灣風俗誌》一書，是在其擔任臺南地方法院檢查局通譯官任內完成的。廖漢臣（毓文）在《臺灣兒歌》一書中，曾就「兒歌」的面向對此書加以評論：

> 民國十三年，日本人片崗巖出版《臺灣風俗志》，雖收載不
> 少臺灣的情歌，仍不重視臺灣兒歌，一字不提。（廖漢臣，
> 1980：08）

就這段文字而言，可商榷處有二。一為時間問題，該書是1921年出版，而非1924（民國十三年）；二為用語問題，廖漢臣的「一字不提」之謂，顯然與事實不符。該書與童謠有關的部分就有以下幾處：

（一）、第四集第二章：臺灣的雜念；（二）、第五集第二章：臺灣的兒童遊戲；（三）、第五集第四章：臺灣的小兒謎；（四）、第六集第三章：臺灣的童話故事。

單以「臺灣の雜念」而言，其中就有「搖子歌」四首，「兒

歌」二十三首，若加上「兒童遊戲」與「小兒謎」，當有百首之多。如上所述，怎能說是「一字不提」呢？

　　除了雜念（兒歌）、兒童遊戲、小兒謎外，在「臺灣的童話故事」部分，片岡巖還蒐集十四則極短篇，依次是：醜婦變美女、賊的善行、前世的報應、惡有惡報、誣告嫂嫂的因果報應、九世為牛三世成啞、小人島、狀元的智慧、大人島、袁翁開當舖、和尚變蛤蟆、虎姑婆、魯班公、小兒與孔子等。

第四節　影響深遠的刊物

一、《臺灣教育》

　　臺灣教育會刊行的《臺灣教育》，是1901年（明治三十四年）7月20日發刊的《臺灣教育會雜誌》改刊名後的雜誌；其前身為1900年5月27日，由臺灣總督府內國語學校國語研究會只刊行一號的《國語研究會會報》。國語研究會則是1898年（明治三十一年）9月，以研究教授臺灣人國語的順序與方法為目的而設立的，其成員以國語學校職員為中心。

　　此時的臺灣總督是兒玉源太郎，民政長官後藤新平。在教育方面，中學校、女學校先後由國語學校獨立；也陸續設立博物館與圖書館等社教設施。總督府所指導的臺灣教育界，基礎正逐漸拓展中。「教育界的趨勢，其旨趣並非單單只在滿足國語的研究」，因此，遂於1901年6月設立「臺灣教育會」，並刊行機關雜誌《臺灣教育會雜誌》。該雜誌自1911年（明治四十四年）發行第117號起，改題為《臺灣教育》，每月一號發行。《臺灣教育會雜誌》從

創刊到改題為止，前後發行十年。

改題後的《臺灣教育》在日治時期臺灣兒童文學發展初期，扮演相當重要的角色，提供版面供作家發表有關兒童文學的論述及作品。從1912年到1917年間，即從《臺灣教育》第127號起至第183號，在該雜誌發表有關兒童文學文章的計有宇井生、西岡英夫、片岡巖、小林里平等四位。在這段期間，尚未有臺灣人在該刊物發表有關兒童文學的文章或作品。

宇井生是首位在改題後的《臺灣教育》發表有關兒童文學論述的作者，其所談的主題是「臺灣の童謠」，連續四期（第127-130號）都是環繞這個主題。

宇井生繼發表「臺灣の童謠」，自第138號起，連續兩期發表〈臺灣の謎〉，他認為謎語是語中隱含其意的一種語文遊戲。舉六十七個謎語為例，內容包括天文、地理、動植物、日常生活、物名、地名等。諸如：

（一）小小諸葛亮，坐在雲端上，排出八卦陣，專收飛來將（蜘蛛）；（二）一陣鴨仔白蔥蔥，二枝竹嵩趕入孔（吃飯）；（三）早起時四腳，中晝時二腳，暗時三腳（幼年、壯年、老年）。

法國的丹妮斯・艾斯卡皮認為謎語是孩子和大人透過書本溝通的一種方法。她認為：

> 謎語的文學利益是肯定的。我們不能忘記一點，它是有押韻的；再者，作者因為謎語本質的關係必須尋找合適的字，詞句精簡，使用明顯的比喻或隱喻，其中的技巧使用不下於詩歌創作。長度及清晰度有如愛爾蘭或日本的俳句（三句短詩），非常容易背誦。它是孩子最早可能接觸到的詩歌。

　　以上四位發表的文章內容各有千秋，宇井生偏重於童謠及謎語，他所蒐集的謎語完全符合丹妮斯‧艾斯卡皮的標準——押韻、精簡、比喻等特質。西岡英夫偏重於童話及通俗教育，片岡巖偏重於兒童遊戲，小林里平談的是臺灣童話〈虎姑婆〉。雖然篇數只有十八篇，但至少表示已經有人在當時相關的雜誌發表有關兒童文學的文章。

　　十八世紀末葉是日本近代兒童文學的啟蒙時期，臺灣因為中日甲午戰爭成為日本的殖民地，並由此因緣，以西岡英夫為首的居臺日本人將日本近代兒童文學思想，配合總督府的殖民政策，透過國語教育的施行，在《臺灣教育》這種跟教育有關的雜誌發表童謠、童話、通俗教育及兒童遊戲等文章，開始將近代兒童文學的種子在臺灣這塊土地上播種。有趣的是：宇井生和片岡巖兩位，寫的是跟臺灣有關的童謠與兒童遊戲，西岡英夫和小林里平寫的是一般性的童話概念與研究以及臺灣童話。

　　臺灣教育會的機關雜誌《臺灣教育》在往後的年代持續扮演關鍵性角色，在臺灣近代兒童文學發展過程中具有不可抹滅的歷史定位，這是任何研究當時臺灣兒童文學發展不可或缺的文獻資料。

二、《學友》

　　吉川精馬是位日治時期居臺的出版人，除了主持臺灣子供の世界社外，還創辦兒童文學雜誌——《學友》。這份以兒童文學為主的兒童雜誌，在二〇年代末期問世，為日治時期在臺灣刊行的第一份兒童文學雜誌。該雜誌從發刊到停刊，從1919年1月到同年11月

為止，前後不到一年，生命期有如曇花一現，這同時也是往後日治時期在臺刊行的兒童雜誌的共同宿命。

除了吉川精馬和西岡英夫（以英塘翠之名發表），在該雜誌發表作品的作者尚有：友寄生（童話、少年小說）、柯設偕（少年詩歌、少年小說）、大增根素秋（童話、少年小說）、田淵秋丁（童話、少年小說）、田淵武吉（少年詩歌、民間故事）以及公平公、浩堂山人、砥上如山、秋澤鳥川、淡水學人、秋島浪、たけし生、廣田重太、廣田忠近、新野歡一等十餘位。（林文茜，2002：52-53）

從上可知，日治初期的臺灣兒童文學作品，已經含有童話、少年小說、少年詩歌、民間故事等文類。

第五節　良好基礎的奠定

日治初期適逢日本近代兒童文學的啟蒙時期，因緣際會的，也成為臺灣近代兒童文學的初始階段。雖然正值日本殖民統治時期，卻在日本採取殖民政策的共生主義下，臺灣兒童文學得以和日本兒童文學同時並進，這是歷史始料未及的，但也因為這種歷史的偶然所締造的結果，臺灣才能躍上近代兒童文學的歷史進程之中。

本時期雖是臺灣近代兒童文學的初始，但受限於被殖民統治，一切以國語（日語）為依歸，有關兒童文學的發展，係由總督府主導，這可由1907年總督府民政局學務課所編寫的兒童讀物《第一桃太郎》、1912年《第二埔里社鏡》等兩冊課外讀物而獲知一二。負責編寫的是杉山文悟和白陳發兩位。其中的白陳發，臺北市人，

1901年（明治34年）3月畢業於臺灣總督府國語學校語學部國語科。《第一桃太郎》、《第二埔里社鏡》的發行，足以表示日本殖民當局已經開始重視課外讀物的問題。

　　由於《臺灣教育》雜誌的刊行，該雜誌又是半官方的臺灣教育會的機關刊物，西岡英夫適時透過它，以推廣通俗教育之名，行提倡童話運動之實。他在本時期先後經由本身及臺灣教育會的安排，邀請當時日本兒童文學界重量級的久留島武彥和巖谷小波來臺進行口演童話，這樣的兒童文化活動，的確為本時期的臺灣兒童文學開啟嶄新的一頁；對而後日治時期臺灣兒童文學的發展具有加分作用。

　　由於《臺灣教育》和《學友》這兩份雜誌的刊行，既有相關的兒童文學論述，如臺灣童謠、臺灣兒童遊戲、臺灣謎語等；也有兒童文學的文體創作，如西岡英夫的少年小說，吉川精馬的探險小說及故事，還有其他作家的童話、少年詩歌、傳說、口演童話、民間故事等，顯然已經開始在聚足兒童文學的元素。

　　總的來說，本時期對整個臺灣近代兒童文學而言，基本上是一個好的開始。再加上西岡英夫與吉川精馬兩位開墾者的用心與專注，為往後的兒童文學發展奠定良好的基礎。

　　另一方面，平澤丁東與片岡巖兩位，在臺灣歌謠與風俗習慣的調查上用心良多，且各有所得。前者的《臺灣歌謠與名故事》和後者的《臺灣風俗誌》在研究臺灣近代兒童文學發展上，雖然只有部分內容與兒童文學有關，但就童謠而言，單憑蒐集臺灣傳統童謠這一點，已經具有不可抹滅的貢獻。

第參章　二○年代的臺灣兒童文學：
花開並蒂

　　日本殖民統治下的臺灣到了二○年代，適逢文官總督時期
（1919年10月—1936年9月，大正八年到昭和十一年）。殖民統治
當局為應付臺民前一時期武力反抗轉為致力於政治運動的抗爭，其
間更換九任總督後，始由文人出任。此時期正值一次大戰結束，民
主自由思潮一時風靡於世，民族自決觀念瀰漫全球；再加上臺灣民
智大開，民族意識覺醒，殖民統治當局因勢利導，轉而採取「同化
政策」以因應大環境的變化，是以本文官總督時期又稱「同化政策
時期」。

第一節　時代背景

　　留日臺灣學生於1920年1月11日在東京創立「新民會」，（楊
碧川，1997：341）計畫創辦機關雜誌《臺灣青年》。（楊碧川，
1997：245）該學生刊物於7月16日創刊，反映二○年代初期臺灣青
年對民主與民族問題的觀點。其發刊辭標明「國際聯盟的成立、民
族自決的尊重、男女同權的實現、勞資協調的運動等等，無一不是

這個大覺醒的賜物。……」，該刊物由林獻堂出資，集合留日的彭華英、王敏川、林呈祿、蔡惠如、蔡培火等，開創臺灣人民族意識言論的第一步。

翌年10月17日，林獻堂、楊吉臣、蔣渭水、王敏川、林幼春、連溫卿、蔡培火等全臺人士於臺北市靜修女中創立「臺灣文化協會」，（楊碧川，1997：277）此為文化啟蒙與民族運動的團體。主張「謀臺灣文化之向上，圖教育之振興，獎勵體育，涵養藝術趣味」，展開文化啟蒙運動，發刊會報。其目的為啟發臺灣文化，灌輸民族思想。

臺北的「臺灣文化協會」與東京的「新民會」，遙相輝映，主要都在民族意識與民族思想的灌輸。彼此雖然相隔兩處，最終目標卻是一致的。「臺灣文化協會」較「新民會」更進一步，揭櫫文化啟蒙運動，易而言之，臺灣人已經由武力反抗昇華為文化抗爭的層次。

本時期對臺灣文學界引起最大的震撼就是臺灣新文學運動的萌芽、開始與成長。從《臺灣青年》開始，歷經《臺灣》雜誌、《臺灣民報》（楊碧川，1997：263）、《臺灣新民報》（楊碧川，1997：271）等不同階段的次第成長，從雜誌到日刊報紙，展現臺灣文人強韌的爆發力。

另一方面，臺灣教育會發行的《臺灣教育》在此時期充分發揮媒體傳播的功能，有關兒童文學原創性的作品開始在該雜誌刊載；甚至也開始有臺灣人以日文書寫創作性童謠作品的出現，這是可喜的文學現象。這些以日文書寫童謠作品的多半是服務於公學校的臺籍訓導，諸如臺南學甲公學校的莊傳沛、臺北市蓬萊公學校的陳湘耀和徐富等。

　　本時期刊載的兒童文學作品以原創性童謠居多，這些作品，有別於前一時期平澤丁東與片崗巖所蒐集的臺灣傳統童謠，此為本時期兒童文學的一大特色。

第二節　童謠編輯者：宮尾進

　　日治時期的《臺灣日日新報》（省文獻會，1995：32）是官方報紙，也是發行量最大、延續時間最久的報紙，有日文版及漢文版。社長及主編為木下新三郎，國學大師章太炎曾來臺擔任漢文版主筆。

　　1925年3月（大正十四年）該報為提升兒童文化水準，遂出版《臺日子供新聞》（週刊），由宮尾進負責其事。該週刊係本年代日本學童和臺灣學童發表童謠作品最主要的兒童園地。同年9月，由臺灣童謠協會發行的童謠誌《パパヤ》（《木瓜》）就是由宮尾進主編。1926年宮尾進在《臺灣教育》發表〈關於野口雨情、三木露風、藤田健次三位最近對於「童句」與童謠的提倡〉，（1926：58-61）此與其後編著《童句傑作選集》（1930：書末廣告頁）或許有關。

　　在《日文舊籍資料目錄》中有《童謠の作り方》一書（葛原著，東京：培風館，1922），顯示當時學校教師有在從事童謠指導寫作，它的出版與流通，適足以反映教師指導學童創作童謠的事實。

　　朗裘布（Ron Jobe）說：「任何切入文學作品的方法或真正的多重文化主義，其主要部分都應該放在人們之間的共通性和相似性，而不是差異性。」（劉鳳芯譯，2000：157）若照朗裘布的說

法，放諸於日治時期在「共生的歷史」中締造臺灣近代兒童文學的臺日兒童文學工作者，他們雖然來自不同的國家民族，但是，這樣的差異性並無礙於他們為兒童寫作的共通性和相似性，尤其是使用共同的文字（日文）在童謠創作方面。

宮尾進不但是童謠作家，也是一名報刊編輯，曾任《臺灣日日新報》編輯，從1925年3月到1930年5月（昭和五年）前後五年，他將本島小公學校學童在這期間大部分發表在《臺灣日日新報》「臺日子供新聞」的創作童謠，以及發表在他主編的《パパヤ》、《トリカゴ》（《鳥籠》）等童謠誌的童謠作品加以蒐輯，篇數高達三千八百六十多首，再從中拔萃具有特別藝術價值者，經其嚴選而採錄的作品共有七百二十餘首，另外還加上宮尾進本身的童謠作品十六首，以《童謠傑作選集》之名，由臺灣藝術協會發行，列為《臺灣兒童文庫》第一輯。該文庫第二輯為《短歌傑作選集》（武藤隆一編著）、第三輯為《童句傑作選集》（宮尾進編著），可惜國立臺灣圖書館並無此藏書。

在「臺日子供新聞」發表童謠作品的學童從二年級到五年級都有，其中以五、六年級居多，三、四年級居次，二年級殿後。涵蓋臺北、新竹、臺中、臺南、高雄等五州的小公學校學童。從1925年到1930年，五年之間經「臺日子供新聞」刊載的童謠作品竟然高達三千八百六十多首，適足以反映當時推展童謠運動的盛況。

宮尾進編著此書主要秉持兩個原則，一為同一作者若有多篇作品，選其較具代表性者；二為同一主題的作品太多，選其較具藝術性的作品。他是日本人，但其編選的《童謠傑作選集》並無種族歧視，純粹針對作品本身的優劣作為選取的主要考量。也就是說，他重視的是學童在「童謠創作」的共通性和相似性，而非種族的差

異性。

宮尾進主編的《童謠傑作選集》，以臺灣風土為背景，為兒童特別矚目的優秀作品很多，其鄉土色彩與獨特韻律並容，富於感受性，完全呈現兒童赤裸的素樸心境。

此外，《童謠傑作選集》從歌謠體到自由詩型的作品所在皆有。他們的詩心既純真又憐惜，處處可見童心的映現。宮尾進深深以為童謠是孩子自身創作可以唱誦的詩的藝術歌謠。

該書封面書寫的是宮尾進「編纂」，書末廣告頁標明宮尾進「編著」，但在版權頁卻註明「著作者」宮尾進。同一本書，在三個不同的版面，卻註明三種不同的著作方式。該書扉頁，有當時臺灣總督石塚英藏「童心藝術」的題字。卷頭處選錄白鳥省吾、北原白秋、西條八十、葛原�、野口雨情、三木露風等日本名童謠詩人的「童謠詩人一家言」，就童謠表示自己的看法，當時著名的畫家鹽月桃甫負責插畫。

全書共370頁，內容區分為天象、地理與時令、動物、植物、日常生活等五大類。該書出版後，宮尾進在《第一教育》雜誌自九卷七號起至十卷三號止，分七次發表〈編輯本島兒童的童謠集〉（1930-1931），每次舉不同類別的童謠作品五到十四首不等，依次是九卷七號「天象」五首、九卷八號「天象」七首、九卷十號「地理與時令」十首、九卷十一號「動物」九首、十卷一號「動物」八首、十卷二號「昆蟲」十四首、十卷三號「植物」十一首等，如此一來，不啻是為其編著的《童謠傑作選集》劃下完美句點。

戰後，林鍾隆選譯該書中大部分臺灣學童及少數日本學童的作品，在其主編的童詩誌《月光光》第三期起至第二十二期止（第

十三期沒有選入），分門別類的予以刊載，並更名為《臺灣童謠傑作選集》。之所以取名「臺灣」，筆者認為這是他所翻譯的主要是以臺灣學童的作品為主。

　　林鍾隆將《童謠傑作選集》中臺灣學童的創作童謠譯成中文，藉以證明日治時期就有臺灣學童創作的童謠作品，對研究臺灣近代兒童文學，尤其是臺灣兒童作家的童謠作品，提供非常有力的事證。

第三節　方興未艾的兒童文化活動

　　有關日治時期的兒童文化活動，筆者認為可以從三神順在《兒童街》一卷三號及四號發表的〈臺北兒童藝術界的今昔〉及淵田五郎在四卷一號發表的〈簡述臺灣兒童文化活動〉等兩篇文章略知梗概。

　　三神順〈臺北兒童藝術界的今昔〉旨在回顧1930-1932年間，臺北兒童藝術界有關童話、童話劇、童謠舞蹈、童謠運動等的概況。比較傾向於1930年（昭和五年）以後的兒童文化活動。淵田五郎〈簡述臺灣兒童文化活動〉則從明治末年以迄昭和年間，時間橫跨日治初期到三〇年代以後，涵蓋的內容較為寬廣。

　　三神順在〈臺北兒童藝術界的今昔〉一文中提到：明治末年左右，雖然以巖谷小波、久留島武彥、岸邊福雄等為中心的實演（口演）童話運動如火如荼的開展；但是直到大正初期，以學校為主的西岡英夫的口演與理論的活動，才開始普及口演童話。

　　由於印刷文化尚未完全發達，因此在臺灣比較適合發展口演童話。西岡英夫基於他所陳述的理念，認為通俗教育在學校教育之外

所扮演的角色，看得出具有不錯的成果，遂由其所創立的「臺北童話會」以實際行動推行。

嚴谷小波在1916年（大正五年）首度來臺，有鑑於小公學校學童在國語能力方面具有先天上的差異，他另外在大稻垾公學校（後改名太平公學校）作最初的童話口演，為的是希望增加欣賞者的數量。沒有比通俗教育更適合做為口演童話運動的大眾化武器。

與西岡英夫一起參與口演童話運動的吉川精馬，其所經營的臺灣子供の世界社於1917年6月創辦的《子供の世界》（《兒童世界》），被視為是臺灣少年雜誌的濫觴。

口演童話運動與《子供の世界》誕生的因素不無關係。從口演童話移行到創作童話，具有相當高的品質。截至《子供の世界》廢刊的五年間，以唯一的商品得以存在，意謂著兒童文化生活的程度具有進展與變調的可能性。1919年1月，該雜誌依年齡層二分為《第二次兒童世界》（以幼年生為對象）、《學友》（以小學生為對象），同年12月止，這兩份雜誌又合併成《第三次兒童世界》，1922年4月廢刊。

《子供の世界》雜誌刊行本身，是很有力的運動。更且，口演童話運動與童話、童話歌劇，乃至「童話大會」、「兒童月」等的舉辦，吉川精馬的臺灣子供の世界社的存在的確具有非凡的意義。由西岡英夫擔任會長的「臺北童話會」（三神順，1939：06），後由臺灣子供の世界社的吉川省三繼任。

從上所述，係就口演童話運動與《子供の世界》的面向，談兒童文化運動的點點滴滴。

至於學校方面，可以學校為主軸來觀察兒童文化運動。從作文運動轉換到《臺灣兒童文集》（1918—1920年・大正七—九年）的

出版，該文集分天・地・人各一卷，國語學校附屬小學負責編輯，由臺北新高堂書店發行。內容是1914年（大正三年）以後全島小學校兒童作品從兩千篇中選定五百篇編輯而成的，其中並無公學校的兒童作品在內。至於1929年（昭和四年）的《御大典紀念兒童文集》，其中公學校的兒童作品就有顯著的增加。

　　在學校，制度與設施的完善的確扮演相當重要的角色，關於學校劇在遊藝會的舉辦，兒童文庫的經營等，在在都需要務實的推動才可以。服務於總督府圖書館的上森大輔曾經在1924年（大正十三年）左右的臺灣圖書館講習會主講「兒童室經營及巡迴書庫」課程。（淵田五郎，1940：10）

　　日本最早的兒童文學團體——日本童話協會於1922年（大正十一年）7月發行的機關雜誌《童話研究》曾於1927年11月報導過臺灣兒童文學界近況。翌年，臺南童話協會加入該會，成為該會第21個支部。

　　本時期的兒童文學團體計有臺中童謠劇協會（1925），會長坂本登，機關雜誌《三日刊》。臺南童話俱樂部（1927），為臺南童話協會前身。

　　截至本年代中期（大正末期）的兒童文化運動，在昭和初期前後，由於組織化的各項設備的確立，從理論到實踐，似乎開始啟動。

第四節　兒童文學作品的出現

　　自本年代起，有關兒童文學作品的大量出現，從《臺灣教育》刊載內容可以獲知梗概。1921年8月（大正十年）該雜誌第231號

起，開始刊載原創的童謠作品，揭開兒童文學作品大量出現的序幕。其中以童謠創作為大宗，不但是日人作家，就是臺籍作家作品也所在皆有。換句話說，自從被殖民統治，施以國語（日語）教育後，開始有臺灣人以日文書寫，在雜誌如《臺灣教育》發表兒童文學作品。就臺灣近代兒童文學發展而言，不啻是一個新的里程碑。

大量童謠作品的出現，以及臺籍作家作品的刊行，筆者認為一方面意謂著童謠運動的推展有具體的成果，再方面意謂著臺籍作家在日治時期開始發聲。近代臺灣兒童文學的發展，從本年代開始，再也不是日本人的獨大局面，而是花開並蒂的年代。

雖然事實上還是殖民統治當局掌控全面性的發展方向，但是，經歷過日治初期到本年代為止，接受日本國語教育的臺灣青年，已經可以日文發表兒童文學作品，尤其是童謠創作。這裡所謂的「臺灣青年」，指的是在公學校擔任「訓導」的臺籍教師作家，諸如臺南學甲公學校訓導莊傳沛等。

被殖民者以殖民國的文字書寫作品，完全是迫於環境使然，不得不的作為；《臺灣教育》雜誌能夠以作品本身的優劣引為優先考量，而非以被殖民者的身分做為考量的重點，完全是基於「屬地不屬血」、「屬事不屬人」的精神所致。

就因為這種精神的體現，像莊傳沛等臺籍教師作家的童謠作品才得以流傳，並由此成為筆者撰寫臺灣近代兒童文學，尤其是臺籍作家作品的重要文獻資料。本年代的日人作家以及臺籍作家雖有民族文化上的差異性，卻也有共同為兒童寫作文學作品的一致性。

培利‧諾德曼（Perry Nodelman）在《閱讀兒童文學的樂趣》一書中提到：

> 歷史上同一時間所書寫的文本，因作者皆有共同的意識形態
> 情境，因此，彼此之間往往有許多共通處；同一個國家所書
> 寫的文本也是如此。如果我們知道一些歷史事件或某種文化
> 的特徵，就可以有趣的看出書寫時間及地點的關聯。（劉鳳
> 芯譯，2000：143）

　　培利・諾德曼係就「歷史與文學」的面向探討產生文學作品的
相應關係。他認為對於產生文學作品的文化或歷史有稍許了解，對
於文學作品就能夠有進一步的理解。

　　同樣的道理，如果我們對於日治時期的歷史與文化有少許了
解，我們對日本殖民統治下的臺灣兒童文學作品就會有進一步的認
識與了解。雖然截至本年代為止，臺灣兒童文學及兒童文化多半是
日本人的文學世界；但是，透過日本兒童文學也讓臺灣不至於淪為
世界兒童文學的邊陲；透過日本兒童文學，使臺灣兒童文學不至於
和世界兒童文學脫鉤。

　　王詩琅在〈臺灣最初的文藝雜誌〉一文中指出1924年（大正
十三年）發行的《文藝》可能是省籍文藝工作者最初發行的文藝
雜誌。

> 這一刊物標明是臺北市崛江町一八〇番地赤陽社發行，編輯
> 兼發行者林進發，二十四開本，連封面共十六頁，全部日
> 文，（中略）內容有詩、創作、小品、童謠、短歌。寫作者
> 除了林進發外，有徐富、高氏月英、碧霞生、林高深和艋舺
> 慈惠夜學義塾二年女生李氏雲英、陳妹、三年男生林鐘；並
> 轉載日本的高山樗牛、佐藤春夫、三木露風、生田春月的
> 詩。（王詩琅，2003：65）

　　從上述可知這份臺灣最初的文藝雜誌，內容就有「童謠」；寫作者「徐富」就是本年代從事童謠創作的臺北市士林公學校臺籍訓導，也是在《臺灣教育》發表童謠作品的公學校臺籍訓導之一，這也證明臺灣兒童文學和臺灣文學其實並無明顯區隔，而是與時並進的。

　　在另一篇〈日據時期臺灣新文學〉，王詩琅明確指出：

> 文藝雜誌方面，民國十三年五月二十一日臺北赤陽社曾出版一本三十二開、十六頁的小型雜誌《文藝》，雜誌編輯兼發行人是林進發，全部日文，只出一期，這或許是本省人手裡頭一本的文藝雜誌，不過很少人知道，也未發生過影響。（王詩琅，2003：124）

　　前後兩文，有兩處相異處。雜誌開本前文為二十四開，後文為三十二開；前文未言刊期，後文只出一期。另外，曹介逸在1954年8月20日出刊的《臺北風物》第三卷第二期〈日據時期的臺北文藝雜誌〉一文，則明確指出《文藝》只發行一期即休刊，全部為日文的詩歌雜誌。

　　與此同時，莊傳沛、徐富等臺籍教師作家在《臺灣教育》雜誌開始發表數十首童謠作品和有關童話的論述；以及臺灣學童在《臺灣日日新報》「臺日子供の新聞」發表童謠作品等，在在說明日治時期的二○年代臺灣兒童文學開始有臺籍作家的努力和心血。筆者認為雖然他們在作品的「量」上無法和日本作家等量齊觀，但不能忽視的是，這些臺籍教師作家以及臺籍學童的兒童文學作品，是筆者所謂的「花開並蒂」的歷史事實。

　　處在日本殖民統治當局的殖民政策，日本和臺灣的兒童文學工作者儘管彼此的意識形態（殖民／被殖民）不盡相同，但在「共生的歷史」的特殊情況下，卻能夠共同為臺灣近代兒童文學的啟蒙奠定良好的基礎。也就是說，撇開政治因素，他們共同的志趣——為兒童寫作，則是彼此一致的意識形態，也就是依止在這樣的共同意識形態，方使日治時期的臺灣兒童文學不致流於「一片空白」。這樣的氛圍，已經可以從本年代看出端倪。

一、《臺灣教育》刊載的兒童文學作品

　　《臺灣教育》自1921年（大正十年）第231號起，開始刊載創作童謠作品。經常發表作品的日人作者有：常念坊、ぬきほる、長田要之助、不二生（井上不二）、八王子、井上富士雄、中里由露、三森鷗波等八位，其中以ぬきほる為最，其所發表的作品多達十一首。除上述諸人，在該刊發表作品的其他日人作者有：多仲衰二、柳川和久、青瓢生、會津子、女鷹、高橋流光、藻花生、HS生、玉峯生、久保穀、稻津春翠、松井生、水の子、三木正、仲曾根泉月、丘花生、二工生、水國貫治、吉田耕夫、翠華等二十位。

　　至於臺籍教師作家計有莊傳沛（學甲公學校）、徐富、陳湘耀（士林公學校）、陳保宗（臺南師範學校）、莊月芳、林世淙等六位。尤其是莊傳沛，發表的童謠作品多達十六首。這些童謠作品刊載的時間到1925年（大正十四年），不知何故，即告終止。

　　除了純文字的童謠作品，《臺灣教育》也曾刊載過〈香蕉之歌〉（梅子作曲・文子作歌）、〈桃江・テノユビ〉（陳湘耀作曲・作歌）、〈牛よ牛よ〉（陳英聲作曲）等可以唱誦的童謠作

品，陳英聲係服務於蓬萊公學校。

這些童謠作家取材範圍很廣，包括自然現象、動植物、日常生活等。諸如常念坊的〈雨後〉、〈運動會〉、〈春〉；ぬきほる的〈風〉、〈雲〉；不二生的〈白頭翁〉、〈下雨了〉、〈月亮出來的晚上〉；八王子的〈粉筆〉、〈蜻蜓〉；長田要之助的〈合歡樹〉、井上富士雄的〈夕陽〉、〈鄉間的夜晚〉；中里如露的〈雀〉、稻津春翠的〈白鷺鷥〉；三森鷗波的〈郵物車〉；青瓢生的〈汽車〉；藻花生的〈小山羊〉；高橋流光的〈星星〉等。還有莊傳沛的〈大理花〉、〈甘蔗〉、〈燕子〉、〈雨〉；陳湘耀的〈雨蛙〉、〈月夜〉、〈蝙蝠〉、〈姊姊〉；陳保宗的〈飛機〉、〈蜻蜓〉；莊月芳的〈雲雀〉；徐富的〈紅色的花〉、〈月夜〉等。

上述童謠創作，既豐富本年代的兒童文學作品，同時也象徵兒童文學作品大量出現的腳步已經慢慢接近。除童謠創作外，有關兒童文學的論述也同步成長。

西岡英夫持續上年代對童話的關注，繼續在《臺灣教育》發表論述。其他如野村三郎也在同一雜誌發表關於兒童讀物研究，莊傳沛談童謠和藝術教育的關係，徐富談臺灣的童謠，伊賀鄰太郎談兒童劇，張耀堂談童話的過去及現在、新興兒童文學——童話的價值研究（一～五），今澤慈海談兒童圖書館的設備及經營，保坂瀧雄談關於以學校劇看待的戶外劇，吉松彥二談童謠教育等等。這些作家談論的內容廣泛，舉凡與兒童文學相關的兒童讀物、童謠、童話、兒童圖書館、兒童劇等都一一涉及，換句話說，本年代的兒童文學逐漸朝向全方位的兒童文學在發展。

西岡英夫不愧是日治時期臺灣兒童文學的點燈者，除開積極推

展口演童話運動，發表童話論述；還介紹過德國天才童話家豪夫、日本桃太郎。此外，羊石生介紹中國童話，渡邊哲州介紹英國浦島太郎，中島重正談的也是浦島太郎。也就是說，本年代的臺灣兒童文學，開始朝向國際化，涉及德國、英國、中國等國的兒童文學作品。

二、《臺灣民報》刊載的兒童文學作品

與此同時，在多重文化主義的催化下，1923年（大正十二年）4月15日由臺灣知識份子創辦的《臺灣民報》，第一到第七號為半月刊，第八號起改為旬刊，第五十九號起又改為週刊；1932年（昭和七年）1月9日起再改為日報。半月刊、旬刊、週刊初期在日本東京印行；週刊後期1927年（昭和二年）7月16日起獲准改在臺灣印行。

該報首任編輯人林呈祿，發行人黃呈聰，其後迭有更異。其發行宗旨「啟發我島的文化，振起同胞的元氣，謀臺灣的幸福，求東洋的和平。」內容計有社論、評論、內外時事、雜錄、學術、科學、文藝等。發刊初期，社論屢被日本官方檢查剪除，有的甚至被禁止發行。《臺灣民報》及其後來更名為《臺灣新民報》先後都曾刊載過與兒童文學相關的作品。

1925年（大正十四年）1月1日該報第三卷第一號（通號第四十一號）首次轉載中國作家魯迅發表在《吶喊》的童話作品〈鴨的喜劇〉。這篇作品與俄國盲人作家瓦西里‧愛羅先珂（Ailuojianke1889-1952）有關。

同年6月11日該報通號第五十七號刊載魯迅翻譯自愛羅先珂的

童話作品〈魚的悲哀〉。這是一篇感人至深的童話故事。描寫魴魚的兒子福納塔羅為了追求一個沒有冬寒、沒有貧困的「另外一個世界」；結果，都由於人類的濫捕生物，福納塔羅不滿於「所有的獸、鳥、魚和昆蟲只是為了人類的需求才被創造」這樣的命運，遂以身殉道，希望人類不要再去觸犯其他生物。

全篇故事很明顯的隱喻另一個問題：人類的侵略行為對所有的生物來說，遠比大自然惡劣的環境更具有壓迫感和毀滅的危機。〈魚的悲哀〉正是悲哀這一個不公平的命運。

同年9月6日，該報自第三卷第六十九號起分五次刊載愛羅先珂另一童話作品〈狹的籠〉。這是描寫老虎屢次想為人類、其他動物解開奴隸的桎梏，讓大家得享自由。然而，關在柵欄裡的綿羊、困在水缸裡的魚、囚在籠子裡的金絲雀，卻沒有一個願意回到寬廣的林野、汪洋的大海、茂密的樹林，咸認為沒有什麼比「自由」更危險的了。至於不幸的人類，則幽禁在無形的、難以摧毀的宗教信仰和倫理節操的束縛下，牢籠是「不自由」的象徵，狹窄的牢籠更令人有透不過氣的感覺。最後，老虎黯然神傷，認定人類是卑鄙的奴隸，而動物是可憐的人類的奴隸。

愛羅先珂不斷透過老虎的行動，呼喚所有被奴役的人和動物起來掙脫枷鎖。但是，牢籠無所不在。奴隸心態一日不滌除，永無真正自由之日。愛羅先珂這篇作品的旨趣就在於此。本篇只是標明「俄國愛羅先珂　作，中國魯迅　譯」，並沒有特別註明是否「轉載」。

在日治時期這樣特殊的時空，臺灣人還可以閱讀到中國作家所翻譯的，以「漢文」呈現的俄國作家的童話作品，這在臺灣近代兒童文學史上，的確是罕見的事。

　　居間促成其事的是張我軍，當時他是《臺灣民報》編輯，是他將魯迅譯自俄國盲人作家愛羅先珂的童話作品引進臺灣。這是一段非常殊盛的兒童文學因緣，張我軍（臺灣）、魯迅（中國）、愛羅先珂（俄國），加上兒童文學（童話），這樣的組合出現在日治時期的《臺灣民報》，是一種難得的際遇。

　　這段時間正承第一次世界大戰之後，民主自由的思想瀰漫全球，民族自覺的觀念風靡於世，再加上民智大開，日本殖民統治當局遂因勢利導，採取「同化政策」。在「同化政策」的因應下，魯迅翻譯愛羅先珂的童話作品始得以「轉載」形式出現在《臺灣民報》，這也是在多元文化主義下所產生的一段插曲。其實，《臺灣民報》何嘗不是想透過愛羅先珂這兩篇寓言式的童話作品，激發臺灣人「文化抗日」的民族意識。

　　1927年（昭和二年）11月20日起，該報（已更名為《臺灣新民報》）第一百八十三號一連兩號轉載黃仁昌發表在《國語週刊》的小說作品〈弟弟〉。該篇作品主要敘述就讀北京女子師範學校的姊姊和她的小弟在前往中央公園觀賞金魚途中，一直被兩位年輕人騷擾的心理反應。

　　1930年（昭和五年）12月20日，該報第三百四十四號刊載署名村老（楊松茂）的新詩——〈孤苦的孩子〉，雖是新詩，却含有鼓舞孩子朝向正面思維的用意。

　　　孤苦的孩子，／想開吧！現在，／他們那有眼睛，／看到你
　　的酸淚？／他們那有耳朵，／聽到你的哭聲？

　　孤苦的孩子，／膽子壯壯吧！／還是揭開你臉上的愁雲，／還是拭乾你眼底的淚痕，／在人們的眼前傷心痛哭，／反正是無謂的示弱。

　　孤苦的孩子，／笑笑吧！因為，／哭腫了你的眼睛，哭破了你的喉嚨，／到頭來，／也只贏得人們無情的奚落。（1930：11）

　　1931（昭和六年）年1月1日，該報第三百四十五號刊載署名靜香軒主人（楊松茂）的民間故事——〈十二錢又帶回來了〉。這是一篇描述擅於愚弄人家的邱罔舍和人家打賭，這一次賭的條件是給邱罔舍十二錢帶出門，一定要幹三件必需花費的勾當，還得把錢完完整整的帶回來的民間故事。在故事中充分顯示邱罔舍的機智與應變的能力。

　　同月31日，該報第三百四十九號刊載黃酸4首採擷自彰化地區的童謠，茲摘錄其中兩首。

　　土地婆，土地伯，／靜靜聽阮說，／說到今年五十八，／好花來朝枝，／好子來出世，／亂彈布袋戲，／紅龜三百二，／閹雞古五巾四。（4之3）

　　頂街行，下街行，／臺北查某做親戚，／做去好，／無二伯，無二嫂，／手指三層二，色褲盤馬齒，／開皮箱仔蜂香，開轎門好新娘，／新娘頭鬃梳燕尾，／擷白扇使目尾。（4之4）

　　綜上所述，本年代的臺灣兒童文學，除了取材於日常生活的童謠創作，也有關於兒童文學其他各文體的論述；更有甚者，也將其觸角伸及歐洲及俄國、中國、日本的兒童文學作品，這是一種可喜的文學現象。不僅是半官方的《臺灣教育》雜誌，就連臺灣人創辦的《臺灣民報》也加入轉載外國（俄國）兒童文學作品的行列。

　　除開單篇論述及作品，本年代也出版若干單行本兒童讀物。計有：小穴武次《課外讀物第一篇——地理物語——臺灣旅行》（1920）；渡邊節治編選《臺灣課外讀物——六年級篇》（1920）；西岡英夫編《世界童話大系——支那・臺灣篇》（1926）；平導正登編選《青葉》（兒童文集）（1928）；恩賜臺灣獎學會出版《臺灣少年讀本》第一集（1929）宮尾進編選《童謠傑作選集》（1930）。

三、日籍作家作品

■ 西岡英夫

　　這位法政出身的作家，對臺灣通俗教育和童話研究情有獨鍾，從〈經由童話看臺灣〉一文可以證明。林文茜在這篇文章中，覺得西岡英夫認為「臺灣的兒童有喜歡伊索寓言式的故事的傾向」，（林文茜，2002：68）也就是說，大凡具有教育意味，自古流傳的故事，在臺灣比較受歡迎。

　　西岡英夫以能夠為臺灣的兒童進行童話研究與創作為職志，他也希望能夠像德國格林兄弟蒐集德國民間童話的精神一樣，大力蒐集臺灣原有的民間故事。以一個渡臺的日本人願意為臺灣的童話盡心盡力，西岡英夫是第一人。

換句話說，左手童話研究與創作，右手蒐集臺灣民間故事，是西岡英夫居臺期間的兩大文學事業；這樣的文學事業，讓西岡英夫悠游在兒童文學與民間文學之間。

他主要在《臺灣教育》，也在其他雜誌發表文章。諸如在《臺灣時報》發表關於臺灣民俗研究的提倡，以西岡塘翠之名發表〈臺俗百話蓬萊故事〉。《世界童話大系》第15卷——《支那・臺灣篇》（負責臺灣部分）是他在臺灣少有的編著。在該書中，他特別編入具有鄉土色彩的臺灣民間故事及神話共33篇。

■ 日高紅椿（1904.08.11—1986.01.18）

畢業於臺北商業職業學校的日高紅椿是日治時期金融從業人員，也是臺灣著名的童謠詩人，受野口雨情影響甚大。自1923年（大正十二年）起開始隨野口雨情學習童謠，並加入日本《吹泡泡》童謠誌。1927年（昭和二年）4月4日，野口雨情首次應邀來臺訪問兩週，（游珮芸，2007：105）日高紅椿負責在臺中的接待。本年代末期，日高紅椿初試鶯啼，開始在《第一教育》發表童謠作品〈ひーふーみ〉、〈從屋簷滴落的小水滴〉、〈上學的早上〉等三首。

■ 常念坊

童謠作家，自第231號起，率先在《臺灣教育》發表作品。作品涵蓋時令〈春〉、校園生活〈運動會〉等。

■ ぬきほる

童謠作家，繼常念坊之後，自第232號起，在《臺灣教育》發

表作品。前後共發表〈風〉、〈雲〉、〈牛〉、〈冬天的小國〉、
〈蜻蜓的眼珠〉等，為本年代日人作家發表童謠最多的作家之一。

■ 不二生（井上不二）

　　童謠作家，繼ぬきほる之後，自第234號起，在《臺灣教育》
發表作品。計有〈絲瓜〉、〈車前草〉、〈白頭翁〉、〈月亮出來
的晚上〉、〈下雨了〉、〈紅紅的夕陽〉等。

■ 八王子

　　童謠作家，繼不二生之後，自第236號起，在《臺灣教育》發
表作品。計有〈門柱〉、〈火柴戰士〉、〈橡皮球〉；〈蜻蜓〉、
〈粉筆〉等。

■ 井上富士雄

　　童謠作家，繼八王子之後，自第242號起，在《臺灣教育》發
表作品。計有〈合歡樹〉、〈時計草〉、〈美人〉、〈煙〉、〈鄉
間的晚上〉、〈倉庫〉、〈落日〉、〈夜雨〉等。

■ 保坂瀧雄

　　劇作家，保坂瀧雄在第290號《臺灣教育》發表兒童劇〈雀鳥
報恩〉（三幕），也是日治時期最早發表兒童劇的劇作家。

■ 宇野浩二

　　劇作家，於《第一教育》第八卷第一號發表兒童劇《媽媽的
聲音》。該劇編有原住民歌曲。作曲者木戶春市，此劇曾於1928年

（昭和三年）在附屬小學校遊藝會公演三場。

■ 蕗里紅宵

童謠作家，繼宇野浩二之後，在《第一教育》第八卷第三號發表作品「春日和集」，計有〈春日和〉、〈小狗的夢〉、〈水車〉三首。

■ 村山信太郎（村山生）

童謠作家，服務於嘉義小學校，繼蕗里紅宵之後，在《第一教育》第八卷第五號發表童話論述〈桃太郎和猴子螃蟹會戰的是非〉；又在第六號發表兩首童謠，分別是〈賭博〉和〈ペン草〉。

■ 萱島紫影

童謠作家，和村山信太郎同樣來自嘉義，服務於嘉義第二公學校。同樣在《第一教育》第八卷第五號發表作品〈春雨〉。

■ KY生

童話作家，在《第一教育》第八卷第八號發表作品《蕃社少年忠一》，為本年代少數童話作品之一。

■ 新垣宏一

小作家，屬於「灣生」的日本人，1922年（大正十一年）以〈美麗的高雄港〉入選臺灣子供的世界社舉辦的作文金賞，其後著有《華麗島歲月》。和往後的窗道雄一樣，都視臺灣為「第二故鄉」。

■ 西川滿

　　童話作家，在《福井新聞》發表兩篇童話作品，〈いとりぐ
ま〉和〈二フのお日樣〉等，也為本年代少數童話作品之一。西川
滿自此開始嶄露頭角。

四、莊傳沛及其童謠作品

　　詩人、童謠作家，臺南學甲人，生於1987（明治三十年）年6
月4日，卒於1967年5月17日，享年71歲。一生從事教育工作都在
日治時期，自1918（大正七年）到1939（昭和十四年）止，前後長
達21年。為學甲公學校漢文教師、公學校訓導（派任文官教職）。
1920年（大正九年）3月25日，參加臺灣總督府臺北師範學校公學
校教員講習科課程修了，獲頒布修了證書，並曾獲頒勳八等，正八
位勳章。

◆ 教學生涯

　　莊傳沛在學甲公學校擔任漢文教師，與賴和、張耀堂、周定
山、江肖梅等同屬十八世紀末的作家。在日治時期諸多平行關係
中，莊傳沛與張耀堂、江肖梅同屬教育界，而賴和、周定山則屬文
學界。

　　莊傳沛於1920年到臺北參加臺灣總督府臺北師範學校舉辦的
「公學校教員講習」，翌年《臺灣教育》自第231號（8月1日）起
開始刊載創作童謠作品，而莊傳沛則於該刊第239號（1922年4月1
日）開始發表童謠作品。他是日治時期甚早在《臺灣教育》發表童
謠作品的作者之一。他於1918年進學甲公學校服務，是臺灣新文學

作家吳新榮就讀學甲公學校（1916-1922年）時的兩位老師之一。
莊傳沛是二○年代童謠作品發表最多的臺籍公學校老師，吳新榮既
是他的學生，卻無法在他的指導下，朝童謠寫作的方向努力；只由
於吳新榮後來轉回漚江公學校就讀；否則，以其自幼喜愛詩文、喜
讀隨筆，課外常閱讀日文《小學生》雜誌的習慣，未嘗不是兒童文
學寫作的明日之星。

　　除吳新榮外，在吳尊賢先生的自傳體《吳尊賢回憶錄：一位慈
善企業家的成功哲學》第二章「少年歲月」的「1就學紀要──中
洲國校」中提到：

　　　　我於中國算法八歲（實際是六歲又四個月）進入學甲公
　　學校中洲分教場（數年後改為中洲公學校）就讀，……（中
　　略）在六年級時與另一位同學劉士堡兄被選派參加北門郡下
　　國校國語演講比賽及作文比賽，場地設在佳里公學校。
　　　　比賽當天一大早，我們兩人就走路趕往學甲公學校，拜
　　訪莊傳沛老師，與他們同車前往佳里參加比賽。（中略）在
　　上車前，莊老師還不斷的給學甲兩位代表諄諄善導，提示種
　　種應注意事項，使我感覺我們的老師給予我們的指導，其熱
　　心的程度，比莊老師實在差得太遠。

　　從吳尊賢這段敘述中，可以感受到莊傳沛是一位熱心指導學生
作文的好老師。

　　　　比賽結果還是與往年一樣，學甲公學校第一名及第二名。為
　　什麼學甲每年都在郡賽都能得第一名？在州賽也常得第一？

> 甚至在府賽（全臺灣之比賽）也曾經得過幾次第一名呢？這
> 應該歸功於負責指導的莊傳沛老師。

莊傳沛能夠在學甲公學校長期擔任教職，逐漸成為該校的首席教師，實非一朝一夕之故。從上述可知其經年累月指導該校學生作文，積纍多年的作文教學經驗，始得以讓學甲公學校的學生在郡賽、州賽、府賽都能夠脫穎而出。

> 學甲的莊老師，他是提早一年，由五年級的學生中選出三、
> 四名口才較好、記性較佳者，各發給一大本油印的演講稿，
> 這本演講稿是集過去所出過的題目之大成，另加一些預測的
> 題目教他們背誦，並且時常找機會訓練他們。到六年級時，
> 除更積極訓練外，還加上各種禮貌、態度、技巧指導與鼓
> 勵，所以，學甲的同學抽到的題目可以說差不多都已背誦過
> 的，因此講起來頭頭是道，演講的技巧及風度、禮貌都非常
> 之好，學甲的代表得第一名是萬分應該的。

所謂工欲善其事，必先利其器。這一段說的是演講方面，莊傳沛準備的是所謂的題庫。他教導學生除了演講的講題和內容的保握之外，還包括外在的演講技巧、風度與禮貌，而這也是透過演講培養學生的人文素養。由此可見，莊傳沛在說話與教學上，的確有其過人之處。

從吳尊賢的回憶看來，顯然學甲公學校的莊傳沛老師，給他的印象是如此的深刻；雖然時隔數十年，但在其印象中卻是歷歷在目，記憶猶新。從中也讓大家了解到，莊傳沛除了在童謠創作上有些許的作品表現，在作文教學以及演講指導方面成就更是非凡。

◆ 童謠作品

　　莊傳沛雖非第一位在《臺灣教育》發表作品的臺灣童謠作家，卻是作品發表最多的一位。他從1922年4月1日的《臺灣教育》第239號起以迄1923年7月1日的《臺灣教育》第254號止，陸續發表作品，計有：〈甘蔗‧雨〉（239號）、〈大理花‧輕撫孩子〉（240號）、〈星兒〉（241號）、〈懷念媽媽〉（242號）、〈甘蔗田〉（243號）、〈燕子、媽媽回家了、月亮好可憐〉（244號）、〈未知的國度〉（247號）、〈風兒〉（248號）、〈打鳥人〉（249號）、〈將童謠視為藝術教育〉（250號）、〈向日葵的祈願〉（253號）、〈燕子、木瓜的葉子〉（254號）等。

　　這些童謠作品不出生活的範圍，從生活入謠，就像從生活入詩一樣，是孩子在日常生活中可以感受得到的，換句話說，這些童謠具有生活性、自然性與知識性的質素。茲舉數首童謠作品如次：

　　（一）月亮好可憐

　　月亮／追慕著太陽／戀著太陽／追慕著

　　太陽／躲到西邊去／月亮／從東邊追了出來

　　再怎麼追／也追不著／即使如此／仍然整年追著

　　呼喚等待／都追不上／月亮真的／好可憐　　（邱若山譯）

　　在這首童謠中，作者將天體的運行轉化為月亮追慕太陽的情愫，所謂的金雞西沉，月兔東昇，日復一日，月復一月，年復一年，如此循環不已，難怪作者會覺得月亮好可憐，的確深諳兒童同情的心理。

（二）未知的國度

青色的天空／裡層／據說有個沒見過的國度／在那裡

那裡的公主／用美麗的／羽翅／總是快樂的／跳著／舞吧

銀的桌子／配上銀的椅子／五顏六色的點心／總是滿滿地／

裝在金盤／裡吧

只要一次／就好／我一定／要去看看啊　（邱若山譯）

　　這首童謠的「童話性」很強，簡直可說是童話童謠。那是一個誰也沒有見過的國度，就因為如此，容易引發兒童的「好奇心」，想去看個究竟，哪怕只有一次就好。這也是一首很有「顏色」的童謠，天空是「青色」的、桌子椅子是「銀色」的、點心是五顏六色的、盤子是「金色」的。充分顯示色澤的「豐富性」。

　　所謂童話童謠，是將兒童故事用童謠的方式寫出來。就如莊傳沛的這首〈未知的國度〉是在述說故事，很顯然，這是「童話童謠」。

（三）風兒

輕拂過／花苞的身邊／風兒／剛吹過

請靜靜地／穿過／庭院／不要吹落／可愛的花瓣

輕拂過／花苞的身邊／風兒／剛吹過

請悄悄地／穿過／妹妹的床邊／不要吵醒／可愛的眼睛

（邱若山譯）

　　這首童謠的第一和第三句為重複句，意在指出風兒剛剛吹拂過花苞的身邊，希望它不要吹落花瓣，也不要吵醒妹妹。第二和第四

句為對應句，庭院對妹妹的床邊，吹落對吵醒，花瓣對眼睛。將妹妹的眼睛比喻成花瓣，因為是可愛的。整首童謠除了洋溢著疼惜和關愛，也流露出風的動感。

（四）向日葵的祈願

古早古早／古早的時候／在庭院的角落／向日葵／向經過的／神／許了一個願／許的願是／開著花／隨著太陽／不知有晚上／不管到何時／都要在一起／那時夕陽／照了過來／神／聽到了／這個可愛的許願／從第二天起／向日葵全都／向著太陽／轉／起來了　（邱若山譯）

這又是一首充滿童話故事的童謠。莊傳沛將向日葵這種植物的「特性」以童話故事的型態表現。一方面是向日葵跟神的「許願」，一方面是神給向日葵的「滿願」。前者是因，後者是果。透過童話故事的型態表現植物的特性，既富含童趣，又兼具常識，頗能引導孩童進入童謠的情境之中。「開著花／隨著太陽／不知有晚上／不管到何時／都要在一起」，這是何等期待的許願啊。

（五）燕子

彩霞滿天／夕陽西下／燕子們啊／為什麼還不歸來呢
矮竹叢中／咕嚕咕嚕的斑鳩叫聲／會社的鳴笛聲／這時都響起了
心想說不定會是／走到庭院一看／天空只是浮著／雲朵
彩霞滿天／夕陽西下／燕子們啊／為什麼還不歸來呢
（邱若山譯）

　　這首童謠的首尾兩句也是重複句，前後呼應，滿心的期盼與
關懷，油然而生。當彩霞滿天，夕陽西下，應是「乳燕歸巢」的時
刻，可是，燕子們啊，為什麼還不歸來呢？

　　當矮竹叢中的斑鳩叫聲和會社的鳴笛聲都響起的時候，天空只
是浮著雲朵，心底盼望的燕子們卻始終不見蹤影，前後兩個「為什
麼」，道盡了內心的焦慮與不安。

（六）大理花
　　看著月亮／庭院裡的大理花在想著甚麼呢
　　從遠方的／國度／過來／一個人孤零零地／寂寞
　　或者是／媽媽的／音信／怎麼等怎麼等都／不來
　　看著月亮／庭院裡的大理花在想著甚麼呢　　（邱若山譯）

　　這首童謠是首得獎作品。第一和第四句是重複句，而重複句是
作者常用的寫作法，意在強調庭院裡的大理花，當它看著月亮的時
候，心裡到底在想甚麼？是那位從遠方國度來的寂寞而孤獨的人？
還是怎麼等都等不到的媽媽的音信？作者也一再重複「怎麼等」，
足見是多麼焦急的等待媽媽的音信，期待、盼望之情，都在怎麼等
怎麼等之中充分表現無遺。

（七）星兒
　　星兒在眨著眼睛／在矮竹叢上方／頻頻地眨著眼睛／感覺它
　　好像在／問我說／「今晚覺得怎樣」／真是感謝／託它的福
　　／請醫生來看診之後／我好多了　　（邱若山譯）

這是一首被評為「佳作」的童謠。整首沒有分段一氣喝成，星星頻頻眨著眼睛，對生病的孩子顯然產生移情作用。星兒的一閃一閃對病童來說，就宛如是一種親切的問候，一種體貼的關懷。感激之意躍然紙上，心隨境轉，病況自然好多了。從中可看出童稚的可愛，也可看出童心的真純，這種可愛與真純是一種感覺，就像病童對矮竹叢上方頻頻眨眼的星兒，那種眨眼的動作對他來說，也是一種感覺，感覺星兒好像在關心他似的。

（八）雨

每天每天都下雨／以為天空有個池塘／望上看卻看不到／只有灰色的雲而已／白天的雨是太陽的汗水吧／晚上的雨是月亮的眼淚吧　（邱若山譯）

這首童謠很有童話味，也很有詩味。前者以為天上有個池塘，所以才能夠每天每天都下著雨。這種「以為」，本身就是「想像」，而想像就是童話的本質之一。一但脫離想像，天空的池塘根本看不到，實際上只有灰色的雲罷了。至於詩味，端在於「白天的雨是太陽的汗水」以及「晚上的雨是月亮的眼淚」。邱若山認為這兩句的「語型」，顯然是受到日本明治時期的名詩人土井晚翠的詩作〈星と花〉的影響所致。其實，這兩句不但饒有詩味，而且富含童話的想像力，一方面將白天的雨想像成太陽的汗水，另一方面將晚上的雨想像成月亮的眼淚。這樣的想像既符合天體的運行，又貼近童稚的心理。

莊傳沛的童謠作品特色有如下幾點：（一）童話童謠：如〈未知的國度〉、〈雨〉、〈向日葵的祈願〉、〈月亮好可憐〉。

（二）重複句：如〈大理花〉、〈燕子〉、〈風兒〉。（三）詩味：如〈雨〉、〈懷念媽媽〉。（四）童心：如〈打鳥人〉、〈燕子〉、〈媽媽回家了〉、〈木瓜的葉子〉、〈甘蔗田〉、〈甘蔗〉。

莊傳沛在創作童謠之餘，也曾發表有關童謠的論述。在〈視童謠為藝術教育〉一文中，他認為童謠可以陶冶兒童的心靈，就像音樂可以陶冶兒童的心靈一樣，創作童謠與音樂欣賞都是藝術教育的一環。日治時期臺灣公學校訓導中，既從事童謠創作，復從事童謠論述者，僅莊傳沛一人。《臺灣日日新報》「臺日兒童新聞」主編宮尾進在編輯《童謠傑作選集》時，童謠的藝術性也是他所考量的因素之一，就這點而言，莊傳沛和宮尾進兩位的見解是一致的，是不謀而合的。

莊傳沛與其他同時期的公學校臺籍老師在童謠創作上所做的貢獻，將成為臺灣近代兒童文學史上有力的歷史見證。雖然作者不多，雖然作品的量不高，但這無礙於他們的成就，畢竟這是最珍貴的歷史文獻。他們的努力應該被肯定的。他們用日文創作童謠，就如同呂赫若、巫永福等用日文創作小說，意思是一樣的。

莊傳沛生命的精華在日治時期，長達二十一年的公學校教學生涯，在那個特殊的年代，處身在一個以日本人為主的教育環境，能夠長期在一個公學校春風化雨，那份對教育的熱誠的確令人肅然起敬。

在殖民當局推行童謠運動的同時，包括莊傳沛在內的公學校臺籍訓導，也先後投入這股童謠創作的風潮，不讓日本人專美於前，在「共生的歷史」框架下，共同為日治時期的臺灣兒童文學寫下燦爛的一頁。是以，二〇年代的臺灣兒童文學可說是花開並蒂。

　　莊傳沛在日治時期教學之餘，也在《臺灣教育》雜誌留下十六首童謠作品以及一篇童謠論述；雖然作品不多，雖然是以日文發表，但都無礙於他在臺灣童謠發展史上所奠立的基礎，他和同年代公學校訓導中的臺籍童謠作家，可說是近代臺灣童謠創作的播種者。

五、其他臺籍作家

■ 陳湘耀

　　童謠作家，也是作曲家，臺北市蓬萊公學校訓導，為日治時期率先在《臺灣教育》發表作品者。自第234號起陸續發表，計有〈桃江・テノユビ〉、〈蜂さん火事〉、〈火與花〉、〈褓母〉、〈露珠〉、〈姊姊〉、〈蝙蝠〉、〈青蛙〉等八首。

■ 莊月芳

　　童謠作家，繼陳湘耀之後，自第239號起在《臺灣教育》發表〈大球小球〉、〈雲雀〉等兩首作品。

■ 陳保宗

　　童謠作家，服務於臺南師範學校，自第245號起在《臺灣教育》發表〈蟲聲〉、〈燕子〉、〈鈴〉、〈飛機〉等作品。

■ 徐富

　　童謠作家，與陳湘耀是臺北市士林公學校同事，與陳保宗同一期在《臺灣教育》發表作品。和莊月芳同樣只有兩首，〈紅色的花〉、〈月夜〉。此外，在第259號發表〈關於臺灣童謠〉論述。

■ 黃玉湖

　　童謠作家，在第246號《臺灣教育》發表作品〈鼓〉。

■ 林世淙

　　童謠作家，自第270號起在《臺灣教育》發表〈到藥房取藥〉、〈みづすまし〉、〈雀〉、〈沈鐘〉等作品。

六、張耀堂：擲地有聲的童話研究

　　臺北木柵人，筆名大稻垣生，生於1895年9月15日，先後畢業於木柵公學校、臺北師範學校公學師範部乙科國語部、東京高等師範學校。他在《臺北師範學校創立三十周年紀念誌》一書發表〈母校創立三十周年を迎へる言頁〉一文中，提到「木柵公學校是我的第一母校，臺北師範學校是我的第二母校，東京高等師範學校是我的第三母校。」（張耀堂，1926：241-245）

　　張耀堂自1926年（昭和元年）起服務於臺北師範學校，是位全方位的作家，不但作詩、譯詩、翻譯外國名著，也擅於散文寫作，更對童話研究情有獨鍾，為日治時期除西岡英夫外，發表單篇童話研究篇幅最長（前後共26頁）的臺灣人。

　　張耀堂最早在《臺灣教育》發表的翻譯詩作是羅塞提（C・G・Rossetti）的〈彩虹〉、以及Free Lannce的〈舊雨新知〉兩首。不僅譯詩，也曾發表詩作〈新學期的心情〉、〈春天再見〉。此後陸續發表過〈秋思〉、〈陽明山修學旅行日記〉、〈他們的合奏〉、〈美化大稻垣〉等散文作品；並自第283號起連續五號以筆名「大稻垣生」和「張耀堂」本名發表〈新菜根譚與現代生活〉。

　　自1926年起，張耀堂將寫作觸角伸向童話論述，他在《臺灣教育》293號撰述〈童話的過去與現在〉，（張耀堂，1926：10-14）文中他首先提到在過去的時代總認為童話是文學者的副產物。但是，自從丹麥童話大家安徒生及德國童話大家格林兄弟以來，就打破此例。所謂既成童話，就是從過去的時代就延生而來的童話，其中最有名的計有一千零一夜、格林童話、伊索寓言、安徒生童話、魯賓遜飄流記、西遊記、桃太郎、格列佛遊記、唐吉珂德、希臘神話、貝洛童話等。

　　張耀堂認為既成童話主要有神話、傳說或是童話化したもの，此等翻譯書類很多，他舉出最可信賴的兩種，一為《模範家庭文庫》（富山房發行），全十七冊；二為《模範童話選集》（博文館發行），全十二冊。此外，還介紹若干童話論著，其中較具代表性的有蘆谷重常《童話研究》、高木敏雄《童話研究及其資料》、松村武雄《童話及兒童的研究》等。

　　張耀堂在文中對日本兒童文學的發展沿革知之甚詳，對現代關於童話依然是文學者的副產物的看法，頗不以為然。他認為童話作家是初等教育家，他們對兒童心理最為理解。這樣的理解，戰後來臺的謝冰瑩也持有相同的見解。她認為小學老師最適合寫童話，因為她（他）們了解兒童的心理、了解兒童的需要、了解兒童的語言。謝冰瑩這樣的見解和張耀堂的主張並無二致。張耀堂也藉此推介兩種現代童話，一是《實演童話集》（東京高師大塚講話會同人著），全九冊；一是《小學童話讀本》（菊池寬編），全八冊。

　　從〈童話的過去與現在〉一文的書寫，從世界童話到日本童話，從傳統童話（既成童話）到現代童話，看得出張耀堂對日本童話，乃至世界童話都有很深的了解。日治時期，以一個在師範學校

擔任教職的臺灣人，能夠這麼深入的談論童話的過去與現在，除西岡英夫外，還找不到第二個人。

緊接著，張耀堂自294號起，又陸續書寫〈關於新興兒童文學──童話的價值探究〉，此一專題分別在294、296、297、298、299等五號發表。

這樣的文章規模，在日治時期，唯有西岡英夫可以相提並論。他們兩位，一個在教育界，一個在文學界；一個從事制式的學校教育，一個從事體制外的社會教育；他們兩位共同的志趣就是童話研究，他們兩位同時也是臺灣教育會的正會員。除外，就現有文獻資料，張耀堂是第一位提出「兒童文學」這個名詞的學者。當時普遍常用的名詞不是「兒童文化」，就是「兒童文藝」；是以，張耀堂這篇〈關於新興兒童文學──童話的價值探究〉是一篇非常重要的歷史文獻。

張耀堂在〈關於新興兒童文學──童話的價值探究〉的長文中，首先列出該文目次如下：

1.關於兒童的權利：A.現代的特色　B.英國人的兒童　C.美國人的兒童；2.真正的賢妻良母ストーナ夫人：A.她的見地　B.理想的育兒法；3.現代童話的趨勢；4.現代大家的童話觀：A.經濟學者的童話觀　B.英文學者的童話觀　C.育兒專家的童話觀；5.實演童話；6.母性的使命：A.唯恐經濟上的壓迫　B.法國人的家庭一例。

也就是說，上列目次即為〈關於新興兒童文學──童話的價值探究〉的內容架構。他以長達26頁的篇幅分五期探討新興兒童文學──童話的價值。

該文以盧梭的著作《民約論》、《山中書簡》、《論人類不平等的起源和基礎》、《新愛洛伊斯》、《愛彌兒》、《懺悔錄》等

名著做為開場。他以《愛彌兒》（1762）一書為例，肯定該書是自然主義的教育小說，對於舊式的家庭教育、學校教育及社會教育而言，不啻是進行一項重大的改革。一般皆尊稱盧梭為近代浪漫主義或自然主義的始祖。在教育上，《愛彌兒》的偉大功績昭然若揭。吾人皆以《愛彌兒》是兒童的無限權力的發現，亦即「兒童的發現」為起始。

他接著提到瑞典女思想家兼近代婦女運動先覺者愛蓮凱，她生於1849年，是一位自由教育論者、和平主義者、母性禮讚者，以永遠的處女自居，過著獨居生活。1926年4月25日，以七十七高齡寫下人生最後的一頁，她是一位受人尊敬的女性思想家的代表，著有《兒童世紀》一書，被視為是愛蓮凱教育觀代表作。

愛蓮凱的思想在當時社會改革思想中最為穩健，尤其在給於兒童更多愛的教育，肯定現代是兒童的世紀，兒童的權利正是二十世紀所應服膺的。兒童權利無論在宗教上、法理上、文學上、社會上、教育上都應予以承認。

張耀堂並舉少壯政論家鶴見祐輔著作《三都物語》一書的兩篇內容〈兒童的王國〉及〈暴君的兒童〉為例，分別說明英國及美國的兒童所受的不同對待。由於他對童話價值寄於厚望，故先從兒童權利談起，繼而以執世界列強牛耳的英美兩國的例證加以申述；更進一步以實地研究家的熱烈、母性愛、兒童觀一一加以介紹。

張耀堂認為《愛彌兒》旨在闡述盧梭的理想論，《兒童世紀》則在闡述愛蓮凱的理想論。但是，美國的史特納夫人則不然。她具有很高的教養，擁有和諧的家庭，是男人的良妻，子女的賢母。1918年出版《我的育兒法》，是一部記載深刻體驗的人生報告書的一種。全書理論與實務兼而有之，具有實感、體驗與結果的多重特色。

　　在「現代童話的趨勢」一節中，張耀堂從童話起源的眾說紛紜，提到童話的發展歷史。其對現代童話發展沿革不僅知之甚詳，對現代童話的趨勢也頗多認識。除了列舉歐美日經濟學者、英文學者、育兒專家等的童話觀，並探討了實演童話。所謂「實演童話」又稱「口演童話」，類似現在臺灣盛行的故事媽媽說故事。

　　總之，張耀堂的這篇有關童話價值探究的專論，一方面由於他出身於東京高等師範的教育背景，以及在臺北師範的教諭身分，讓這篇童話價值論述具有濃厚的學術性。另一方面，由於他不僅擁有被殖民的「符碼」，同時又能寫出足以和當時極力推展「口演童話運動」，對童話論述也發表頗多的西岡英夫相提並論，更能彰顯出此文的特出性。

　　除此之外，任職臺北第二師範期間，張耀堂先後發表〈小說的過去現在與未來〉、〈新詩的萌芽及發育〉，以及將俄國作家杜斯妥也夫斯基作品《罪與罰》譯成中文。

　　總結而言，二〇年代的張耀堂，是位介於成人文學與兒童文學的傳奇性人物。不但翻譯外國詩人作品，甚至將俄國小說《罪與罰》譯成「中文」，這在以「日文」為主的日治時代，是一大創舉，也足以反映張耀堂的中日文造詣俱佳。

　　張耀堂在《臺灣教育》雜誌翻譯杜斯妥也夫斯基的名著，這和張我軍在《臺灣民報》轉載魯迅譯自愛羅先珂的童話，表面上看似毫無關係，實際上它們具有三個共同的相似處。1.翻譯或轉載的對象都是俄國作家。2.都翻譯成中文。3.都透過翻譯將俄國文學作品引進臺灣。

　　臺灣新文學作家龍瑛宗在「龍瑛宗隨筆」專欄中，曾經提到：

在日治時期的日本詩人群中，特別喜歡的是土井晚翠、生田春月、西條八十、佐藤春夫、北原白秋等。其中的生田春月精通德文，譯有《海涅詩集》。這個詩人與臺灣人張耀堂相識，他的詩集裡有一首是敘述張耀堂的。雖然生田早死，張先生仍健在，聽說已八十幾歲。張先生則是日據時代服務於臺北第二師範的國文（日文）老師。

從龍瑛宗的追憶中，他一方面追憶他所喜歡那些日治時期的日本詩人，另一方面也提到張耀堂這個人，以及張耀堂和日本詩人生田春月的情誼。

二〇年代的張耀堂，固然是位師範教育家，同時也是一位多才多藝的文學家。古典文學（漢詩）與現代文學多所涉獵。左手創作，右手翻譯；除兒童文學（童話）論述外，有關詩、小說、散文、短歌、俳句等的論述、翻譯、創作也深入其中。他既是詩人、教諭，更是全才型作家。

可惜的是，當大家在談論日治時期臺灣新文學作家的同時，是否也曾留意當時學術界的臺灣人在文學上的造詣（如臺北師範的張耀堂）。因為他的出現，至少讓大家更加深信日治時期的臺灣兒童文學不是日本人獨角唱戲的戲本，而是也有臺灣人努力心血的共生戲碼。

整個日治時期，臺灣人在童話論述上，除了張耀堂的〈童話的過去與現在〉、〈新興兒童文學──童話的價值探究〉外，還有宋登才的〈童話構成指導〉、曾景來的〈兔子的故事〉、連溫卿的〈透過參與向國際介紹臺灣童話〉等少數幾篇。尤其是張耀堂的〈新興兒童文學──童話的價值探究〉一文，就臺灣兒童文學而言，更是一篇非常重要，有關童話的歷史文獻。不但是因為它的時

代性，也是因為它的特出性。所謂「時代性」，是指日治時期；所謂「特出性」，是指篇名意趣。

第五節　創作性的作品大量出現

與上一年代迥異的，是本年代創作性的作品大量出現，逐漸脫離以蒐集整理傳統的風俗為主的做法。本年代的兒童文學，在童謠方面表現最為突出，成績最為亮麗。無論是報刊，或是雜誌，其所刊載的作品，以童謠創作為最大宗。不但是成人，就連學童都紛紛投入童謠創作的行列。此正反映當時在小學校或是公學校都在大力推行童謠教學，也就是所謂的「童謠運動」。

■ 童謠創作蔚然成風

官方的《臺灣日日新報》「臺日子供の新聞」週刊、半官方的《臺灣教育》、民營的《第一教育》等報章雜誌，在這股童謠創作風潮中，扮演相當出色的角色。它讓一些從事童謠創作的作家浮出檯面，讓他們在童謠創作上留下紀錄。同時在這波童謠創作風潮中，也讓臺灣童謠作家的作品和日本作家作品同臺亮相，雖然彼此具有種族文化的差異性，但是，透過共同的「語文」（日文），他們為兒童創作童謠的心意卻是一致性的。

基本上，本年代的童謠創作分成兩階段，前一階段從1920—1925年（大正九年—昭和元年），以《臺灣教育》為主要發表場域。無論是臺灣人或是日本人的童謠作品，都集中在此。共有二三十位作者的上百首作品被刊載，其中以常念坊、ぬきほる、不二生、井上富士雄、陳湘耀、莊傳沛等為最。

後一階段從1926—1930年（昭和元年—五年），以《臺灣日日新報》「臺日子供の新聞」週刊為主要發表場域。其所刊載的童謠作者以小公學校的學童為主。如此以作者年齡層作為區分階段的依據並不多見，但也形成一有趣的文學現象。

本年代無論是成人作家或是兒童作家在童謠創作上的成績有目共睹，臺日作家作品同臺亮相，就「童謠創作」而論，不啻是「花開並蒂」。

另據曹介逸〈日據時代的臺北文藝雜誌〉一文提及1917年（大正六年）9月臺北若草會創刊《若草》，編輯人小林忠文，此為專刊俚語、民謠、童謠之雜誌。1924年（大正十三年）6月創刊的《文藝》，編輯兼發行人林進發，僅發行一期即休刊，全部為日文之詩歌雜誌，內容包括童謠。（曹介逸，1954：38）

如上所述，早期詩歌雜誌本身就包含創作童謠在內，無論日本人或臺灣人創辦的都是如此。

除了創作，有關童謠的研究也時有所見。如重信政敏談從童謠到作文，徐富談關於臺灣童謠，宮尾進談野口雨情、三木露風、藤田健次三位先生對童句與童謠的提倡，吉松彥二談對童謠教育的看法等，惟這些論述多半僅止於概論或通論。

■ 童話研究持之有恆

本年代童話研究持續上一年代，西岡英夫依然在童話及通俗教育研究上努力不懈。自1922年（大正十一年）起，在《臺灣教育》、《臺灣時報》發表相關研究。從《臺灣教育》第245號起，以西岡塘翠之名，連續三號撰寫〈總的來觀察臺灣的童話〉，敘述他對臺灣童話的觀察與看法。此後，陸陸續續談他對童話與訓

辭的看法（第288號），介紹德國天才童話作家豪夫（第309、310號），童話「桃太郎」與桃太郎本（第326—328號）。

服務於斗換坪公學校的渡邊哲州談英國的浦島太郎，以及跟桃太郎有關者（第309、323號）。至於中島重正談的也是浦島太郎（第310號）。

服務於臺北師範的臺灣教諭張耀堂也有關於童話的研究論述。他在另一篇則談到童話的過去與現在，足見他對日本童話的發展也深有研究。

自本年代起，若干服務於小公學校的教師開始在教育雜誌發表有關童話的見解。像服務於羅東郡順安公學校的村井生談關於童話教育的價值考察偶感《第一教育》，嘉義小學校的村山信太郎談桃太郎與猴子螃蟹合戰的對與錯。

本年代起，臺灣人在童話論述方面開始嶄露頭角，就像童謠創作一樣並沒有讓日本人專美於前。

■ 兒童刊物的創刊

本年代中期以後，與兒童文學相關的刊物陸續出現。首先上場的是「臺日子供の新聞」（週刊）的創刊，主編宮尾進。該刊的創刊，旨在提升兒童文化的水平，這意味著兒童福利的開始受到重視，也是報社創設兒童版的先例。該週刊的創刊，成就了宮尾進在臺灣童謠發展的歷史定位，也為臺灣的學童在童謠創作（小公學校）上留下彌足珍貴的文獻資料，歷經五年的努力，從將近四千首的創作童謠，採錄七百餘首，編成《童謠傑作選集》，致使宮尾進與《童謠傑作選集》雙雙在臺灣近代兒童文學發展史上擁有一席之地。

　　緊接著，同年9月，臺灣童謠協會發行，宮尾進主編的童謠誌《ババヤ》正式登場，對童謠作家而言，是一份真正屬於他們的園地，也是一份應運而生的兒童文學刊物，這是臺灣第一份單獨發行的童謠誌，對臺灣童謠運動的推展，無異是一個里程碑。宮尾進躬逢其盛，成為日治時期臺灣第一份童謠誌的主編。

■ 兒童讀物的出版

　　單行本兒童讀物的出版，在本年代逐漸增多。負責出版的是臺灣子供の世界社、臺北新高堂、臺灣日日新報社等。而小穴武次、渡邊節治、片岡巖三位負責編選、編著，依次是《課外讀本第一篇──地理物語──臺灣旅行》、《臺灣課外讀物──六年級篇》、《臺灣風俗誌》。尤其是《臺灣風俗誌》，就童謠而言，片岡巖蒐集極為豐富的臺灣傳統童謠，形成本年代傳統臺灣童謠與創作童謠並存的現象。

■ 俄國兒童文學作品的初現

　　本年代在多元文化主義的催化下，出現中國作家翻譯俄國作家的童話作品在臺灣知識份子創辦的報紙「轉載」的事例。這個中國作家就是魯迅，俄國作家是盲人作家愛羅先珂，作品是〈魚的悲哀〉和〈狹的籠〉。重要的是這兩篇童話作品是以「漢文」發表在臺灣人自辦的《臺灣民報》，有別於臺灣作者以「日文」發表在日文的教育雜誌。

　　愛羅先珂的這兩篇童話作品，內含「爭自由」的寓意在內；這與《臺灣民報》長期「文化抗日」的立場不謀而合。更由於魯迅的特殊身分，讓他的童話譯作更顯出特別的意義。

■ 日本重量級文學家來臺

　　日本近代文學大家佐藤春夫與野口雨情於本年代先後來臺，對臺灣兒童文學發展，不無加分作用。佐藤春夫與谷崎潤一郎、芥川龍之介同為日本大正期最活躍的作家。佐藤春夫於1920年（大正九年）7月來臺旅行三個月，歸日之後，陸續完成臺灣旅行相關作品，《蝗蟲大旅行》發表於日本的兒童文學雜誌《童話》（大正十年九月）。這是一篇與蝗蟲有關的短篇童話，後被收錄於1923年（大正十二年）日本改造社出版的《現代日本文學全集第三十三篇──少年文學集》中。

　　至於日本重量級詩人野口雨情則是日高紅椿童謠創作的啟蒙者，他曾指導日高紅椿學習童謠，並介紹他加入《吹泡泡》童謠誌。對日高紅椿而言，野口雨情不啻是指引他朝向童謠寫作的燈塔。其童謠作品〈しやんこしやんお馬〉曾編入小公學校三年級唱歌科唱謠教材。

　　　　野口雨情也來過臺灣，那時候他已經高齡，我和在臺的日
　　　　本詩人作家們邀他於榮町（今臺北衡陽路）明治喫茶店歡談
　　　　一夕。

　　以上是龍瑛宗在「龍瑛宗隨筆」──讀書遍歷記──的追憶。這也說明在本年代，臺灣新文學作家與在臺的日本作家相互有所往來。

第肆章　三〇年代的臺灣兒童文學： 黃金時期

　　本年代橫跨日治時期的「同化時期」與「皇民化時期」，以1936年（昭和十一年）做為分水嶺，之前為「同化時期」，之後為「皇民化時期」；之前還是文官統治時期，之後又回歸武官統治時期。

第一節　時代背景

　　本年代適逢日治時期後半期，臺灣文壇發生過轟轟烈烈的新文學運動。該運動，一來受到中國五四運動的影響，二來做為抗日民族運動的支流。該運動不但在臺灣文化啟蒙運動，就是在抗日民族運動史上，都具有相當重要的意義和貢獻。

　　臺灣新文學運動到本年代已有相當發展，上一年代創刊的《臺灣民報》自1927年（昭和二年）8月遷移臺灣發行，由半月刊改為週刊，到1932年（昭和七年）4月又改為日刊。全部採用白話文的

該報,特闢學藝欄,提供篇幅供新文學作品發表,魯迅的〈魚的悲哀〉、〈狹的籠〉兩篇童話譯作就是在「學藝欄」刊載的。

在《臺灣民報》遷移臺灣並改為日刊的同一年,一群在東京留學的臺灣留學生張文環、王白淵、巫永福、吳天賞、施學習等籌設「臺灣藝術研究會」,並創辦《フォルモサ》(*Formosa*)雜誌,同年7月15日在東京舉行成立總會及《フォルモサ》雜誌發行紀念會。該雜誌雖然命短,但對臺灣文學界卻產生震撼性作用。臺北的黃得時、廖漢臣、陳君玉、林克夫等成立文藝家協會,創刊《先發部隊》,後更名為《第一線》;兩年後,臺中的張深切、張星建、賴明弘等於1934年((昭和九年))5月在臺中規劃首次的臺灣文藝大會,成立臺灣文藝聯盟,並創刊《臺灣文藝》。

本年代除上述的文藝團體以及文藝雜誌外,還有《南音半月刊》(1932年1月)(昭和七年)、《臺灣新文學》(1935年12月)(昭和十年)等。

本年代後期,盛極一時的臺灣新文學運動,由於日本殖民統治當局的禁用漢文,致使《臺灣新文學》被迫停刊;「七七事變」發生,日本為澈底消滅臺灣人的民族意識,全面禁止使用漢文,不但《臺灣日日新報》、《臺灣新聞》、《臺南新報》(4月)三報停止漢文版,就連《臺灣新民報》(6月)的漢文版也全部廢止。不但禁止使用漢文,在思想上更加嚴厲控制知識份子的活動。若干習慣以漢文創作的新文學作家就此完全失去作品發表的園地,只有所謂的「皇民文學」繼續存在,至於文學活動則完全被日本殖民統治當局控制。

這是一個臺灣新文學活躍的年代,也是臺灣知識份子以「文化抗日」活躍的年代。他們不但發表新文學作品,也關注兒童文學。

上述的《南音》、《第一線》、《臺灣文藝》、《臺灣新文學》都有這些新文學作家的兒童文學作品發表。

　　除以臺灣新文學作家為首的藝文團體，本年代還有以居臺日本作家為首的臺灣文藝家協會所屬的《文藝臺灣》，幾乎當時居臺的日本兒童文學作家包括西川滿、日高紅椿、窗道雄、池田敏雄、山下太郎等都有作品發表；更特別的是有「臺灣文學少女」之稱的黃鳳姿的作品時有所見。

第二節　推動者行止

一、日本居臺作家

（一）西川滿：出版家兼作家

　　作家、出版人。日本若松市人，生於1908年2月12日（明治四十一年），卒於1999年2月24日，享壽92歲。1911年隨祖父渡臺，1914年（大正三年）4月入臺北第四尋常小學校（後更名為樺山小學校），1920年（大正九年）進總督府立臺北中學校（建國中學前身），熱心文藝創作，開始寫作，創辦文藝雜誌《櫻草》，1928年（昭和三年）進早稻田第二高等學院專攻法國文學，1933年（昭和八年）畢業後再度來臺，參加「臺灣愛書會」，翌年，進《臺灣日日新報》學藝部，主編學藝欄。1935年（昭和十年）1月在《黎明》雜誌連續兩期發表童話式小說〈小矮人〉，同年5月在《媽祖》一卷五期發表繪本〈花傳奇〉，1937年（昭和十二年）在《臺灣教育》第425號發表〈兒童的詩‧兒童的心〉，從此看來，

本年代的西川滿，在兒童文學方面的確是全方位的發展，其中包含小說、繪本、詩等。

　　從1924年（大正十三年）到1940年（昭和十五年）止，也就是從二〇年代到四〇年代這十餘年間，西川滿先後主編過《櫻草》（1924）、《泊芙藍》（1926）、《扒龍船》（1926）、《愛書》（1933）、《媽祖》（1934）、《臺灣風土記》（1939）、《文藝臺灣》（1940）等七種文藝雜誌。這樣的經歷，在日治時期居臺的日本人而言，是一種極為難得的文學歷練，更可看出他在日治時期後半，居臺灣文壇舉足輕重的地位。

　　1939年（昭和十四年）9月創立「臺灣詩人協會」，同年年底改組，主導創立「臺灣文藝家協會」，成員以居臺日本人為主，並創刊會刊《文藝臺灣》，積極從事文學創作與文學相關活動。其文學風格充滿濃厚的殖民意識，為日本人「外地文學」的代表。

　　著作等身的西川滿，小說、詩、童詩、隨筆、童話、繪本、民俗等的著作，創作泰半皆以臺灣題材為中心。西川滿不但側身臺灣文學，同時也致力於兒童文學。由《臺灣省通誌卷五・教育志・文化事業篇》刊載，其在繪本及童話創作上皆有作品問世。可見西川滿不但在成人文學領域獨領風騷，就是在日治時期臺灣兒童文學的發展，同樣佔有一席之地。

　　西川滿與濱田隼雄、北原政吉、長崎浩、新垣宏一等可說是在臺日人作家的代表人物。從三歲起，除了大學時代，半生的三十年歲月都在臺灣渡過；與早期漂洋過海前來異地的所謂「渡來者」有別，該屬於「灣生」或「第二世」。生長在臺灣的新垣宏一這麼說：

> 這些寫作者（註：第二世），對臺灣之土地，已感到極深的
> 血緣關係；他們毫無外出謀生的根性，是些可靠的好人。
> 他們都以臺灣為自己的故鄉。這些「第二世」的文學活動在
> 1930年前後即顯著的表現出來，其風格與早先的「渡來者」
> 以旅人心境描寫的文學不同。

　　西川滿創立過媽祖書房（1934年），1938年更名為日孝山房，出版過《童話故事——貓寺》（1936）、《繪本桃太郎》、童話《傘先人》（1938）、《牙牙學語之歌》（1939）、《臺灣繪本》（1943）等兒童文學作品，是日治時期兒童文學作品出版單行本最多的作家。

　　由此可知，西川滿在三〇年代中期以後，的確是臺灣兒童文學界的風雲人物，在出版界、文學界都有其一定的影響力。他和摯友池田敏雄更是將黃鳳姿推介給日本兒童文學界的兩大幕後功臣。

（二）日高紅椿：童謠舞蹈推動者

　　童謠詩人，原名捷一，日本鹿兒島縣人，生於1986年1月18日，卒於1904年8月11日，享壽83歲。日治時期臺灣著名的童謠詩人，自上年代開始隨野口雨情學習童謠創作，作品〈小米祭〉曾獲日本童謠誌《ミヤポン玉》社舉辦的全國童謠作詞比賽二等獎，被視為日治時期臺灣兒童文學界重要人物之一。其童謠作品寫作形式著重起承轉合，作品總是流露出淡淡的鄉愁。

　　自本年代初始，日高紅椿一方面在《第一教育》、《臺灣文藝》、《兒童街》等雜誌發表童謠作品或是童話劇，一方面也在這

些雜誌發表相關研究。除童謠創作外，還熱衷於兒童文化活動。
1930年（昭和五年）6月，在臺中組織日高兒童樂園第一回童話大
會，8月創設日高兒童樂園；翌年7月，再度舉辦日高兒童樂園童話
大會，致力於童謠劇的研究和實際的舞臺演出。

　　日高紅椿對於臺灣近代兒童文學的貢獻在於童謠創作與童謠
劇推廣。自1929年（昭和四年）在《第一教育》發表〈ひーふー
み〉、〈從屋簷上滴落的水滴〉、〈上學的早上〉等三首童謠作
品開始，自本年代起，又前前後後在《第一教育》發表〈下雨的日
子〉、〈風車和水車〉、〈黃金蟲〉，在臺灣文藝聯盟《臺灣文
藝》發表〈馬廄的馬〉、〈秋景〉等童謠集作品。在《兒童街》發
表〈排成一列〉、〈星星〉等童謠作品，以及童謠舞蹈〈麻雀〉，
童話劇〈惡作劇的狸〉等。除以上的童謠及童謠劇作外，日高紅椿
還在《第一教育》、《童話研究》、《兒童街》等雜誌發表有關童
謠及童謠舞蹈、臺灣鄉土等的研究。

　　日高紅椿之所以會在臺灣文藝聯盟所屬的機關雜誌《臺灣文
藝》發表童謠作品，筆者認為和該刊係漢和文並刊有關係。但他卻
認為臺灣沒有具代表性的獨特色彩，導致他的作品無法表現臺灣的
特色。這一點，可從他發表在《兒童街》創刊號的一篇〈臺灣的鄉
土藝術〉看出端倪。

　　　　關於臺灣的鄉土藝術，在我十五年創作童謠當中，經常在苦
　　　　思這個問題。也就是說，臺灣沒有強烈特出的自我色彩。
　　　　（中略）椰子是南洋，豬隻是中國，在動植物方面，臺灣也
　　　　沒有獨自的特色。這些問題在我表現我的興趣編舞及攝影

時，更加令人困擾。臺灣的作家沒有值得誇耀的東西。本島人就能代表臺灣嗎？高砂族是臺灣的代表嗎？本島人的生活風俗習慣是中國傳來的、臺灣音樂是中國音樂、臺灣戲劇是中國戲劇、臺灣服裝也是中國傳來的，也許有些改良，但卻還是中國的色彩。想要以舞蹈來表現臺灣時，雖然很努力編舞，每次卻脫不了中國色彩。（中略）居住在臺灣的藝術愛好者，一定也曾為如此曖昧的臺灣特色感到懊惱吧。就因為這樣，我們一定要比其他人賣力地表現出臺灣的鄉土色彩，真是沉重的負擔。（游珮芸譯，2007：194-195）

　　日高紅椿在這篇談論臺灣鄉土藝術的文章中，有幾個地方值得大家深思的。1.臺灣沒有強烈特出的自我色彩。2.臺灣獨自的特色是什麼？臺灣特色的界定又是什麼？3.本島人能代表臺灣嗎？4.臺灣和中國畫上等號。5.表現臺灣的鄉土色彩，對「第二世」來說，是個沉重的負擔。

　　針對上述五點，筆者以為：就第一點而言，臺灣沒有強烈特出的自我色彩，那是日高紅椿個人的想法，並不能代表所有的「第二世」。就第二點而言，所謂臺灣獨自的特色以及臺灣的特色界定，日高紅椿並沒有具體的提出他的看法，那他又如何斷定臺灣沒有獨自的特色？他對臺灣的認知顯然還是不夠的。就第三點而言，如果本島人不能代表臺灣，那又有誰真正能代表臺灣？就第四點而言，日高紅椿和平澤丁東患了同樣的毛病，他們都把臺灣和中國畫上等號。所以在他們眼中，臺灣並沒有特色。就第五點而言，對不知如何向內地表現臺灣鄉土色彩的「第二世」，的確是種沉重的心理負

擔。無論如何，日高紅椿在〈臺灣的鄉土藝術〉一文中，儘管對臺灣認識不深，但至少表現出他想突顯臺灣鄉土藝術的特色的那一份熱誠。

游珮芸在《日治時期臺灣的兒童文化》中對日高紅椿的這篇文章，提出她讀取到的兩個訊息。

一、在臺的「內地人」向內地發表創作時，會考慮到所謂的「臺灣色彩」。也就是說，內地的人們會期待他們的作品具有殖民地臺灣的色彩，而且他們自己本身也會摸索臺灣的特色，來突顯自我的存在。

二、日高紅椿對於「文化」與「藝術」的見解極為膚淺。他認為臺灣沒有具代表性的獨特色彩，甚至在創作上受到侷限。那是因為他對「文化」特色抱持著頑固的刻板印象。他認為臺灣不像內地四季分明，因此影響童謠的創作，殊不知這樣的看法，只是把「文化」與「藝術」表現套入一個固定模式。（游珮芸，2007：195）

有關「臺灣色彩」之說，在巖谷小波第三度來臺的花蓮港與臺東之旅，讓這位口演童話大家有「第一次有臺灣的感覺」。

到現在為止兩次來臺，都是在西部已開發的城市地區，只看到充滿現代文化內地人式的景物以及中國色彩濃厚的臺灣人的生活，雖然說接觸到與內地全然不同的地方色彩，但是太中國味，看不到真正的臺灣色彩。這一次見識到東部臺灣的蕃社，與蕃人近距離接觸，才感覺到了真正的臺灣。（游珮

芸，2007：50）

　　同樣是日本人，為什麼第三度來自內地的巖谷小波會有「臺灣的感覺」，而在臺灣成長的「第二世」日高紅椿卻直說臺灣沒有獨特的臺灣色彩。是不是在日高紅椿的意識裡保有殖民者／被殖民者的高姿態和優越感？問題出在他是否「用心」體會臺灣的「文化」與「藝術」。

　　又為什麼另一位童謠詩人窗道雄，其作品卻充滿臺灣的風土民情，因為他完全融入臺灣在地生活。一位態度高傲，一位平易近人，致使這兩位在臺灣成長的日本居臺童謠詩人會有此迥然不同的評價。

（三）窗道雄：融入臺灣的童謠詩人

　　本名石田道雄，1909年11月16日（明治四十二年）生於日本山口縣德山市。排行老二，上有父親石田清作、母親西卡、大哥守槌，下有妹妹春江。1912年（大正元年），父親隻身渡臺負責臺北州警用電話的敷設工程。1915年（大正四年）4月，母親帶著大哥和妹妹渡臺，留下窗道雄和爺爺兩人相依為命。翌年4月，入德山町立歧陽尋常高等小學，1919年（大正八年）3月，自小學校三年級休學，渡臺依附兩親，4月，轉入臺北市立城南小學校四年級就讀。

　　1922年（大正十一年）起，先後參加兩次升學考試都未能如願。第一次參加臺北第一中學（建國中學前身）落榜，第二次參加臺北師範學校考試，卻因發燒不得不停考。1924年（大正十三

年）4月，進臺北州立臺北工業學校土木科（國立臺北科技大學前身）。在學期間，開始在謄寫印刷的同人誌《腳步》（《あゆみ》）發表詩作。

1929年（昭和四年）3月，畢業後，隨即進臺灣總督府道路港灣課任職。當年適逢總督府興建臺灣西部縱貫鐵路，窗道雄躬逢其盛，遂投身該項鐵路建設工程，前後長達八年之久，參與有關西海岸各地城鎮及村莊的道路、橋樑、暗渠等工程的測量、設計及施工等的工程建設。

1934年（昭和九年）窗道雄偶然從繪本雜誌《孩子國》（《コドモノクニ》）閱讀到北原白秋和西條八十擔任評選的「童謠募集」，乃試投五篇童謠作品，結果，〈馬纓丹的籬笆〉和〈假若下雨〉兩首被列為「特選」，作品受到青睞與肯定，窗道雄遂積極投入童謠創作。

這兩篇特選作品，分別於當年11月和12月刊載於《孩子國》雜誌。這也是他的童謠處女作，而且是經由日本大師級的北原白秋和西條八十的「特選」，與其說是「幸運」，不如說是作者的確具有童謠創作的天份。

對一個初試身手的年輕人而言，作品的受到大師肯定，不啻是莫大的激勵；進而引導他以「窗道雄」為筆名，默默的、慢慢的朝童謠詩人的詩路邁進，也因為這樣殊盛的因緣，造就往後一代童謠詩人璀璨的文學生命。

自1935年（昭和十年）以後數年間，窗道雄持續向《兒童的詩・研究》、《孩子國》、《童話時代》、《章魚》、《動物文學》等內地的雜誌報紙投稿。根據游珮芸在《日治時期臺灣的兒童文化》一書中，列出窗道雄在臺灣時期作品的發展狀況，其中

以發表在《昆蟲列車》同人誌的作品最多，達79首；其後依次為《章魚》13首、《動物文學》9首、《文藝臺灣》6首、《童話時代》《故事之樹》（《お話の木》）《臺灣日日新報》等各5首、《孩子國》《孩子的文庫》（《子供の文庫》）各3首、《作文俱樂部》（《綴り方俱樂部》）2首、其他如《兒童的詩‧研究》‧教育行童話研究》《肥皂泡泡》《保育》《信濃每日新聞》等各1首。（游珮芸，2007：203）

　　若依游珮芸的統計，臺灣時期的窗道雄絕大部分的童謠作品，都發表在內地相關的童謠誌；發表在臺灣本島的只有《文藝臺灣》和《臺灣日日新報》兩種。照此情形而論，窗道雄絕大部分的童謠作品顯然以內地的童謠誌為主要的發表園地，因此，島內能夠欣賞其作品的讀者顯然也是極少數。

　　儘管作品多有臺灣味，卻很少在島內的相關報章雜誌刊載；除上述《文藝臺灣》和《臺灣日日新報》外，就只有《色ある風》（1938.04）第一輯的〈阿媽〉，以及《合歡樹》（《ねむの木》）（1938.12）刊載的《蘋果》兩首。這也是僅有的刊載在童謠誌的童謠作品。

　　〈阿媽〉這首童謠並未收錄在向陽選譯的まど‧みちお童謠集──《大象的鼻子長》（1996.03），但卻出現在陳秀鳳編譯的《另一雙眼睛──窗道雄詩選》。

　　　去世之前　阿媽／經常　和我去公園／坐在長椅上休息／然後　只要／白色襪子的大拇指上／飛來五彩瓢蟲／阿媽　就慌忙嚷著／別抓牠　別抓牠／彷彿剛出嫁時候的自己／變成瓢蟲飛回來一般／五彩瓢蟲一飛走／阿媽　像變魔術一樣／

從袖口／又把牠揪出來／肥得有點誇張／看了覺得毛骨悚然
的五彩瓢蟲／不過　給了我一隻／又放了一隻到自己的嘴裏
／原來是　糖果啊／糖果　一直／躲在阿媽的嘴裏／偶而／
還像地震般　動來動去（陳秀鳳譯，2002：102）

　　這首作品洋溢著祖孫溫馨的互動之情。從孫子回憶阿媽在生時
經常帶他去公園切入，「公園」成為祖孫留連之處。讓他覺得毛骨
悚然的五彩瓢蟲原來是糖果，「糖果」在此作品中，誠然具有畫龍
點睛的效用，把糖果在阿媽嘴裏形容像地震般的動來動去，的確是
傳神之筆。

　　窗道雄的童謠創作，緣起受知於北原白秋的青睞，如果說窗道
雄是童謠創作的千里馬，那北原白秋就是得識窗道雄這匹千里馬的
伯樂。

　　窗道雄的童謠創作係發跡於內地的童謠雜誌，他與日高紅椿在
童謠創作上都幸運的遇到貴人，像北原白秋之於窗道雄，野口雨情
之於日高紅椿。只是兩人在表現臺灣風土民情的寫作風格上，確有
天淵之別。

　　　窗道雄在臺灣生活了有二十四年之久，由於父親工事的遷
　　移，他的足跡遍達臺灣各地，甚至一度為探望父親而前往離
　　島澎湖。窗道雄說，是臺灣的土地以及人們教養了他的少
　　年、青年和壯年的初期；他對臺灣的一切深感共鳴，這可
　　以由他一九三四年至一九四四年的許許多多作品中顯現出
　　來，如〈玉蘭花〉、〈蓮霧〉、〈囝仔的家〉、〈囝子的

筆記〉、〈布袋戲〉、〈水牛〉、〈臺灣風景明信片〉等
等，窗道雄捕捉了當時臺灣農村的樸素與恬靜。（連翠茉，
1996：276）

從連翠茉這段敘述中，顯而易見的是因為窗道雄父親工事的
遷移，進而豐富了他的寫作廣度；再加上對臺灣一切所產生的「共
鳴」，也強化他的寫作深度。此外，在〈大家好〉一文中，窗道雄
提到：

在這更要說明的是，我不認為，是臺灣外在種種引發我這樣
的感動。儘管剛開始當然如此，但隨著追逐這項感動之中，
「臺灣本性」毋寧是一種「地球本性」的覺醒，所以身為地
球人的我，發出必然的共鳴與讚嘆。（1996：11）

從這段話看來，顯然窗道雄在離開臺灣回到日本後，對當年
在臺灣的童謠創作觀已經從早期的「臺灣本性」昇華為「地球本
性」。

茲以一首窗道雄的〈囝子兄〉為例：

看到啃著甘蔗的囝子兄，／叫他一聲「囝子兄」，／他回答
「我不知」，／跟著把甘蔗折成兩段，一段給了我。

看到牽著水牛的囝子兄，／叫他一聲「囝子兄」，／他回答
「我不知」，／跟著靠近水牛，把臉藏了起來。

看到踏著龍骨車的囝子兄，／叫他一聲「囝子兄」，／他回
答「我不知」，／跟著踩踩　踏踏，／愈踩愈快，愈踏愈
快。（向陽　譯）

從這首描述臺灣農村風情的童謠中，從囝子兄、龍骨車等充
滿臺灣味的用詞中，的確可以體會出融入臺灣在地生活的作者的心
境。畢竟，若非真的融入，怎會想到用「囝子兄」這樣非常土味的
臺語用詞；若非擁有臺灣經驗，又怎會知道「龍骨車」這種五〇年
代以前臺灣農村灌溉用的重要農具（灌溉用的抽水踏車）。

再從另一角度，也可以細細品味作者如何透過細膩的觀察臺
灣農村小孩的舉動，以及詩人和囝仔之間的互動。從這首〈囝子
兄〉，讓大家更加體會出「萬物靜觀皆自得」這詩句的意境。

再以另一首〈囝仔〉為例：

我所喜愛的臺灣的／囝仔的家中有什麼？／「剛剛才生下來
的小乳豬。」

我所喜愛的臺灣的／囝仔的臉上有什麼？／「閃閃發亮的鼻
涕。」

我所喜愛的臺灣的／囝仔的頭上有什麼？／「土地、草屑和
向陽的所在。」

我所喜愛的臺灣的／囝仔的口袋裡有什麼？／「腳已被扯掉
的蟋蟀。」

我所喜愛的臺灣的／囝仔的去處是哪裡？／「芒果林中的媽祖廟。」

我所喜愛的臺灣的／囝仔的最愛是什麼？／「老母、老母，媽媽。」（向陽　譯）

這也是一首頗具臺灣味的作品。作者把臺灣囝仔的形象描述得活靈活現，對於臺灣囝仔的生活也掌握得很貼切，豬圈中剛出生的小乳豬，流鼻涕的臺灣囝仔，頭上有草屑的囝仔，囝仔最喜歡去玩的芒果林中的媽祖廟，以及最後一段最愛的老母，這一切的一切，若非了解這些情境，又如何寫得出來？

作者重複六次的「我所喜愛的臺灣的囝仔」，足見作者對「臺灣囝仔」的親和和貼近。重複使用意在加重「臺灣囝仔」的家中、臉上、頭上、口袋、去處以及最愛。

另一首跟囝仔有關的〈燒金〉（摘自《囝仔的相片簿》）：

阿媽已經不能／看著他長大的／囝仔　走向金爐／站著／一邊祈禱／一邊緩緩的／把金紙／燒給阿媽。

像蝴蝶一樣的／紙灰／靜默的／迎面撲飛。
把手指向／門口／囝仔喃喃／向阿媽說：／「不知是不是有在賣李仔糖？／就拿這些錢／買李仔糖吧。」（向陽　譯）

窗道雄這首作品，把囝仔燒金紙給阿媽的孺慕之情充分表現無遺。他對臺灣人的習俗如果沒有深入了解，也無法將這樣的情境描

寫得如此絲絲入扣。純真憨厚的臺灣団仔，竟然希望阿媽拿他燒的金紙去買李仔糖吃，在窗道雄的這首作品中，団仔是這麼的單純，令人不禁為濃厚的祖孫情而感動。

　　前此已經提過《色ある風》童謠誌刊載窗道雄的一首〈阿媽〉，以下再談由柴山關也編著，臺北ねむの木社發行的童謠誌《合歡樹》所刊載窗道雄的另一首童謠作品〈蘋果〉。

　　生病時房間裡／有蘋果／燈亮著。／蘋果／放在手上／蘋果、風／不吹了。／蘋果／生病時房間裡／有蘋果、／時鐘／滴滴答答。（游珮芸譯）

　　這首作品是窗道雄寫於1936年（昭和十一年）因膽囊炎而入院時完成的，當年就是因為此病發作高燒不退，遂打消前往東京發展的念頭。

　　是以，〈蘋果〉這首童謠作品，是讓窗道雄繼續留在臺灣的轉捩點，也是在他的童謠作品中，堪以紀念的一首。本作品無疑是在描寫病中的心情，單調而乏味。

　　由上可知日治時期窗道雄的童謠作品除發表在前述的內地童謠誌外，也發表在臺灣本島所發行的《合歡樹》、《色ある風》等童謠誌。足見他的童謠作品都得到各童謠雜誌編輯的青睞，讓內地和臺灣的童謠喜好者都能夠欣賞到他的作品。不過，主要還是以內地廣大的讀者為主，臺灣本島能夠閱讀到的畢竟是少數人而已。因為《合歡樹》、《色ある風》等童謠誌的發行都不過三期。

　　臺灣有關窗道雄的單行本著述目前只有向陽選譯的まど・みちお童謠集《大象的鼻子長》（1996.03）以及陳秀鳳編譯的《另一

雙眼睛──窗道雄詩選》（2002.02）兩書。前者係「安徒生獎大師傑作選」的第三本，全書將窗道雄童謠作品分1934～1944、1945～1959、1960～1969、1970～1979、1980～1999等五個階段，每一階段各收錄12～31首不等的作品，共100首，其中與本書有關的是1934～1944年間（昭和九年～昭和十九年）的「24首」，只有譯作，沒有解說。

　　後者係陳秀鳳從1998年到1999年期間，選譯100首窗道雄的詩裡精選「40首」，再加上譯者的「閱讀」而成的，比前者多了「閱讀」的解說。前者雖然有註明1934～1944年，但並未進一步註明作品發表的年份及出處；後者全然沒有註明年份及出處，是以，更增加研究的困難度。

　　除向陽和陳秀鳳外，有關研究窗道雄童謠作品的學術論文計有陳秀鳳〈窗道雄的小宇宙〉（1998.01）以及徐錦成〈窗道雄的「臺灣詩」〉（2000：110-128）兩篇。

　　前者係於靜宜大學文學院舉辦的第二屆全國兒童文學與兒童語言學術研討會所發表的。後者係於臺東師範學院兒童文學研究所舉辦的兒童文學與童書翻譯學術研討會所發表的。前者主談窗道雄童謠作品的宇宙觀，後者主要係以窗道雄一系列以「臺灣囝仔」為題所作的「詩」為例，分析窗道雄詩中的「臺灣味」。徐錦成最後肯定窗道雄「他是世界的窗道雄，也是日本的窗道雄，更是臺灣的窗道雄。」（徐錦成，2000：126）

　　有趣的是窗道雄明明是童謠作家，作品明明是童謠，為何陳秀鳳和徐錦成都稱其作品為「詩」而非「童謠」。其實，窗道雄在臺灣的那個年代，都以「童謠」稱之，諸如《色ある風景》、《ねむの木》等都稱為「童謠誌」而非「詩誌」。

　　更且，向陽選譯的《大象鼻子長》封面明明標示「まど　みちお童謠集」，林良的序文〈聞到臺灣土地的香味──窗道雄的兒童詩〉（林良，1996：281）都直稱「窗道雄的兒童詩」。

　　如此將「童謠」視為「詩」的情狀，筆者以為可以日本童謠倡導者北原白秋所說的一句話「童謠非詩不可」一言以蔽之。林鍾隆在〈兩位詩人的童謠觀〉懇切呼籲：

> 童謠而沒有詩，要小孩念著玩兒，是玩不出「味兒」來的。童謠而沒有詩，即使「好玩」，也經不住「欣賞」，想欣賞，就索然無味了。童謠必須有詩，才能提高童謠的品質，童謠才能成為文學作品。

　　至於另一位則是窗道雄的童謠觀，他在童謠詩集《甜不辣霹靂霹靂》自我介紹中說：

> 讀者對象雖標明，國小三年級以上，我卻把這話解釋為：『三年級以上的小學生當然不用說，也包含中大學生及所有的大人的意思』。因為這是為大人的自己所寫的詩集。（林鍾隆譯，1989：03）

　　誠哉斯言。童謠，固然是為孩子寫的，但不應該「只」是為孩子寫的；他應該同時也是為大人們寫的。窗道雄進一層說明他的童謠觀：

> 詩的讀法，在兒童，特別是幼小的兒童的欣賞，是那「音響的快感」。少年則漸漸能在心中營造確切、鮮明的意象造

型；而青年、大人，又會有讀法的更新。因此，詩不是只被談一次的，是應該被反覆閱讀的，而且必須是能耐得住一讀再讀的『泉』才行。

透過北原白秋和窗道雄兩位童謠詩人的童謠觀，相信對前述有趣的情狀當釋懷。

（四）池田敏雄：發掘黃鳳姿的伯樂

池田敏雄，日本島根縣人，1923年（大正十二年）遷居來臺，入臺北市旭小學校就讀。1929年（昭和四年）入臺北第一師範，1935年（昭和十年）畢業，旋即選擇艋舺龍山公學校服務。對艋舺地區開始產生濃厚的興趣，艋舺住民的日常生活，充實豐潤的精神生活，以及哀怨動人的民間故事，在在都啟發他對臺灣人的獨特看法。

如果要說池田敏雄對臺灣兒童文學的貢獻是什麼？無疑的，是他發掘臺灣文學少女──黃鳳姿。如果說，黃鳳姿是一匹兒童文學寫作的千里馬，池田敏雄就是伯樂。如果說，黃鳳姿是日治時期臺灣兒童寫作兒童文學的一塊璞玉，池田敏雄就是發掘這塊璞玉的慧眼。

池田敏雄任教龍山公學校四年期間，埋首於艋舺民俗採擷與研究；他一心一意以民俗學的方法對該地區作有系統的研究整理。他趁教學之便，利用學生作文時間，以艋舺居民的生活與風俗習慣為題，讓學生寫作，並將學生作業做為研究資料。就因為這樣的機緣，讓他得以對學生黃鳳姿的作文才華驚為才女。而〈冬至圓仔〉

（〈おだんご〉）這篇作文是讓黃鳳姿得以成就往後兒童文學寫作的初始，也是讓池田敏雄對黃鳳姿驚為才女的契機。

「鼓勵」是池田敏雄對黃鳳姿的期許，他鼓勵她往後多寫諸如〈冬至圓仔〉之類取材於家庭生活、民間習俗的作文。「推薦」是池田敏雄對黃鳳姿的鼓勵。池田敏雄與當時經營日孝山房的西川滿是摯友，當然樂於將黃鳳姿的作文推薦給西川滿，從此兩人培植黃鳳姿不遺餘力，先後幫她出版《七娘媽生》、《七爺八爺》、《臺灣の少女》（《臺灣的少女》）三書，這三書的編輯正是池田敏雄。

池田敏雄居臺期間主要醉心於民俗研究，其最大成就是企劃、編輯《民俗臺灣》月刊一事，對臺灣民俗學的蒐集、紀錄、研究等，留下極為可觀的貢獻。主要著作有《華麗島民話集》（與西川滿合著‧1942.05）、《臺灣的家庭生活》（1944.08）本書為池田敏雄民俗研究的第一本書。

（五）西岡英夫：全才型文學作家

除西川滿、日高紅椿、窗道雄等三位本年代主要的兒童文學工作者外，被視為「開墾者」的西岡英夫在本年代依舊散發光芒。無論是兒童文學或是通俗教育；無論是文學創作，或是研究論述；乃至兒童文化活動推展，熱情不減當年。

本年代的西岡英夫，一面在內地的《童話研究》發表跟巖谷小波來臺有關的報導，諸如〈小波大師與我〉與〈白馬將軍吳鳳——巖谷小波先生的貢獻〉皆發表於9卷10號（1930.10），〈在臺灣的小波先生〉（一、二）發表於15卷5、6號（1935.10、11），

〈熊與豹的故事──從番人聽聞的臺灣生番故事〉發表於10卷2號（1931.04）等。

　　除此之外，西岡英夫又一面繼續在本島的《臺灣教育》發表論述，〈關於童話口演與聽的制約〉（一、二）發表於第368號（1933.03、04）、〈巖谷小波先生〉發表於第378號（1934.01）、〈臺灣的傳說口碑與兔子〉（一、二）發表於第438號（1938.01、02）等。

　　即便本年代末期才創刊的《兒童街》雜誌也不難見到西岡英夫的文章，〈關於兒童藝術的提昇〉見於創刊號（1939.06）、〈關於幼年童話的說故事方法〉見於一卷四號（1939.09）等。

　　西岡不但專事寫作，還一本初衷，並未忘情於口演童話的推動。持續引薦內地的口演童話家永井樂音（1930.08）、上遠野寵兒（1932.02）、岡崎久喜（1934.04）等三位來臺進行童話口演。

　　像西岡英夫這樣一位長期關注臺灣兒童文學，以臺灣做為個人兒童文化活動的舞臺，特別是與童話攸關的人物或事項，並且以實際行動參與其事者，在日治時期實在不做第二人想。

二、臺灣新文學作家

（一）賴和：兒童文學的關心者

　　醫師、小說家。彰化市人，本名賴和，一名賴癸河。生於1894年（明治二十七年）4月25日。10歲入公學校，14歲進小逸堂，隨黃奇偉先生修習漢文，16歲考進臺北醫學校，21歲畢業，23歲在彰化開設「賴和醫院」。

◆ 觀照兒童文學

在關照到現實問題的同時，賴和也是關照到兒童文學，這可從他的藏書而獲知一二。諸如：北京《京報》發行的《京報附設第四種週刊——兒童》48、49期（1925年）、上海兒童世界社出版徐慶昶編輯的《兒童文學》20：24（1927年）；上海商務印書館出版的Lewis Carroll著‧趙元任譯的《阿麗思漫遊奇境記》（1923年再版）、上海商務印書館出版唐小圃編的《俄國童話集1.4.6》（1924年）、上海亞東書局出版文康寫的《兒女英雄傳》（1925年）、上海北新書局出版冰心的《寄小讀者》（1926年再版）、上海北新書局出版柳無忌編的《少年哥德》（1930年再版）、上海開明書局出版柴霍夫著‧趙景深譯的《孩子們》（1930年）、上海文化生活出版社出版高爾基著‧魯迅譯的《俄羅斯童話》（1936年三版，屬文化生活叢書）等，這其中包括期刊以及中文書目。

這些當時中國出版的兒童文學作品，泰半皆為翻譯的外國兒童文學作品居多，翻譯者或著者如魯迅、趙景深、趙元任、冰心等都是中國早期的文學大家。身在臺灣的賴和，能夠擁有中國出版的文學期刊以及文學作品，委實難得。這些圖書是否透過當時他在北京大學英文系就讀的五弟賴賢穎購得，這只是合理的推測。這也表示身為臺灣新文學的主導者，不但是新文學的先覺者，也是兒童文學的關心者。尤其是後者，擁有這樣的藏書，在當時的臺灣新文學作家群中，是非常特出的一位。

◆ 留世的兒童文學作品

賴和不僅在中國兒童文學作品的收藏，本身也有兩首與兒童文學有關的作品留世。分別是在1931年（昭和6年）6月27日發表

於《臺灣新民報》第370號的新詩〈思兒〉以及在1935年（昭和10年）二月發表於《臺灣文藝》二卷二號的童謠〈呆囝仔〉。新詩〈思兒〉是以筆名「安都生」發表的。

思兒

每當我見到人家的小孩，／總禁不住要激起一陣陣悲哀，／噯喲！我心愛的芳兒喲！／要是你還活在這世上，／不知現在會如何地長大！

每當我見到人家的小孩，／總禁不住要使我憶起仁慈的父愛，／噯喲！我心愛的芳兒喲！／你怎麼這樣硬著心腸從爹娘的懷抱裡掙脫，／任我如何呼喊，／連一些些影兒也不見回來！

每當我見到人家的小孩，／更禁不住要使我聯想到過去的歷來，／噯喲！我心愛的芳兒喲！／你那憨笑的臉龐，／你那啼哭的聲音，／到現在，／還歷歷地在我眼前耳畔徘徊。

唉！我心愛的芳兒喲！／你哭時的可憐，／你笑時的可愛，／雖僅僅是如曇花一現，／也永不會從我的腦裡跳開。

這首新詩在表達一個身為人父的「我」，每當他見到別人家的小孩，就會思念起他那已經過世的小孩——芳兒。親情的流露不言而喻，而「親情」正是兒童文學所要表達的情愫之一。

　　第一段起一連三段開頭都是同一句詩——每當我見到人家的小孩，都會讓「我」想起了他——噯喲！我心愛的芳兒喲！（每一段第三句），足以表達出強烈的思兒之情。賴和生有五男，在八年內失去三個稚子：長男志宏出生不到一個月（1918年1月1日到22日），次男志煜出生不到半年（1920年4月16日到8月28日），四男悵不到兩歲（1925年5月17日到1927年3月7日）都先後夭折，對身為父親的「我」，真是情何以堪。難怪一看到別人家的小孩，的確會觸景生情，悲從中來。想到出世未久，旋即離開人間，為人父者，尚未來得及陪同長大，痛失骨肉的傷懷，不言而喻。

　　要是孩子還在世的話，此時此刻都已經是上公學校的年紀了。即便想付出仁慈的父愛，卻怎麼也看不見孩子的身影？遺留下來的只是孩子憨笑以及啼哭的影音，依稀徘徊在自己的眼前耳畔，影音依舊在，稚兒已遠去。最後一段提到孩子的哭笑時那種可憐又可愛的神態，哪怕只是曇花一現，都會永遠的刻劃在自己的腦海裡。

　　一首新詩，道盡了父親想念過世了的孩子的悲苦心境，也深刻的描述了喪子之痛，親子之情。除以「安都生」發表新詩〈思兒〉外，賴和還以筆名「甫三」在《臺灣文藝》二卷二號發表童謠〈呆囝仔〉。

　　呆囝仔（獻給我的小女阿玉）

　　呆囝仔　不是物／一日食飽溜溜去／會曉看顧妳小弟／只管自己去遊戲／呆囝仔　人是不痛你／呆囝仔　不是物／一日當當要討錢／三頓不食使癖片／四秀挑來擔擔乾／呆囝仔人是無愛碟

　　呆囡仔　不是物／愛穿好衫著較美／勿曉保惜顧清氣／染到
塗粉滿滿是／呆囡仔　會食竹仔枝／呆囡仔　不是物／無啥
無事哭啼啼／哄騙不煞人受氣／要啥不敢就較遲／呆囡仔
無拍勿改變

　　這是首使用臺灣話文所寫的童謠。這種臺語詩歌的詩作，正代
表賴和對文學語言形式的看法。亦即：第一、新文學運動的目標是
在舌頭和筆尖的合一，也就是言文一致的問題。第二、舊文學是讀
書人的，不肖與民眾為伍；新文學是以民眾為對象，也就是大眾
文學。

　　以上這兩點是賴和於1926年1月24日發表在《臺灣民報》的一
篇〈讀臺日紙的〈新舊文學之比較〉〉所揭櫫的主張。而梁明雄在
《張深切與《臺灣文藝》研究》第七章〈《臺灣文藝》與臺灣作家
群〉中表示，從賴和的這一首童謠作品可見賴和的新文學主張，就
是要以臺灣大眾日常所使用的臺灣話，去建設言文一致的大眾文
學。顯而易見的，童謠就是大眾文學的一環。

　　這首〈呆囡仔〉正符合他的新文學主張，就是要以臺灣大眾日
常所使用的臺灣話，去建設言文一致的大眾文學具體而為的表現。
這首〈呆囡仔〉是作者對女兒阿玉的殷切期盼，愛女情深，在字裡
行間充分表露無疑。

　　第一段是對女兒的殷殷告誡。身為姊姊要懂得照顧弟弟，不要
自顧自的玩，這樣子人家是不會疼你的。主食不吃使性子，整日討
錢吃零食，這樣子人家是不愛碟的。

　　第二段是希望女兒乖巧。愛美固然好，但要懂得保持清潔，萬
一弄到全身髒兮兮，是會受罰的。不要無事就知道哭，惹得大人生

氣，小孩子不挨打是不會改變的。

　　屬名「HT生」者在《臺灣文藝》二卷四期的〈詩歌的批評及其問題二、三〉一文中，對甫三的這首〈呆囝仔〉有如下的評語：

> 〈呆囝仔〉該篇作品讓人覺得父性愛滿露於紙上，熱淚幾於一句一淚，叫著子女要乖巧。阿玉若真的知道甫三熱熱地為著兒子，雖鐵血心腸，也為之少懈。世為人子者，當知為人上者的苦心，如：呆囝仔，人是不疼你的。

　　《臺灣文藝》二卷二期除刊載甫三的童謠〈呆囝仔〉之外，同期刊載的兒童文學作品計有童謠、兒歌、童話等。分別是：日高紅椿的日文童謠集〈秋景〉、謝萬安的兒歌、楊松茂（Y生）的童謠〈拜月娘〉，以及越峰（林越峰）的童話〈雷〉等。基本上，《臺灣文藝》雖然是新文學雜誌，但還是刊載若干的兒童文學作品，換言之，他們除了關心臺灣新文學之外，也關心兒童文學作品。不但是臺灣新文學作家作品，也有同時期居臺的日本童謠詩人的作品像日高紅椿之流。從此觀之，臺灣新文學作家中不乏也創作兒童文學者，這是勿庸置疑的。

　　在前衛出版的《賴和全集》二「新詩散文卷」內，除前述的〈思兒〉、〈呆囝仔〉之外，還收錄了〈兒語〉、〈兒歌〉、未命名（孩子的可愛）等三首作品。

　　林政華在其著作《兒語三百則與理論研究》一書中，針對「兒語」所下的定義是指兒童所能說、能聽、能懂的話語，尤其是幼兒天真爛漫又富饒韻味的話語。至於是否將「兒語」視為一種文學作品，獨立成兒童文學中的一類，可說是見仁見智。以下是賴和的兒

語作品。

兒語

爹！／那個要受媽媽打。／為什麼？／不看見他弄污了衣裳嗎？（與〈無題〉、〈鬧熱鬧〉為同一稿本）

　　這首〈兒語〉，係屬於家庭生活類的兒語。具有幾點特質，一為直覺，兒語貴在不假思索，脫口而出，親子對話之中，道出弄髒衣服就要受罰的。二為淺白，站在兒童的立場寫兒語，淺白第一。三為天真，自然而真實，流露孩子純真的天性。四為簡潔，直陳事情的因果，弄髒衣裳是「因」，受打是「果」。

　　這首〈兒語〉，突顯出家庭教育與生活教育的關聯性，短短數語，道盡了這兩者的相互關係，以及親子關係的和諧。

兒歌

（一）
歡喜啦！歡喜啦！／有人要受罵啦！／看啦！看啦！／弄污了衣衫啦！／壞囉！壞囉！／有人要挨打囉！／來囉！來囉！／碰破了飯碗囉！

（二）
可憐啦！／可憐個小乞丐啊！／我肚子餓了。／一點來賞賜啊！／要買個紙球打。

（三）

餒嗎？餒嗎？／食汝牛奶也在哭，／食汝藥水也還哭，／什
麼分別不出甘苦，／是啊！是他不願意的啊！／可是媽的乳
汁已經斷了！（與〈無題〉、〈鬧熱鬧〉為同一稿本）

　　這首兒歌分成三段，各自獨立，分別指出三個不同的對象。
第一段以幸災樂禍的語氣，指出有人弄污衣衫要受罵挨打。語尾的
啦、啊、囉，旨在加強語氣，營造有人即將受罰的氛圍。第二段自
憫為肚子餓了的可憐的小乞丐，他需要別人的同情，別人的賞賜，
為的是要買紙球玩。第三段形容斷奶的嬰兒在哭的景況，吃牛奶也
哭，喝藥水也哭，一切都因為媽媽的乳汁已經斷了。將嬰兒斷奶後
的反應描寫的栩栩如生。

未命名（可愛的孩子）

孩子的可愛／就是人誰都承認／愛護孩子／原是人類的事業
裡的一個實在／不因為他是未來世界的主人／不因為他是生
命的相續者／純然的沒有雜念在內／這就是人類的偉大

兒子的可愛／是做過父親的誰都經驗來／只是愛他的可愛／
別沒有什麼期待／不望他來顯揚父母／不望他來光大門楣／
卻也不曉得可愛在什麼地方／只是愛他的可愛／咳！那可愛
的兒子

　　這首未命名的詩作，旨在描述孩子的可愛。詩分前後兩段，前

段表明「孩子的可愛」，愛護孩子是人類與生俱來的一種天性，這無關於孩子是未來世界的主人或是生命的相續者，天性使然，難怪賴和認為「這就是人類的偉大」。後段指出「兒子的可愛」，只有身為人父者才會有這種覺得「兒子可愛」的經驗。「只是愛他的可愛，別沒有什麼期待」這是骨肉相連的天性，在父親的心目中，既不要兒子顯揚父母，更不需光大門楣。總之，「只愛他的可愛」。最後一句「咳！那可愛的兒子」，指出了身為人父的滿足感與安慰感。

以賴和這樣的「臺灣新文學之父」在提倡臺灣新文學之餘，也觀照到兒童文學，雖然留世的僅有兩首疼惜囝仔或思念夭折的兒子的作品，〈呆囝仔（獻給我的小女阿玉）〉在《臺灣文藝》二卷二號以筆名「甫三」發表，標名童謠；至於〈思兒〉《臺灣新民報》第三百七十二號以筆名「安都生」發表，標名新詩。雖是新詩，但其內容淺顯易懂，適合兒童閱讀。

除了上述公開發表的作品之外，另外還有收錄在《賴和全集》二「新詩散文卷」的三首書寫兒童形象的作品，未嘗不可視為兒童文學作品。至少從這些為數不多的作品還是可以看出賴和關心兒童文學的端倪。大陸學者胡從經《晚清兒童文學鉤沉》一書中提到清末民初的文人幾乎都有兒童文學作品傳世；與此同理，身為「臺灣新文學之父」的賴和有兒童文學作品傳世，那也是天經地義的事。更何況世界著名的文學家也都有兒童文學作品傳世的紀錄，諸如日本川端康成的少年小說《偵探の班長》、德國彼德·哈特林的少年小說《Oma》（《奶奶》）等是。

從賴和在臺灣新文學運動中所扮演的角色，以及藏書中有部分是來自中國的兒童期刊和兒童文學作品，以及發表極少數的童謠作

品，就這個面向而言，臺灣兒童文學是與臺灣新文學同時並進的，這是無庸置疑的。

（二）連溫卿：參與向國際介紹臺灣童話者

社會運動者，臺北大稻埕人，生於1895年（明治二十八年）4月，卒於1957年11月，享年63歲。公學校畢業，透過自修，1913年有鑒於人種、語言不同導致造成糾紛，便響應世界語運動，希望人工的世界語能夠超越民族信仰，並使人類和平。其後，日人兒玉四郎來臺創立日本世界語（Esperando）協會臺灣支部，連溫卿加入該會，並出任該會刊物《綠蔭》（Verda Ombro）主編。

連溫卿原本從事社會運動，是二○年代臺灣社會運動左右分流的關鍵人物，主導臺灣文化協會的分裂，著有《臺灣政治運動史》。與兒童文學本無淵源，就因為他參加日本世界語協會臺灣支部（後更名為臺灣ESP協會，，又是《綠蔭》主編，他於1936年11月5日發刊的《臺灣新文學》一卷九號發表一篇短文——〈臺灣童話の國際的紹介に參加セよ〉，連溫卿在這篇短文中表示：

> 贊成法國《國際文學》的編輯者計畫發行世界各民族的童話叢書，將募集臺灣傳統的童話如「虎姑婆」、「白賊七」等。二十年前集大眾的力量發行的《臺灣童話》，蒐集得非常豐富而完全。
>
> 因此，抱持著同研究家的初始，同樣的興味來參與。在11月中旬左右，希望以國語（日語）與漢文書寫送下，我負責此項工作的編輯，透過世界語（Esperando）進行翻譯。若

一切順利，往後將繼續以法語、俄語翻譯，機會難得，希望
能夠次第參加。（連溫卿，1936：82）

連溫卿短文中提到的《臺灣童話》，係指1915年宇井英所編
的《臺灣昔噺》一書。連溫卿這篇文章雖短，卻是日治時期，除張
耀堂（1926-1927）、宋登才（1936.10.1）之外，第三位在雜誌發
表有關童話文章的臺灣人。連溫卿與張耀堂他們兩人同一年出生
（1895），都是臺北人，不同的有五：

1.連溫卿是在臺灣人辦的文藝雜誌《臺灣新文學》發表，張耀
堂是在半官方的《臺灣教育》發表。2.連溫卿計畫將臺灣童話向國
際介紹，張耀堂則是介紹日本及世界童話給島內讀者。3.連溫卿計
畫用世界語翻譯臺灣童話，張耀堂則用日語介紹日本及世界童話。
4.連溫卿的是短文；張耀堂的是長篇大論。5.連溫卿是社會運動
者，張耀堂是教育工作者和文學家。

（三）周定山：來自鹿港的民間文學作家

小說家，彰化鹿港人，生於1898年（明治三十一年）10月，卒
於1975年，享年78歲。本名周火樹，字克亞，別號一吼。其寫作以
1920年（大正九年）臺灣新文學運動為分水嶺，在這以前以舊詩為
主，以後則嘗試以白話文寫作。

周定山曾以別號「一吼」分別於《第一線》「臺灣民間故事特
輯」發表〈鹿港憨光義〉，以及《臺灣新文學》第一卷第八號發表
〈王仔英〉（民間故事）。

◆〈鹿港憨光義〉：廣傳於鹿港的滑稽故事

　　據周定山在故事前說明〈鹿港憨光義〉這個傳說，是個很是高興的滑稽故事。只不過多屬片段，並無完整的事跡。

　　這是日治時期便已在彰化地區廣泛流傳的地方傳說。故事分成四段，各自獨立，但都以「憨光義」為中心人物。他是一個集憨憨、詼諧、同情心、機伶、倜儻不羈、戲謔、俏皮等於一身的傳說人物。

　　第一段故事敘述「憨光義」年少時為了窺探寡婦女兒和鄉塾某甲同學的秘密，與同學打賭能讓某甲在他面前磕頭，果其不然，凌晨時在廁所僻處發現他們所幹的好事，他戲謔地提醒他倆，由於自知醜事敗露，他倆跪地求饒。

　　第二段故事指出不按排理出牌的「憨光義」中了秀才，人家是顯祖榮宗，他反其道而行，他去探望少時的老友以及貧寒的親友。他一向同情貧民，為了讓難過年的羅漢們得一溫飽，遂約好一起到「鹽館」，憑其機智，不僅「把帳房先生繡鞋下的制錢，一弔一弔的拿給那些窮百姓」，甚至自己也使鹽館大老爺「請他喝酒吃飯，贈他年禮」。

　　第三段描繪「憨光義」整人有理的種種事跡。碰到有人紈袴闊氣、侮辱斯文、落地污泥、蹧躂聖人等不肖行徑，都會吃上他的煙桿。甚至連廚子出身的暴發戶「福開舍」為子買官，他也寫對門聯相贈，「福無半點稱太老，開了萬金買舉人」極盡挖苦之能事。

　　第四段是一則有關「憨光義」口禍惹起的滑稽公案。此事緣起於「憨光義」與同鄉到福州去會試，在書店因為新科解元一句「臺灣蟳聽說無膏，實在嗎？」他勃然大怒，「乳臭未乾的壞東西，膽敢這樣可惡？」遂揮著煙桿打那新科解元而引起的口禍。

　　比試當天，「憨光義」說服同鄉助他一臂之力，沒想到，他得了便宜還賣乖，竟然當眾宣稱：「……只我這幾個小門生和你們面試，已是很夠了！割雞焉用牛刀……」

　　周定山這篇〈鹿港憨光義〉，就社會性和趣味性而言，符合民間故事的特質，將「憨光義」這位傳說人物的言行舉止，透過生動活潑的述描而躍然紙上，在人物角色的塑造上，顯然是成功的。

◆ 愛管閒事的〈王仔英〉

　　〈王仔英〉是一篇講述一位見義勇為的民間故事。因為王仔英的義行，不但先後除掉魚肉鄉民的土霸劣紳謝有仁父子，而又全身而退。因此，流傳這麼一句話，「沒有王仔英的本領，莫想去管閒事。」

> 　　「頭家呵！好意和你商量，不可迫虎傷人！救一條命勝建七天功德，況且借你蛀腐的古粟，收冬後要新粟方敢來還你，於你……」不待王仔英說完，家齊拿起木棍橫撞過來。王仔英急掉轉身子閃開，用力猛跳衝去。腰間一刀家齊就一命嗚呼了！屋上經鋤頭的掘打，磚瓦橫飛，四處火焰沖天，喊殺之聲震動河岳，門壯打手嚇得屎滾尿流，尋隙鼠竄逃命去了。
>
> 　　王仔英乘勢踏入內室，一刀一人殺的屍填戶限，而後在粗糠房把謝有仁托出庭中，踏於腳底。這時王仔英滿身血污，只有猙獰的兩眼閃閃直射，時露勝利的慘笑。燒殘的大廈也拆毀了，倉粟搬取一空了！王仔英就捕了骨膏槎枒的謝有仁奏凱而歸。（一吼，1936：100）

　　一吼在這篇民間故事中將王仔英的見義勇為描寫得淋漓盡致，將一個肯為鄉里弱勢農民主持公道，管閒事的義行躍然紙上。這篇民間故事同時也反映一個事實：如果沒有本事，千萬不要管閒事。

　　周定山這位「鹿港一吼生」，既從事白話文的新文學寫作，又有深厚的舊文學基礎，從這兩篇民間故事內容可知一二。身為一位文人，透過作品反應人生，這是天職。

　　從〈鹿港憨光義〉到〈王仔英〉，可以看出周定山的文學根底是深厚的，特別是角色人物個性活靈活現，風格突出。「憨光義」的滑稽趣事引人發笑，「王仔英」的義行勇為令人起敬。

　　周定山「利用詼諧之筆法，極盡諷刺之能事」的寫作風格，不僅出現在小說〈老成黨〉，也出現在民間故事〈鹿港憨光義〉。可想而知，這就是周定山一貫的寫作態度。

（四）江肖梅：俗文學的守護人

　　詩人，教育家，新竹西門人，原名尚文，字質軒，號肖梅。生於1898年（明治三十一年）12月10日，卒於1966年1月28日，享年68歲。出身書香世家，1907年（明治四十年）進新竹公學校就讀，1913年（大正二年）畢業後考進總督府國語學校師範部，1917年（大正六年）畢業後任教於母校，至1932年（昭和七年）止，先後服務新埔（1919）、香山（1921）、新竹一公（1928）、住吉（1932）等公學校。

　　截至1941年轉職，江肖梅在公學校服務長達25年間，正是臺灣社會轉型、文化經濟最發展時期，所以他能充分在臺灣藝文界發揮其所長。他以臺、漢、日文三通，運用自如發表無數作品。他始

終浸淫在漢學世界，悠游在中日文學之間，無怪乎王昶雄在悼念文章中，稱揚他是兼擅中日文學的「通人」。他彷彿「今之古人」，是位治中日文學、民間故事、民俗掌故於一爐的「散人」。易而言之，在王昶雄心目中，江肖梅不僅是「專家」，也是「通家」。

◆ 兼擅純文學與俗文學

　　純文學與俗文學被稱為兩翼上的兩道文藝風景線，這兩道所謂的文藝風景線，是相容的，不是相斥的。民間文學又稱俗文學，兒童文學是純文學。有人說民間文學是兒童文學之母，德國的格林兄弟，丹麥的安徒生，都是從民間文學轉入兒童文學的。至於江肖梅的問學路徑，據王昶雄認為是「由純文學始而後兼及通俗文學」。雖然方式不一，確可證明純文學與俗文學是相容而非相斥。

　　　　在治通俗文學時，兼治「純」與「俗」，這不僅可以互為參
　　　　照，而且應能彌和某些人為的隙縫，這也是日本作家菊池寬
　　　　曾經走過的路線。不過，江老始終吝於打陳規，一味取向勸
　　　　善懲惡的民間通俗路線，……

　　正因為如此，臺灣俗文學泰斗婁子匡稱揚江肖梅是「臺灣風土守護人」（婁子匡，1999：67），或稱「俗文學的守護人」（婁子匡，1999：69）。

　　民間文學就是流行在民間的俗文學，它是以常民為主的集體口頭創作，以便於口頭說唱、口頭傳播為原則，採用民間傳說的表現方式，風格淳樸儉約，富有濃厚鄉土氣息。口頭性、集體性、變異性和傳承性是其四大特徵。

民間文學的主要體裁包括神話、民間傳說、民間故事、民間歌謠、童話、童謠、諺語、謎語等。這些民間文學在漫長歲月的流傳過程中，它緊密的伴隨常民的社會生活，不斷改變、分化、增衍，往往使同一素材常常因時因地而有不同的形式呈現，但也有經由文人的紀錄而定型。

左手純文學，右手俗文學的江肖梅是箇中高手。既用漢文發表白話詩，也用日文寫小說，終戰前還在《民俗臺灣》發表許多民俗掌故、隱語、神籤、燈謎、兒童故事等與臺灣風土有關的文章。

◆《臺灣藝術》雜誌

江肖梅最為人稱道的是他和《臺灣藝術》的關係。1940年臺灣出現一份歷史性的綜合文藝雜誌──《臺灣藝術》。這份日本殖民統治末期出刊的《臺灣藝術》雜誌，社長黃宗葵。1941年6月，《臺灣藝術》社長黃宗葵在蘇維焜介紹下拜訪江肖梅後，江肖梅受聘為該雜誌編輯長。受聘之前，該雜誌每期發行量約4000冊左右，但卻有為數不少的退刊，基本上，發行量既少，退刊又多。受聘之後，遂改弦易輒，他以日本的暢銷雜誌《文藝春秋》為例，認為藝術不該只限於純文藝，也應該涵蓋政治經濟等文化部門，因此，《臺灣藝術》的編輯方針便採取廣泛的文化路線，並規劃經常在全島各主要都市的分社舉行座談會，藉以充實雜誌內容。

江肖梅擔任《臺灣藝術》編輯長期間，先後舉行過十幾次座談會，配合當局政策，強調本土化的雙管齊下策略，不但使原本呆板的內容獲得改進，而且邁向雅俗共賞，故而業務蒸蒸日上，《臺灣藝術》雜誌發行量激增，每月高達四萬份之譜，與創刊之初的四千份相較，真是天壤之別。難怪張良澤和河原功兩位臺日教授一致推

崇「這是臺灣文藝刊物前所未有的發行量」。

　　江肖梅在主編《臺灣藝術》期間，曾於該雜誌3卷7期刊載3首具有表現臺灣地方特色的童謠，童謠內容與榕樹、木瓜、爆竹有關，這三位童謠作者分別是詹春光（卓蘭公學校五年級）、莊水樹（宜蘭公學校六年級）、黃氏月容（住吉公學校三年級）。

　　該期也刊載入選《臺灣教育》雜誌懸賞募集的御船武氏的童謠作品〈水牛〉；以及獲選文教局公學校唱遊用歌詞的竹田英親氏的作品〈猜拳〉，做為公學校一年級唱遊課本教材之用。

　　此外，該期也刊載同時入選的江肖梅本身創作的童謠〈迦陵〉（一種會說話的鳥），該童謠作品於1933年8月，同樣獲選為公學校一年級唱遊課本教材。該首童謠的詞曲皆為江肖梅本人。〈迦陵〉（カァレン）原文入下：

> カァレンサンハ／カワイイナ／早起シタ私ニ／オハヨウト言ッテ／笑ッテル
> 迦陵啊／好可愛／對早起的我／說聲早安／笑著哩（傅林統譯）

> カァレンサンハ／オカシイナ／朝寝坊シタ弟ニ／オハヨウト言ッテ／スマシテル
> 迦陵啊／好奇怪／對賴床的弟弟／說聲早安／當沒事（傅林統譯）

　　在以日籍教師為主，臺籍教師為副的教育體制下，一個臺籍公學校訓導的童謠作品，能夠被選為唱歌課本教材，在日治時期的

確是一項殊榮。江肖梅是位耿介拔俗的教育家，也是別具隻眼的民間文學家（王昶雄，1999：5）。其有關劇本、小說、民間文學、童話、童謠、燈謎的著作甚豐。作品散見於《臺南新報》、《人人》、《臺灣新聞》、《臺灣民報》、《臺灣教育》等。

　　日治時期三〇年代前期臺灣文學雜誌刊載創作或輯錄的童謠是常有的事。諸如《南音》秋生輯的童謠，《第一線》蔡培火的〈月娘光〉、文瀾的〈老公仔〉、君玉的〈阿不倒〉，《臺灣文藝》日高紅椿的〈馬廄〉、〈秋景〉童謠集，以及甫三的〈呆囝仔〉、Ｙ生的〈拜月娘〉，《臺灣新文學》漂舟的〈海水浴〉、〈黑暗路〉等，上述四種文學雜誌都是臺灣文人所辦的雜誌。

　　至於日本文人所辦的兒童刊物也在三〇年代中期以後陸續出現。包括臺北兒童藝術聯盟的《童心》、臺北兒童藝術協會的《兒童街》等同人誌，以及色アル風社的《色アル風》、礼ノ木社的《礼ノ木》等童謠誌，有都有刊載童謠作品。此外，野村志朗的《野葡萄》雖非童謠誌，但有刊載過臺灣公學校學童的童謠作品。

　　這些臺日作家顯然已經超越國族的差異性，他們的意識型態傾向於為兒童寫作童謠作品的一致性，就這個面向而言，他們的努力值得肯定。

（五）許丙丁：以漢文書寫長篇滑稽童話

　　詩人、小說家、作詞家。臺南市人，生於1900年（明治三十三年）1月2日，卒於1977年7月19日，享年78歲。號綠珊盦主，自幼入私塾習漢學，嘗聆聽說書的講述中國傳統章回小說如《三國演義》、《水滸傳》、《七俠五義》等。1931年（昭和六年）3月31

日自府城《三六九小報》第55號起，開始以漢文連載長篇滑稽童話〈小封神〉，期間斷斷續續，至1932年（昭和七年）7月26日第202號連載完畢。

◆ 滑稽童話《小封神》

　　童話不僅是兒童文學的重要題材，也是一種具有濃厚幻想色彩的虛構故事。它起源於民間文學，由神話與傳說演變而來，幻想是童話的基本特徵，也是童話反應生活的特殊藝術手段。童話主要描繪虛擬的事物和境界，出現於其中的「人物」，是並非真有的假想形象，所講敘的故事，也是不可能發生的。

　　但是，童話中的種種幻想，都是植根於現實，是生活的一種「反射」。例如安徒生的《海的女兒》，通過幻想的人物和故事，謳歌追求真、善、美的精神靜靜的現身熱情以及善良情操。童話創作一般運用誇張和擬人化手法，並遵循一定的事理邏輯開展離奇的情節，造成濃烈的幻想氛圍以及超越時空制約，亦實亦虛，似幻猶真的境界。

　　許丙丁在《三六九小報》連載的滑稽童話《小封神》就是如上所述的童話作品。

◆ 創作緣起

　　誠如許丙丁在〈我和《小封神》〉一文中提及，《小封神》是他根據一般社會風俗的歷史性傳奇神話所述，它敘述早期民族迷信之深，損失之重，無以復加；重者傾家蕩產，輕者勞民傷財，值得後世警惕。他以「一個佛教徒中斥除迷信的革命者」的身分自居，他是個鄉土觀念很深的人，他最愛的是鄉土，他自然希望鄉土一切

不合理的、開倒車的事理隨時代而改變，隨時代而發展，而這種的「改變」與「發展」的期待，正是《小封神》的撰寫旨趣。

　　他之所以描寫《小封神》一書，原意想藉此拋磚引玉，喚起民族革除一切迷信習俗，提高文化學術思想，改造社會，使社會文化教育能夠趨於正途。

　　《小封神》中的人物是許丙丁謚封的一種歷史傳奇神話，驗證了「童話是由神話與傳說演變而來」的說法；《小封神》中人物的真真假假，是是非非，也融入了「亦實亦虛，似幻猶真」的境界。

◆ 取材內容

　　照許丙丁的說法，《小封神》是他把臺南寺廟裡的神佛和道聽的塗說，結合自己的思想，可說是無中生有而湊成的一段笑話趣聞。根據連景初（京衣）的說法，他覺得許丙丁的《小封神》是章回小說，該書雖有若干地方摹擬於《封神榜》，惟取材上迥然不同。

　　《小封神》以鄉土題材為背景，作者運用「以神制神」的技巧，將古都臺南大街小巷三宮三廟的正神與偏神寫得淋漓盡致，雖屬遊戲文章，卻寓有破除迷信的深意。雖說「嬉笑怒罵皆文章」，但其真正的用意則在迷信的破除。是以，破除迷信是「體」，嬉笑怒罵文章是「用」，許丙丁體用合一，難怪《小封神》在《三六九小報》一經刊載，即風行一時。

　　換句話說，許丙丁的《小封神》完全是就地取材，內容則以古都臺南當地宮廟的神佛為童話主角，既是滑稽童話，也屬民間童話。按照許丙丁自己的說法，《小封神》是講臺南地頭的故事，將地方的俚言俗語、鄉土民情，無拘無束給寫出來，讀者讀來會倍感

親切，彷彿有一點領悟。

◆ 文體各說

　　關於《小封神》的文題，各方說法不一。基本上，許丙丁採用章回小說的形式來書寫整個的童話。他自己在〈寫在《小封神》的前頭〉一文中提到「是無中生有的一段『笑話趣聞』」（原載於《小封神》中文改定自印本書前，1951年10月），他自謙「不能說是成熟的作品」。有鑒於『笑話趣聞』的笑話性與趣味性，是以，他將《小封神》題作「滑稽童話」。

　　許丙丁在另一篇〈我和《小封神》〉的文中提及，「《小封神》人物是筆者謚封的一段歷史傳奇神話」（原載於《東映畫刊》第一期，1967年4月），這「歷史傳奇神話」顯然較之「笑話趣聞」更為具體，更具形式。

　　而連景初（京衣）則在〈評《小封神》〉短文中寫道：「這是許丙丁作的章回小說《小封神》」，他是就其內容仿章回小說的模式而言。實際上，這跟許丙丁從小聽慣「講古潭仔」說書內容有極大關係，因為那些內容都是章回小說。是以，當許丙丁自己在書寫《小封神》時，當然會受到影響，這是無庸置疑的。以下是《小封神》1956年中文改訂出版本二十四回的目錄片段：

　　　　第一回　小上帝調任臺南城／第二回　文魁星遭受飛來禍／
　　　　第三回　眾文人大鬧明倫堂／第四回　文武聖計議救魁星／
　　　　第五回　腳踏車驚走三太子／第六回　吳真人藥救李天王／
　　　　第七回　雷震子仙翼賽飛機／第八回　九龜精陣亡山仔頂／
　　　　第九回　四大金剛看五穀王／第十回　金魚仙巧騙乾坤斗／

　　儘管許丙丁的《小封神》的文體各方說法不一，內容情節少年兒童是否可以接受都尚待討論，因為以當年《三六九小報》的讀者群是以成人為主，所有內容大抵以成人所知者為限。

　　該童話既題作「滑稽童話」，則當留意其「嬉笑怒罵皆成文章」的創作本意，著眼於它的幽默與詼諧。其故事鋪陳又是「章回小說」的形式，而內容也與神話有關，是以，《小封神》可說集童話、章回小說、神話於一爐，更顯出它的特出性。

　　無論如何，既然許丙丁冠以「滑稽童話」之名，勢必有其考量之處，更何況這是日治時期臺灣人自己書寫，刊載在臺灣人自己創辦的報紙，是唯一以漢文連載的長篇童話，自有其歷史意義。許丙丁的長篇滑稽童話有別於林越峰的極短篇童話〈雷〉和〈米〉，也有別於莊松林（朱鋒）的民間童話〈鹿角還舅公〉和〈憨虎〉。該書於1996年12月由陳憲文、邱文錫兩位譯成「臺語版」，以延續《小封神》的文學生命。

（六）蔡秋桐：北港「保正作家」

　　小說家，雲林元長人，生於1900年（明治三十三年）4月18日，卒於1984年，享年85歲。筆名愁洞、匡人也、秋洞、元寮、蔡落葉等。7歲先入私塾讀漢文，遲至16歲才進元長公學校接受日本教育。在學期間，曾以日文在當時的《子供の世界》（《兒童世界》）發表作品，也常在該雜誌閱讀楊雲萍的漢文作品。（黃武忠，1980：48）

　　作品常見於《新高新報》、《臺灣新民報》，是三〇年代臺灣文壇相當活躍的一員大將，也是北港地帶文藝圈裡的靈魂人物。民

間故事〈無錢打和尚〉被收錄於《臺灣民間文學集》（1989：故事篇75）。光復後很多人因文字的關係而停筆，蔡秋桐就是其中之一。

　　民間故事〈無錢打和尚〉是一則流傳於笨港的民間故事。蔡秋桐在故事前即開宗明義的說這是「一齣農村的趣劇」。

　　本故事雖短，卻饒富趣味。大意是說一位很能幹的理財家，又很肯「為後輩打算」的老人，臨死前的一段遺言：「作墻是攤土不可攤草，要好就菁棉豬，無錢即槓和尚。」沒想到兒子雖然不敢違背先父的遺訓，但卻不解其意，反向操作。一來絲毫也不敢去動田裡的草，只是很小心地掘著草縫裡的土；二來買了豬，卻把牠活活的眼睛「卜」的打了出來；三來無錢時還可以去槓和尚。

　　當被打的和尚一進他的家門，看見案上的三尊佛像，便明白這一切。和尚便對打他的漢子說明：

> 你錯了，攤土，不可攤草，是要你在田裡未長出草兒的時候，就得常常去鋤攤它，……『晴盲豬（疑為菁棉豬）』元說是栽菁種綿（棉）和養豬的意思，那都是作墻最有利的副業。……

　　經過和尚這一解說，那個打和尚的漢子恍然大悟，最後連那三尊佛像也讓和尚請回寺裡恭奉。

　　這篇故事與王詩琅的〈陳大憨〉同樣都是父親很出色，兒子卻愚不可及，都具有「發人深省」的意義在內。

　　蔡秋桐這位在日治時期活躍的臺灣新文學作家，始終以臺灣話文從事小說創作，他與楊華、吳新榮、郭水潭等都是《臺灣文藝》的南臺代表作家。

　　公學校就讀期間，蔡秋桐能夠在當時居重要地位的兒童讀物出版社「臺灣子供世界社」創辦人吉川精馬所創辦的兒童雜誌《子供世界》發表作品，顯見其作品的獲得青睞。雖然往後並無有關的兒童文學作品，但其民間故事〈無錢打和尚〉卻具有醒世作用。

（七）張我軍：唯一直接與兒童文學接觸的作家

　　詩人，小說家。臺北板橋人，原名清榮，後改名我軍，筆名一郎、野馬等。生於1902年（明治三十五年）10月7日，卒於1955年11月3日，享年54歲。

　　幼時家境清寒，父親早逝，公學校畢業後，當過鞋店學徒、銀行工友、雇員；1923年（大正十二年）年底加入《臺灣民報》，任漢文編輯，到1926年（昭和元年）6月21日辭去編輯和記者職止，期間大力介紹中國新文學運動。他曾轉載魯迅的短篇小說〈鴨的喜劇〉，這是張我軍選刊中國名家作品的第一篇（2002：163）。此外，魯迅譯自俄國盲人作家《愛羅先珂童話集》的〈魚的悲哀〉和〈狹的籠〉是在1925年（大正十四年）6月11日到同年10月4日止被刊載在《臺灣民報》的。這段時間，正好是張我軍當漢文編輯，按理應該是在他手上刊載的，但是在秦賢次著的《臺灣文化菁英年表集》（2002）張我軍的年表中並未有此記載。張我軍在轉載作品時，總會附記作者簡歷及其著作，幫助讀者了解；並加深其印象。這些介紹，使臺灣文壇受到五四的激盪更加擴大，而影響了臺灣新文學運動的精神。（黃武忠，1980：55）

◆《臺灣民報》與愛羅先珂

　　張我軍在擔任《臺灣民報》漢文編輯期間，開始選刊五四以後中國名家作品，以魯迅的作品居多，先後轉載〈鴨的喜劇〉、〈故鄉〉、〈狂人日記〉、〈阿Q正傳〉等。除此之外，張我軍也為臺灣兒童文學做了一件事，就是轉載魯迅翻譯的俄國盲人童話作家愛羅先珂（Eroshenko 1890-1952）的兩篇童話作品〈魚的悲哀〉和〈狹的籠〉。這兩篇童話收錄於愛羅先珂的《枯葉的故事》一書中，惟篇名改為〈小魚的悲哀〉和〈狹窄的牢籠〉，志文出版社出版（新潮文庫264）。

　　在以日文為主的日治時期，能夠看到以漢文書寫的外國童話在臺灣人辦的報紙出現，張我軍的編輯角色，厥功至偉。這兩篇俄國童話分別從1925年6月11日到同年10月4日刊於《臺灣民報》「漢文欄」。張我軍從1924年10月下旬返臺擔任《臺灣民報》漢文編輯，直到1926年6月再度前往北京，準備求學深造。

　　這段期間，正值他在《臺灣民報》服務，按理應該是在他手上刊載的。但是在張恆豪主編的《楊雲萍・張我軍・蔡秋桐合集》（1991年）、秦賢次編的《張我軍評論集》（1993年）、《臺灣文化菁英年表集》（2002年）等書的「年表」，都未提及刊載魯迅翻譯俄國盲人童話作家愛羅先珂的兩篇童話作品〈魚的悲哀〉和〈狹的籠〉。

　　就兒童文學的面向而言，張我軍的轉載魯迅翻譯自俄國作家的童話作品，意味著日治時期除透過日文，也可以經由漢文的途徑閱讀到外國兒童文學作品（童話），張我軍適時的扮演起這個關鍵性角色，而媒介就是《臺灣民報》「漢文欄」。他是把握適當的時

機，當下做有意義的事。至於魯迅，竟然也因緣際會的在臺灣兒童
文學發展史上，扮演起推波助瀾的角色。

就張我軍在《臺灣民報》轉載以漢文書寫的俄國童話作品這件
事而言，至少證明在那的年代，若要獲得世界兒童文學資訊，日文
固然重要，但不是唯一的選項。

◆ 張我軍與北原白秋

1942年11月2日，現代日本詩壇巨星北原白秋辭世，5日舉行
隆重追悼會，與會的來賓據張我軍在〈北原白秋的片麟〉一文中
表示，「外國人似乎只有我一個人，僅是這件事，我也覺得非常榮
幸。」只緣當時張我軍正好在東京參加由「日本文學報國會」主辦
的「第一回大東亞文學者大會」，因緣際會的參與了這場追悼會。

北原白秋生前曾於1934年7月應臺灣總督府文教局與臺灣教育
會之邀來臺，這一年，居臺的日本童謠詩人窗道雄的童謠作品受到
北原白秋與西條八十的青睞與肯定而積極投入童謠創作。北原白秋
與西條八十可說是窗道雄從事童謠創作的啟蒙師。

張我軍也因為機緣巧合，在北原白秋的追悼會上與這位集詩
人、童謠作家於一身的名人結緣，並因此撰就一篇〈北原白秋的片
麟〉介紹給國人，這篇文章原載於1943年3月出版的《中國留日同
學會季刊》第三期，後收錄於1993年6月出版的秦賢次編《張我軍
評論集》一書。

◆ 日本童話的譯介

張我軍在中國大陸除了翻譯日本文學作品之外，也翻譯日本兒
童文學作品，諸如1942年9月的《日本童話集》（上集），翌年10

月的《日本童話集》（下集），兩本皆由北京新民印書館出版，這
是秦賢次《張我軍評論集》一書的記載。但是，在他的另一本《臺
灣文化菁英年表》卻記載《日本童話集》（上集）於1942年10月出
版，《日本童話集》（下集）於1943年5月出版。前者兩書相距一個
月，後者兩書相距五個月。至於張恆豪主編的《楊雲萍・張我軍・
蔡秋桐合集》一書並未記載張我軍的譯作《日本童話集》一事。

　　該書作家涵蓋森林太郎、松村武雄、鈴木三重吉等日本著名童
話家。雖然不在臺灣出版，卻創下臺灣人在中國大陸以中文介紹
日本童話的先聲，也是日治時期臺灣人將日本童話翻譯成中文的
先驅。

　　在日治時期的臺灣新文學作家中，以漢文書寫童話作品的有林
越峰、莊松林兩位，而以漢文翻譯日本童話作品的只有張我軍，雖
然他的《日本童話集》譯作沒有在臺灣上市，但無損於張我軍對兒
童文學的關注，他不但透過「轉載」介紹俄國童話作品，甚至透過
「翻譯」介紹日本童話作品。就「轉載」與「翻譯」這兩項而言，
張我軍在日治時期臺灣兒童文學的發展上，的確善盡一位文學家的
「社會責任」，在臺灣兒童文學與世界兒童文學之中，他適時扮演
「橋樑角色」，也為他自己在文學生命歷程中，留下了彌足珍貴的
一鱗半爪。

◆ 日治末期的小說作品

　　在終戰前的日治末期，張我軍的小說〈元旦的一場小風波〉發
表於1945年元月《藝文》三卷一期。此小說為張我軍的童年敘事，
也是張我軍唯一的兒童文學作品。主要敘述他和他的祖母在他幼小
時的一個元旦所發生的一場小風波。

　　此篇小說以第一人稱書寫，述說祖孫之間的親情。主角是一個頑皮受寵的孫兒，以及一位溺愛他的祖母，時間是某一年元旦，而風波的導火線是大姨母送的「一塊洋錢」。對於窮苦人家的作者而言，「一塊洋錢」的壓歲錢從來不曾有過，對過一輩子窮日子的祖母而言，更是重視；為了怕孫子弄丟洋錢，遂設法將洋錢騙到手。

　　整篇小說高潮聚焦在祖孫兩人為那「一塊洋錢」的糾紛上。作者向祖母要回洋錢，祖母不給，作者不顧過年不哭不罵的大忌，哭鬧罵三管齊下。

　　　　再看祖母是怎麼樣呢？不管我怎樣哭鬧怎樣灑撥，老人家一點也不改變素日那一份慈愛而且鎮定的態度，極力安慰我，一再只是說「孩子孩子你別哭，回頭一定還你錢！」直到我真急了，破口大罵起來，老人家還是那麼樣的，臉上毫無怒容，只說了一句：「你罵奶奶，小心雷響！」

　　從這段敘述中，顯然祖母的一句「你罵奶奶，小心雷響！」的確產生作用，祖孫之間的一場風波，結果由「雷公」充當和事佬解決了。作者對兒童心理的刻劃十分真切，掌握兒童心理的直接反應，為了要回「一塊洋錢」的壓歲錢，儘管對象是很疼愛他的奶奶，那怕是過年，他也顧不得「不能哭、不能罵人」的俗忌，這就是孩子純真的天性。更且奶奶的「你罵奶奶，小心雷響！」的確也產生發酵作用，在作者幼小的心裡，知道「辱罵長上是不孝大逆」的庭訓，也就不哭不鬧不罵了。

　　張我軍的〈元旦的一場小風波〉，和張彥勳的〈烏鴉和阿龍〉、黃春明的〈魚〉等三篇小說都提到祖孫問題，小說中的主角

都是貧寒子弟，而且跟「錢」都有關聯。〈元旦的一場小風波〉中的「我」為的是跟祖母要回「一塊洋錢」的壓歲錢；〈烏鴉和阿龍〉中的阿龍因為烏鴉的一句「阿龍貧窮」，幫忙祖父做事存錢就為了買槍射殺烏鴉，結果一路施捨，到頭來雖然一無所有，卻換來一句「阿龍好漢」而滿心歡喜。〈魚〉中的阿清為了孝敬阿公，在回山上前到市場買了一尾阿公愛吃的魚，放在借來的破腳踏車後面一路騎回家，沒想到途中掉落被卡車輾成魚漿的故事。這三篇小說都提到祖孫親情，而「親情」就是文學作品的生命課題之一。

　　張我軍在日治時期的臺灣新文學家，是一個比較特出的一位。他總是在適當的情況下做了有意義的事。他在擔任《臺灣民報》「漢文編輯」，適時轉載魯迅翻譯俄國盲人作家愛羅先珂的童話作品；從北京前往日本東京參加「第一回大東亞文學者大會」，因緣際會參加日本童謠大師北原白秋的「追悼會」；在北京翻譯《日本童話集》（上下冊）；終戰前又寫下〈元旦的一場小風波〉，以作者的童年敘事，為日治時期的臺灣兒童文學劃下完美的句點。

　　他是日治時期的臺灣新文學家中，唯一一位直接與兒童文學接觸的作家，無論是「轉載」，或是「翻譯」，或是「創作」，除了「創作」，他比其他作家多了「轉載」以及「翻譯」兩種選項與途徑。

（八）朱點人：輕功利，重修養的麒麟兒

　　小說家，詩人。臺北艋舺人，原名朱石頭，後更名朱石峯，筆名有朱點人、點人、描文、文苗等。生於1903年（明治三十六年），卒於1949年，得年47歲。

　　1918年（大正七年）自老松公學校畢業，進臺北醫學專門學校當雇員。1930年（昭和五年）起，作品散見於《伍人報》、《臺灣新民報》、《昭和新報》、《反普特刊》等。曾參與《臺灣文藝協會》的籌組。

　　由於父母早逝，遂養成刻苦獨立的個性。青少年時期對文學讀物很是沉迷，與王詩琅、廖漢臣（毓文）有相當多的「共性」。其一同為艋舺地帶的文藝青年，其二同為民間故事的作者，其三同為「臺灣文藝協會」發起人，也是《第一線》的作者。

　　朱點人的民間文學作品凡四篇，〈城隍爺惱了〉、〈賊頭兒曾切〉、〈媽祖的廢親〉、〈邱妄舍〉等。第一篇〈城隍爺惱了〉發表於《反普特刊》。

◆ 義賊的行徑——〈賊頭兒曾切〉

　　這是一則有關清朝末年一位行俠仗義的義賊曾切的民間故事。該故事收錄於1935年2月1日出刊的《第一線》「臺灣民間故事特輯」。同輯除〈賊頭兒曾切〉外，還有毓文的〈頂下郊拼——稻江霞海城隍廟由來〉、黃瓊華女士的〈鶯歌庄的傳說〉、騎的〈新莊陳化成〉、一騎的〈下港許超英〉、一吼的〈鹿港炫光義〉、沐兒的〈臺南邱懞舍〉、李獻璋的〈過年的傳說〉、一平的〈領臺軼事〉、描文的〈賊頭兒曾切〉、陳錦榮的〈水流觀音〉和〈王老四〉，以及蔡德音的〈碰舍龜〉、〈洞房花燭的故事〉、〈圓仔湯嶺〉、〈離緣和崩嵌仔山〉共十五篇，其中以蔡德音四篇居冠。

　　「臺灣民間故事特輯」所載各篇民間故事篇幅都不長，是其特色。作者群包括毓文（廖漢臣）、一吼（周定山）、描文（朱點人）以及李獻璋等十位。

　　朱點人以筆名「描文」寫的〈賊頭兒曾切〉完稿於1934年11月20日，翌年1月6日刊載於《先發部隊》改題後的《第一線》。該篇故事係以「書信體」撰寫義賊曾切行俠仗義、劫富濟貧一生的片段。

　　朱點人之所以寫〈賊頭兒曾切〉係緣起於他的朋友K君恐怕埋沒了英雄，希望他把曾切的事跡紀錄下來，以供後來考證的資料。雖然朱點人自承對曾切的一生所知不過是其一生的一個片段，儘管只是片段，若不將它紀錄下來，就真的要埋沒英雄了。

　　另一方面，他對K君表示，歷史所記載的盡是些功侯將相的勳業，至於平民的事跡卻鮮有記載的，他認為這是歷史偏重一方面的毛病，也是造成平民的事跡所以失傳的原因，是以，「我很希望這篇文字能夠永久紀念他，紀念我一位敬愛的英雄。」這又是促成朱點人撰寫曾切仁俠義行的另一個緣起。

　　整篇故事以艋舺有名的商號「張得寶」分前後兩段，前段完全以「書信體」從作者對K君述說義賊曾切對偷兒們的威信與憐恤，以及「張得寶」致富的前因後果；後段才是整篇故事的精華所在，敘述曾切一生事跡的兩個片段。

　　第一個片段敘述曾切如何在過年前到張德寶商號「借」「五百兩」給偷兒們過個好年。臨去前的一句：「我雖然借了五百兩銀子，但我保證你們的家裡一點東西也不會被偷的。」此正所謂的「盜亦有道」。

　　第二個片段敘述曾切由於聲名愈著，引發別的偷兒冒名作案，導致縣衙裡的告狀堆積如山。乃打聽到一個曾經受曾切濟助而後與他同居的寡婦，趁著曾切不在時將她捉到縣衙，在衙役的威迫利誘、軟硬兼施的情況下，這個愚婦為了一己之私利，竟然出賣曾切，衙役趁著曾切熟睡時先挖掉他的雙眼，再將其逮捕。真的是

「愚婦愚行」，莫此為甚。

　　朱點人之所以寫曾切的義行，乃是因為曾切居無定所，直到半百之後，不知何故選擇艋舺做為永久居留的定所。對同為艋舺人的後輩而言，當然樂於書寫這位他所敬愛的平民英雄的事跡。

◆ 有關神話的民間傳說──《媽祖的廢親》

　　這是一篇流傳於諸羅有關媽祖與大道公婚姻關係的民間故事，與〈邱妄舍〉一起收錄於1936年6月出版的李獻璋主編的《臺灣民間文學集》。

　　媽祖之所以廢親，係緣起於媽祖坐著花轎前往夫家（大道公）的途中，由於目睹羊仔生羊兒整個的痛苦過程，以及因為陣痛引發的悽切哭聲所致。

　　整個故事以「媽祖廢親」一事分為兩段。前段描寫媽祖對婚嫁心情的「先喜後憂」，喜的是婚嫁是人生的當然，有甚麼害羞。憂的是被「羊哭的聲音」吸引，導致她從轎縫裡眼看著小羊兒出生落地的整個過程。

　　「生產就是這麼為難嗎？」「生產這回事又是人生必由之路的！」「生產是多麼的危險呀！」這一連串的害怕，再加上「我若嫁了他，將來難免也要生產的！」的憂慮，害怕加上憂慮，最後竟然讓媽祖萌生「不想嫁他」的念頭，叫轎夫把轎子扛了回去。

　　這段對羊仔生產小羊兒的整個過程，以及媽祖目睹後整個心情的起伏變化，非常的細膩和深刻。朱點人的寫作技巧，從小說轉化到民間故事的書寫，對於主角人物的心理刻劃，對於情境的描述，很能抓住讀者的閱讀心理。

　　至於後段，則著眼於大道公和媽祖兩人之間因為「廢親毀婚」

之事而引起的勢不兩立。

　　「怎麼要把婚約解消呢？你有甚麼話說嗎？」
　　「婚約的解消不解消，我以為不是怎麼重大的事情，不過我有解消它的理由在⋯⋯」
　　「甚麼理由？」
　　「理由自然是有的，不過是不能說的吧。」
　　「不能說？好！⋯⋯」
　　「⋯⋯⋯⋯⋯」

　　這段有趣的對白，將媽祖因為覺得「生產是一件痛苦的事」而廢親的心事難以啟口的窘態表露無疑。正因為如此，更引發大道公的不滿。當兩軍對壘正要交鋒，天帝適時下聖旨令雙方罷兵息戰，只好各自收兵。

　　由恨生妒，每當媽祖的生辰（農曆3月23日）出來遶境和諸神見面，大道公便暗下大雨，把她的粉臉洗了個乾淨；同時掛著陪遶的美名，跟在行列後頭，以便就近監視她的行動，此即所謂的「大道公的押後」。即便如此，媽祖也不是省油的燈，每當大道公的生辰（農曆3月15日）出來遶境時，她也以子之矛，攻子之盾。她也以陪遶為口實，監視大道公的行動；同時暗地刮起大風，吹倒他的頭巾。

　　後段的情節，將每年農曆3月23日媽祖遶境時「大道公押後」的典故，以及每年農曆3月15日大道公遶境起大風的傳說，以文學的表現手法，躍然紙上。其實，這是一則有關神話的民間傳說。

◆ 11則未屬名作者的民間故事——〈邱妄舍〉

〈邱妄舍〉在李獻璋編輯的《臺灣民間文學集》有11則關於邱妄舍的行狀記，不過這11則故事並非朱點人獨自撰寫的，而是他與楊松茂（守愚）、廖漢臣（毓文）、李獻璋（獻璋）等幾位提供邱妄舍這個通行全島的民間故事。令人遺憾的是，該書並未註明哪一則是朱點人所寫的。

常言道：「民間文學為兒童文學之母」，民間故事為民間文學重要之一環，是以，民間故事自然而然的與兒童文學的關係匪淺，此從丹麥的安徒生、德國的格林兄弟也是從民間文學開始而後轉進到現代兒童文學的創作，日治時期的王詩琅如此，同為艋舺文學少年的朱點人何嘗不是如此，只是他沒有轉進到童話的創作。

單以這幾篇民間故事而論，他有將小說的寫作技巧轉化到民間故事書寫的跡象。其中尤以〈媽祖的廢親〉中媽祖親眼目睹羊仔生小羊兒整個過程的心理刻劃，以及和大道公對話時，欲言又止的心緒，很能抓得住讀者的心理。

（九）郭秋生：提倡臺灣話文的健將

小說家，臺北新莊人，筆名秋生、芥舟、街頭寫真師。生於1904年（明治三十七年）2月18日，卒於1980年3月19日，享年77歲。8歲入公學校，畢業後進廈門集美中學就讀。1924年（大正十三年）任日治時期文人薈萃的臺北「江山樓」經理。

在臺灣新文化運動中的文字改革運動，各方見仁見智。張我軍提倡「白話文」，蔡培火提倡「羅馬字」，黃石輝和郭秋生提倡「臺灣話文」，連溫卿提倡「世界語」。其中尤以郭秋生的提倡最

力，黃武忠就說：「郭秋生在臺灣新文學運動中的最大貢獻是提倡臺灣話文。」（黃武忠，1980：62）

　　1931年秋，與陳逢源、賴和、周定山、莊遂性、葉榮鐘、洪炎秋等共組「南音社」，並於翌年1月1日創刊《南音》半月刊。1933年10月25日，他與廖漢臣共同發起籌組「臺灣文藝協會」，被推為幹事長。翌年7月15日該協會創刊《先發部隊》（中文文藝雜誌），後因日本當局注意而改名《第一線》。

◆ 臺灣話文運動健將

　　誠如黃武忠所言，雖然郭秋生提倡「臺灣話文」最後並沒有風行，但他依然是「臺灣話文運動」的健將。

　　郭秋生在《南音》時期曾參加「臺灣話文」論戰。對於「臺灣話文」，他主張以現行的漢字為工具進行話文的創造。

> 　　所謂臺灣話文，就是用漢字來表現臺灣話，一方面從現有的童謠、民謠撿一些字來用；一方面按六書的法則──形聲、會意、轉注、假借等來創造新字。最主要的是日本人想廢除漢文，提倡臺灣話文的目的是想利用一個辦法使漢字可以保存下來。（郭秋生，1980：63-64）

　　也就是說，郭秋生之所以積極提倡「臺灣話文」，係緣起於「日本人想廢除漢文」；而其目的就是想辦法保存漢字。基於這樣的緣起，為要達成這個目的，郭秋生的態度是積極的，梁明雄在《張深切與《臺灣文藝》研究》第七章〈《臺灣文藝》與臺灣作家群〉第三節「臺臺代表作家」有關郭秋生的部分，他提到：

為了證明臺灣話文的確可以成立，他先在1931年11月28日及12月5日的《臺灣新民報》上用臺灣話文寫了一篇〈臺灣話文的新字問題——謹呈黃純青先生〉，以實際行動證明臺灣話文的新字斷不至過多。接著又在《南音》上特闢「臺灣話文嘗試欄」，輯錄臺灣歌謠、謎語、故事，或運用他自創的新字，發表他自己所寫的臺語詩、漫文〈糞屑船〉和童話、童謠。（梁明雄，2002：222）

事實上，別的不說，就郭秋生所輯錄的14首童謠而言，沒有直接證據證明那是如梁明雄所提的是他自己所寫的童謠，只是標明「秋生輯」而已。

此外，黃武忠也在〈臺灣話文運動的健將——郭秋生〉一文中表示：

他不但在理論上主張「屈文就話」，並且以身作則，創造了許多新字，並開「臺灣話文嘗試專欄」，發表他所寫的雜文「糞屑船」和童話，證明臺灣話文是可以成立的事實。（黃武忠，1980：64）

但是黃武忠的這段文字，有兩處與事實相左。第一，《南音》上的是「臺灣話文嘗試欄」而非「臺灣話文嘗試專欄」；第二，在《南音》的「臺灣話文嘗試欄」只有郭秋生輯的童謠、歌、民歌、謎等，並無黃文所說的「童話」。

◆ 郭秋生輯的童謠

郭秋生在《南音》主持「臺灣話文嘗試欄」，為了證明臺灣話文是可以成立的，是以，輯錄童謠就成了非常重要的一件事。從1932年1月到7月，即從1卷2號起，他曾先後六次輯錄，共發表14首童謠。分別是：〈火金姑〉、〈蚱蜢公〉（1卷2號）；〈雷公怛怛鳴〉、〈人插花〉、〈一个一得坐〉（1卷3號）；〈貓的〉、〈抉米糕〉（1卷4號）；〈初一場〉、〈天烏烏〉、（1卷5號）；〈白領鶯（上）〉（1卷6號）；〈白領鶯（下）〉、〈擺腳擺搖搖〉、〈天烏烏〉（1卷9、10號合刊）

郭秋生當初之所以輯錄這些童謠的動機，純粹只是要透過這14首童謠證明「臺灣話文」可以成立的事實，這一點是無庸置疑的。可惜的是在「臺灣話文嘗試欄」所輯錄的童謠並沒有註明這些童謠到底在哪個地方流傳的，即便是同樣的童謠在不同地區其內容也不盡相同。無獨有偶，在吳瀛濤著的《臺灣諺語》一書中有關「童謠」部分，也沒有註明是在哪個地方流傳的。茲摘錄幾首郭秋生輯錄的臺灣童謠如次：

（一）人插花／你插草／人未嫁／你先走／人抱嬰／你抱狗／人坐轎／你坐糞斗

（二）人插花／伊插草／人抱嬰／伊抱狗／人未嫁／伊先走／人坐轎／伊坐糞斗／人睏眠床／伊睏屎礐仔口

從上可知，兩首童謠相異之處顯然有三，其一：第一首比第二首少兩句，人睏眠床／伊睏屎礐仔口。其二：第一首的三、四句和第二首的三、四句對調。其三：第一首與「人」對稱的是「你」

的第二人稱，第二首與「人」對稱的是「伊」的第三人稱。而草、
走、狗、斗、口則是「同韻」。這一首在李獻璋的《臺灣民間文學
集》也有，是一首通行全島的童謠。

　　再以郭秋生輯錄的〈天烏烏〉與吳瀛濤收集的〈天黑黑〉
為例：

　　（一）天烏烏／欲落雨／鯽仔魚／欲娶妻／鮕鮘做媒人／土
　　　　　虱粧查某／龜挑燈／鱉打鼓／蜻蜓攑旗喝大步／水蛙
　　　　　扛轎叫艱苦

　　（二）天黑黑／要落雨／鯽仔魚／要娶妻／龜挑燈／鱉打鼓
　　　　　／水蛙扛轎大腹肚／田螺舉旗叫艱苦

　　這兩首童謠，就名稱而言，義同名不同，前者「天烏烏」是臺
灣話文，後者「天黑黑」是白話文。就內容而論，相異處有三，其
一：第一首比第二首多兩句，鮕鮘做媒人／土虱粧查某。其二：第
一首的第九、十兩句與第二首的第七、八句對調。其三：第一首攑
旗的是「蜻蜓」，第二首舉旗的是「田螺」。其四：第一首叫艱苦
的是「水蛙」，因為牠扛轎；第二首叫艱苦的是「田螺」，因為牠
舉旗。

　　吳瀛濤另有一首與第一首相近的〈天黑黑〉，茲舉例如次：

　　（一）天烏烏／欲落雨／鯽仔魚／欲娶妻／鮕鮘做媒人／土
　　　　　虱粧查某／龜挑燈／鱉打鼓／蜻蜓攑旗喝大步／水蛙
　　　　　扛轎叫艱苦

　　（二）天黑黑／要落雨／鯽仔魚／要娶妻／鮕鮘做媒人／鯉

　　魚做查某／龜挑燈／鱉打鼓／水蛙扛轎大腹肚／田螺
舉旗叫艱苦

　　這兩首童謠同樣都是十句，但還是義同名不同，其相異處有
五。其一：第一首的九、十兩句與第二首九、十兩句對調。其二：
第一首做查某的是「土虱」，第二首是「鯉魚」。其三：第一首
打鼓的是「鱉」，第二首是「蝦」。其四：第一首舉旗的是「蜻
蜓」，第二首是「田螺」。其五：第一首叫艱苦的是「水蛙」，第
二首是「田螺」。

　　郭秋生前後輯錄兩首〈天烏烏〉，可其內容也不盡相同。茲列
舉如次：

　　（一）天烏烏／欲落雨／鯽仔魚／欲娶妻／鮎鮔做媒人／土
　　　　　虱粧查某／龜挑燈／鱉打鼓／蜻蜓攑旗喝大步／水蛙
　　　　　扛轎叫艱苦
　　（二）天烏烏／欲落雨／鯽仔魚／欲娶妻（某）／鮎鮔做媒
　　　　　人／土殺粧查某／水蛙扛轎大腹肚（堵）／蜻蜓攑旗
　　　　　叫艱苦

　　同一人輯錄的同一首童謠，除了同樣是「八句」之外，顯然
還是有四點相異之處。其一：第二首第四句欲娶「妻」後面加註
（某），第七句水蛙扛轎大腹「肚」後面加註（堵）。其二：第
二首粧查某的是「土殺」，第一首是「土虱」。其三：第二首七、
八兩句與第一首七、八兩句對調。其四：第二首的蜻蜓攑旗是「叫
艱苦」，第一首是「喝大步」。其五：第二首水蛙扛轎是「大腹

肚」，第一首是「叫艱苦」。而烏、雨、妻、某、鼓、步、肚、苦等都是同韻。

李獻璋的《臺灣民間文學集》包含「童謠」在內，其中也有幾首〈天烏烏〉，茲錄於後，並與郭秋生輯錄的做一比較。

> （一）天烏烏／㑷落雨／鯽仔魚／㑷娶妻（某）／鮎鮘做媒人／土虱粧查某／水蛙扛轎大腹肚／蜻蜓攑旗叫艱苦（郭）

> （二）天烏烏／欲落雨／鯽仔魚欲娶妻／鮎鮘做媒人／土虱做查某／水蛙扛轎大腹肚／蜻蜓舉旗叫艱苦（李）

這兩首內容大同小異，相異處有三。其一：第一首八句，第二首七句（第三、四兩句合成一句）。其二：第一首的「㑷」相對於第二首的「欲」，第一首的「粧」相對於第二首的「做」，第一首的「攑」相對於第二首的「舉」，易言之，即臺灣話文的「新字」相對於白話文的「常用字」。

再舉兩例流傳於「花壇」和「屏東」的〈天烏烏〉，並與郭秋生輯錄的作品相較。

> （一）天烏烏／㑷落雨／鯽仔魚／㑷娶妻／鮎鮘做媒人／土虱粧查某／龜挑燈／鱉打鼓／蜻蜓攑旗喝大步／水蛙扛轎叫艱苦

> （二）天烏烏／欲落雨／夯鋤頭／清水路／清著一尾鯽鯉魚欲娶妻／龜擔燈／鱉打鼓／蜻蜓攑旗叫艱苦／螃蟹擔燈雙目吐／水蛙扛轎大腹肚／一碗圓仔湯給汝補

（花壇）

　　同樣是十句，顯然第二首比第一首更熱鬧、更有趣。其相異之處有六。其一：第二首註明流傳的地域，第一首沒有。其二：第二首加了「夯鋤頭／清水路」，引出「清著一尾鯽鯉魚欲娶妻」的情事，卻少了「鮕鮘做媒人／土虱粧查某」的媒婆角色。其三：第二首除了「龜」挑燈外，「螃蟹」也加入擔燈的行列。其四：第二首的「龜擔燈」，相對於第一首的「龜挑燈」。其四：第二首為了表示對迎親隊伍的辛苦，特地貼心的準備「一碗圓仔湯」給大家補補；第一首則無。烏、雨、路、鼓、苦、吐、肚、補等都是同韻。

　　再舉李獻璋收集的另一首〈天烏烏〉如下：

（一）天烏烏／欲落雨／鯽仔魚／欲娶妻／鮕鮘做媒人／土
　　　虱粧查某／龜挑燈／鱉打鼓／蜻蜓攑旗喝大步／水蛙
　　　扛轎叫艱苦

（二）天烏烏／欲落雨／阿公舉鋤頭欲掘芋／掘著一群土虱
　　　魚作查某／鯽仔魚欲娶妻／蚊仔擔燈／戶蠅放銃／蜻
　　　蜓攑旗叫艱苦／水蛙扛轎扛到大腹肚（屏東）

　　同樣是娶親的內容，因角色的不一增加過程的趣味性。相異之處有五。其一：第二首只有九句，少第一首一句。其二：第二首註明流傳的地域，第一首沒有。其三：第二首增加一句「阿公舉鋤頭欲掘芋」，沒看見第一首的媒人「鮕鮘」，卻掘到一群作查某的「土虱魚」。其四：第二首的「蚊仔擔燈／戶蠅放銃」，取代了第一首的「龜挑燈／鱉打鼓」。其五：第二首的蜻蜓舉旗「叫艱

苦」，第一首只是「喝大步」，第二首的水蛙扛轎只是「扛到大腹肚」，而第一首則是已經「叫艱苦」。

　　從上述列舉的郭秋生、吳瀛濤、李獻璋三位所收集的幾首〈人插花〉或是〈天烏烏〉的童謠，無論童謠角色如何相異，如何增減，情節內容如何相異，這都無礙於它那濃厚的童話性、趣味性、活潑性與故事性。

　　當年由於日本殖民當局鼓吹皇民化，要禁止漢字，是以，郭秋生提倡臺灣話文，目的就在於變相保留漢字。而他也以實際行動在《南音》開闢「臺灣話文嘗試欄」，雖然後來引起所謂的「臺灣話文運動」大論戰，但這無礙於他對臺灣話文推動的決心，黃武忠對郭秋生當時的論戰作品，笑稱有「筆陣獨掃千人軍」之勢。也因為有「臺灣話文嘗試欄」的開闢，才有機會看到日治時期流傳已久的臺灣童謠，郭秋生不僅是「臺灣話文運動」大將，也是讓傳統臺灣童謠繼續流傳的有心人。

（十）李獻璋：編著《臺灣民間文學集》

　　民俗學家，文學博士。桃園大溪人，生於1904年（明治三十七年），卒於1999年，享壽96歲。1932年（昭和七年）曾到廈門遊學，惟時間不長，返臺後不久，即以新進白話文作家姿態出現在臺灣文壇，開始在《臺灣新民報》、《臺灣文藝》等報刊雜誌發表文章，並刻意著手蒐集整理相關的歌謠、童謠、謎語等民間文學，加以當時臺灣文壇盛行白話文學創作，成為文化運動、民族運動重要的一環。

◆ 臺灣人全體的心血的紀錄：《臺灣民間文學集》

　　李獻璋對臺灣文化最大的貢獻莫過於他花費兩三年時間蒐集、校訂、整理、出版的《臺灣民間文學集》一書的問世。作者在〈自序〉中，開宗明義的指出該書的內容計有近千首的歌謠與二十三篇故事。繼而提到臺灣整理民間文學的歷史，他也道出該書出版的緣起與期盼。

> 　　我們知道這特殊的底所謂民間文學，可以說是先民所共感到的情緒，是他們的詩的想像力的總計，也是思維宇宙萬物的一種答案，同時也就是民眾的思想行動的無形的支配者。我們得從那裡去看他們的宇宙觀、宗教信仰，並對於自然界的認識等等。……文學者之所以要拉長了面孔一一的推究，原因實在乎它為最可靠、最可貴的材料的緣故。

　　有關民間文學的蒐集和整理，在世界各國早就有許多民俗學者或文學家從事過，其成果也是大有可觀的，其中最為人知曉的莫過於德國的格林兄弟。而李獻璋在〈自序〉末了，除了祝願「臺灣的學者們不要怠慢了自己的研究」外，他更提出德國的格林兄弟在《虞里姆童話集》（虞里姆其實就是格林，係當年對虞里姆的翻譯）序文中所說的一段話做為期許：

> 　　不要被一般不可想為這書的集成者，是專為兒童和家庭而作的。他的目的倒是在於要使從來埋藏著的這些共同的寶物──國民由詩的空想，開放出來的這些可愛的美麗的花朵，復再現露於明耀的日光底下的。

　　從民俗學或文學角度蒐集整理民間文學的層面而言，李獻璋和格林兄弟的出發點是一致的，他們的精神也是一體的。從李獻璋在〈自序〉裡特別提到《虞里姆童話集》一事，顯而易見的，李獻璋的構想是受到格林兄弟的影響。李獻璋意識到臺灣民間文學即原始的歌謠、傳說，在我們的文學史上應佔有最精采的一頁，這是與世界各國無異的。他進一步指出：

> 倘沒心情鑑賞和探悉臺灣文學也就罷了，如果有這念頭，那麼你，便非從全體民族的共同創作著手不可。因為文人多受廟堂體制的拘束，人生、社會原非其構想所及，只有沒有受過多大的腐儒的薰冶的民眾，纔能把自己的生活與思想，赤裸裸地表露出來，如描寫行商人的慘狀的「杏仁茶」，農村疲弊的「姑仔你來，嫂仔都不知」。

　　從上述中可以清楚的看出，李獻璋旨在強調民間文學代表的庶民意識抬頭的意義。

　　李獻璋編輯的《臺灣民間文學集》有懶雲的「序」，有陳澄波的「畫」。他素以臺灣研究莫不委諸外人之手為恨，乃耗費三年時間，搜羅臺灣民間的材料，總計近千首的童謠、童謎、民謠，以及23篇民間故事。「住在臺灣而不知真的臺灣，臺灣人而不知臺灣人之真面目，這是何等的恥辱。」植根於這樣的認知遂激起他編輯臺灣民間文學的澎湃熱情。《臺灣民間文學集》一書除具有文學、民族學、民俗學等方面的價值，更令後人不能忽略的是它的時代意義。

　　在淵田五郎〈簡述臺灣兒童文化運動〉（1940：08）其中「實演童話運動與《學童世界》」一節，有提到李獻璋編輯的《臺灣民

間文學集》。他把這本書與平澤丁東《臺灣歌謠與名故事》，片岡巖《臺灣風俗誌》二書相提並論，足見該書在臺灣民間文學所佔的份量，足可與日本人鼎立並存的。這也可以顯出李獻璋在臺灣民間文學所做的努力已經獲得日本人的肯定與重視。

◆《臺灣歌謠與名故事》與《臺灣民間文學集》

　　平澤丁東與李獻璋兩位都對臺灣歌謠與風俗採擷做過努力，《臺灣歌謠與名故事》與《臺灣民間文學集》二書就是他們努力的成果。前者分「臺灣の歌謠」、「臺灣の昔譚」、「臺灣の小說」等三個單元。其中「臺灣の歌謠」分俗謠（民謠）和童謠，在兩百多首歌謠作品中，童謠有六十二首，其中包括〈月光光〉、〈草螟公〉等臺灣傳統童謠在內，這是有關臺灣童謠蒐集的濫觴。

　　至於後者主要架構分「歌謠」與「故事」兩大篇，其中「歌謠」包括民歌、童謠、謎語三類，達一千首之多。該書與兒童文學最有關係者當屬「童謠」，有百餘首。至於種類則包括：搖子歌、數字歌、月光光、水蛙仔干、戲教落的、白鴒鷥、蚱蜢公、黜蚼蟝、直敘體的、火金姑、指甲花、天黑黑、龍眼干、連鎖體的、罵臭頭的、月呀月、教你歌、點呀點水井、抉擇歌、遊戲歌等二十類。就童謠蒐集的量而言，顯然李獻璋蒐集的童謠多於平澤丁東。就民族性而言，臺灣人蒐集臺灣童謠的優勢顯然也大於異族的日本人。

　　李獻璋蒐集的童謠還是以傳統童謠為主，大都註明流傳地，諸如臺北、艋舺、舊城、大溪、新竹、彰化、鹿港、南投、竹山、花壇、下寮、朴子、北港、曾文、臺南、鳳山、東石、旗津、屏東等地。

　　茲以《臺灣歌謠與名故事》與《臺灣民間文學集》二書都有蒐
集的〈搖籃曲〉為例：

> 嬰仔眠，一暝大一寸，／嬰仔惜，一暝大一尺，／嬰仔搖，
> 搖到三板橋，／大龜軟燒燒，豬腳雙邊，／搖仔搖，豬腳雙
> 邊料，／大麵雙碗燒，肉圓湯散胡椒。

　　同一首童謠，卻一分為二，在李獻璋的《臺灣民間文學集》的
「童謠」單元出現過。其中之一如次：

> 嬰仔眠，一冥大一寸，／嬰仔惜，一冥大一尺，／搖呀搖，
> ／豬腳雙旁剾，大麵雙碗燒，／肉丸湯，參胡椒。

　　這兩首〈搖籃曲〉相異處有五：（一）前者的「暝」改為後
者的「冥」。（二）前者的「搖到三板橋」未出現在後者。（三）
前者的「大龜軟燒燒，豬腳雙邊」同樣未出現在後者。（四）前者
的「料」改為後者的「剾」。（五）前者的「肉圓湯」改為後者的
「肉丸湯」，「散胡椒」改為「參胡椒」。
　　至於另一半則是：

> 搖呀搖！／搖界三板橋；／紅龜軟燒燒，／豬腳雙旁剾，／
> 大麵雙碗燒，／鼓吹知達呌。（鳳山）

　　這一首明確標示採擷自鳳山的童謠，相較之下，前兩首並未標
示出採擷地點。而上一首未出現的「搖到三板橋」以及「大麵軟燒

燒」則出現在此首。除此之外，還是有三點相異之處。（一）第一首的「搖『到』三板橋」，改為「搖『界』三板橋」。（二）第一首的「『大』龜紅燒燒」，改為「『紅』龜軟燒燒」。（三）第一首的「肉圓湯散胡椒」改為「鼓吹知達呌」。由此可知，因應地域性的不同，童謠內容也會有所不同。

　　由於李獻璋出身於桃園大溪，故也蒐集若干當地的童謠如下：

　　（一）猴山仔無挽面，猴子一大陣。（二）紅管蟹，白目眉，無人請，家己來。（三）赤查某，赤八八，點火燒大伯，大伯走上山，點火山大官。（四）一放雞，二放鴨，三分開，四相疊，五搭胸，六拍手，七圓纏，八摸鼻，九抱耳，十食起。

◆ 李獻璋與臺灣民間故事

　　從《第一線》的〈臺灣民間故事特輯〉到《臺灣民間文學集》的〈故事篇〉，都有李獻璋的作品。包括1935年1月6日出刊的《第一線》的〈過年的傳說〉一篇，以及李獻璋主編的《臺灣民間文學集》的〈石龜與十八義士〉、〈林半仙〉、〈一日平山海〉、〈邱妄舍〉、〈過年緣起〉等五篇。

　　〈過年的傳說〉是流傳於大溪有關燈猴的民間故事。敬天畏神是早期人類的共同意識，總認為什麼東西都有神。李獻璋的這篇〈過年的傳說〉就是敘說過年的由來及習俗，饒富故事性。

　　〈石龜與十八義士〉是流傳於諸羅有關「十九公廟」由來的民間故事。該廟與乾隆年間「林爽文事件」息息相關，亂世出忠義，千古不變。保鄉護土即便犧牲性命也在所不惜，所謂忠義千秋，十八義士就是最好的榜樣。

　　〈林半仙〉是流傳於鳳山有關地理師林半仙的民間故事。既是

精於勘輿，就能成事，也能壞事。此猶如水能載舟，也能覆舟。本篇故事即是林半仙與廖家相互之間的恩怨，廖家風水成也林半仙，敗也林半仙，因果循環，莫此為甚。

〈一日平海山〉是有關清武將先鋒旗手王得祿的出身奇譚。原本有偷竊癖的羅漢腳，卻因緣際會的成為屢建戰功，一日平山、一日平海的先鋒旗手。這完全肇因於生命中的兩位貴人，一是夢中的白髮老人，一是賢慧的大嫂有以至之。

〈邱妄舍〉本是通行全島的民間故事。與廖漢臣、楊松茂、朱點人等人合寫12則有關「不凡之子，必異其生」滑稽機智如邱妄舍的生平趣事。

〈過年緣起〉此篇與先前的〈過年的傳說〉內容大同小異。相異處有三，一為增加「冬節糰仔一吃下去，總算多了一歲！」的俗話；二是傳聞向玉帝求情的除了灶君公和土地公外，觀音佛祖也曾向玉帝求情；三是觀音佛祖和燈猴的爭執，幸賴眾神的仲裁以及玉帝的首肯始得以平息。情節的增加在添加故事的活潑性，進而證明民間故事並非一成不變的。

對於像李獻璋這樣一位日治時期即從事民間文學的文化工作者，而其成就之一的《臺灣民間文學集》，更是被日人淵田五郎視為足以和平澤丁東的《臺灣歌謠與名故事》以及片岡巖的《臺灣風俗誌》相提並論。此外，賴和也佩服李獻璋堅忍的意志。可見李獻璋在這方面的苦心和努力，贏得了當時臺灣新文學的前輩作家以及在臺日人的一致肯定。

就有關傳統臺灣童謠的蒐集，李獻璋《臺灣民間文學集》的完成，是臺灣人自己從事傳統臺灣童謠蒐集有成的一大示例，也是成就非凡的文獻紀錄。他將流傳在臺灣各處的傳統童謠加以蒐集，對

保留傳統臺灣童謠可說是盡了一份文化人應盡的責任，而不致讓其散佚無存。

（十一）楊逵：人道的社會主義者

楊逵，小說家，本名楊貴，筆名有伊東亮、楊建文、公羊、SP、狂人等，代表筆名為「楊逵」。生於1906年（明治三十九年）10月18日，卒於1985年3月12日，享年81歲。

楊逵在日治時期共發表三篇屬於兒童文學的小說作品。依發表先後依次是1935年11月發表於《臺灣新文學》創刊號的〈水牛〉、1936年11月發表於《臺灣新文學》第一卷第九號的〈鬼征伐〉（〈頑童伐鬼計〉）、1942年4月發表於《臺灣時報》四月號的〈泥人形〉（〈泥娃娃〉）等。

◆《臺灣新文學》時期：〈水牛〉

楊逵在《臺灣文藝》負責第二部日文編輯時，不滿張星建干預《臺灣文藝》編輯，要求履行編輯委員會的決議，未被採納，在「意見不合」的情況下，聯合廖漢臣、賴和、楊守愚、吳新榮等人於1935年11月創立「臺灣新文學社」，翌月，《臺灣新文學》創刊。

《臺灣新文學》係白話文與日文並刊的文學雜誌，創刊號編輯人與發行人為廖漢臣，自第一卷第二號起至第二卷第五號止，編輯人與發行人皆為楊貴（楊逵本名）。

楊逵的小說〈水牛〉是以筆名「楊逵」發表於《臺灣新文學》創刊號，該篇小說以日文發表，同期刊載作品的還有翁鬧〈羅漢

腳〉（ロオハンカア）。以日文發表的〈水牛〉後經劉慕沙譯成
中文。

　　楊逵另一篇〈頑童伐鬼計〉原名〈鬼征伐〉（日文），是以筆
名「楊建文」發表於《臺灣新文學》第一卷第九號（1936年11月5
日），後經陳曉南譯成中文，同期刊載的還有連溫卿〈臺灣童話の
國際的紹介に參加せよ！〉。

◇〈水牛〉的兒童形象

　　〈水牛〉係以第一人稱書寫的小說，透過敘事者「我」──一
個在東京留學回來過暑假的少年，描述一位聰明勤學的農村少女
的故事。

　　「我」將鎮上東邊山腳下的大池塘視為避暑的好地方，又結識
漂亮的農家女孩阿玉，她不僅長得漂亮，也是一個手不釋卷的好
姑娘。

　　「我」和阿玉兩個少男少女逐漸由生疏而熟習，後來阿玉告訴
「我」在她小學三年級（按指公學校）下學期因要照管水牛而停學
在家，當「我」認為阿玉的父親要她停學在家照管水牛而覺得太不
明事理的時候，乖巧而懂事的阿玉卻為她父親辯解：

> 不，我父親才不是不明事理呢。他要我停學的時候，他自己
> 也哭了。是因為我媽死了，沒有人照管牛了嘛。

　　從這簡短的說話中可見阿玉真是個既明理又懂事的少女。她並
不因停學而退卻，反而更加努力讀書，為的是安慰可憐的父親。從
「她輟學以後也不過只過了一年的樣子，如今讀的卻是五年級的課

本。」這一點看來，阿玉的確是個領悟力強而記性又好的少女。從另一件事也可看出阿玉的家境以及勤學苦讀的窘境。

> 書本是鄰家的小朋友那裡借來的，因為買不起筆記簿和鉛筆，只得撿些堅硬的地面，用小樹枝默寫或演算算數。

本著「幼吾幼以及人之幼」的善心，「我」把他弟弟看過的小學四五年級的舊雜誌送給她。

> 「爸爸呢？」
> 「築路去了。」（指整修道路）
> 「這幾天怎麼沒有到水塘那邊去放牛？」
> 「水牛賣掉了。」
> 「怎麼連水牛也賣掉了？」
> 「因為我們繳不出佃租……不繳佃租，放租地就會給收回去……。」

「我」和阿玉的簡短對話中，隱約透露出貧農生活中雙重剝削的存在──殖民政府和地主。除此之外，這段對話也為阿玉後來悲慘的遭遇留下了「伏筆」。

阿玉的答話讓「我」感到悲哀。在回家的路上，「我」在尋思如何幫助阿玉，這株被打入溝渠的幼芽一個茁長的機會。也讓他想起「數以千計的水牛替代毛豬往華南輸出，可以促進產業的發展。」這則有關「水牛的輸出」的新聞報導。「我」將這則新聞與阿玉的答話兩相對照，方才明白以下的道理：

一向只把水牛當作耕牛飼養的臺灣輸出那麼多的水牛，不僅
談不上促進產業的發展，反而只把疲弊已極的農村情況，真
實的反應出來罷了。

至於「水牛的輸出」對以放牛為樂的村童們又是怎樣一番的景
象呢？「我」的觀察是：

平時總是學著賭博，囂鬧個不停的村童們，今天也顯得有幾
分落寞。淘氣大王阿明直挺挺的躺在草地上，也有兩三張熟
面孔不見在場，其他的孩童則壓根兒忘記了賭博那回事那
樣，有的傻愣愣的坐著，有的則歪躺在那裡。

這種情況對孩子而言，簡直就像好玩伴被搶走似的那樣的落
寞；回到家之後的「我」，也同樣經歷了類似被拐子硬逼著和自
己所愛的人生離那樣的不安、寂寞和憤怒。因為，「我」的父親
把阿玉弄到家裡當丫嬛。孝順的阿玉再次為了幫父親解困被賣到
「我」的家當抵押，從喪母、賣牛、為父賣身，苦女的命運莫過於
此。「水牛」雖然是阿玉一家生計的來源，卻也是葬送阿玉一生的
禍源。

◇〈水牛〉的主題

在這篇小說中，透過「我」的描述農村少女阿玉的不幸遭遇，
更藉由「我」的出生在富裕家庭來突顯貧富的差距。儘管彼此家境
懸殊，可是富裕的「我」和清寒的阿玉卻跨越貧富的鴻溝成為好朋

友。就這點而言，頗像巫永福〈阿煌與父親〉中富有的阿煌和貧窮的阿海兩個是最好的玩伴似的。易而言之，在孩子心中，並無所謂貧富差距的明顯觀念，只有純純的友情。

雖然表面上阿玉是被賣到「我」的家當丫嬛，骨子裡讓「我」意識到「阿玉已經就等於是被父親買回來做小妾」的事實。「五十圓」決定了阿玉的一生。錢雖然不是萬能，但是沒有錢，真的是萬萬不能。〈水牛〉的主題不就是在揭櫫這樣的真諦。

從「我」的澈悟「阿玉等於是被父親買回來做小妾」的一節，不僅可以和巫永福〈阿煌與父親〉中的父親喜歡涉足歡場、眷戀女色相提並論，甚至更有過之而無不及。那種痛恨父親貪戀女色的心情，「我」和阿煌是一致的。

〈水牛〉這篇作品表面上是敘述一位農村少女的不幸遭遇，實際上是暗指處在日治時期，一方面是地主的蠻頂暴橫，一方面是生活貧苦的佃農受到殖民政府和地主的雙重剝削。少年少女眼中的成人世界，是這麼的無奈與無情。無產階級往往受制於資產階級，作者透過〈水牛〉這篇小說，吐露弱勢者的悲哀和無助。

◆〈頑童伐鬼計〉的臺灣形象

〈頑童伐鬼計〉原名〈鬼征伐〉，是以日文發表的。光從日文篇名不易明白它是一篇少年小說，譯成中文就一目瞭然了。在日治時期臺灣人作家以日本人為小說中心的作品不多，楊逵的這篇〈頑童伐鬼計〉則是不折不扣的代表作，而可以和楊逵〈頑童伐鬼計〉相提並論的是呂赫若的〈玉蘭花〉。

本篇是完全以居臺的日本人井上一家人為題材的寫實小說，描寫學美術出身的日本青年井上健作嚮往美麗的寶島——臺灣，自日

本來臺到回東京這段時間所經歷的種種際遇，是一篇寫實的親情
小說。

　　整篇小說分成「泥沼裡的小鎮」、「垃圾場的樂園」、「鬼
屋」、「頑童伐鬼」四個段落。

　　在「泥沼裡的小鎮」裡，敘述從東京來臺灣探視兄長健次的井
上健作，來臺前對美麗寶島充滿憧憬，來臺後看到兄長居住在一個
泥沼裡的小鎮，一眼望去就是小巷和泥濘路，生活環境很差，居民
有臺灣人、大陸人、日本人和韓國人。自己都開始懷疑：條件這麼
差的生活環境，這是什麼「美麗的寶島」？為什麼他的父親還前
來征伐而戰死於此？又讓子孫在此過著困苦的生活？（指健次一
家人）

　　在「垃圾場的樂園」裡，健作發現這個小鎮竟然沒有可供孩
子安全遊玩之處，而唯一可供孩子玩耍的地方卻是充滿危險的垃圾
場，幾乎沒有一天沒有人受傷。

　　儘管大人每天都叮嚀他們不能到那垃圾場去玩，他們總是不
聽。放學回家後馬上成群結隊去那兒，放假的日子更是從一大早就
在那邊騷嚷個不停。因為孩子們沒有選擇的餘地，就像太郎不服氣
的表示：「因為外面沒有遊玩的場所嘛！」一句氣話點出了孩子無
奈的心聲。但是就母親的立場而言，把孩子留在家裡還是比縱任他
們在垃圾場遊玩來得安全。健作一時興起，決定帶著太郎出外找找
看有沒有可供玩樂的地方。

　　在「鬼屋」這一段是小說的精華所在，健作之所以從東京到臺
灣探親的來龍去脈在本段做一交代。

　　健作和太郎一路從巷內的泥沼路經過巷口的柏油路來到一處健
作以為是公園的地方，在太郎解釋下，方才知道那是哥哥健次老闆

家的花園。過去太郎他們經常來玩，但自從砌上圍牆後，就不能來玩了。「圍牆」代表一種權勢，也是貧富差距的「象徵」。就在當下，太郎突然像發瘋似的狂叫道「哇！鬼來了！」旋即轉身狂奔而去。這一聲「鬼來了！」也為後來的情節發展留下「伏筆」。

太郎的「鬼來了！」狂叫聲像是恐懼到極點而發出的聲音，但是，若說有鬼，更是不可思議的事，鬼竟在白天公然地在人口密集的地方出現，豈非更令人難以相信？

作者藉此機會敘述健作來臺探親的經過，一來掛念哥哥健次來臺十五年始終音訊全無，二來一幅入選「帝展」的油畫作品被人以三百元高價購買，三來終於和哥哥取得聯繫，四來可以順便旅行寫生，五來母親已是風中殘燭，渴望再見長子一面。

「為什麼你一個人先回來？」

「我——好怕！」

「有什麼好怕的？」

「好可怕喲！鬼出來了。」

「鬼？傻瓜——哪裡有鬼？」健作笑了。

「有啊！從庭園裡面出來的就是。」

「什麼？就是那穿西裝的人？」

「是啊！他就是鬼呀！即使穿著西裝也是鬼呀！即使臉相不可怕也是恐怖的鬼呀！」

「為什麼？」

「因為他常常唆使狗咬人，那裡面有十四隻模樣像獅子的惡犬，只要那個鬼的手一指，就一起猛撲過來！」

　　就太郎的立場而言，會嗾使狗咬人的人就是「鬼」，不管他是穿西裝的，不管他看起來很和氣。就健作的立場而言，實在想不透那種悠遊自在的園地怎會變成「鬼屋」？那個看來很和氣的男人怎會驅使狗咬小孩？讓他們擔驚受怕？其中必有緣故。一問之下，都是「圍牆」惹的禍。「圍牆」是造成孩子們無處可玩的癥結所在。

　　按常理，小孩子爬牆進入別人的庭園玩耍，也許是不對的行為；但是工廠老闆將孩子們玩耍的地方完全佔為己有，也未免有點不近人情。作者藉此也以雨果在《悲慘世界》一書中所示，那是制度的錯誤，是時代的錯誤；是不能解決的問題，也是永遠都沒有結果的問題。

　　在「頑童伐鬼」中，健作畫了一幅畫送給太郎，這幅畫被孩子們命名為「討伐鬼怪」，是他們模仿桃太郎的故事而取的，裡面或許有「移情作用」的成分。

　　當健作要回東京，送行的小孩多達五十多個，盛況遠勝於呂赫若〈玉蘭花〉小說中那位日本叔叔鈴木善兵衛要回日本時，呂赫若他們僅僅在庭院中的玉蘭花樹上遙遙送行。

　　本篇小說比較會讓人起爭議的是結尾太郎他們用「牛肉裡藏針」的方式引誘「鬼」手下的那十四隻狗吞食，大約一星期才痛死。雖然他們從此可以繼續翻牆進入花園玩耍，可是這種為達目的不擇手段，尤其是用「牛肉裡藏針」的方式，這種虐待動物的行為，期期不可。對太郎他們而言，也許這是「釜底抽薪」的辦法，也許這是弱勢者對抗強勢者不得不為的下策。

◆《臺灣時報》時期：《泥娃娃》的世界

本篇小說原載《臺灣時報》四月號（1942年4月出版），發表時為日文，原名〈泥人形〉，在《楊逵全集‧小說卷 II》則翻譯成〈泥偶〉；然在《楊逵集》（《臺灣作家全集》日據時代短篇小說卷7）則翻譯成〈泥娃娃〉。本篇小說撰寫的時間點是在楊逵的花園經營上軌道（1940年）之後的第二年。

就臺灣文學的層面而言，〈泥娃娃〉一作係以楊逵自身的居家生活為題材，全篇既寫實又有情節；既有衝突又有象徵。從老大在學校所受的軍國教育，曝露出日本發動侵略戰爭的瘋狂意圖，同時也對臺灣總督小林的實施臺民志願兵的制度提出抗議。既便是對於想到中國大陸發戰爭財的富崗之輩也加以口誅筆伐。至於小說結尾則以「當天夜晚，一場雷電交加的傾盆的大雨，把孩子的泥娃娃們打成一堆爛泥⋯⋯。」有人認為這是用來預示窮兵黷武的日本帝國主義，必然痛遭敗亡的命運。

但若就兒童文學的層面而言，對於兒童形象的書寫既自然又生動；對於四個孩子的角色個性描述得栩栩如生，躍然紙上。全文對兒童文學的「遊戲性」掌握得入木三分，而「遊戲性」正是兒童文學最基本的精神所在。

本篇係以第一人稱書寫的小說，分成六個段落，第一段描寫一間四坪大的房子裡，四個小鬼滿屋亂跑，上演一場鬧劇，使用的戲具就是泥塑的坦克車、飛機、軍艦、戴著日本戰鬥帽的不倒翁，這些戲具被視為軍國主義的象徵。

第二段描述一個想到中國大陸發戰爭財的校友富崗來向「我」辭行，順便趁機大顯巧言令色的嘴臉，厚顏向他借錢，儘管「我」

的妻很厭惡這個人，但我卻認為這才是這年頭裡升官發財一類的大
人物。

　　第三段很短，是「我」對自我的期許與心境的定靜，讓他得以
在雞鳴時分完稿，以便向雜誌社有所交代。

　　第四段「我」儘管在眾人面前，經常弄得滿面通紅而唱不出一
首簡單的兒歌，清晨在「心隨境轉」的情況下，卻能發自丹田的低
音，自吟自賞東方朔〈窮隱處兮竄穴自藏；與其隨俗而得志，不若
從孤竹於首陽……〉的這首賦，其樂也融融。

　　第五段集中在「我」和老大父子兩人的精采對話。「我」對
臺灣總督府透過出版品宣傳軍國主義思想（指老大正在讀的《三槍
手》是當時青少年最流行的漫畫故事）以及從老大的話中有感於實
施臺民志願兵制度是殖民地的兒女的悲哀。

　　第六段才是作者創作本文用心之所在。透過他和老大的對話，以
及昨夜孩子們玩的戰爭遊戲，讓他打從心底發出沉痛的吶喊：「孩
子，再也沒有比讓亡國的孩子去亡人之國更殘忍的事了……。」也
讓他對窮兵黷武的日本軍國主義提出最嚴重的抗議。

　　　　如果以奴役別的民族，掠取別國物資為目的的戰爭不消滅；
　　　　如果像富崗一類厚顏無恥的鷹犬，不從人類中掃光，人類怎
　　　　麼可能會有光明和幸福的一天！
　　　　……
　　　　老大已然不再去捏泥娃娃，而忙著設計能真正在空中飛翔的
　　　　滑翔機了。而我，要到什麼時後才能寫出謳歌人類健朗、勇
　　　　敢和幸福、光明形象的作品呢？

　　這是楊逵心中最大的祝願，也是身為小說家應盡的社會責任。小說最後以「當天夜晚，一場雷雨交加的輕盆的大雨，把孩子的泥娃娃們打成一堆爛泥……。」收場。

　　雖然有人把最後這一行視為日本窮兵黷武的侵略行為終將敗亡的一種「預示」；若就兒童文學的立場而論，不妨視為老大興趣的轉移；因為他已不再去捏玩泥娃娃，而忙著設計能真正在空中飛翔的滑翔機。泥娃娃對老大而言，也已經失去興趣和意義。

　　楊逵一生因〈送報伕〉這篇小說揚名於戰前的臺灣與日本以及中國大陸；惟其在日治時期所發表的〈水牛〉、〈頑童伐鬼計〉、〈泥娃娃〉等三篇小說，不妨以兒童文學的角度看待。從少男少女的身分去環視周遭的成人世界，也許更能看出人心的險惡，作為幫助自己啟蒙與成長的支柱。

　　〈水牛〉中出身富家的「我」和貧農子弟出身的阿玉可以跨越貧富的藩籬；〈頑童伐鬼計〉中的太郎等小孩，為了能夠再次翻牆進入花園玩耍，竟然想出「牛肉裡藏針」的詭計；〈泥娃娃〉中的老大充滿軍國主義的幻想。這些都是少男少女最好的生命教育。

　　另外在《楊逵全集》中《謠諺卷》一書提到楊逵手稿資料中有三本謠諺稿，其中兩本謠諺稿封面分別題為「諺語、童謠、民歌」和「童謠、諺語、民歌集」。這兩本根據莊永明先生的五點意見其中有兩點頗堪玩味：其一：楊逵之謠諺稿包括「諺語（歇後語）、童謠、民歌」，應以採集成分居多，尤以諺語、歇後語和「七字仔（民歌）」，皆屬民間相傳。其二：這些謠諺稿應屬其個人記憶與「難友」相告之地方俗語念謠，並無創作成分。

　　雖然以採集居多，雖然是民間傳說，雖然無創作成分；既然其中兩本謠諺稿都標有「童謠」字樣，不知何故，莊永明在這兩點都

沒有提及「童謠」。在楊逵的寫作生涯難得的是他也為兒童文學留下一麟半爪，的確難能可貴。

（十二）楊松茂：日治時期中文作品最多的作家

臺灣彰化人，筆名有守愚、村老、Y生、靜香軒主人等。生於1905年（明治三十八年）3月9日，卒於1959年4月8日，享年55歲。出身書香門第，6歲進彰化公學校，自7歲起進私塾習漢文，至1922年止，長達11年，是以奠下深厚的漢文根底。

1925年就和賴和等人相識，1929年（昭和四年）受賴和鼓勵，開始以「守愚」筆名投稿。《臺灣民報》時期，他是賴和（時任該報文藝欄主編）的大幫手。（黃武忠，1980：66）1934年（昭和九年）與張深切、賴明弘等83人籌組「臺灣文藝聯盟」。作品散見於《臺灣民報》、《臺灣新民報》、《臺灣新文學》、《南音》、《臺灣文藝》等。

1937年4月殖民當局全面禁用漢文，遂轉入古典詩作。戰後，入彰化工業職業學校任職，教授國文，直到去世為止。

楊松茂終其一生，其作品多用中文書寫，計有：小說52篇，新詩64首，漢詩127首，民間故事3篇，堪稱是日治時期中文作品最多的一位新文學作家。（黃武忠，1980：65）

◆ 《臺灣新民報》時期

楊松茂在《臺灣新民報》時期發表了三篇與兒童文學有關的作品，一為小說〈生命的價值〉，一為隨筆〈小學時代的回憶〉，一為民間故事〈十二錢又帶回來了〉。

◇〈生命的價值〉

小說〈生命的價值〉以筆名「守愚」於1929年3月31日、4月7日、4月14日先後發表於《臺灣民報》第254、255、256等號。這也是以「守愚」為筆名所發表的第二篇小說。

小說以第一人稱「我」，用「倒敘法」的敘事方式描述一位悲苦的小女婢（秋菊）因為一個銀角被活活打死的悲慘故事。守愚藉由苦女的不幸遭遇來彰顯俗富與貧窮、強勢與弱勢、劣紳與小婢的天淵之別，進而揭櫫生命的價值，慨嘆苦女的生命價值竟然連一個銀角都不如。

楊守愚在〈赧顏閒話十年前〉一文曾經提到：

> 小市民和農民的生活，成為各作品的題材，因為作者的階級意識的模糊及一致的反抗異族的統治，遂構成了利害與共的觀念，所以作品中，大都充滿了自然主義的無力的揭露醜惡與貧乏的同情。

這一「大都充滿了自然主義的無力的揭露醜惡與貧乏的同情」其實正是楊守愚的文學特質。而〈生命的價值〉這篇小說正是體現楊守愚的文學特質。他在小說鋪陳過程中，對兒童形象的書寫頗多著墨，尤其對小婢女（秋菊）的描述更是入微。

在〈生命的價值〉中，他以平實的語調，戲劇性的手法，完整的敘事結構，反映出小婢女秋菊的悲慘遭遇。

> 「你還不肯照實認了嗎？」
> 「實實——在在沒——沒有——」

　　景祥舍和秋菊的這兩句對話從開始到結尾，前後呼應，貫穿整個情節。一個代表無上的權威，掌握秋菊的生死；一個象徵卑微的弱勢，為了證明自己的清白，寧死也不認錯。緊隨對話之後，就是那「哽哽咽咽、哀哀號號的哭泣聲」以及「劈劈拍拍的竹板聲」所交織而成的淒涼陰鬱的歌曲。這首歌曲的始作俑者竟然只是「一個銀角」。

　　楊守愚以戲劇性的手法表現小說技法，在〈生命的價值〉也可看出端倪。當「我」從學校放學跑回家時，只見隔壁景祥舍的大門前，圍住一大群人，好像在看甚麼熱鬧似的。

　　「我」以為是清江的爸爸給他買的活動影戲就要在他家開映，歡喜得雀躍起來，一心只想看看活動影戲，移情作用的結果，竟然忘記肚子餓不餓了。等到闖進人縫裡一看，滿心的期待頓然落空，一句「失望啦」，情節急轉而下，致使這一段情節充滿戲劇性的效果。裡面哪有甚麼活動影戲？眼前只見門內左旁仰臥著一個瀕臨垂死邊緣傷痕累累的小女孩。原本滿心的期待，活動影戲轉換成臥倒在地的秋菊，眼前的一切如同戲劇一般。

> 這才使我明白了昨晚的胡鬧，這一來，竹板聲呀！哭泣聲呀，又好像怒濤一樣地，重新湧現於我這小小的一個腦海裡，無端地又使我幻想出當時秋菊被打的慘狀來。一霎間，腦海竟變成了一臺活動影戲棚，把想像的幻影，一幕幕地開映出來；甚至使我聯想到她的身世。

　　眼前的事實和想像的幻影都充滿戲劇性，楊守愚在〈生命的價值〉這篇小說，流露出戲劇性的手法，可見一般。楊守愚透過第三

者等的轉述，清楚交代秋菊含冤被景祥舍活活打死的經過。結果，「一個垂死的慘狀，和一個銀角的影子，永遠地，印象在我這個脆弱的小心靈裡。」

「唉！生命的價值──一個銀角。」楊守愚在小說結尾處以這句話畫上休止符。小婢女秋菊僅僅因為「一個銀角」就結束短暫的生命，苦女的悲慘遭遇彷彿透過「一個銀角」向世人述說她的悲哀與冤屈；「一個銀角」似乎也象徵著秋菊卑微的身世與處境。

◇〈小學時代的回憶〉

隨筆是散文的一種，楊守愚這篇〈小學時代的回憶〉是以筆名「守愚」陸續發表於1930年8月2日、8月9日、8月16日、8月23日、8月30日的《臺灣新民報》第324到第328號。

這篇〈小學時代的回憶〉所回憶的是他7歲那年開始和學堂教育發生關係的童年往事。他所謂的「小學時代」，係指傳統的學堂教育，而非制式的公學校教育。

楊守愚前後拜過兩位塾師，前兩年拜的是人稱「阿頭師」的先生，也是當地屬一屬二的名師，這位大名鼎鼎的嚴師，也就是他的啟蒙塾師。後兩年拜的是位性子不錯的塾師沈先生，沒有阿頭先生那麼威嚴，卻多帶一種滑稽味，他們是兩種不同典型的塾師。

在這篇回憶小學時代的隨筆中，守愚相當深刻的描述學堂上課的景況，阿頭先生的「做對」、「放課」；沈先生的「留學」、「罰跪」。在他的觀察下，顯然大多數的學生之所以願意用功，一來是因為逼於先生的威嚴，二來是因為父母的督責，幾乎每個學生的臉上都浮上一層「不得已」的神情，這完全道出了在學堂求學的學生們的心態。

　　楊守愚在文章中也回憶起在學堂中「先生無在館，學生扮海反」的定例，以及傳統學堂教育的教育方式，其教育內容無非是四書白文、三字經、千家詩、昔時賢文等。

　　隨筆中也提到母親、師母、世姊等幾位女性在學堂教育中所扮演的角色，她們的慈與愛對應著塾師的嚴和厲。對父母而言是老來得子，對楊守愚而言他是獨生子，是以，慈母的溺愛，卻養成他驕縱的習性。對此，他對母親深深地感到萬分的抱歉和慚愧。

　　楊守愚對自己在學堂四年期間，前兩年都是因為貪玩而糊裡糊塗的渡過，後兩年又由於母親的溺愛，到頭來還是一句不通、一字不識，徒把有用的光陰斷送。字裡行間，充滿對母親的懺悔和抱歉。除此之外，他進一步認為：

> 所以做一個父親或母親如果過於溺愛兒子，都是不大妥當的，尤其是這一個弱點，倘使給兒子們把捉住了，那就更加無可如何，因為你所畏忌的，他偏要拿這來哄騙你，使得你因為畏忌而不敢叫他去做，也正像媽媽怕我挨打，我偏拿「給先生打」來恐嚇她一樣。

　　楊守愚在這篇隨筆中除了以傳統學堂教育為主軸外，還兼及父母管教兒子的教育方式是否得當？是回憶，是檢討，也是懺悔。他的這篇隨筆和張文環的小說〈論語與雞〉同樣都是以傳統的學堂教育為內容，所不同的，〈小學時代的回憶〉是隨筆，而〈論語與雞〉是小說。

◇〈十二錢又帶回來了〉

民間故事〈十二錢又帶回來了〉以筆名「靜香軒主人」於1931年1月1日發表在《臺灣新民報》第345號。是一篇有關邱岡舍的民間故事，主要描述擅於愚弄人家的邱岡舍又和人家打賭，這一次賭的條件是給邱岡舍十二錢帶出門，言明必須要幹三件需要花錢的勾當，還得把錢完完整整的帶回來。

首先他到擔仔麵攤吃麵，即將吃完之際，趁人不注意暗地裡將腳下的腌臢東西偷偷放到碗裡，然後藉故生端，說是賣麵的全用腌臢物參在麵內想毒死人，經過眾人再三勸解央求，方才息事，卻讓邱妄舍白吃一頓大麵。

接著他去了理髮店。剃完了髮，修面時，理髮匠見他的鬍鬚長得很，便問他要不要剪掉。「不剃，要留下好命！」理髮匠只道他要剪下來，結果惹來了邱妄舍一陣喧嚷，又是在眾人勸解下邱妄舍再下一城。

得了便宜還賣乖的邱妄舍得理不饒人，他要求坐轎子回家，理髮匠為了息事寧人，不但拿不到工錢，還要賠了轎錢去叫頂轎子來送他回去。

這麼一來，邱岡舍果真幹了三件需要花錢的事，就憑他的機伶以及手腳，不花一毛錢，吃得一肚子飽滿、修理得一頭面漂亮、又有轎子送他回來，最後還將那十二錢一個也不少的給帶回來。

◆《臺灣文藝》時期

楊松茂於1935年2月1日假《臺灣文藝》第二卷第二號以筆名「Y生」發表童謠〈拜月娘〉（頁124），同一號發表兒童文學作品的還有日人日高紅椿的童謠集〈秋の風景〉（頁37-39）、謝萬

安的童謠〈兒歌〉（頁119）、甫三（賴和）的童謠〈呆团仔〉
（頁123），以及越峰（林越峰）的童話〈雷〉（頁147）等四篇。

◇ 拜月娘

中秋冥　月圓圓／拜月娘　排果子／拜拜拜　拜卜父母添福氣
／拜拜拜　拜卜阿兄大賺錢／月娘啊　保庇　保庇我勿呆痴

中秋冥　月圓圓／拜月娘　排果子／拜拜拜　拜卜阿姊賢針指
／拜拜拜　拜卜後胎招小弟／月娘啊　保庇　我賢讀書

中秋冥　月圓圓／拜月娘　排果子／拜拜拜　拜卜過日攏歡喜
／拜拜拜　拜卜一家團圓圓／月娘啊　保庇　我會成器

　　這首〈拜月娘〉是以臺灣話文寫的童謠，可想而知，楊松茂也
是「臺灣話文運動」的支持者。該首童謠以中秋夜為主題，三段式
的內容，充分表現出小孩子赤裸裸的內心世界，以及他對全家人祈
福的祝願。

　　每一段共五句，第一二兩句完全一樣，中秋月圓之夜，準備果
子拜月娘，這是出於恭敬的心。第三四兩句為家人祈福，從父母兄
姐到全家。第五句才想到自己。

　　第一段祈求父母添福添壽，祈求哥哥生意興隆，祈求保佑自己
不要呆痴。第二段祈求姐姐賢慧淑靜，祈求媽媽生個弟弟，祈求自
己好好讀書。第三段祈求全家歡歡喜喜、團團圓圓過日子，祈求自
己將來成大器。

　　「Ｙ生」這首〈拜月娘〉中的氣、痴、指、弟、喜、器等字都同韻（『一』韻）。童謠中的「我」，凡事都先想到自己的家人，再想到自己，具有傳統的倫理觀念，藉由中秋月圓之夜，懷著虔敬的心，先拜請月娘保佑一家人能夠添福添祿添壽，而後再希望月娘能夠保佑自己會讀書、成大器，凡此種種，足見孩子宅心仁厚，先人後己的謙卑態度。

◆「新文學運動」高潮時期

　　李獻璋在1935年編著的《臺灣民間文學集》內的「故事篇」，由「守愚」撰寫的有「美人照鏡」、「壽至公堂」、「邱妄舍」等篇。

　　「美人照鏡」是一篇流傳於彰化地區的民間故事。「美人照鏡」本是風水詞，意指「好地理」。南瑤宮媽祖之所以成為彰化人士的信仰中心，南瑤宮媽祖之所以特別靈驗，在宗教觀念很深的當時民眾的腦海裡，誰都深信是因為得了「美人照鏡」的好地理有以至之。

　　火燒鄭秀才的大厝這一個民間故事，係發生於清同治年間，一次南瑤宮聖三媽到北港進香回鑾的一天。表面上雖說是基於人與神間的一種無謂的「地理」爭奪戰，但，未嘗不是因為鄭秀才平日結交官府，欺壓細民而招來的一大反抗，不過是藉仗擁有絕大威力的神的庇護適時爆發出來。

　　　據父老們說：鄭秀才是個極其狡詐多謀的鄉紳。霸田佔地，
　　　武斷鄉曲，那不消說；即生死命案，也常是系於他的一言。
　　　所以他的一生，就有了「一日包三命」那赫赫驚人的事迹，
　　　于此，可見他勢力的雄大了。

　　像這樣一位橫行鄉里的劣紳，權勢之大，包山包海。不但將南瑤宮代表們的好意勸告當作馬耳東風；即便是強硬的抗議，也拿他沒辦法。他的大厝，建築在南瑤宮前斜對面的一處空地，是座五正兩廂的古式建築物。問題出在它的一邊廂房，正遮住了南瑤宮底三川的一半，而破壞了南瑤宮的地靈。

　　春去秋來，藉著「聖三媽要到北港進香」的神的諭旨，南瑤宮為這一盛典忙碌著。媽祖回鑾當天，神的代言者表示：

> 「眾弟子，準備著啊！在回鑾那天，決定把鄭梅臣的住宅燒
> 掉，準備著啊，一個人一百壽金，聽見麼？五里外的留著，
> 五里內的回去。燒掉，一根草兒也不留的燒掉它！」

　　此一啟示，宛如一根著了火的導火線，將民眾們蘊藏著的內心的憤恨，炸彈般強烈的爆發開來。無數萬的熱血在沸騰，無數萬怨怒的心在躍動，神的啟示激起了民眾們吶喊、咒罵的集體意識，一時之間，轟天震地的響應著。

　　回鑾當天，鄭秀才大厝在民眾吶喊聲中，黑煙在半空中團團地旋捲著，天邊映染得霞紅了，地上的眾怒轉化為勝利的狂嘯了。

　　此一「美人照鏡」的民間故事，其所揭櫫的主題在於強調儘管「一日包三命」的劣紳如鄭秀才，在神怒人怨的集體意識下，依然逃不過鼠竄逃命的下場。

　　「壽至公堂」也是一篇清同治9年（1970年）3月發生於彰化地區的民間故事。巧的是：這也是一篇與媽祖進香有關的民間故事。〈美人照鏡〉是聖三媽到北港進香，而〈壽至公堂〉同樣的也是彰化媽祖往笨港（北港的舊稱）進香。

　　〈壽至公堂〉既是民間故事，也是真實故事。主角林文明係霧峰林家下厝系祖，「壽至公堂」指的是他在公堂之上遭正法身亡，也反映出清領時期臺灣當時政治、社會、法律上的各種現象，如地方豪族藉勢混抄，破買侵占叛產及清代法律執行上的偏執與人治缺失，都明顯的曝露出來。

　　賴和在《臺灣民間文學集》序文中指出：

> 　　搜集故事，畢竟不是一件容易的工作，因為同一篇故事，異其時地，則那故事的傳誦，也隨之不同，有的甚或同一地方，也有多少出入。
> 　　……
> 　　即如壽至公堂，在同一地方，也是人說不一。據守愚氏說：這已是第五次稿啦。為了這篇故事，曾經拜聽過十多個老者的講述，不是僅知片段，便是互異其說。所以好容易搜集來的這些資料，也只得將傳說比較普遍的紀錄下來，不敢以我們認為合理的，就是真的事跡。

　　從賴和這段序文得知守愚為了撰寫這篇〈壽至公堂〉，曾經進行過田野調查，拜聽過十幾個老者的講述，還五異其稿，足見他慎重其事之一般。究其原因，「壽至公堂」畢竟是真實故事，也是民間故事，更何況這其間還牽涉到「霧峰林家」。

　　賴和在序文的另一段更是感慨的表示：

> 　　搜集故事之又一難，就是一篇故事裡頭，間或涉及殷富大族的先人行為，致碍於情實關係，不肯照實說出；這是對故事

有點缺少理解的。因為先人的行為，原無損于後人的德行，其實，故事要不經過文字化，它同樣是流傳於民間的；且由老年人的口中出來，衝進少年人的耳朵裡，其聲響尤覺洪亮；若年代一久，或者穿鑿其說，以訛傳訛，生出怪談，那更是故事本身的不幸。

從上述賴和的序文所透露出來的訊息，也許可以詮釋守愚的〈壽至公堂〉何以五異其稿的癥結所在。賴和同時也點出了民間故事的可貴之處就在於──「故事要不經過文字化，它同樣是流傳於民間的；」。

本篇民間故事一開始便表明這是一篇清同治年間的故事（更清楚的是同治9年3月）。故事旨在敘述平日仗勢欺人、橫行鄉里的林有田被凌大老（定國）設計誘至縣衙公堂正法身亡的前因後果。該故事採用「倒敘法」，先談林有田被誘殺，再談林有田何以會「壽至公堂」。近因是林有田同凌大老所結下的「宿怨」，遠因則是林有田平時藉勢欺人，橫行鄉里的「果報」。

作者夾敘夾議，故事鋪陳中，也慨嘆這或許是漢民族的劣根性，一但有了勢力，誰都想利用這勢力：無論是殺人，霸佔田產，搶掠或姦淫人家的婦女，都毫無忌憚的幹。古人這樣，今人亦或如此，即便是林提督（有里）的弟弟有田（一般皆稱其為二大人）也是此中人之一。這就種下了林有田「壽至公堂」的前因。

至於凌大老之所以認真查辦林有田的「案子」，既不為國法，也不為民冤，而是為了自己跟林有田之間層層疊疊的「宿怨」所致。當然，就因為這層關係，一般小民的冤情也因此而得以申訴。

　　南瑤宮的媽祖到笨港（北港的舊稱）進香，二大人捧聖筶這一件彰化盛事，無意中成了林有田「壽至公堂」的導火線，讓正為著查辦林有田事件焦灼得廢寢忘食的凌大老一個可乘之機。對凌大老而言，一來真是「天助我也」，二來正可以「請君入甕」。對林有田而言，卻是步入死亡的陷阱，可應了金弔桶的預言「壽至公堂」。

　　陳欽育在〈清同治年間臺灣的民間故事──〈壽至公堂〉所反映的歷史事實〉一文中表示：清同治9年3月〈壽至公堂〉林有田正法案，是一件真人真事，雖然在《臺灣民間文學集》的〈壽至公堂〉部分與事實有所出入，他也承認搜集故事畢竟不是一件容易的工作，誠如賴和所言：「同一篇故事，異其時地，則那故事傳誦，也隨之不同。」陳欽育直言：

> 其啟發性與趣味性仍在，可謂瑕不掩瑜。這篇故事地方色彩與時代思想極濃，人物及場景之敘述栩栩如生，刻劃入微，作者文筆亦極流暢，是描繪臺灣本土人、事、物等相當獨特的一篇民間故事，頗能表達當時的民情與民俗，有助於吾人了解一百多年前臺灣社會的側面史，由此亦可導入誘發吾人想去探究這一段史實的敲門磚，這也是俗文學的另一個貢獻。

　　陳欽育這篇論文，不僅肯定守愚這篇〈壽至公堂〉民間故事的文學價值，同時也將俗文提昇至學術研究的層次。

　　由於漢文根底深厚，運用白話文也能自如，是以，楊松茂所寫的隨筆〈小學時代的回憶〉、民間故事如〈美人照鏡〉、〈壽至公

堂〉等通篇流暢,猶如行雲流水一般。同時故事又富含寓意,耐人深思。他如童謠〈拜月娘〉亦復如是。在日治時期堅持用中文寫作,除了顯示臺灣文人的風骨,或許跟自己的出身環境也有以致之。

　　一生堅持以中文寫作的楊松茂,正因為如此,被公認為是日治時期中文作品最多的一位新文學作家,可謂實至名歸。雖然作品絕大部分是成人文學,但也有兒童文學作品在內,如隨筆〈小學時代的回憶〉、童謠〈拜月娘〉等是。

　　就日治時期的臺灣新文學作家而言,楊松茂的隨筆和童謠,可說是該文類創作的前行者,更難得的是在童謠部分,他是以中文創作,而有異於莊傳沛的日文創作。無論是楊守愚的中文童謠,或是莊傳沛的日文童謠,儘管使用的文字是有差異性,但他們為臺灣兒童創作童謠的態度有其一致性,這是無庸置疑的。

（十三）楊雲萍：創辦臺灣第一份白話文雜誌

　　楊雲萍,詩人,本名楊友濂,筆名雲萍、雲萍生,臺北士林人,生於1906年10月17日,卒於2000年8月6日,享壽95歲。

　　楊雲萍出身書香之家,祖父為士林宿儒,父親行醫於苗栗後龍,由於家學淵源,自幼受祖父薰陶,奠定深厚的國學基礎。1913年(8歲)進後龍公學校,旋即轉回士林八芝蘭公學校,1919年畢業。隔兩年,考入臺灣總督府臺北中學校（後改為臺北州立第一中學,即今臺北市立建國中學前身）,為日治時期首次被錄取的兩名臺灣人之一。

　　在臺北中學校就學期間，因緣際會之下與白話文結下不解之緣，並受五四新文學運動的影響。1925年與江夢筆一起創辦臺灣第一本中文白話文文學雜誌《人人》（不定期刊），可惜只發刊兩期（第一號：1925年3月11日；第二號：1925年12月31日）即告夭折。儘管《人人》的頁數（第一號9頁，第二號8頁）、內容、體裁雖然小得微不足道，在第一號的封面裡標有「器人雲萍個人雜誌」，顯見該雜誌個人色彩濃厚，絕大部分都是楊雲萍自己的文章，內容包括創作、詩、感想、隨筆等，其中又以「詩」為大宗；但它畢竟是日治時期臺灣最初的白話文文學雜誌，距第二份漢文雜誌《南音》的創刊（1932年1月1日）還早7年，當然自有其重要的歷史意義。

　　1926年3月負笈東瀛，先後就讀於日本大學文學部預科及日本文化學院大學部文科，留學日本期間，不僅接觸日本文學、世界文學，也接觸兒童文學，1931年返臺。1945年參加游彌堅籌組的「臺灣文化協進會」，主編該會機關刊物《臺灣文化》月刊。1947年受聘為臺灣大學歷史系教授，1977年6月退休。

　　楊雲萍自1924年即開始在報章發表文章，作品包括隨筆、小說、新詩等。日治時期多發表於《臺灣民報》，戰後則多發表於《臺灣文化》。楊雲萍可說是日治時期臺灣新文學作家中，集漢文、白話文、日文於一身的作家。葉石濤認為楊雲萍一生的創作並不多，但是從漢文到白話文以至於日文，從舊詩、新詩到日文現代詩、小說、評論、散文、學術性專文，其涉及到的領域既深且廣，可以說是臺灣作家中地位最特異的作家。

◆《人人》時期刊載的詩作品

　　《人人》雜誌是由江夢筆（器人）和楊雲萍（雲萍）二人於1925年3月合辦的「個人雜誌」。所謂「個人雜誌」這四字招牌，據楊雲萍指稱是他們對這沙漠似的世間的詛咒。器人則在〈發刊詞〉中提到：

> ……「人人」這個雜誌，是要發揮文藝的價值，行文藝的使命，所以卷號題作「人人」……唯以地球是人人共有為信條，而以這「人人」雜誌是人人共有權的標記。

　　從上數約略可知《人人》旨在發揮和履行文藝的價值和使命。第一號完全是他們二人的作品和文章，內有雲萍的一首詩作〈小鳥兒〉，第二號沒有半篇創作，是因為頁數的關係，幾乎可說是「詩」的專號。該專號的作者計有江肖梅（肖梅）、鄭嶺秋（鶴瘦）、張我軍（一郎）、翁澤生（澤生）、鄭作衡（縱橫）、黃瀛豹（啟文）、楊雲萍（雲萍）以及梨生等八位。

　　此一詩的專號，刊載三篇有關書寫「兒童形象」的詩作，分別是鄭作衡的〈乞孩〉、鄭嶺秋的〈我手早軟了〉及〈我的兒〉。

　　鄭作衡的〈乞孩〉是首四段詩，寫盡了立冬寒夜路邊牆腳孤苦無依的乞孩，當大家闔家吃冬至圓仔團圓的當兒，他卻連飯在哪裡都沒有著落。每個人都有家，每個人工作結束都會回到自己的家。每個人在溫暖的家裡既感受不到炎炎烈日和蚊蟲的攪擾，也聽不到怒吼的風聲。但是，相較於牆腳邊的那個乞孩，既無棲身之處，刺骨的寒風使得他渾身發抖，繼而發出他那深長的、冷冰冰的哀音。天下之大，竟然沒有他的容身之地，真是孰令致之，天可憐見。

　　鄭嶺秋的〈我的兒〉係三段詩，第一和第三兩段是呼應的。從詩內容看來這是個單親家庭（父與子），詩的重心在第二段。每當看到自己的兒子餓哭了，沒有母乳好吃而手腳細瘦，或是別人家的孩子吃母乳的高興樣，一方面自己的心冷到極點，另一方面也為孩子感到傷悲。這首詩強調的是「有」和「無」以及「熱」和「冷」的兩極化。強調的是單親家庭的無奈與感懷。

　　鄭嶺秋的另一首〈我手早軟了〉，這首教養的四段詩，重複句多達三句，「我的兒啊」、「我不打爾了」、「我手早軟了」。之所以如此，是感嘆到孩子原本就是乏人照顧的「無母孩兒」，身為父親的「我」又於心何忍的責打他呢？想念至此，傷心落淚，手豈不軟呢？骨肉親情，莫此為甚。

◆ 日本時期的小說作品

　　楊雲萍的小說多半是名副其實的短篇小說，節奏緊湊。留日期間發表的〈弟兄〉，因為買書而引起的風波，反映一對留日兄弟在異鄉生活的手足之情。

　　這篇三段式小說雖短，但從兄弟的對話中，不難嗅出字裡行間那份濃濃的手足之情。

> 「……因一時忘掉的。」他半辯解般的這樣說。
>
> 「不，不，你是故意的。你自己每天買了那麼多雜誌呀、書籍呀、報紙呀……。我要買一冊你就說忘掉！」他的弟弟欽文似很不願的這樣答應他。
>
> 他自知忘掉買安徒生童話集，是對欽文不住，但他自己以為不是故意的，況且又對欽文說出近於辯解的許多言辭。

　　從上述可知，兄弟兩人的爭執緣起於哥哥忘記弟弟託他買的
《安徒生童話集》，而這是日治時期臺灣新文學作家的作品中首次
出現世界著名的童話集的字眼，這也間接表示欽文正好是閱讀安徒
生童話的年齡。身為哥哥的「他」，從每天買的書報雜誌看來，顯
然是個愛書人。

> 「念什麼書！」
> 「來這兒東京做什麼！」他半自棄地這樣自言自語。
> 一面整頓那被擠下來的雜誌報紙等，一面追想起在臺灣家裡
> 時的情景──小溪裡的摸魚，竹仔山的吃龍眼，晚飯後的談
> 笑等。

　　兄弟倆因為《安徒生童話集》而鬧僵，因為欽文不住的哭，做
哥哥的忍不住懊惱來東京做什麼。儘管如此，他還是想起在臺灣時
兄弟兩人玩樂的兒時回憶，藉以平息自己起伏的情緒。
　　夜深了，眼見欽文已經入睡，把被單踢在一邊，微紅的雙頰還
留下淚痕。

> 「呵，不成，要趕著寒！」
> 他已經完全把先前的風波付之流水了。微笑說：
> 「我叫你不要哭，而你要哭。」
> 仔細地，挈上被單放在欽文的腹上……

　　兄弟畢竟是兄弟，儘管欽文因為失望而含淚入睡，但是身為兄
長的「他」已經將因《安徒生童話集》引起的風波付之流水。從他

怕欽文著涼受寒，輕輕地將被單蓋在欽文腹部的動作，充分顯示出這對在異鄉生活的兄弟之情。

　　這篇小說，除了「他」和欽文兩兄弟，再就是引起風波的《安徒生童話集》，篇幅固然很短，卻有如童話般的有著濃郁的兄弟之情。楊雲萍在〈弟兄〉這篇短篇小說中提到《安徒生童話集》，無獨有偶的，十年後，李獻璋也在他編著的《臺灣民間文學集》（1936年）的〈自序〉中提到《虞里姆童話集》（即格林童話集）。就這個面向而言，足以反應新文學作家在日治時期對兒童文學有相當的認識。

　　〈弟兄〉完稿於楊雲萍負笈東瀛的第五個月，發表於1926年8月22日的《臺灣民報》119號；其後於1940年1月被收入李獻璋編的《臺灣小說選》。

◆ 臺灣文化協進會時期

　　1945年8月15日，結束長達將近51年的日本殖民統治，戰後，臺灣文化的復興，百廢待舉。有志之士決意結合文化工作者，擬為臺灣文化開創新局。1946年6月16日，「臺灣文化協進會」在臺北市中山堂舉行成立大會。時任臺北市長的游彌堅出任理事長，林呈祿為四位常務理事之一，林獻堂、羅萬俥、許乃昌、楊雲萍等17位為理事。一週後，許乃昌受聘為該會總幹事，楊雲萍為編輯組主任，主編《臺灣文化》月刊。

　　楊雲萍主編《臺灣文化》期間（1946.11.1～1947.9.1），曾刊載若干兒童文學作品，延續了日治時期臺灣文學雜誌刊載兒童文學作品的薪傳。這些作品包括：童謠〈放風吹〉（黃耀鏻詞・邱快齊曲・第一卷第二期）；童話〈葉公見龍〉（丙生・第二卷第三

期）；童謠〈小螞蟻〉、〈小蜘蛛〉（黃鷗波・第二卷第四、五期）；童話〈雲雀的頌歌〉（丙生・第二卷第六期）等。這些童謠、童話，雖然為數不多，但足以呈顯光復初期到1949年這段期間，臺灣兒童文學發展始終不曾間斷過，在日治時期發表過童謠〈海水浴場〉、〈黑暗路〉的漂舟（本名黃耀鏻），在《臺灣文化》第一卷第二期發表童謠〈放風吹〉就是明顯的例子。

　　上述中的丙生，本名袁聖時，除童話以筆名發表外，還以本名發表「西遊記」研究、山海經裡的諸神等有關神話的文章。至於楊雲萍本身也在該雜誌撰寫一系列的〈近事雜記〉共19篇，及其他數篇文章。

　　從《臺灣文化》的刊載兒童文學作品，證明自日治時期以迄光復初期，兒童文學在臺灣的發展並未因為戰爭結束而告停頓，反而因為透過《臺灣文化》而延續發展的命脈，至於《臺灣文化》則適時扮演了「承先啟後」的歷史傳承，身為編輯人的楊雲萍居中成了重要的推手。

◆ 《東方少年》時期

　　1954年元月，東方出版社創立東方少年月刊社，並創刊《東方少年》。發行人許乃昌，游彌堅、林呈祿、楊雲萍為該刊作者。由於林呈祿為東方出版社首任社長，林獻堂、羅萬俥等為東方出版社共同集資人之一。凡此種種，皆足以證明臺灣文化協進會與東方出版社關係匪淺。

　　　　這次東方出版社不惜工本，運用本省現在所能達到的最高的
　　　　印刷技術，動員對兒童讀物抱有興趣的各界人士，為小朋友

們提供一份接近理想的定期刊物。它的創刊的動機，與本會的宗旨完全相同。同仁們聽到這個消息，十分興奮，願意盡力和它合作，幫它發展，使它成為小朋友的一種最富營養價值的精神食糧。

上述係《東方少年》創刊時，臺灣文化協進會所表達的意願，該協會之所以如此積極表達意願，當然和協會理事長游彌堅、發行人許乃昌（協會理事）、林呈祿（協會常務理事、東方出版社社長）等個人因素也是重要關鍵。

至於楊雲萍個人在《東方少年》發表包括〈臺灣古今奇談〉、〈舊詩新譯〉以及童謠等內容。童謠計有〈金葫蘆・銀葫蘆〉、〈早上〉、〈大象和老虎〉、〈小雞喝冰水〉、〈桃子大〉、〈新伊索寓言〉等六首。

易而言之，楊雲萍雖然以「詩人楊雲萍」、「史家楊雲萍」著稱於世，雖然人稱他為文學與史學雙棲才子；但是他對兒童文學還是有其眷顧之情。從短篇小說〈弟兄〉的《安徒生童話集》到《臺灣文化》的童謠作品，依稀可以找到他眷顧兒童文學的蛛絲馬跡。

楊雲萍從小就有過人之處，以第一名優異的成績畢業於士林八芝蘭公學校，並考進只有日本少年能夠就讀的臺灣總督府臺北中學校，而且是只錄取兩名臺灣人其中的一位。

創辦日治時期第一份中文白話文文學雜誌，讓楊雲萍在臺灣新文學運動中拔得頭籌，再者集漢文、白話文、日文於一身，得以悠游在古典文學（舊詩）與現代文學（新詩、小說）之間，或是悠游在文學和史學之間，或是悠游在臺灣文學（小說）與兒童文學（童謠）之間。

　　在眾多臺灣新文學作家中，第一個在作品〈弟兄〉中出現《安徒生童話集》此一和「兒童文學」有關的作家就是楊雲萍。這和張耀堂在日治時期眾多臺日作家的論述當中，他的〈新興兒童文學──童話的價值探究〉率先提到「兒童文學」這一名詞的情況，可說是異曲而同工，巧的是他們的作品或文章都跟「童話」有關。

　　他們兩位都將在日治時期臺灣兒童文學發展史上佔有重要的歷史定位，這是一定的。

（十四）吳新榮：與兒童文學擦身而過

　　詩人、散文家，筆名震瀛、史民、兆行。臺南將軍人，生於1907年（明治四十年）10月12日。1916年（大正五年）入學甲公學校就讀，就讀時的兩位老師一位是莊傳沛，一位是陳長生。之後轉回漚汪公學校就讀，五年級寫了一篇作文〈我是黑板〉發表於當時最大的兒童雜誌《子供の世界》，這是吳新榮第一篇發表的文章，也因此逐漸引起他對文學的興趣。（施懿林，1999：09）

　　莊傳沛是二〇年代童謠作品發表最多的公學校訓導，吳新榮又是他的學生，卻無緣在莊傳沛的指導下，朝童謠寫作的方向努力；只因為轉回漚汪公學校就讀，否則，以他自幼喜愛詩文、喜讀隨筆，課外常閱讀日文《小學生》雜誌的習慣（黃武忠，1980：80），未嘗不是兒童文學寫作的明日之星。

　　1922年（大正十一年）公學校畢業，翌年，就讀臺灣總督府商業專門學校豫科（臺南）。1932年（昭和七年）畢業於日本東京醫學專門學校，9月返臺，一面行醫，一面參與文學活動。其所發表的都在臺灣人主辦的文藝雜誌及報紙的文藝欄。

鹽分地帶在日治時期被稱為「詩人鄉」，（黃武忠，1980：79），而吳新榮又是鹽分地帶瑯琅山房主人，既好客又廣結善緣，日治時期的文藝工作者大多來此造訪過。

（十五）王詩琅：臺灣安徒生

民俗學家、編輯、記者、作家。臺北艋舺人，筆名有王錦江、王一剛、嗣郎等。生於1908年（明治四十一年）2月26日，卒於1984年11月6日，享年77歲。

自幼身體羸弱，家境不錯。別人上公學校時，他才在私塾初讀，受教於前清秀才王采甫，對稗官野史或傳記小說特別感興趣。十歲時才入老松公學校就讀，十六歲自老松公學校畢業。

王詩琅在日治時期以詩和小說居多，都是用中文創作，也是日治時期較具代表性的中文作家之一。其在日治時期的兒童文學作品很少，唯一的一篇是收錄在李獻璋主編的《臺灣民間文學集》內的〈陳大憨的笑話〉。

日治時期的王詩琅，舉凡詩作、短評、小說，皆發表於《明日》、《革新》、《第一線》、《臺灣文藝》、《臺灣新文學》等雜誌。與朱石峰、郭秋生、廖漢臣等皆為《臺灣文藝》北臺代表作家。

王詩琅從1938年到1949年間，曾先後擔任《廣東迅報》編輯、《民報》編輯、《臺灣通訊社》編輯主任、《和平日報》主筆、《臺北文物》主編等職務，累積十餘年報刊雜誌的編輯經驗，這種實務經驗，對其往後從事兒童文學工作的確具有相當程度的幫助。

誠如王詩琅在《王詩琅全集·鴨母王》一書自序提到：

筆者在上面也已說過，人生在世，走的路大都是環境迫出來的。筆者也是如此。而且正業都是與「編」字有關，編輯、編輯主任、主編、編纂、編纂組長等，幾乎佔了全部生涯。至於副業的寫作，差不多也都是被迫寫出來的，這一面的時間更久，因此，範圍很廣泛。日據時期的詩、小說、論說、文學評論等固不待說，光復以還的社論、鄉土史、史論、誌書、風俗資料、考據、兒童文學、報告、民間故事等等，莫不如此。

與上述大致相同的內容，也出現在紀念王詩琅的紀念選輯《陋巷清士》一書中的自述：

筆者這一輩子與「編」字結了不了緣，如編輯、編纂、編輯主任、主編、編纂組長等到退休為止……光復後側身臺灣文獻界，臺灣研究成了職業。退休前後對日據前後這一段歷史饒有興趣，便從事研究。

有關王詩琅與兒童文學的關係，則是在1955年以後才發展而成的。當年他受邀擔任《學友》雜誌主編，與官營的《小學生》雜誌、民營的《東方少年》雜誌，鼎足而三，為五〇年代各領風騷的三大少年兒童刊物。他也是日治時期臺灣新文學作家中在戰後從事與兒童文學相關的少年兒童雜誌編輯工作的代表性作家。

　　1973年，自公職（臺灣省文獻委員會編纂組長）退休，旋又擔任《臺灣風物》編輯，從事鄉土文獻整理與研究工作。王詩琅寫作範圍涵蓋很廣，作品包括小說、兒童文學、民間故事、臺灣民俗、

臺灣人物、臺灣文教、臺灣歷史等。著有《王詩琅全集》共11卷，分別是《鴨母王》、《孝子尋親記》、《艋舺歲時記》、《清廷臺灣棄留之議》、《余清芳事件全貌》、《三年小叛五年大亂》、《臺灣人物誌（上）》、《臺灣人物表論（下）》、《臺灣文學重建的問題》、《夜雨》及《喪服的遺臣》等，其中《喪服的遺臣》全都為翻譯的兒童文學作品。

　　1999年，玉山社重新將《王詩琅全集‧鴨母王》出版改名為《臺灣民間故事》；將《王詩琅全集‧孝子尋母記》出版改名為《臺灣歷史故事》。

　　由於王詩琅從事臺灣文獻工作，對各地所發生的民間故事及歷史故事掌故多所涉獵，對戰後從事兒童文學寫作助益匪淺，故有「臺灣安徒生」之稱。

◆ 民間文學作品──〈陳大憨的笑話〉

　　王詩琅這篇民間故事在李獻璋主編的《臺灣民間文學集》原名為〈陳大憨的笑話〉，但在玉山社版的《臺灣民間故事》一書中則更名為〈傻孩子的故事〉。不同的篇名，意謂著故事的開頭和結尾的內容已經大量的簡化，甚至連原有的段落名稱也不再出現；但是，〈傻孩子的故事〉這個篇名，似乎較貼近陳大憨在實際生活下的行為舉止。只有故事的主體仍然維持一樣的邏輯發展過程，大體上，故事內容還是相當一致。

　　從原篇名〈陳大憨的笑話〉顧名思義是以一個小傻瓜陳大憨為故事主軸，所發生的一連串笑話。這是一篇流傳於大嵙崁的民間故事，陳家唯一單傳的兒子是個愚笨不過的大呆子，故事分成「找尋白布」、「不要傷心」、「恭喜恭喜」、「汲水滅火」、「幫忙打

鐵」、「勸牛息爭」等六個段落,為屬於傻瓜行事總出錯型故事。雖然是六個段落,卻是陳大憨一連串出錯的笑話故事。

故事在一塊代表母愛的白洋布被偷揭開序幕,從「找尋白布」開始,陳大憨雖然在媽媽的諄諄教導下,卻三番兩次的突搥,始終做不好一件事,最後在「勸牛息爭」不成下,自己反被牛角刺傷終告不治。

陳大憨的父親是一位不欺不詐、不貪不取的忠厚人,〈陳大憨的笑話〉這篇民間故事,未嘗不是對「善有善報,惡有惡報」的反諷。

◆《學友》雜誌主編

1953年2月,臺北市學友書局創辦《學友》雜誌,發行人陳光熙,社長白善,總編輯彭鎮球。白善自七卷一期開始,身兼發行人以及社長一職。王詩琅則於1955年辭《臺北文物》主編,同年3月,自三卷四期開始接任《學友》雜誌主編一職。

其實,王詩琅在未接任《學友》雜誌主編之前,就已經是《學友》的作者之一,自1954年8月起陸續發表過臺灣歷史故事〈鄭成功拒降記〉(二卷九期)、〈先鋒旗手王得祿〉(三卷)、〈林道乾鑄銃打自己〉(三卷二期)、〈民族志士丘逢甲〉(三卷三期);臺灣民間故事〈百萬富翁周廷部〉(三卷一期)等五篇。

接任《學友》雜誌主編之後,更是經常發表臺灣民間故事、臺灣歷史故事、翻譯西洋兒童文學作品。他以筆名「一剛」,持續發表臺灣歷史故事,如〈山地英雄莫那魯道〉、〈劉銘傳退法兵〉、〈郁永河採硫磺〉、〈黑旗將軍劉永福〉、〈林先生開大圳〉、〈血灑蛤仔難〉等篇;以及臺灣民間故事〈太古巢〉、〈鴨

母王〉、〈黃三桂一日平海山〉、〈妙計濟貧〉、〈物歸原主〉等
十一篇。

　　此外，王詩琅的臺灣歷史故事也發表在五〇年代末期，六〇
年代初期的《學伴》雜誌；臺灣民間故事也發表在五〇年代末期的
《新學友》、六〇年代初期的《正聲兒童》等雜誌，凡十八篇。也
就是說，王詩琅是那個年代經常發表作品的少年兒童雜誌作者。

> 他是光復後第一個有系統劃分臺灣文學史期的文學史家；第
> 一個有系統整理臺灣文獻的文獻學家；且是比楊逵、吳濁
> 流、鍾理和更早，而與賴和同時期的臺灣文學創作家，最令
> 我感到意外的是：他竟是我少年時期最崇拜的童話作家。

　　這是張良澤在〈寫於《王詩琅全集》出版前夕〉一文中對王詩
琅的諸多肯定與崇拜之詞。當他拜訪王詩琅時，從王詩琅收藏的剪
貼中，進一步知道他在小學時最愛讀的《學友》雜誌的臺灣民間傳
說、世界童話名著等作品，十之八九都出自王詩琅之手。

> 無論是《臺灣民間故事》或《臺灣歷史故事》，都是我童
> 年、少年時代最愛讀的文章，也影響了我一生走上臺灣文學
> 之路的最早因素。

　　此為張良澤教授在〈祖先們走過來的路〉一文中對王詩琅兒
童文學作品的諸多肯定與推崇；當年讓他如醉如痴耽溺於中的故
事，影響他走上臺灣文學之路的作者，多少年後方才知道竟然是王
詩琅。

　　　王詩琅是一位研究臺灣歷史、民俗、社會的學者，他寫作以
　　前，對整個故事情節的安排，早已胸有成竹。因此，整個故
　　事「進行」得非常流暢。對讀者而言，只覺得作者娓娓道
　　來，趣味橫生。

　　這是林良在2000年4月17日《國語日報》一篇文章中對王詩琅
所做的評論。

　　王詩琅在主編《學友》雜誌期間（1955年3月到1957年），全
力鼓吹兒童的美術教育、健康教育、文學教育。經常舉辦各種兒童
文學活動，為兒童寫報導，開臺灣報導文學的先鋒，是報導文學的
前行者，也是兒童雜誌主編的前行者。

　　王詩琅是日治時期臺灣新文學作家中在戰後依然活躍於臺灣文
壇的作家之一。戰前是新文學作家，戰後是臺灣文獻家，是兒童文
學家。日治時期的作家有些從此停筆，有些棄文從商。王詩琅固然
換了跑道，從新文學轉換到兒童文學，也從新文學轉換到文獻學。

　　儘管如此，數十年來，他的生活就是在「編」和「寫」之間，
也可說「編」是正業，「寫」是副業。尤其是「寫」這一面的時間
更久，是以，寫作範圍很是廣泛。舉凡日治時期的詩、小說、論
說、文學評論等固不待言；戰後以來的社論、鄉土史、史論、誌
書、風俗資料、考據、兒童文學、報告、民間故事等莫不如此。

　　北歐的安徒生，初期也是從民間故事著手到成為世界聞名的童
話大家，德國的格林兄弟也是如此。臺灣的王詩琅，同樣也是從民
間故事起家，他和安徒生、格林兄弟的兒童文學生命軌跡是如出一
轍的，故被尊稱為「臺灣的安徒生」，可說是其來有自。

　　他寫臺灣民間故事、臺灣歷史故事，以培養民族情操；他翻譯

西洋文學名著，以提高兒童文學素養，張良澤認為與其說王詩琅是兒童文學作家，不如說他是教育家為當。無論如何，王詩琅戰後在兒童文學刊物編輯和兒童文學作品寫作上所作的努力和貢獻是有目共睹的。

（十六）翁鬧：英年早逝的天才作家

翁鬧，詩人、小說家，彰化社頭人，生於1909年（明治四十二年）2月21日，卒於1940年11月11日，得年31歲。

出身貧農家庭，有關其生平資料，記載不多。1929年畢業於臺中師範學校演習科，係該校第一屆畢業生，當時的師範畢業生，必須服務五年的義務教員，因此，在任教於員林及田中公學校五年後，1934年就赴日留學，先在一所私立大學掛名，後來考上待遇優渥的日本內閣印刷局校對員。

其文學作品係以日文發表，而且是詩早於小說，1935年開始發表作品，大多發表於《臺灣文藝》。小說作品〈音樂鐘〉和〈羅漢腳〉分別於發表於6月的《臺灣文藝》二卷六號以及12月的《臺灣新文學》一卷一號。

翁鬧在三十一歲的生命中，傳世作品固然不多，僅留下短篇小說六篇、新詩六首、散文一篇、隨想四篇、譯詩十首；但其在臺灣文壇的地位，並未亞於其他同時代的臺灣新文學作家。他的辭世，黃得時感嘆說是「本島文壇的一大損失。」

其生前作品被收錄於鍾肇政、葉石濤主編的《光復前臺灣文學全集》第六卷，也收錄於張恆豪主編的《翁鬧・巫永福・王昶雄合集》。其生前未發表的長篇小說，由日本在成大臺灣文學研究所就

讀的女留學生杉森藍譯成中文，由晨星出版社於2009年5月出版，書名為《有港口的街市-翁鬧長篇小說中日對照》，此為有關翁鬧作品新出土的文獻資料。

◆ 描寫少男情慾初動的〈音樂鐘〉

　　翁鬧的作品多發表於《臺灣文藝》，而《臺灣文藝》則成為翁鬧作品發表的主要場域。〈音樂鐘〉是其發表的第一篇小說作品，時間是1935年6月，這一年也是翁鬧開始一展長才的「關鍵年」。

　　〈音樂鐘〉由於是翁鬧發表的第一篇小說作品，不僅收錄於鍾肇政、葉石濤主編的《光復前臺灣文學全集》第六卷，也收錄於張恆豪主編的《翁鬧・巫永福・王昶雄合集》（《臺灣作家全集・短篇小說卷・日據時代》）。

◇ 童年往事

　　以第一人稱敘事觀點所寫的這篇〈音樂鐘〉，作品篇幅固然很短，但結構完整。小說以「音樂鐘」為「記憶」的表徵，那是一種意象的代名詞。串聯「時間」與「地方」，「時間」指的是過去與現在，「地方」指的是臺灣的祖母家和現在的東京。那段記憶包括兒時聽過的兩首童謠──〈汽笛一聲〉和〈烏鴉呱呱叫〉，以及一段少男的情事。

　　整篇小說，從「音樂鐘」起始，也從「音樂鐘」結束。從起始到結束，述說著「我」的童年往事以及少男情事。從兒童文學的角度視之，〈音樂鐘〉觸及到兒童的「遊戲心理」，而「遊戲性」是兒童文學重要的特質之一。

我偷偷地把鐘的內部檢查甚麼的。這自然是老遠以後才聯想起來的，不過那兒有碾米廠的機器，還有飛機的螺旋槳一類的東西。那機器在唱歌的時候一直在旋轉，螺旋槳嘛，旋轉到簡直不能辨認的程度。用手指擋住螺旋槳，機器就停下來，歌也歇了。那真是奇妙得不得了。

從上述中，作者不僅滿足了小孩把玩音樂鐘的「好奇心」，也呈現了兒童文學的「遊戲性」。也因為這樣的「好奇心」與「遊戲性」，促使「我每次到祖母家，就走進悄無一人的客廳，讓那座鐘唱歌」；最後，甚至「為了做那件事，到祖母家去成了我最樂的事。」

◇ 少男情事

年齡的增長，讓「我」由兒童轉入少男階段。〈音樂鐘〉的後段，敘述的就是轉入少男階段的情事。

在後段的這節敘述，提到「性別意識」，「難得見面的漂亮女孩也來了。」也提到「行為意識」，「到了晚上，該由我、叔叔和漂亮的女孩在廂房一塊兒睡。」不但提到「行為意識」，甚至也觸及少男少女的「生理意識」。

這段描述就讀中學一年級的「我」、大他三歲的叔叔，以及那位豐滿又爽朗的女孩三人同房同睡的景況。當晚因為叔叔的一句「喂，你跟她一塊兒睡吧。」讓「我」害差得臉紅發燙。

> 一會兒，我慢慢開始伸手過去。祇想碰一碰女孩的身體。當
> 然，只要女孩和叔叔沒發覺，也未嘗不想輕輕摟抱一下。可
> 是，那怕過了很久時間，我的手始終不曾摸到女孩。整夜都
> 在想那麼做，到最後卻沒有摸到女孩的身體。

　　作者在形容「我」整夜都在伸手過去，可是當音樂鐘響起時，「我」的手還是摸不到女孩的身體。他將少年的心理和行為意識描繪的唯妙唯肖，那種少男的情慾初動，誠如張良澤所寫「意境美妙，令人如臨其境。」又如陳玫靜所寫「那祇想碰一碰女孩身體的意念，正是起源於少年內心深處的原始旋律。少年「我」所經歷的不再只是概念或觀念上的性別差異，而是一種身體與生理上男女有別的性別意識。」（陳玫靜：2004：23）

◆ 書寫兒童形象的〈羅漢腳〉

　　這篇小說和〈音樂鐘〉同一年發表，發表在十二月創刊的另一份雜誌——《臺灣新文學》一卷一號。是一篇以五、六歲的小男孩——「羅漢腳」為主角的作品。

　　本篇小說對羅漢腳和他母親之間的互動著墨甚多，文學作品對親情的描述躍然紙上。儘管出身貧農家庭，物質生活也許不夠充裕，羅漢腳卻仍保有孩子天真的一面。

◇ 兒童文學的「遊戲性」

　　就兒童文學的「遊戲性」而言，雖然家境貧寒，但羅漢腳並沒有因為如此而被剝奪「遊戲」的權利。他對未知的世界感到好奇，幾乎天天都在「想」瞭解這個廣大的世界，無論是街道、池塘、墓

地、大橋、菜市場、員林等等，都會在他幼小的心靈中，透過遊戲、觀察和想像，藉以滿足自己的「好奇心」。

從小說的鋪陳，顯出家境的貧富與「遊戲」沒有絕對的關係，「遊戲」適足以反應兒童的天性，以及童真的象徵。

> 羅漢腳每當看到兩、三個伙伴攀著樹枝的那種神態，也會手癢癢的，很想攀上去，只是他的手腳不夠長，不忍耐一下也沒法子。在他看起來，那似乎是一種很好玩的遊戲；從地面躍起，抓住不太高的小樹枝，然後上上下下的搖呀搖的，等到手累了，才跳到地面來。羅漢腳很希望自己趕快長大，他現在跳起來只能夠拽下密生在樹枝下的鬚根。

這段描述小孩攀爬樹枝的情景，容易引起成人爬樹的童年記憶；也引起矮小的羅漢腳的滿懷期待，「希望自己趕快長大」，和伙伴們一起享受爬樹的樂趣。

◇ 家庭與環境

這篇小說從羅漢腳的生活片段延伸到貧農生活的悲苦，平實地展現日治時期臺灣農村的景物和人情。

由於年紀小，還無法幫阿爸的忙，也因此和阿母比較親近。儘管受到阿母的斥責，卻從未埋怨過。當阿母在家編竹笠，他會幫忙把竹葉片拉直。他聽阿母的話，不再到池塘邊去玩。他會跟著『烘爐仔』到墓地向掃墓的人領「白粿」回來給阿母。當他被『烘爐仔』嚇到，阿母用民俗療法治好他的病。當弟弟喝下煤油，他飛快到市場買回韭菜和豆芽菜，讓阿母絞成汁讓弟弟喝下而撿回一條小

命。凡此種種,在在強調雖然出身貧寒的環境,骨肉之間卻也重視「親情」的可貴,「親情」遠在貧富之上,更顯出家庭的溫馨。

「好啦!你的病已經治好了,再也沒甚麼可怕的事情了,壯起膽來吧!」這句話,和林海音在〈爸爸的花兒落了,我也不再是小孩子〉那篇小說中,英子的爸爸對她所說的一句話:「無論甚麼困難的事,只要硬著頭皮去做,就闖過去了。」一句是阿母對羅漢腳所說的話,一句是爸爸對英子說的話。這兩句話,表面上似乎風牛馬不相及,就某種意義而言,父母對孩子的鼓勵,的確具有「異曲同工」之處。

◇ 啟蒙與成長

啟蒙與成長是少年小說永遠的共同主題。作者在〈羅漢腳〉這篇作品中,幾次描寫到羅漢腳這個小孩「想」知道外面世界的心情。

> 他已經六歲了,每當天氣晴朗的日子,他也常想走出那狹窄沉悶的茅屋,來到馬路上窺看那不知往何處延伸的世界,但他的視野已被那條黑悠悠的大河所遮蔽,大河那邊的情景他始終無從得知。

這裡頭的「馬路」意味著羅漢腳想窺看那不知的世界的「一扇窗」,而「大河」則象徵著求知的絆腳石。

> 羅漢腳很想找個機會溜到街上走走,尤其想到熱鬧的菜市場去,……然而,就是抑制不住想上街的念頭。

對羅漢腳而言，菜市場在他小心靈中就是一個未知的世界，他有那種冒險的打算，卻因為弟弟誤喝煤油，意外地使他的冒險提早實現。作者敘述羅漢腳直到六歲那年，有些從前他所不知道的事情，他已略微了解，這就是成長的表徵，並且他曾好幾次到過水流濁黑的大橋邊，只為了一看究竟。

> 現在，他已知道，河的那一端有非常廣闊的平地，那裡也有人在田裡作活，在更遠的地方，是連綿不斷的山峰……。

這是基於對地理環境的認知，使他對「河」的兩端開始有所了解，在一個只有六歲的貧農孩子的心中種下「成長」的種子。此外，羅漢腳也約略了解自己的名字的意思。那是「無家」或「無賴」的意思，正如「剃頭仔」、「吹鼓吹」這兩種行業的受人輕視，一般人很看不起「羅漢腳仔」，幾乎拿他們跟乞丐相提並論。……

他父親是個貧農，沒有半點學問，既不會寫，也不會讀，也就沒法替孩子取正大堂皇的名字了。由於父親的目不識丁，再加上這個村庄連小小的「街長」都不曾有過，做父母的生下孩子後，也不多加考慮就隨便便取個名子。「羅漢腳」的命名也是如此。

當有一天「羅漢腳」正要走過輕便車鐵道時，腳部被一臺載滿貨物的輕便車壓傷，當醫生告訴父親最好帶他到「員林」的外科醫院就診，他才終於知道「員林」的意義了。之前，有位胖伯伯要到員林，但「羅漢腳」並不知道「員林」是甚麼地方。這回因為受腳部受傷之賜，生平第一次遠離這條小街，展開生命中的「初旅」。

　　翁鬧〈羅漢腳〉中的羅漢腳，就如同林海音〈爸爸的花兒落了，我也不再是小孩〉中的英子，都是作者透過這些小孩，以一個「旁觀者」的眼睛環視週遭的成人世界。只不過羅漢腳看到的是臺灣農村社會的景物與人情，尤其是貧農生活的悲苦；而英子看到的是北京人在城南胡同的情感與生活。

　　儘管翁鬧是位夭折的俊才，儘管翁鬧傳世作品不多，但在有限的傳世作品中，卻有兩篇屬於少年小說的作品。無論就兒童形象或是主題而言，都具有啟蒙與成長的意義在內。〈音樂鐘〉的童年往事與少年情事，〈羅漢腳〉的遊戲性與好奇心，都是兒童文學所要探討的內容之一。

（十七）林越峰：臺灣童話寫作前行者

　　林越峰，小說家、電影辨士，本名林海成，臺中豐原人，生於1909年6月9日，卒年不詳。1917年入公學校，1923年畢業後並未繼續升學，1926年起，一面當木車工學徒，一面拜師勤學詩文，只緣於對文學的興趣。基本上，林越峰就學沒有基礎，端靠補習和自修奠定自己的文學基礎。

　　1928年因緣際會參加臺灣文化協會豐原支部所辦的「讀書會」，不久加入「臺灣文化協會」，同時被推選為委員之一，從此開始其文化活動的生涯。青年時期的林越峰曾參加由臺灣文化協會豐原支部組織的「豐原藝術研究社」，因同好關係與「臺灣演劇研究社」社員張延慶相識。

　　翌年，緣於張延慶的一段話：「影片中有很多東西可以說明，只要不損藝術良心，其中有很多啟蒙的意見可以發表。」而受託擔

任影片解說的「辨士」工作，此一默片時代的「辨士」工作，持續到1944年止，為當時出色的電影辨士。

1933年，是林越峰開始寫作的一年。小說是他擅長的文類，他和日治時期的臺灣作家抱持著共同一致的想法。

> 我寫作的目的並不是想當小說家，而是利用小說，可以講一些改革舊制度的話，如舊禮教、壞風俗等，當然也蘊涵著民族意識。

此外，他雖然不像巫永福、張文環等受過日本大學正規文學的薰陶，苦學有成的他，也曾談到寫作小說的動機和目的：

> 我根本不知道什麼是小說？只是人家寫我也跟著寫而已。但是當時卻抱著一個希望──就是對抗日本人，不讓異族統治，更不願漢文被日本當局禁誡，因此多寫一篇小說，就多一篇白話文，多寫一日的白話文，漢文就能多保存一天。

從上述這一段話，顯示出林越峰對提倡白話文的響應和努力；換言之，他之所以寫小說，是為了保存漢文而努力的。以一個從未受過正規學制文學薰習的他，儘管對於小說的定義一無所知，卻懷抱著「人家寫我也跟著寫」的心態，若非具有寫作的天份實無以致之。

他之所以為了保存漢文而努力，肇因於強烈的民族意識。「對抗日本人，不讓異族統治，更不願漢文被日本當局禁誡」，這三點儼然成為林越峰從事小說寫作的原動力。他將小說與白話文畫上等

號，使用白話文從事小說創作，就他而言，能夠寫多少，能夠寫多久，都是很有意義的。

1934年5月6日，時年26歲的林越峰，與張深切、何集璧、黃再添、賴明弘、賴慶等假臺中小西湖餐廳成立全省性的「臺灣文藝聯盟」，並為籌備委員之一，同年11月5日發行機關刊物《臺灣文藝》。

自此，林越峰的小說作品開始在《臺灣文藝》及《第一線》發表。他和大多數日治時期臺灣作家一樣，光復後停筆，棄文從商。

作品包括小說、童話、民間故事、詩等，惟以小說為主。小說以短篇小說居多，有〈到城市去〉、〈無題〉、〈月下情話〉、〈好年光〉、〈紅羅蔔〉等；童話作品有〈雷〉、〈米〉等；民間故事有〈葫蘆墩〉。其作品收錄於張恆豪主編的《陳虛谷・張慶堂・林越峰合集》。

◆ 稀有的童話作家

三〇年代的臺灣新文學作家中有三位曾經寫作童話作品，一是許丙丁，一是林越峰，一是莊松林。三位雖然寫的是童話，卻各異其趣。許丙丁寫的是「滑稽童話」，林越峰寫的是「童話極短篇」，莊松林寫的是「民間童話」。就篇幅而言，許丙丁寫的是長篇，林越峰寫的是極短篇，莊松林寫的是短篇。

林越峰所寫的兩篇童話都在《臺灣文藝》發表，第一篇〈雷〉發表於二卷二號，第二篇〈米〉發表於二卷八・九號合刊號。這兩篇童話篇幅很短，有「極短篇」傾向。

◇〈雷〉

〈雷〉是一篇童話極短篇，藉著妹妹的自言自語，說明雷電的成因是一種自然現象，既粉碎了雷神發怒的迷信，也意在言外的要人們祛除對暴政的恐懼心理。

> 「閃電！你不要再閃了，你還想用光兒來嚇我嗎？可是我不怕了！姊姊告訴我，閃電不是可怖的東西，那是電和電相撞的光。」
>
> 「雷，你也不要再咆哮了，你還想用音響來嚇我嗎？可是我不怕了！姊姊告訴我，雷不是可怖的東西，那是電和電相撞的聲。」（1935.02）

這樣的極短篇，與其說是「童話」，不如說是「寓言」或許更貼切。成人稱童話為「兒童的寓言」，可知兩者間的確有其極為相似之處。諸如「都藉故事作某種比喻或象徵」。作者的「意在言外」，就是指「比喻或象徵」的意義。如同「閃電是電和電相撞的光」或是「雷是電和電相撞的聲」，作者藉著妹妹的自言自語，強化自信心，既然是自然現象，又何懼之有？「希望大家卻除恐怖心理」才是作者書寫的真實意。

林守為認為「寓言中必有一個故事，但他的目的並不在敘述一個故事，而在藉這個故事來表達某種經驗或哲理，期對人生有所勸導或教訓。」就如林越峰這篇〈雷〉，指出了「雷電的成因是自然現象」的經驗法則。同時，「姊姊」是智慧老人的化身，提醒人們了解真相、明白事理的人生哲理。

◇〈米〉

〈米〉也是一篇童話極短篇。作者透過阿杉和阿義兩個小孩的對話，挑明了稻米是農民流汗辛苦耕種所得，既不是上帝的恩賜，更不是殖民者的犒賞品。

> 「阿義哥！對門的老牧師告訴我，米是上帝賜我們，所以我們每當要吃飯，都該對上帝說說謝。」
>
> 「阿杉弟，你真傻！你的爸，也和我的爸一樣是農夫，怎麼這樣不明白？上帝要是真的會賜米，那末也用不著他們老人家，每日都要流著大汗把田種了。」（1935.08）

本篇的屬性和〈雷〉相近，相異處在「實質性對話」之於「隱喻式對話」。相似處在「阿義哥」也是智慧老人的化身。

這篇〈米〉的篇幅幾乎和〈雷〉相差無幾。像林越峰從1933年開始寫作，當時正在提倡白話文，在此種因緣下，林越峰成了以白話文寫作的中文作家，相異於以日文寫作的巫永福、張文環等日文作家。

林越峰「利用小說，可以講一些改革舊制度的話，如舊禮教、壞風俗等，當然也蘊含著民族意識」的思維根源於當年張延慶對他說的「影片中有很多東西可以說明，只要不損藝術良心，其中有很多啟蒙的意見可以發表。」那一段帶有「啟蒙」意味的話。同樣的，在他的〈雷〉和〈米〉這兩篇童話，實質上也帶有「啟蒙」的象徵意義。儘管寫作文類不一，但林越峰筆下的「民族意識」卻昭然若揭。

◇ 葫蘆墩

除了童話，林越峰還有一篇關於豐原的民間故事——〈葫蘆墩〉，收錄於李獻璋主編的《臺灣民間文學集》。

林越峰的這篇有關豐原的民間故事，基本上符合兒童故事的三大特質：一為篇幅短潔，主題明朗；二為情節單純，講究趣味。三為口語敘述，展現美感。

整個故事主題，就在「期待」和「落空」，正好是前後兩段的「象徵意涵」。前段敘述葫蘆墩本是一個葫蘆穴，一個活的，會噴火的葫蘆，這之間蘊含著「趣味性」。幾乎天天都有火災，街坊店家都養成了失火時「隨機應變」的能事。俗話說得好：「葫蘆穴，越燒越熱。」更何況葫蘆肚裡有的是一大堆的白銀幣，「燒」意味著葫蘆穴在噴火，在吐錢；是以，當地人不怕燒，只怕不燒。因為每遭一次火，街上就多一層的熱鬧和興旺，簡直是越燒越旺。「今年燒掉一斗米，明年就準多有二斗穀上屯。」後段是描繪有關被人們稱為掌管白銀的神——白馬和白兔的故事，比前段更具「趣味性」，整個葫蘆墩的風水地理，先後被點心店老闆和日本殖民政府破壞殆盡，使得葫蘆墩從此大不如前。

整篇故事以掌管財富的白馬和白兔的存在與消失，代表或意味著人的慾望的期待與落空。福地福人居，福財福人得，無福的人難消受，故事多少隱含「教化人心」的意涵在內。請看：

> 但他大概是沒有福氣的人吧！掘了大半天，才掘出二塊的白銀來。這，算是要給他工錢的，誰知他卻連兩塊工錢，都沒有福可得，一挙回家裡，便病得七癲八倒，直到把那兩塊銀

　　耗完，才得平安起來。

　　整篇故事完全以白話文書寫，符合「口語話」的特質。可惜林越峰只交代葫蘆墩後改名為「豐原」，卻未交代葫蘆墩地名的由來緣起。

　　林越峰是日治時期少數以中文書寫童話作品的新文學作家之一，雖然只有兩篇極短篇的童話，卻是珍貴的文學史料，足以證明臺灣兒童文學研究的確可以上推到日治時期。

　　可惜從事日治時期臺灣文學研究者，通常對這些新文學作家有關兒童文學方面的作品很少提及或是略而未提。如今，這些被忽略的兒童文學作品反而成為非常重要的一環，因為，這些新文學作家同時也是臺灣近代兒童文學的開拓者，林越峰就是其中之一。

　　林越峰的童話寫作與莊松林的民間童話寫作，都是日治時期少有的兒童文學作品之一，童話寫作的作家少，童話作品也少，這都是事實。即便是這樣，林越峰和莊松林畢竟還是臺灣童話寫作的開路先鋒。

　　日治時期的臺灣文壇至少有一件事可以確定，那就是刊載童話作品的主編和作者對兒童文學，甚至是童話，都有某種程度的認識；易而言之，由於他們對兒童文學或童話的概念保有相當程度的認識，才會在《臺灣文藝》留下歷史的紀錄，成為後世研究者溯本逐源的文獻資料。

（十八）張文環：以成長為主題的殖民地作家

　　張文環，小說家，嘉義梅山人，生於1909年（明治四十二年）

10月10日，卒於1978年，享年70歲。

　　張文環家中經營竹紙業，家境尚稱豐裕，因而得於1927年負笈東瀛，就讀岡山中學，開啟思想新視窗。1931年進東洋大學文學部，留日期間，正值臺灣留日學生文化運動高峰期，遂於1932年3月25日與旅居東京的臺籍青年林兌、吳坤煌等人成立屬於「哥普」（コツフ即日本普羅列塔尼亞文化聯盟的簡稱）的「東京臺灣文化圈」，俾便「藉文學形式，教育民眾理解民族革命」。

　　1933年3月20日，與王白淵、蘇維熊、吳坤煌、劉捷、巫永福、施學習、陳兆柏、曾石火、楊基振等在東京成立第一個臺灣人的合法文學團體「臺灣藝術研究會」，同年7月發行機關雜誌《福爾摩沙》，前後出刊三期。1935年小說〈父親的臉〉入選日本《中央公論》小說徵選第四名。

　　1938年返臺，先後擔任臺灣映畫株式會社經理、《風月報》日文編輯，翻譯徐增泉大眾小說名著《可愛的仇人》。1941年因不滿西川滿的作風，與黃得時、張星建、吳新榮、王井泉、陳逸松、巫永福等人組織「啟文社」，創辦《臺灣文學》，前後出刊十期，以此和西川滿的《文藝臺灣》分庭抗禮，成為戰時臺灣作家的發表場域。誠如王詩琅所說：「這兩份雜誌是戰時臺灣文藝的主力，但在民族情感上各據一方。」

　　1942年「臺灣文藝家協會」指派張文環、龍瑛宗、西川滿、濱田隼雄四人代表臺灣作家赴日參加於11月初在東京召開的第一屆「大東亞文學者會議」。其小說作品〈夜猿〉於翌年2月1日獲頒皇民奉公會第一回「臺灣文學獎」。同年9月初，其中篇小說〈閹雞〉由林博秋改編為日語話劇，由他和呂泉生、王井泉、林博秋、呂赫若、楊三郎等組織的「厚生演劇研究會」假臺北永樂座公演而

轟動一時，此為張文環透過戲劇傳達社會關懷與文化批判理念的實質體驗，而創下臺灣話劇史上劃時代的成功。

梁明雄在〈《臺灣文藝》與臺灣作家群〉一文中推崇張文環「是日文作家中，創作力最強、作品量最大、水準最高的一位。」梁明雄也提到：

> 張文環的小說多取材於臺灣農村生活或民情風俗，完整呈現臺灣民眾生活的樣貌和習俗，因而有稱之為「徹底的寫實主義作家」，也有譽做「風俗畫作家」。日本作家甚且認為張文環的文學成就，可以比美日本自然主義大作家田花山袋及正宗白鳥，而比擬為「臺灣的菊池寬」。（2002：204）

由於對政治的絕望，對於臺灣未來的茫然，使得這位在日治時期勇於以文學對抗殖民政權的臺灣作家張文環，在戰後偃旗息鼓。1972年重拾文筆，寫作著名的長篇日文小說《滾地郎》，中文譯者廖清秀。著有《滾地郎》、《張文環集》、《張文環全集》等。

◆ 以「成長」為主題的張文環小說

接受日本殖民統治新式教育下成長的日文作家，張文環這位在殖民地下的臺灣知識份子，創作過若干以「成長」為主題的小說作品，諸如寫於1935年的〈重荷〉、1941年的〈論語與雞〉、1942年的〈夜猿〉以及1943年的〈迷失的孩子〉，其中〈夜猿〉是中篇，其餘三篇皆為短篇。

高嘉謙在〈張文環與原鄉追尋〉一文中提到：「啟蒙與成長作為張文環小說的核心主題，確實也是其原鄉追尋中可貴的價值」。

而張子樟在〈啟蒙與成長——少年小說的永恆主題〉一文中也提到：「成長的條件之一就是要「認識世界」。……一個人如何在挫折中認識真實世界，在酸楚中蛻變成長的過程，就可以把它稱之為「啟蒙故事」。」

這兩篇文章都提到「啟蒙與成長」，只不過高嘉謙是從成人文學的角度切入，張子樟是從兒童文學的角度切入。高嘉謙是從成人小說的面向提及，張子樟是從少年小說的面向提及。

張文環這四篇以「成長」為主題的小說作品，誠如張恆豪在〈人道關懷的風俗畫——張文環集序〉一文中提到：「多以嘉義梅山鄉的山村為經，以臺灣人的風俗民情、生活習慣及民間故事為緯」。此外，張文環自己在〈小學的回憶——慶賀義務教育的實施〉一文中也提到：「我因為出生在深山的部落，所以過了十歲才進小學就讀。這以前，我都在自己出生的故鄉大坪的書塾讀四書。」

陳建忠在〈一個殖民地作家的自畫像——論張文環小說中的「成長」主題〉一文中表示：

> 這些現實人生的經歷與〈重荷〉、〈論語與雞〉當中的敘事時間與空間脈絡形成一種「互為文本」（intertextuality）的現象，現實中的山村記憶成為成長故事中的背景，與作品似乎也就存在一種自傳式地對照。

◇〈重荷〉

張文環回臺初期於1935年12月發表在《臺灣新文學》創刊號的〈重荷〉，透過小學三年級小孩——「健」，親眼目睹自己的鄉

土、母親、臺灣所承受的資本與殖民的雙重壓迫。在「健」跟著母親肩上各挑著裝滿香蕉的重擔一起到市場販售而後回家的這段路途，彷彿成為他思想變化上的一個轉折點。難怪陳萬益在〈一個殖民地少年的啟蒙之旅──析論張文環的小說〈重荷〉〉一文中，解析少年「健」在異族殖民之下成長的心路歷程。「健」的這段經歷就是陳萬益所說的「啟蒙之旅」。

陳萬益從政治場域的視角藉以突顯少年「健」的民族意識和自覺，另一方面，我們也從「健」和母親的互動情形以及少年自我內心的掙扎，看到一位少年心靈的成長。

小說主角「健」受限於現實生活的無奈，以致無法獲得在掛國旗的日子到學校去的快樂。每逢他一想起母親的言語、一想起母親的偏心，當下除了生理上的負擔外，更增添心理上的挫折與埋怨。儘管如此，一但當他「瞥見被香蕉擔子壓駝了背的母親從山坡下吃力地走上來」，一時之間，既心疼母親，更覺得母親真是可憐。

作者這樣的情境描繪，可以看得出一個少年的心靈成長，從自私的需求「自我」的快樂，跨越與弟弟爭寵的「人我」區分，進入超越「自我」與「人我」而為他人著想的「超我」境界。從「自我」到「人我」到「超我」，既是佛洛伊德的人格三階段的人性分析，也可視之為少年成長的過程。

◇〈論語與雞〉

這篇小說於1941年9月發表於《臺灣文學》一卷二號，主題在揭櫫書房教育的幻滅以及學校教育的追隨。小說主角「阿源」是傳統書房的塾生，但卻一心嚮往著：「下山到街路上的公學校去唸書，戴上制帽，操一口流利的「國語」（指日語），好好地嚇唬一

下這裡的鄉巴佬們」，「阿源」的期盼，在於他覺得「書房的教育方式太單調了」。

小說從「阿源」的立場和眼光，描述書房教育的方式，以及當「先生」（塾師）不在時，塾生們在書房喧鬧的景況。整個的小說高潮，聚焦在陳福禧和鄭水生這兩個村民為誰偷了竹子，決定到有應公的地方斬雞頭咒誓時，先生和塾生們圍觀看熱鬧這一幕。後來對先生的失望，與其說是大人因先生的疏於管教塾生，勿寧說是「阿源」目睹先生搶食村人斬斷了雞頭的雞屍，「令他獲得一種啟悟」。

誠如張恆豪在〈日據末期的三對童眼──以〈感情〉、〈論語與雞〉、〈玉蘭花〉為論析重點〉一文中表示：

> 小說由前面一路經營下去的道學先生形象，至此完全崩解，小孩既感窩囊，斯文自是掃地。
>
> 孩子幻滅的悲哀，與其說是對先生的齟齬，不如說對於傳統書房教育的質疑，書房已經窮途末路，山村的新一代正在蛻變中。

張恆豪的這段見解所揭櫫的正是象徵新一代的「阿源」內心深處對新式教育的憧憬，他曾表示：「好想看看有圖畫的書，更巴不得用顏料來畫種種東西，」「阿源」的這種期待對照著他那開明的父親，既要給他自由的學習風氣，但仍要按照規矩唸《論語》，這其間存在著矛盾，作者雖然點出「阿源」身上已經浮現時代的新氣象，但其父親仍有傳統之見。

張文環這篇小說的篇名〈論語與雞〉，將可以治國的《論語》

（古云半部《論語》治天下）與任人宰殺的雞兜在一起，顯然有嘲諷意味。此外在小說中，張文環將公學校所代表的「殖民文化」、書房所代表的「漢學文化」，以及斬雞咒誓所代表的「風俗文化」交織成幫助「阿源」的成長之路。

◇〈夜猿〉

　　這篇作品繼〈論語與雞〉之後，於1942年2月同樣發表於《臺灣文學》二卷一號，並與西川滿共同獲頒皇民奉公會第一回「臺灣文學獎」。

　　〈夜猿〉這篇作品曾在當時的日本作家中引起不同的價值判定。他們依各自的觀點對〈夜猿〉這篇作品的價值判定顯示出極大的差異。藤野雄士認為：

> 〈夜猿〉和其他張文環最近的作品，所表達的是這個世間辛苦的過活，而且對生活持有認真想法的人們的心聲和悲嘆，作者將自己完全地變成那樣的人，辛苦就表現出辛苦的樣子，痛苦就寫出痛苦的樣子，沒有絲毫的隱瞞。這一點，就是張文環的作品，特別是〈夜猿〉的魅力所在，而不只是文章的問題，或素材的掌握方式。

　　至於竹村猛覺得雖然「〈夜猿〉不夠完整，但卻不可以把那個當作問題」。中村哲以為張文環「作品的特色就在總令人進退維谷這一點」。楊逵對澀谷精一指出張文環「會不會有材料太多，難以整理的問題？」頗有同感。澀谷精一和楊逵都是針對張文環的〈部落的慘劇〉而發的。至於〈夜猿〉，楊逵認為雖然有所節制，卻有

壓縮過度的傾向。楊逵還覺得作者有把真實的心情暴露出來。就「把真實的心情暴露出來」一點而言，楊逵和藤野雄士的看法是一致的，是不謀而合的。楊逵甚至肯定「它和〈鄭一家〉兩篇都是最近臺灣文學重大的收穫」。

> 和平、愛，還有辛苦忍耐建設起來的一切，都無力抵擋金權主義而宣告敗北了。這篇作品的企圖是想盡辦法，務必要將難以消滅、深刻的意象烙印在讀者的腦海裡，意外地，卻無法讓人留下深刻的印象，原因何在？想來可能是由於這篇作品無法捉住焦點的緣故吧！

楊逵的這一段話，直接點出作品的無法捉住焦點，或許就是作品無法讓人印象深刻的癥結所在。成人文學如此，兒童文學又何嘗不是如此。而作品的之所以無法聚焦，部分原因是角色及情節的多元發展所致。就角色而言，本篇作品就有石有諒夫婦、阿民和阿哲兩兄弟、遠親阿婆及其孫女阿美等；就情節而言，就如同人物焦點的一再轉移，無形中也削弱了結構衝突的張力。

◇〈迷失的孩子〉

　　這篇作品於1943年7月發表於《臺灣文學》三卷三號，後收入《臺灣小說選》。本篇作品角色固然多，卻不失焦。儘管有盲人走唱夫婦、作小生意的大目仔夫婦、女兒阿花及其雙生子、么兒「黑將」（阿誠）等角色，卻完全聚焦在「黑將」身上。

　　既然張文環以〈迷失的孩子〉為題，這個孩子究竟是怎樣的一個人物？作者將其塑造成：

> 老么兒黑將是傻傻的，到了六歲，講話也講不好，每天像個
> 球蹦蹦跳跳睡在地面，臉上塗滿了泥土，鄰居的人都叫他
> 黑將。

　　儘管在眾人眼中黑將是個憨呆的小孩，但是在大目仔夫妻心目
中，這個孩子是他們家的福星。作者在文中，兩度提到這點。

> 雙親都說這個孩子出來了以後，生活才變好，因此比誰都愛
> 這個孩子。大目仔確實痛愛老么兒阿誠。阿誠出生了以後家
> 計轉好了，是因為他是福祿神的使者。

　　作者在文中以「我們那最小的孩子從昨天到現在還沒有回
來。」一句話的安排下，黑將不只被消音，也被消影。他的失蹤，
帶給大目仔一家人只有惶恐和期待。既然以一個憨呆兒為主題，
「迷失的孩子」顯然是作者的「障眼法」。雖然人物未出現，卻是
緊緊扣住讀者的閱讀心理，「到底黑將在哪裡？」始終縈繞在讀者
腦裡。張文環利用黑將的不在，吸引讀者的關懷；也藉此引發同樣
有孩子走失家庭的「同理心」，那種殷切期盼孩子平安歸來的心情
可說是感同身受。

　　故事接近尾聲，大姐阿花的一聲「我家的阿誠回來了啊。」剛
好和大目仔「我們那最小的孩子從昨天到現在還沒有回來。」前後
呼應。阿誠的不見，是因為他迷了路，才跟乞丐的孩子一起被帶進
乞丐收容所「愛愛寮」收容。阿誠的現身，帶給大目仔一家人又是
怎樣的局面，「恢復到一片光明，鍋子又昇上了蒸氣。」這意味著

盲眼的走唱夫婦又將從巷子的那邊走過來。

◆ 張文環作品兒童形象的塑造

　　從張文環的〈重荷〉、〈論語與雞〉、〈夜猿〉、〈迷失的孩子〉四篇小說而論，除了第四篇〈迷失的孩子〉明顯的是以孩子為主題外，其他三篇光從名稱實在無法和「兒童」聯想在一起。當然，能夠理解的是張文環在創作這些小說時，他的閱讀對象是成人，而不是少年兒童。

　　基本上，這四篇都提到兒童形象的書寫。諸如〈重荷〉中「健」的孝順、〈論語與雞〉中「阿源」對先生的失望以及對新式教育的憧憬、〈夜猿〉中「阿民」與阿美的少年少女情愁、〈迷失的孩子〉中「黑將阿誠」的憨呆等是。

　　在這四篇小說作品也書寫到兒童文學的「遊戲性」。「遊戲性」是兒童文學非常重要的元素之一。兒童時期是遊戲時期，兒童生活是遊戲的生活，閱讀對於兒童而言，也只是一種遊戲而已。基於這樣的認知，再反觀張文環的四篇作品，或多或少都具有這樣的質素。諸如〈重荷〉少年「健」和背上背著弟弟的母親兩人，各挑著裝滿香蕉的重擔，前往市場交易，進行「金錢的遊戲」（指買賣）。〈論語與雞〉書房的塾生趁先生不在時的喧鬧，「阿源」對先生的失望，無法進行「知識的遊戲」（指教學）。〈夜猿〉石家「阿民」兄弟和遠親阿婆孫女阿美間的玩樂，三小「無猜的遊戲」。〈迷失的孩子〉大目仔眼中的老么兒「黑將阿誠」的憨態行為，把頭倒過來睡，倒反過來欣賞顛倒的世界「自樂的遊戲」。

◆ 兒童角色在文本中呈現出的主題

　　就兒童文學的立場而言,張文環這四篇作品的共同主題是「啟蒙與成長」。除了「啟蒙與成長」,「親情」在兒童文學作品也是一項重要的情愫,除開啟蒙與成長,除開親情,我們也可以進一步檢視是否含有其他個別的主題存在。〈重荷〉的主角是「健」,強調學校教育的幻滅以及認識我族命運的歷程,〈論語與雞〉的主角是「阿源」,強調傳統書房教育的幻滅與新式學校教育的憧憬,〈夜猿〉的主角是「阿民」,強調鄉土文化與風俗文化的連帶關係,〈迷失的孩子〉主角是「黑將阿城」,強調家庭生活與親子關係的重要。

　　張文環這四篇小說都涉及到兒童形象的書寫,也書寫到兒童文學的「遊戲性」,而「遊戲性」正好又是兒童文學非常重要的元素之一。

　　在張文環整個的文學生命中,小說是他的最愛。就兒童文學而言,無論是兒童形象或是主題呈現,基本上是可以透過閱讀來體認小說主角啟蒙與成長的心路歷程。法國理論大師羅蘭巴特說過:「作家寫他該寫的,畫家畫該畫的,閱讀空間留給讀者」。俄國大文豪契珂夫也曾表示:「作家不作判官,只做忠實的見證」。透過羅蘭巴特和契珂夫的名言,我們就可以針對張文環的四篇小說,進行閱讀與評論。

（十九）黃得時：關心兒童文學的學者

　　學者,臺北樹林人,生於1909年（明治四十二年）11月5日,

卒於1909年11月5日，享壽91歲。

出身書香世家，自幼修習漢文，1916年（大正五年）進鶯歌庄公學校就讀，1924年（大正十三年）考進臺北第二中學（成功中學前身），1930年（昭和五年）考進臺北高等學校（臺灣師大前身），主修英文。1933年（昭和八年）考入臺北帝國大學（臺灣大學前身）文政學部文學科，專供中國文學及日本文學。在學期間，於《臺南新報》、《臺灣新民報》發表文章，並自1933年起開始參與臺灣人文學社團的籌組如臺灣文藝協會、臺灣文藝聯盟、啟文社等；同時在《先發部隊》、《臺灣文藝》、《文藝臺灣》、《臺灣文學》等雜誌發表作品。

◆ 民間文學的認識

黃得時對民間文學的重視，可從他在《第一線》主編「臺灣民間故事特輯」所發表的〈卷頭言〉看出端倪。他以屬名「得時」於1934年11月25日發表他對民間文學的看法與態度。

他在題為「民間文學的認識」的〈卷頭言〉中，開宗明義的指出大凡地上，自有人類以來，就有歌謠、傳說、以及神話等之「民間文學」的產生。歌謠是原始人的自然讚美，傳說和神話，是原始人的自然解釋。他進一步指出，歌謠是屬於感情生活，傳說和神話是屬於理智生活。他也指出日本的《古事記》、中國的《詩經》、希臘的《神話》，莫不是原始人的藝術觀、哲學觀、人生觀、和宇宙觀的表現。

黃得時在這篇文章裡，提到了「童話」一詞。他以希臘神話為例，早已成為歐洲藝術最重要材料之一的希臘神話，許多甜美幽妙的詩篇是以它為題材的；多少優雅雄偉的雕刻與繪畫是寫刻它的主

要人物和事跡的。而且不只成人感覺它的好處，又是全世界所有的兒童，也常取它當中的許多故事，以為童話的絕好材料。足見民間文學與後來的文學有多麼密切的關係。德國的格林兄弟就是從民間文學中汲取兒童文學的材料。

從徹底認識民間文學的歐洲，到「五四運動」以後才舉個民間文學的猛烈運動的中國，到對民間文學的認識完全不徹底的臺灣，黃得時感慨甚深。有人說臺灣是絕海的孤島，沒有什麼民間文學值得一顧。對於這樣的說詞，黃得時深深不以為然，並批評「這不外乎一種怠慢的口實而已」。「不但對於民間文學這樣，就是文學以外的我們應研究的種種重要問題，也甘心委諸人家去研究」，針對這一點，黃得時覺得這是莫大的恥辱。

三○年代的臺灣，正值新舊思潮交流的過渡時代，固然當時已經有人舉起所謂臺灣研究的烽火，但黃得時嫌在民間文學這一方面的時機過遲。由來民間文學沒有寫在文獻上，大家只用口口相傳。如果無從及早搜羅整理，恐怕不久之間就要消踪滅跡，這是有時間的急迫性。

黃得時認為首要工作在搜羅，其次才是整理和研究。他更強調「我們應知道祖先傳來的遺產之民間文學的搜羅整理研究，是我們後代人該做的義務之一」。基於這樣的體認和覺悟，《第一線》才推出「臺灣民間故事特輯」。

黃得時這篇題為「民間文學的認識」的〈卷頭言〉是日治時期臺灣新文學作家中少數在文章或作品中提到「童話」一詞的作者之一。

1936年（昭和十一年）民間故事〈國姓爺北征中的傳說〉收錄於李獻璋編輯的《臺灣民間文學集》，（1989：故事篇92-99）。

此乃有關鄭成功北征過程中，分「草鞋土堆成小尖山」、「放巨砲打死兩妖精」、「大浪河怒發投寶劍」、「坐馬上鎮靜龜山島」四段，是有關「尖山」、「鶯歌」、「劍潭」、「龜山島」的四種傳說。

◆《水滸傳》的翻譯與改寫

　　1937年3月，黃得時自臺北帝大文政學部文學科卒業，旋即進入《臺灣新民報》學藝部服務。4月1日起，一方面由於日本當局全面禁止報刊雜誌登載漢文作品，一方面由於在學期間，專修中國文學與日本文學之故，遂在該年12月5日以日文編寫的中國通俗小說《水滸傳》在他所任職的《臺灣新民報》開始連載，到1942年12月7日刊完，前後長達五年之久，頗受時人好評。

　　《水滸傳》的長時期在臺灣人自辦的報社《臺灣新民報》連載，對甫自臺北帝大畢業的黃得時而言，是學以致用，將中國文學透過傳播媒體（報紙）介紹給受日本教育的臺灣人，接受中國通俗小說的洗禮，或說接受中國文化的薰習，而黃得時扮演的則是「橋樑」的角色。既然無法直接用漢文介紹，改用日文編寫未嘗不是可行之道。

　　戰後臺灣第一家兒童讀物出版社——東方出版社於1945年12月1日創立，黃得時與其父親黃純青都是東方出版社的共同發起人之一。在創辦人游彌堅提出「古典現代化」的出版目標下，黃得時受邀參與「把古典的作成通俗的白話文之讀物來供兒童閱讀」的改寫工作。當時參與改寫者如黃得時、朱傳譽、林海音、蘇尚耀、陳秋帆等皆為一時之選。

　　無獨有偶的，自1937年到1942年在《臺灣新民報》連載的《水

滸傳》，二十年後，同樣在臺灣人創辦的東方出版社出版的中國少
年小說系列中的《水滸傳》，其改寫者依然是黃得時，這時的他，
已經是臺大中文系教授。這時出版的《水滸傳》是道道地地的中文
版，以它原來的中文面貌呈現，而非二十年前在日本當局全面禁止
使用漢文的情況下以日文來呈現。

在時空環境截然不同的情況下，戰前的黃得時甫自臺北帝大
文學科畢業，戰後的黃得時，已經是臺灣大學中文系教授；戰前的
《水滸傳》是在不得已的被動情況下以日文書寫，戰後的《水滸
傳》是在樂意接受下以中文書寫；惟一沒變的是戰前的《臺灣新民
報》是臺灣人自辦的，戰後的「東方出版社」也是臺灣人創辦的。
而黃得時則透過《水滸傳》的日文或中文的編寫，擔當起傳遞中國
文化的橋樑角色。

◆《東方少年》與歷史故事

五〇年代的臺灣出現三份少年兒童雜誌，依創刊先後依序是
《小學生》（1950年3月20日）、《學友》（1953年2月）、《東方
少年》（1953年11月1日）。《小學生》屬半月刊，是公營雜誌，
《學友》和《東方少年》屬月刊，是民營雜誌，這三份雜誌，在五
〇年代形成鼎足而立的學生課外讀物。

黃得時自《東方少年》第一卷第一號創刊號開始到第三卷十一
月號止，陸續撰寫歷史故事，前後多達二十九篇，依序是〈藺相
如〉、〈孟嘗君〉、〈河伯娶婦〉、〈雙頭蛇〉、〈張良〉、〈屈
原〉、〈平原君〉、〈朱買臣〉、〈梁鴻〉、〈緹縈救父〉、〈承
官〉、〈陸羽〉、〈陶侃〉、〈王勃〉、〈王羲之〉、〈韓信〉、
〈田單〉、〈張釋之〉、〈范式〉、〈信陵君〉、〈弄玉吹簫〉、

〈聶政〉、〈拋繡球〉、〈孔雀東南飛〉、〈晏子〉、〈娘子軍〉、〈管鮑之交〉、〈飛將軍李廣〉、〈豫讓〉等。從春秋戰國到兩漢，從政治、軍事到兩性，相關歷史人物的故事躍然紙上。

　　與黃得時同時在《東方少年》執筆者還有洪炎秋的長篇小說（世界文學名著）、陳秋帆的歷史小說（中國）以及馬沙鷗的臺灣童話，他們幾位可說是《東方少年》的主要作者之一。與他們搭配的也都是當年臺灣畫壇的知名畫家，與洪炎秋搭配的是林顯模，與黃得時搭配的是李應彬，與陳秋帆搭配的是林玉山，與馬沙鷗搭配的是牛漫步。這其中的馬沙鷗與牛漫步都不是作者本名。

　　而在《東方少年》發表文學作品的除黃得時外，還包括日治時期臺灣新文學作家在內。如楊雲萍〈臺灣古今奇談〉、童謠〈金葫蘆・銀葫蘆〉等五首、〈新伊索寓言〉18篇；公羊（楊逵筆名）〈大牛和鐵犁〉；郭天留（劉捷筆名）〈金絲雀〉（故事）等。楊逵這篇作品是他在綠島時期的作品，儘管身陷囹圄，作家依然創作不輟。這些新文學作家，在戰後臺灣的兒童文學界，依然有他們作品刊載的場域。

◆ 兒童讀物的書寫

　　黃得時、洪炎秋、陳秋帆三位不僅是《東方少年》的作者群，他們更是東方出版社的作者群，五○年代出版的《東方少年文庫》就有他們翻譯的作品。諸如黃得時《聖經的故事》、洪炎秋《阿里巴巴和四十大盜》、《格列佛遊記》、《阿麗思漫遊奇境記》、《富蘭達士的義狗》等。

　　六○年代的黃得時雖然步入中年，教學研究之餘，卻依然從事兒童讀物的改寫，如東方出版的《小公子》、《小公主》、《水滸

傳》等。有鑑於對兒童讀物的關注，1967年12月22日在《臺灣新生報》第五版談到「編寫兒童讀物應注意理解兒童心理、尊重兒童幻想，文章力求淺易，不要雕琢堆砌。」這也正是今日出版或撰寫兒童讀物所應遵循的圭臬。

七〇年代初，黃得時寫過《中國歷史故事精選》、《臺灣民間故事精選》二書交由青文出版社出版，尤其是《臺灣民間故事精選》，為有關寫給兒童閱讀的臺灣民間故事單行本的先驅之一，其他尚有江肖梅寫給兒童看的《臺灣民間故事集》（一套十五冊）。

七〇年代末，在臺灣兒童讀物出版史上是一個劃時代的重要時刻，1976年光復書局向義大利FABBRI出版公司購買《彩色世界兒童文學全集》國際版中文本的版權，這是臺灣兒童讀物出版界首次正式向外國出版公司購買版權，也正式向「盜版」揮手道別。

當光復書局計畫出版該套書時，特別敦請臺大中文系黃得時教授以及國語日報董事長洪炎秋共同擔任「監修」，黃洪兩位曾經是《東方少年》時期重要的作家，一寫中國歷史故事，一寫世界文學名著；此次因為《彩色世界兒童文學全集》兩位同時應聘為「監修」，再續前緣。光復書局並請黃得時結合省籍作家鄭清文、廖清秀、文心（許炳成）、朱珮蘭、劉慕沙等一起負責譯寫，對促進兒童文學與兒童讀物的發展，黃得時的確做到了關懷和鼓勵。

黃得時不僅對鄭清文等後輩作家予以關懷和鼓勵，也藉此機會，讓這些省籍作家與世界兒童文學名著多一次的接觸；也藉此機會，讓這些受過日本教育的省籍作家，經由日文版將這些世界兒童文學名著譯寫成中文。

至於黃得時除了擔任監修，本身也參與譯寫，計有《賓漢》、《環遊世界八十天》、《乞丐王子》、《巴爾街風雲》、《勇敢的

船長》、《苦兒流浪記》、《四姊妹》、《湯姆叔叔的小屋》等八本。至於八○年代以後，年逾七十的黃得時與兒童文學或兒童讀物關係則自然疏遠。

◆ 對兒童文學與兒童讀物的關心

在臺灣兒童文學成長期間，關心者和實際參與者都付出同樣的精神，黃得時就是這樣一位非常關心兒童國語文教育和兒童文學的學者。他雖是望重士林的學者，但也十分重視兒童讀物的出版；關於這一點，可從他身兼國語日報社董事以及東方出版社股東而看出端倪。

當東方出版社計畫出版《中國少年通俗小說》，該系列第一本《水滸傳》，就是請黃得時負責改寫。

> 兒童讀物寫作方面，應力求淺顯，使兒童明白易懂。注意常用字彙，兒童讀物的字彙應配合課本，寫一本兒童讀物應一改再改，改到最淺顯為止。

這是黃得時在參加一項兒童讀物寫作及出版座談會上所說的一段話。諄諄之言，堪為從事兒童讀物出版以及兒童讀物寫作的金科玉律。

黃得時深深以為兒童文學作家應該和文學作家一樣受到同樣的重視，因此他曾主張提高兒童文學作家的稿費。他也認為兒童讀物的編撰，是需要科學教育、文學語言、繪畫等多方面的頭腦和苦心創造來的。對於優良兒童讀物的推廣，他則認為成立一個超然優良讀物審查會來推薦是很好的措施。

　　從日治時期以迄中華民國時期，黃得時以其中國文學與日本文學的專長，在兒童文學推廣與兒童讀物譯寫兩方面都發揮得淋漓盡致。雖然日治時期僅止〈國姓爺北征中的傳說〉一篇，但在戰後到七〇年代末期，卻是他在兒童讀物改寫和譯寫方面最輝煌的時期。

　　以一位學者之尊，尚能為臺灣兒童讀物的寫作盡一份心力，這種觀照兒童讀物的情懷的確令人肅然起敬。因為他不覺得為兒童寫作是「小兒科」，所以他覺得兒童文學作家應該和文學作家一樣受到同等的尊重。

（二十）莊松林：臺灣民俗學的開拓者

　　莊松林，民俗研究家，臺南市人，生於1910年1月26日，卒於1974年12月5日，享年65歲。

　　別號朱鋒，其撰文時亦屬峰君、嚴純昆（《赤道》）、朱烽、進二、尚未央、康樂道（《臺灣新文學》）、朱鋒、牛八庄、KK、CH、赤崁樓客、己酉生、豬八戒、嚴光森、圓通子（《臺灣風物》）等筆名，就中以「朱鋒」一名使用最多，常發表於《臺灣藝術》、《民俗臺灣》、《臺灣文獻》、《臺北文物》、《臺南文化》、《南瀛文獻》、《臺灣風物》等雜誌，以及《徵信新聞報》「臺灣風土欄」，遂有「世有不識先生，第知朱鋒之名者以此」的說法，文友稱其為「臭頭松林」。

　　1918年進臺南第二公學校，1924年畢業。1926年8月加入黃金火主持的「臺南文化劇團」。翌年9月，遵囑前往廈門集美中學就讀，1929年6月畢業返臺追隨蔡培火、蔣渭水等從事抗日民族運動。

　　1934年7月19日以「世界語」所作民間童話〈憨虎〉（*la Malaaga Tigro*）發表於臺南世界語協會不定期刊物《*La Verda Inaudo*》第二年第二號（該篇童話後於1937年3月以中文刊載於《臺灣新文學》第二卷第三號）。

　　1935年與趙啟明、黃耀麟（漂舟・詩人）、董祐鋒（詩人）、鄭明、徐阿玉等組織「臺南市藝術俱樂部」，分文藝與演劇二部，附設「臺灣舊文獻整理委員會」，從事臺灣舊文獻的蒐抄及整理研究。

　　同一年，受李獻璋之邀撰寫臺南民間故事，俾收入其籌編的「臺灣民間文學集」；後以〈鴨母王〉、〈林投姐〉、〈賣鹽順仔〉、〈郭公侯抗租〉等四篇被編入《臺灣民間文學集》。在二十三篇民間故事中，就屬莊松林和李獻璋兩人作品最多，每人各四篇。

　　莊松林的作品，除了以上四篇民間故事外，還有一篇小說〈林道乾〉、二篇民間童話刊載於《臺灣新文學》（民間故事〈鴨母王〉先刊載於本雜誌，後收錄於《臺灣民間文學集》）。由是觀之，日治時期莊松林的文學作品，只發表在《臺灣新文學》，並未見於《臺灣文藝》、《先發部隊》以及《第一線》等其他臺灣人所辦的文學雜誌，這是比較特別的。

　　1941年7月1日《民俗臺灣》創刊，主編池田敏雄，發行人金關丈夫。由於該雜誌的刊行，致使莊松林、楊雲萍、陳紹馨、吳新榮、吳槐、廖漢臣、戴炎輝、黃得時、曹永和、黃連發等都受到它的影響，重視臺灣民俗習慣的採集、整理和紀錄。此時的莊松林，已在開闢前人未曾著手的臺灣民俗學的新園地。王詩琅曾在〈從文學到民俗〉一文中表示「在這一雜誌上他是成果最豐碩的一個人，

也是臺籍人士中臺灣民俗學的開拓者，以及方興未艾的臺灣文獻工作的播種者之一。」

　　戰後，與楊雲萍、吳新榮、廖漢臣等皆由文學或轉向史學或轉向民俗學。莊松林更由臺灣民俗學的範圍擴而大之，展開成為臺灣鄉土文化的研究。1958年秋天，與臺南市的文史同仁顏興、石暘陽等組織「臺南市文史協會」，並編印《文史薈刊》，王詩琅認為這是「臺灣文化研究上一件不容忽視的大事」。

　　共計纂修《臺南縣志卷二人民志》（與石暘堆等四位共同纂修）、《臺南縣志卷六文化志》（與郭水潭等二位共同纂修）、《臺南縣志卷十附錄》（與廖漢臣、吳新榮等四位共同纂修）等。

　　王詩琅稱其為「臺灣民俗學的拓荒者，臺灣文獻工作的先覺者」誠哉斯言。

■ 民間童話：〈鹿角還狗舅〉、〈憨虎〉

　　所謂民間童話，意指民間創作和流傳的適合兒童閱讀的幻想故事。故事情節奇異動人，在濃厚的幻想和豐富的想像中具有為人喜聞樂道的情趣。民間童話的幻想有兩種，一種是幻想情節貫穿全篇的，一種是幻想的情節只表現在局部。

　　莊松林的民間童話〈鹿角還狗舅〉刊載於《臺灣新文學》第一卷第五號，是以筆名「進二」發表的。故事主角有三，一為頭上長著一副叉角的狗，一為超愛漂亮的梅花鹿，一為好吃懶做的公雞。整篇故事圍繞著這三隻動物的互動，交織成惹人發笑的故事。

　　梅花鹿一心想得到狗頭上的那一副叉角，遂以點心討好和狗有點親戚關係的公雞向狗說情。禁不住公雞的說情，又礙於親戚的情面，方才勉強答應將叉角借給梅花鹿，沒想到這一借，就永遠也要

不回來了。「舅九舊，鹿角還狗舅」，其實是公雞啼叫的聲音，用意是想叫梅花鹿聽見，感動情懷，回心轉意，親自將叉角送還。

不要因為一時的婦人之仁，導致讓自己遺憾終身，這是〈鹿角還狗舅〉提醒人心的旨意所在。

莊松林另一篇民間童話〈憨虎〉以筆名「進二」發表的。刊載於1938年6月《臺灣新文學》第二卷第三號，以「白話文」發表的。莊松林曾於1931年加入臺南世界語（Esperanto）協會成為會員，並首次參加講習會。復於1935年參加該會舉辦的第二次講習會。這篇〈憨虎〉（*la Malaaga Tigro*）最早在1934年7月19日以「世界語」刊載在臺南世界語協會的不定期專刊《*La Verda Inaudo*》第二年第二號。這也是當時唯一以「世界語」創作的童話作品，足見「世界語」在臺灣的推展有了具體的成果。

莊松林的〈憨虎〉是以「世界語」發表於臺南世界語協會不定期刊物《*La Verda Lnaudo*》第二年第二號；而連溫卿的〈臺灣童話の國際的紹介に參加せよ〉則是在翌年11月5日刊載於《臺灣新文學》一卷九號，從莊連二人先後發表有關「世界語」的童話作品及文章，顯然兩人都具有共性。一為都是臺灣「世界語」的推廣者，只不過連溫卿是想將〈虎姑婆〉、〈白賊七〉等臺灣童話推向世界，而進二是在島內推廣；二為作品與文章都跟童話有關；三為都刊載在同一雜誌──《臺灣新文學》。

民間童話主要是指文明社會開始以後，以口頭文學形式在少有文化的民眾──主要是農民中流傳的童話。〈憨虎〉這篇民間童話正是如此。

故事主角也是三：一為神經兮兮的猛虎、一為身穿棕簑的賊仔、一為住在樹頂的老猿。整篇童話就因為一句「雨，我是不驚，

只驚漏！」（俗雨和虎音同）帶出趣味橫生的故事情節。原本是猛虎，在本故事中卻變成一隻憨虎，主要原因竟然是因為「漏」，一個從來沒有聽過的東西。故事情節充滿一次又一次的意外，頗具喜感。

促成牠由猛虎變成憨虎的主要原因，竟然是因為猛虎把賊仔所說的「雨，我是不驚，只驚漏！」聽成是「虎，我是不怕的，只怕「漏！」這個「漏」顯然是一個牠從來沒聽說過的東西。

法國的丹尼斯‧埃斯皮卡對民間故事產生的背景曾作如下的表示：

> （前略）我們可以透過對民族同一性的需求日益高昇而知道各國人民心目中已產生了國家民族觀念。而要證明民族同一性的存在，難道有比民間資料與民間創作更好的管道嗎？於是民間傳說重新被重視，童話再度以老百姓為主要材料。童話再也不是匿名作品，因為它有民族為根源，它是民族的表現，而不是任何一個社會的產物。（黃雪霞譯，1989：82）

此外，中國大陸翻譯家任溶溶在俄國文豪阿‧托爾斯泰的《俄羅斯民間童話》一書中也提到民間童話的純真自然味。

> 從俄羅斯人民生活的語言中汲取豐富資產的基礎，更是影響世界文學的演化與精進。俄羅斯民間童話的題材多取自於民間，深具平民特色與親切自然的魅力。（任溶溶，2002：06）

　　從埃斯皮卡談德國的民間童話，以及任溶溶談俄羅斯的民間童話，他們分別提到「民族特色」與「純真自然」，這兩點正好是民間童話的兩大特色。莊松林的〈鹿角還狗舅〉和〈憨虎〉則兼具有「民族特色」與「純真自然」兩大特色。

■ 民間故事：〈鴨母王〉、〈林投姊〉、〈賣鹽順仔〉、〈郭公侯抗租〉

　　1935年受李獻璋之邀的莊松林，隨即蒐集材料，整理編寫。數月之間，成稿十數篇，後擇發〈鴨母王〉、〈林投姊〉、〈賣鹽順仔〉、〈郭公侯抗租〉、〈鼓吹娘仔〉、〈和尚春仔〉等六篇。翌年5月，李獻璋編印的《臺灣民間文學集》發行，只收載前四篇。

　　莊松林所寫的四篇民間故事，都是流傳於臺南赤崁的故事。

　　第一篇〈鴨母王〉先於《臺灣新文學》雜誌第一卷第三號刊載，後經李獻璋收錄成書。臺南地方傳說的「做了三日皇帝」的鴨母王就是臺灣史上的朱一貴。

　　清康熙六十年，鳳山縣民朱一貴聚眾抗清，佔領臺灣府城，直到清兵過海平亂，朱一貴兵敗被擒，輾轉解京正法。莊松林以筆名「朱鋒」所寫的這篇〈鴨母王〉就是敘述朱一貴「做了三日皇帝」的事況經緯。「頭戴明帽，身穿清衣；五月永和，六月康熙」的童謠，是一則有關朱一貴起義的童謠。

　　第二篇〈林投姊〉是一則家喻戶曉、淒美感人的民間故事。女主角因為薄情郎的不告而別一去不返，傷痛之餘，遂自盡於林頭樹。她的鬼魂以紙錢換肉粽的奇異消息，經由消息靈通的羅漢腳聚集的阿片煙館傳遍全市。後經由和她丈夫同鄉的新衙役的幫助，終

於懲治薄情郎。薄情郎負心在先，是為「因」，遭受懲治，是為
「果」，故〈林投姊〉是一則因果關係的民間故事。

　　第三篇〈賣鹽順仔〉是一則隱身於市井、深藏不露的俠義故
事。清朝赤崁城西五大姓橫行亂作，弱肉強食。因為賣鹽順仔的出
現而大為改變，使得五大姓從此不敢為非亂作，他們有時在街頭聽
見他在街尾叫賣的聲音，就如喪家之犬似的偷偷地兜著別路走；就
是那般頑皮孩子也是僅僅聽見他的聲音，就慌張地拔起腳，逃入房
裡的床下去躲藏著。（1889：故事篇212）

　　這則故事揭櫫的是某一地區特定的其人其事。「賣鹽順仔」
是一個以賣鹽為業的市井小人，練就一身功夫，仗義挺身，伸張正
義，堪為「正義」的化身，終使代表「邪惡」的五大姓屈服，「邪
不勝正」是〈賣鹽順仔〉這則民間故事的精神所在。

　　第四篇〈郭公侯抗租〉是一篇清道光年間的民間故事。由於官
府風紀敗壞，縱容奸雄魚肉農民，對一年到頭日出而作，日暮而息
辛苦工作的農民而言，簡直像一隻牛被剝了好幾層皮似的，苦不堪
言；在這種情況下，平日為人慷慨好義，甚受大家敬重的武秀才郭
公侯遂成了農民心目中的「救星」。

　　郭公侯主張以理性為訴求，不做無謂的抗爭；他建議大家：
「求情赦免，是最妥當的辦法。」無奈，昏庸的官府卻以「煽動群
眾圍城」為由，企圖將他治罪。其後，郭公侯上京求援，雖得貴人
相助，終將魚肉農民的土豪劣紳繩之以法，但他也因「償事之罪」
被判解邊疆充軍。

　　郭公侯對農民而言，可說是「我雖不殺伯仁，伯仁卻為我而
死。」真是情何以堪。所謂「國有國法」，固然武秀才郭公侯是為
民伸張正義，卻也犯下「償事之罪」，落個充軍邊疆的下場。

以上三篇，皆歸類於施翠峰在《臺灣民譚探源》一書把臺灣民譚分成六種類型的第一類型——道德譚。

■ 小說：〈林道乾〉

〈林道乾〉是以常用的筆名「朱鋒」發表於1936年7月《臺灣新文學》一卷六號的民間故事。這部作品雖然標明「小說」，實為流傳已久的「民間故事」。故事旨在敘述十六世紀在東方最早製造銃砲的始祖林道乾傳奇式的一生；亦即由警世俗語「林道乾鑄銃打家己」延伸而出的民間故事。

故事頗具傳奇色彩，闡述「成敗皆為天數注定」的道理。故事後段林道乾在官兵追捕的緊張過程中，只見：

> 他雙膝跪下，機敏地虔誠地伏在地上祈告天地，然後站起來，轉身朝著山嶺，把手指大聲喝喊，【開】，于是大地開始震動，轉瞬間空間轟然響起一大聲浪，接著整個巨山徐徐地裂開二片，中間讓出一條康莊大道。他們一時像從死裡復活過來似的驚喜起來，拔起腳跟他走過去。（1936：79）

這樣的情節，宛如當年摩西帶領信眾渡海的情境如出一轍。

就日治時期臺灣新文學作家而言，莊松林與楊松茂（守愚）、李獻璋（獻璋）、朱石頭（點人）等在民間故事寫作量上是旗鼓相當的。惟莊松林在民間童話寫作上又是另外一番作為。尤其是〈愨虎〉一篇，既用「世界語」發表在先，復以「白話文」重登在後，在日治時期的確是很特出的。

莊松林從事民間童話的寫作，在日治時期的確是獨樹一幟。

像德國的格林兄弟和丹麥的安徒生他們的童話，就是民間童話的代
表。莊松林的民間童話寫作，可說是開風氣之先。

　　整個日治時期臺灣新文學作家的童話作品除了莊松林的〈鹿
角還狗舅〉、〈憨虎〉，還有就是林越峰（越峰）的〈米〉和
〈雷〉。雖然童話作家只有莊松林和林越峰兩位，雖然童話作品只
有〈鹿角還狗舅〉、〈憨虎〉、〈米〉、〈雷〉四篇，雖然童話作
家很少，雖然童話作品不多，這都是事實。但是不能因為作家及作
品的稀少而否定他們的努力，即便只有一位童話作家，即便只有一
篇童話作品，我們也不能否認作家與作品存在的事實，這也正是文
獻保存的歷史意義之所在。

　　戰後的莊松林，從臺灣民俗學的研究擴展成臺灣鄉土文化的
研究，究其一生，從文學到民俗，再從民俗到鄉土文化，可謂集文
學、民俗、鄉土文化於一身，難怪王詩琅對於莊松林的逝世，覺得
是臺灣鄉土文化的大損失。

（廿一）龍瑛宗：一生以日文創作為主的作家

　　龍瑛宗，本名劉榮宗，別名劉春桃、彭智遠，小說家，新竹北
埔人，生於民前一年（1911年）8月25日，卒於1999年9月26日，享
壽89歲。

　　龍瑛宗8歲前於私塾接受啟蒙教育，9歲才入北埔公學校，就學
期間，有幸遇到生平第一位文學啟蒙師——成松先生，五年級習作
〈暴風雨〉曾被選入《全島學童作文集》。1927年（17歲）考進臺
灣商工學校，在校期間，又遇到第二位文學指引師加藤先生。

　　龍瑛宗在19歲前，幸運地遇到兩位文學引渡者，對其往後的文

學路途不無助益。臺灣商工學校畢業，曾先後任職於臺灣銀行南投分行及本行。1937年以日文小說處女作〈パパイヤのある街〉〈植有木瓜的小鎮〉獲日本《改造》雜誌第九屆懸賞小說佳作獎，自此開始其綿延的文學創作之途，也在臺灣文壇開始嶄露頭角，而後陸續發表小說、詩、隨筆、文藝時評等。

1939年參加「臺灣詩人協會」，任文化部委員。後改為「臺灣文藝家協會」，仍為會員，並任該會機關刊物《文藝臺灣》編輯委員。1940年由臺灣人創辦的《臺灣藝術》創刊，出任該雜誌「讀者文壇」版審稿者。

1942年辭掉銀行工作，進《臺灣日日新報》專任編輯，負責編「兒童新聞」版。同年10月，與西川滿、張文環、濱田隼雄前往東京參加「第一回大東亞文學者大會」。

龍瑛宗作品先見於日本的《日本學藝新聞》、《朝日新聞》、《東洋大學新聞》、《文藝》、《文義首都》、《越洋》、《臺灣新民報》、《臺灣鐵道》等報章雜誌。而後多半陸續發表於臺灣的《臺灣日日新報》、《臺灣民報》、《華麗島》、《文藝臺灣》、《臺灣藝術》以及《民俗臺灣》、《臺灣時報》、《臺灣公論》等報章雜誌。

1945年戰爭結束，仍以日文創作為主，翌年2月，《中華日報》創刊，龍瑛宗負責主編《中華日報》「日文版文藝欄」，內容以文藝評述居多，他如小說、詩、散文、隨筆、劇評也間有出現。較常在該版發表文章者包括吳濁流、葉石濤、吳瀛濤、王碧蕉、詹冰、王育德以及龍瑛宗本人等。同年10月24日，臺灣光復一週年之際，政府宣布報刊雜誌的日文版全面廢止，龍瑛宗的《中華日報》「日文版文藝欄」主編工作也從此告一段落。

　　一生以日文創作為主的龍瑛宗，遲至1980年起，「透過苦修與磨練」，終於以中文寫出長篇小說〈杜甫在長安〉，隔年又發表中文小說〈勁風與野草〉，再度受到文壇注目，該作品曾獲71年度「聯合報文學獎」特別推薦獎。由於在臺灣新文學的努力，於1987年榮獲76年度「臺灣新文學貢獻獎」。

　　龍瑛宗創作文類以小說為主，在其長達一甲子的寫作生涯，特別是在日治時期，作品反應日治末期在殖民統治與封建習俗深刻化的摧殘下，臺灣人的衝突、挫敗與哀傷，尤其關懷臺灣女性的悲慘命運。

　　龍瑛宗的文學養成是在自修與獨學的情境下，透過日文直接承襲日本文學的傳統，間接學習世界文學的精隨，對於臺灣的漢文以及新文學傳統則無從知悉。這可由其作品多發表於臺灣文藝家協會的《文藝臺灣》以及臺灣文學奉公會的《臺灣文藝》可以獲知一二。（1995.03）寡言內向的龍瑛宗，藉由閱讀與寫作不斷與文學對話，倘佯於文學的世界中，是其最大的樂趣。

◆ 發表於東京《越洋》雜誌的作品：《黑妞》

　　龍瑛宗於1937年以日文小說處女作〈植有木瓜的小鎮〉入選日本《改造》雜誌四號第九回徵文的佳作推薦，開始在臺灣文壇嶄露頭角。首次寫小說就入選日本文藝雜誌的徵文，顯然其寫作及作品有過人之處。只緣於該屆只取兩名，且不分名次。兩年後，又以短篇小說〈黑妞〉發表於東京《越洋》雜誌。

　　一生以日文創作為主的龍瑛宗，與楊逵、呂赫若是日治時期最早得到日本文壇肯定的三位臺灣作家。自首次發表處女作後，龍瑛宗的早期作品大多發表於日本的文藝雜誌，短篇小說〈黑妞〉即為

一例。從〈植有木瓜的小鎮〉開始，女性議題始終是龍瑛宗關注的焦點之一。此外，知識份子一直是他小說的主題，而〈黑妞〉則結合了「女性議題」和「知識份子」這兩個主題所創作出來的短篇小說。

　　本書係從一個知識份子「我」以一個旁觀者的角度與身分，敘述一個十二歲的養女「黑妞」阿燕追求物質生活的態度。本書以「倒敘回溯」的方式，緣起於從一家曖昧奇怪的吃茶館門前，「我」似乎看到他所認識的少女阿燕終於如願的當上女招待，但隨即發現自己看錯了人。

　　有關對阿燕的回憶，溯自某年夏天「我」為了渡過學生生活最後的一次暑假，（此處已暗指「我」是個年輕的知識份子）避開城市的塵囂，來到中部N鎮一位沒落世家廖大悲先生家寄居。作者是這麼描繪沒落世家：

> 廖家雖是舊房子，丹青的模糊痕跡仍然看得出，灰色牆壁掛有雄渾的書法，他們那種古色古香的生活，頗使我滿足而喜悅。

　　舊房舍、丹青的模糊、灰色的牆壁、雄渾的書法，在在表示廖家雖是沒落世家，但其生活卻是古色古香的，空氣中仍然散發著藝文的氣息。

　　據「我」觀察阿燕的眼神，似乎透露出某種訊息：

> 阿燕的眼睛雖然澄清而漂亮，但有時會帶點下流的眼光。那是她不能進去的地方，她卻硬要擠進去。可以說那是不應該

屬於女孩子的眼神。

顯然的，「我」從阿燕的眼中，彷彿看到了「成人般的世故」，而那種眼神，卻不是像阿燕這種年齡的少女所應有的眼神。

至於她的身世，打從三歲就被親生娘以一百五十圓賣給廖家當養女，自此而後，再也沒有見過自己的親生爹娘。從小廖家的一切幾乎是由阿燕一人獨立擔當，從早到晚，總有忙不完的家事，雖名為「養女」，做的都是「下人」的事，即便如此，阿燕卻幹得很起勁。

從「我」在晚上一次與阿燕的對話中，顯然阿燕並未屈服於命運的安排。為了能穿漂亮的衣服，她想做咖啡館的女招待。儘管從事這種職業的女招待生，雖然打扮得花枝招展，但阿燕卻不在乎工作的辛苦，因為她正懷抱著「我要穿漂亮的衣服」的無限憧憬。

當然，現實生活中身為廖家養女的阿燕，這樣的卑微身分，「穿漂亮的衣服」、「花枝招展的打扮」，對她而言，不啻是一種遙不可及的夢想。即便如此，她還是不肯屈服於命運的鎖鏈，因此，才會向「我」吐露想當咖啡館女招待的心聲。

〈黑妞〉這篇小說係從一個知識份子「我」以一個旁觀者的立場與身分，敘述一個十二歲的養女「黑妞」阿燕追求物質生活的態度。龍瑛宗採「倒敘回溯」的敘事觀點，描繪臺灣的少女形象，分別從長相、穿著、生活、思想、心理、個性等六個面向頗多著墨。

龍瑛宗對「黑妞」阿燕的少女形象書寫，將一個天真、開朗的養女，對成人世界物質生活充滿憧憬的心理刻劃得淋漓盡致。日治時期臺灣新文學作家的小說多半以少男為書寫對象的作品居多，像張文環的〈重荷〉、〈論語與雞〉，巫永福的〈黑龍〉、〈阿煌與

父親〉，翁鬧的〈羅漢腳〉、呂赫若的〈玉蘭花〉等。以少女為書寫對象的只有龍瑛宗的〈黑妞〉，呂赫若的〈藍衣少女〉等篇。龍瑛宗的〈黑妞〉被收錄於陳芳明編著的《穿紅襯衫的男孩》一書。該書係教育部為「開啟認識臺灣文學之窗」針對全國青少年學生而編輯的，列為「青少年臺灣本庫——小說讀本1」（2006.01）

　　少男少女的形象書寫或以少男少女為主題的小說，在日治時期顯然已經成型，新文學作家在創作成人文學作品的同時，也創作以少男少女為主題的小說，而這些以少男少女為主題的小說，不啻是臺灣少年小說創作的初始。

（廿二）廖漢臣：新文學運動健將之一

　　廖漢臣，民俗研究者，筆名毓文、文瀾。臺北艋舺人，生於1912年4月10日，卒於1980年10月11日，享年69歲。8歲（1920年）進老松公學校就讀，1926年公學校畢業，未繼續升學，曾做過店員、小工、工友，利用晚間前往「夢覺書房」隨顏笏山習漢文，而後涉獵中日文學，漢文程度與文筆皆十分流利，奠定其文人的基礎。

　　其後一面與朱點人、林克夫等時相往來切磋，一面受友人鼓勵，學習用白話文寫作。1933年任《新高新報》漢文記者、《東亞新報》臺北支局記者。自該年起，積極參與臺灣文藝團體的創立，與郭秋生倡設「臺灣文藝協會」，郭秋生任幹事長，翌年7月15日發刊《先發部隊》，1935年1月6日，《先發部隊》更名為《第一線》，任發行人。同年12月21日，楊逵脫離「臺灣文藝聯盟」，另行創設「臺灣新文學社」，發刊《臺灣新文學》雜誌，受託為創刊號發行人。

　　光復後,和楊雲萍一樣,離開文學,走入史學。1948年臺灣省通志館成立(後更名為臺灣省文獻會),任該館編纂,1976年退休,前後長達二十八年餘。其在臺灣省文獻會任職期間,專研「臺灣史」。

　　著有《臺灣通志稿》文學篇(第二三冊)、《臺灣通志》(氏族篇、藝術篇、文徵篇、藝文篇)、《臺北市志》(行政篇)、《宜蘭縣志》(語言篇)、《臺南縣志》(人物篇)、《臺灣的年節》、《臺灣開闢資料續集》、《鄭成功》(傳記)、《廖添丁——臺北城下的義賊》、《謝介石與王香嬋》、《臺灣三大奇案》(林投姊、周成過臺灣、呂祖廟燒香)、《鯤島爭雄記》(兒童小說)、《臺灣神話》、《臺灣搜神記》、《臺灣童謠》等書。

　　日治時期的廖漢臣,不僅是流行歌壇作詞好手,也是臺灣新文學運動的健將之一。光復後,對臺灣文獻與臺灣民俗的研究頗有心得。

◆ 關鍵性的1931年

　　1931年1月1日彰化人黃周(醒民)在《臺灣新民報》第345號發表〈整理「歌謠」的一個提議〉一文,文中提及他每聽見臺灣孩童在音義都不懂的情況下唱日本兒歌而引以為憂;他引用中國周作人氏在〈兒歌的研究〉裡頭說「兒歌者,兒童歌謳之詞,古言童謠。」又引鍾敬文氏說「兒歌這個名詞所包含的意義,大約應該指的是:兒童所作所唱的及別人為他們而作而唱的一切歌謠」來敘述所謂歌謠的意義,並說明整理歌謠的目的,動機固然單純,意義卻很深重,旨在保存日益廢傾的固有文化。

他深信歌謠是民俗學上一種很重要的資料，一方面可供做研究民俗的好材料，另方面其中不乏富有文藝價值的佳作。最後他說出心中殷切的寄望：

> 這種工作若得成功，或者可以使憂鬱成性的我們民族，引起了民族詩的發展，亦未可定了。

在異族統治下，說出這種在愴惻中蘊含無限期望的心語，的確是意義深長，醒民的呼籲——「整理臺灣歌謠計畫」，獲得「臺灣新文學之父」賴和和全島同好的支持。

此外，醒民在〈整理「歌謠」的一個提議〉第二段「所謂歌謠的意義」也提到下列的看法：

> 酉人研究兒歌，多把牠分作兩類，就是母歌和兒歌，母歌是做母親的，為小孩子的需要，特別為他們而作的歌唱，與兒童生活有很密切的關係，並且許多母歌，後來便成了兒童所唱的一部分，所以無論如何，母歌是應該歸入兒歌裡面的。此外，還有一種大人或文人們專為他們而作的歌，也可包容在兒歌這一個名詞之下的。

誠哉斯言。臺灣新文學運動的幾位作家基於「讓臺灣囝仔唱自己的歌」的同念共識，廖漢臣寫了一首童謠〈春天〉，也就是響應醒民的「大人或文人們專為他們而作的歌，也可包容在兒歌這一個名詞之下的。」的主張。

作曲家鄧雨賢將這首童謠譜成「兒歌」，其所譜的歌譜就是大家傳唱已久的〈雨夜花〉旋律。易而言之，〈雨夜花〉的旋律首次

綻放是「兒歌」的型態，與鄧雨賢合作的作詞人是廖漢臣。「兒歌式」的〈雨夜花〉，詞分三段。

> 春天到／百花開／紅薔薇／白茉莉，
> 這平幾叢／彼平幾枝，
> 開得真齊／真正美。

這首童謠是用白話文寫的，詞分三段，短短八句，意象清晰，紅白相間，叢枝分隔，既整齊，又美麗，寫盡春意盎然的花景。

1933年，「臺灣文藝協會」的成立，是由作家個人行動轉入集團行動的表現。其機關雜誌《先發部隊》、《第一線》，可說是創立臺灣文藝雜誌的水準，其編輯人和發行人都是廖漢臣。

1935年張深切、賴慶、林越峰、賴明弘等發起成立的「臺灣文藝聯盟」，由聯盟發行《臺灣文藝》。廖漢臣可說是這時期最活要的作家之一，他和朱點人、王詩琅（三位都是艋舺人）都是《臺灣文藝》北臺的代表作家。

◆ 《先發部隊》改題《第一線》時期

1935年1月6日《先發部隊》改題《第一線》，推出黃得時主編的「臺灣民間故事特輯」，第一篇就是廖漢臣的〈頂下郊拼──稻江霞海城隍廟由來〉，他以筆名「毓文」發表。

「頂下郊拼」這種分類械鬥，在清朝曾經發生過三次，一是乾隆47年在彰化，二是嘉慶10年在鹿港，三是咸豐3到9年在艋舺，這次的時間最長，也最激烈。「頂下郊拼」或稱「漳泉鬥」，或稱「黃林吳三大姓的紛爭」，所指的是咸豐3到9年的「頂下郊拼」，

這也是本篇的故事內容，寫的是有關大稻埕稻江霞海城隍廟由來的民間故事。

頂郊是惠安、南安、晉江人，下郊是同安人；其中以下郊人最多，都集結在祖師廟後的八甲街，頂郊人次多，都星散在淡水河岸一帶。下郊人都為好鬥的無賴之徒，頂郊人都為忠順的船戶。

至於頂下郊拼因何而起的真正原因不得而知，只知雙方反目後，各盡死力持續戰鬥。這衝突波及到下郊的祖師廟，幸賴有心人搶救，不忍城隍落難，遂背著城隍亡命到大稻埕，最後落籍稻江，這是一則具有神話式的民間故事。（1935：02）

同一期廖漢臣以另一筆名「文瀾」發表一首童謠〈老公仔〉。〈老公仔〉雖屬童謠，未嘗不可視為對人晚景的速寫。

◇ **老公仔**

老公仔　食多歲／面肉皺　嘴鬚白／頭毛嘴齒落落摔／不比少年家／行快捲坐愛恁／日時顧破裘／冥時找棉被

老公仔　食多歲／田沒耕　穡沒做／翻來到去嗽咳咳／不比少年家／老骨頭　無話說／眠牀曠曠闊／不時孤單個

〈老公仔〉是用臺灣話文所寫的童謠，第一句「老公仔　食多歲」和第五句「不比少年家」這兩句重複句加重語氣，旨在形容老年人年紀大了，凡事不比少年人。

第一段第二句「面肉皺　嘴鬚白」及第三句「頭毛嘴齒落落摔」在形容老公仔的容貌已經垂垂老矣。第七八兩句「日時顧破裘」「冥時找棉被」形容老公仔顧著找「溫暖」。

　　第二段第二句「田沒耕　穡沒做」及第三句「翻來到去嗽咳咳」表示老公仔年老力衰，不僅農事做不動，甚至生病咳嗽。第七八兩句形容老來無伴，床雖大，人孤單。

　　這首〈老公仔〉對老年人晚景的刻劃深刻與生動，藉此提醒大家對老年人應有的關懷。

◆《臺灣民間文學集》及其作品

　　李獻璋於1936年編輯的《臺灣民間文學集》收錄廖漢臣的一篇〈張得寶的致富奇談〉，此為清咸豐年間流傳於艋舺的民間故事。

　　廖漢臣出身於艋舺，當時的艋舺一帶，文風鼎盛，不但書塾很多，龍山寺的說書也盛，然有關當地流傳的民間故事相信也不在少數。

　　〈張得寶的致富奇談〉，內容在敘述泉州人士張得寶，原名張泡，出身貧寒，如何由一貧如洗到渡海成為艋舺首富的感人故事。在這則民間故事裡，出身寒門的張泡之所以能夠致富，完全得力於三位「好風扶他上青雲」的貴人。第一位是斷言他將來成就非凡的相士，第二位是幫他脫困解厄的海賊妻子，第三位是送他黃旗從此一帆風順的大海賊蔡牽。

　　張泡三段不同的際遇，卻始終令他得以逢凶化吉，因禍得福，完全歸功於前述三位「貴人」。到如今，艋舺地區還流傳一句俗諺：「第一好張得寶，第二好黃仔祿嫂。」

　　李獻璋編輯的《臺灣民間文學集》裡的〈邱妄舍〉共有12則有關邱妄舍的行狀記，不過這12則故事並非廖漢臣獨自撰寫的，而是他與楊茂松（守愚）、朱石頭（點人）、李獻璋（獻璋）等人提供邱妄舍這個通行全島的民間故事，是以該書並未註名哪一則是廖漢

臣所寫的。（1989：故事篇142-167）

◆ 戰後的民俗及文獻工作

　　戰後的廖漢臣如同楊雲萍一般，捨文學，就史學，專攻臺灣史。其實早在日治末期就有跡象顯示，他們都是常在日人池田敏雄主編的《民俗臺灣》發表文章的作者之一。廖漢臣搞俚諺及傳說、被王詩琅視同如摘掌故傳說的黃鳳姿、搞歌謠的黃得時、搞童謠的黃連發、搞民俗古蹟古物的朱點人等是較為重要的民俗工作者。

　　戰後有關民俗方面較為重要的著作，則有劉枝萬的《中國民間信仰》、吳瀛濤的《臺灣民俗》及《臺灣俚諺》、還有就是廖漢臣的《臺灣的年節》及《臺灣的神話》等書。

　　當王詩琅於1955年7月繼彭震球之後，接任《學友》雜誌主編，同樣出身艋舺的廖漢臣，其兒童小說《廖添丁——臺北城下的義賊》、《鯤島爭雄記》也曾在該雜誌連載。就這點來說，其實，戰後的廖漢臣雖然醉心於臺灣文獻的編纂工作，但似乎並未全然忘卻文學。而王詩琅和廖漢臣之於《學友》就如同楊雲萍和黃得時之於《東方少年》，他們四位在50年代都先後在這兩份代表性的少年兒童雜誌發表兒童小說、臺灣民間故事、臺灣歷史故事等兒童文學作品。

◆ 《臺灣兒歌》

　　臺灣光復後，由於特殊的政治環境使然，許多日治時期的新文學作家都投身於文獻工作，並默默的肩負起臺灣民俗文獻薪傳的工作，諸如楊雲萍、王詩琅、廖漢臣、吳新榮等。

　　這時期對於臺灣童謠的採集，廖漢臣在《臺灣兒歌》一書曾有簡要的敘述：

光復後，游彌堅創立臺灣文化協進會，廖漢臣在第三卷六期
（指《臺灣文化》月刊）發表〈談談民謠的收集〉一文，林
清月也發表一篇〈民間歌謠〉。此外，王登山也在《南瀛文
獻》第五卷發表〈臺灣南部的民謠、童謠及四句〉，黃偉心
也在《雲林文獻》一二三期發表〈雲林民謠〉，廖漢臣再在
《臺灣文獻》第十一卷第三期發表〈彰化縣之歌謠〉，張奮
前在《同志》第十八卷第四期發表〈客家童謠〉，歐陽荊在
《同志》第二十一卷第二期發表〈臺灣歌謠〉，曹甲乙在
《同志》發表〈童謠集零〉。

　　至於臺灣童謠的緣起，因臺灣的住民有祖籍福建、廣東和原
住民三大類，若單就漢語系而言，也不能說都來自大陸。關於這一
點，廖漢臣在《臺灣兒歌》一書提到：

　　臺灣兒歌，一部分是從福建傳來的，一部分是在臺灣的悠久
　　的生活中產生出來的，不得因各地的民謠大同小異，一律認
　　為皆從福建傳來的。因為福建人遷入臺灣已歷三百多年，而
　　在臺灣的特殊的環境中，也產生了很多的歌謠，同一主題的
　　歌謠，有內容相同的，也有內容未盡相同的，那能以內容相
　　同，或內容大同小異，就認定是從福建傳來？例如「月光
　　光，秀才郎，騎白馬，過蓮塘」，這首兒歌，臺灣也有，閩
　　南也有，這首兒歌流行臺灣，至少已有一百多年。……

其實，兒歌這種俗文學，本無定本。且人們最初所唱者，皆為兒歌，其後才唱民歌。是以，臺灣的童謠生活，自當源遠流長又豐富多樣。兒歌是孩子們的歌謠，也是孩子們的詩，不用惡補，可以讓孩子們快快樂樂的說唱，一面學習語言，增加知識，擴展思路；也可以喚起成人們的回憶兒時的美夢，淨化其生活。

林文寶在《兒童詩歌論集》一書中，提到：

> 廖漢臣的《臺灣兒歌》，是目前唯一的一本成書論述。……《臺灣兒歌》一書，其架構主要是參考朱介凡的《中國兒歌》，因此，在「體例」上並無特色，且在「類型」上亦嫌雜亂；但作者有豐富的民俗知識，以及田野調查的經驗，則是本書價值之所在。

洪惟仁在〈臺北的民間歌謠〉論文中，也提及：

> 第一部童謠的專集是廖漢臣的《臺灣兒歌》，此書不但題材專門，收集的年代也較晚，資料較新。

總之，廖漢臣的《臺灣兒歌》一書，是自光復以來，第一本有關臺灣童謠收集成書者，於1980年6月由臺灣省政府新聞處出版，較第二本陳金田的《臺灣童謠》（1982年3月大立出版）早約一年餘。廖漢臣的《臺灣兒歌》一書，也是戰後臺灣最早做系統性兒歌論述的專著，這是廖漢臣對臺灣兒歌研究很大的貢獻。

艋舺出身的廖漢臣在日治時期是新文學運動的健將之一，他始終秉持著文人的角色，從事文人及文化的活動。他與同樣出身艋舺

的朱點人以及王詩琅不同，不同的是他沒有參與政治活動。戰後，
他同其他幾位曾在《民俗臺灣》經常發表民俗方面文章的作家遠離
文學，投身臺灣民俗研究的文化工作。在臺灣省政府文獻會服務期
間，出版有關臺灣文獻的專著，從日治時期的新文學作家身分轉型
為臺灣民俗研究者，他算是轉型的成功者。

　　廖漢臣的《臺灣兒歌》一書，是在他自文獻會退休後出版的，
該書的出版讓廖漢臣在臺灣兒童文學發展史上擁有一席之地。無獨
有偶的，同樣出身艋舺的王詩琅，不僅當過《學友》主編，也出版
《臺灣民間故事》及《臺灣歷史故事》等書，他們兩位可說是臺灣
新文學與兒童文學兼而顧之的「雙璧」，尤其是廖漢臣，更是在文
學、史學、兒童文學三方面都擁有一片天。

（廿三）巫永福：臺灣少年小說寫作前行者

　　詩人、小說家，南投埔里人，號永州，筆名EF生、田子浩。
家境富有，1913年（大正二年）3月11日生。，未進公學校之前，
其父曾延請漢學家許果堂教授《三字經》等漢文，1920年（大正九
年）入埔里公學校就讀。1925年（大正十四年）基於「內臺共學」
以及日人方面希望加強日臺人的親善等關係，遂在大人指揮之下，
從埔里公學校轉讀埔里小學校六年級。（巫永福，2003：37）

　　1927年（昭和二年）自埔里小學校高等科考進林獻堂等臺灣人
創辦的臺中一中，自此開始接觸世界文學。1932年（昭和七年）負
笈日本，就讀東京明治大學文藝科，受教於日本文豪山本有山、橫
光利一等人門下。

　　1932年年底與同在東京留學的臺灣學生蘇維熊、施學習、吳

坤煌、張文環等組織「臺灣藝術研究會」，創刊文藝雜誌《福爾摩沙》，於第二年正式發刊。它是臺灣文學史上第一部為臺灣留學生創刊，對臺灣文學界產生震撼性作用。臺北成立文藝家協會（正確應該是臺灣文藝協會），創刊《先發部隊》、《第一線》；臺中成立臺灣文藝聯盟，創刊《臺灣文藝》。（巫永福，2003：58）

◆ 小說家的兒童敘述：〈黑龍〉

　　巫永福短篇小說中有兩篇與兒童文學有關的作品，一為在日本發表的〈黑龍〉，一為在臺灣發表的〈阿煌與父親〉，兩篇皆以日文發表。

　　〈黑龍〉是巫永福1934年6月發表在《福爾摩沙》第三號的短篇小說，被認為是有關兒童敘述的結構與內容最為明顯的作品之一。也是臺灣有關少年小說書寫最早的作品之一。該作品以主角「黑龍」（一個年方12歲的少年）為主軸，與其週遭的父母、少年阿淋、姨媽家人等輻射出的一篇深刻描述少年黑龍內心世界的小說作品。

　　就少年小說的定義以及少年小說的特質兩個面向而言，巫永福的這篇〈黑龍〉的人物不多，包括黑龍、父母親、姨母一家人、少年阿淋等。其所表達的主題很寫實，整個故事環繞在黑龍周圍，因此，無論就其定義和特質而言，它就是少年小說。儘管眾人皆以巫永福的短篇小說之一視之，惟就兒童文學的意義而言，它就等同於少年小說。

　　以一個原是父母唯一寵愛的主角人物黑龍而言，父母親先後因肺病去世，自己則成為一個寄人籬下（住在姨母家）的孤兒，那種失親的痛苦，那種平時既不喜歡上學，又沒有好友可以做為哭訴

的對象；在一方面頓然失去倚靠，一方面也沒有人可以協助的情況下，黑龍平日壓抑的情感遂轉化在一場場的幻想之中。就「兒童心理描繪」這個面向而言，無疑的，巫永福顯然是成功的。

在〈黑龍〉這篇小說中，巫永福除了擅於捕捉少年受創的心靈和掙扎的心理外，也如實的描繪少年的苦悶愁緒和童稚歡樂；除此之外，文中的敘述觀點顯然是以小孩為主體，就小孩的立場探索小孩與大人彼此牽扯互動的世界。這樣的寫作模式完全相異於成人採取成人本位俯視小孩世界的作品。

「在家」的黑龍，「是個非常厭惡學校，性情剛烈而彆扭，總是固執著不想上學，以此來為難母親。」「黑龍並不是陰鬱的少年，但卻喜歡沉溺在美麗的幻想中，這是他的缺點，同時也是他的優點。他原是個個性溫和的孩子，在雙親的嬌慣之下，卻變得固執而矯情」。在這個部分，巫永福清楚的描繪出黑龍的個性，以及個性改變的因素所在。

「離家」的黑龍，完全換了一個人似的。少年「阿淋」這個角色，不啻是另一個面貌的黑龍，跟阿淋在一起，彷彿回復了孩子純真的天性；又像是離開籠子的金絲雀，飛翔於快樂的天地之間。

因為父母雙亡，寄居在貧困的姨母家中，一方面受不到表兄妹的歡迎，一方面又無法贏得姨父的歡心，再度「離家」出走的黑龍，走投無路，卻百思不解、不由自主的來到母親的墳前睡著了。冥冥中，黑龍自己「並不清楚墳場的去向啊，是母親指引我的吧」。在他的潛意識裡，或許覺得在母親的墳前過夜是種精神的倚靠。在舉目無靠的黑龍心中，思念過世的母親，企盼能夠再度見到另一個世界的母親，或許這正是他再度「離家」出走的原因所在。

最後，黑龍被一位好心的老人從他母親的墳前帶回姨母家，

「回家」後的黑龍，在姨母「你為什麼要露宿野外？」的責問聲中，被召喚進屋休息。

巫永福在「在家」──「離家」──「回家」的三段式鋪陳中，始終在表達主角黑龍的兩面性格與情境。失去親情，方知親情可貴；痛失父母，方知父母可親。臨到寄人籬下，方知「有家」的溫暖。當黑龍明白箇中道理，一切都已成為過去。一但「失去」，方知「擁有」的可貴。

◆ 兩條沒有交集的平行線：〈阿煌與父親〉

關於父親和兒子之間，總是存在著許多難以解決的情結。（其實，在母親與女兒之間又何嘗不是存在著相同的問題。）如此的親情糾葛，被歷年來許多作家當作創作的題材。

巫永福在〈阿煌どその父〉（〈阿煌與父親〉）這篇作品中，處理了父子兩代的「代溝問題」，它看似平淡，其實卻展現極為細膩的心理衝突。擁有社會歷練的父親，一心只想以「權威」壓制兒子（阿煌）。這位父親始終不見其名，他代表著一種無形的「威權」。他制止阿煌與鄰居的阿海玩耍，只因為阿海是窮人家的小孩。阿煌卻無法理解父親的「勢利心態」（或稱根深蒂固的階級觀念）。

在阿煌的眼中，所有人的都是平等的，都應該受到應有的尊重。只是父親粗厲的表情、嚴峻的言詞，在在都讓阿煌對父親產生強烈的「反抗心理」。父親經常斥責阿煌，久而久之，阿煌逐漸對父親萌生一種牢不可拔的偏見，在親情關係的惡性循環下，彷彿在父子之間築起一道無法跨越的鴻溝。

　　阿煌與父親就像是兩條永遠不會交集的平行線。因為父親習慣以成人的標準來要求阿煌,但是他卻無法用聆聽和溝通的方式去了解阿煌。他們父子兩人,很像刺蝟一樣,彼此不能互相碰觸或接近。或者可以說「父親根本就不曾努力嘗試跨越這道牆。」

　　至於阿煌,他也有他自己本身內在的想法,有他童稚的興趣以及好奇心,本來愛玩就是孩子的天性,他有他自己的內心世界。這或許就是〈阿煌與父親〉所要接櫫的最重要主題。父親往往都是獨裁的,他用自己的喜惡來牽制阿煌的行為,無形中也限制住家庭成員的自由發展。在這種情況下,使得阿煌越來越不想回家。原因就在「家裡沒有理解、溝通,沒有明朗的歡笑,只有冷淡的沉默。」

　　在這種家庭裡,父親的形象是粗暴的、權威是至高無上的;母親的形象是退縮的、渺小的。作者刻意凸顯阿煌和父親他們兩人之間的對立,至於母親僅僅代表一種無聲的存在。哪怕她經常袒護阿煌,但是她和丈夫一樣,並沒有試著走入孩子的內心世界,試圖努力或是設法改善父子關係。換句話說,這位母親,她代表著傳統的婦女,在傳統父權社會中,不僅無力抵抗霸氣的父權,甚至從來也沒有產生像她兒子阿煌一心追求從家庭解放的那種思維。而阿煌所要爭取的是「希望大人不要壓縮孩子的生活空間。」他所尋求的、他所重視的是相同的頻率,而沒有善惡之分。

　　在傳統的家庭分工下,女性的地位向來是處於弱勢的,所以,母親的隱忍和順從,從另一個角度來說,等於就是默認父親在家中的權威地位。

◇ 人物刻劃

　　作者在這篇小說中,塑造出三個鮮明而主要的角色──阿煌、

阿海和父親。阿煌與父親始終沒有交集，他們的關係一方面是矛盾
而對立的，一方面是永遠無法脫離的「抗衡心態」。

　　至於阿煌與阿海卻一直都有交集，既是玩伴，又是同學，阿煌
就像是一匹脫韁的馬，盡情的在野外馳騁，完全忘卻那個無趣而冰
冷的家。跟著阿海一起遊玩，彷彿又看到孩子純真的天性。

　　阿煌是一個內向而壓抑型的男孩，儘管對父親的種種不滿，但
是只有在內心形成一股憤恨之氣卻沒有形諸於外。在父親那種大男
人主義的淫威下，阿煌就顯得趨於弱勢。但是，一跟阿海在一起，
卻又顯現出活潑開朗的另一面。阿海則是一個機伶型的孩子，雖然
出生貧寒，但卻是阿煌的唯一玩伴。

　　至於阿煌的父親這個角色，被塑造的非常成功。他身為一家之
主，社會階級觀念很深，不允許阿煌跟身分地位不同的阿海接近。
對自己的孩子嚴峻，總要孩子順從他，卻偏偏生了個打從心裡一再
抗衡他的阿煌，讓他覺得既懊惱又無助。「無言的反抗」是阿煌對
父親所能做到的行為意識的表現。

　　這三種角色分別具有「內向」（阿煌）、「機伶」（阿海）、
「粗魯」（父親）等的個性。這三種性格交織成一篇感人深刻的小
說作品。

◇ 情節架構

　　本篇小說主要人物包括阿煌、父親、阿海、母親、阿花等五
位。這五個角色人物的互動，就成為小說的情節架構。主要情節大
都集中在阿海內心的「心理描述」，或者是「心情寫造」。

　　「無言的抗議」一直都是小說的主軸。故事從父親嚴格禁止阿
海和隔壁鄰居的「野孩子」（阿海）玩耍打開序幕……「在家」。

阿煌、阿海以及阿花三人在回家途中碰見父親,將整個故事情節帶到最高潮。而阿海非常機伶,適時來個「善意的謊言」,化解尷尬的場面;另一方面也給到鎮上喝花酒的阿煌的父親一個下臺階。儘管阿煌一千個、一萬個不想回家,到底在阿海家住了一晚後,第二天,終於在母親的勸慰下,跟母親回了家。無論如何,「家」畢竟是一個人最好的歸宿。……「回家」。

〈阿煌與父親〉,充分表現親子關係的維繫依舊是傳統「父大子小」的權威觀念,而非相互尊重的平等觀念。另一方面由於貧富差距,窮人在富人面前永遠是矮人一節,這樣的社會觀念卻在阿海的一句「阿伯,您饒了我們吧。我們不是去玩。是伯母見您回來得晚,要我們來接您的。我們並沒有去玩啊。」(2005:266)這句善意的謊言無形中給化解開了,同時也幫阿煌解了危。

〈阿煌與父親〉對兒童形象的書寫、兒童心理的描寫、親子關係的刻畫等都有非常生動的敘述,整篇小說以阿煌為中心,建構出節奏明快、意象鮮明的情境。

總的來說,巫永福的這兩篇小說,帶給少年讀者透過閱讀感受一位寄人籬下的孤兒身心的痛苦以及夢幻般的憧憬;同時也帶引大家體驗貧富懸殊差異之下,父子相互的角力關係。其中固然有家中獨子的嬌慣和孤兒的辛酸,卻也有富家子弟的苦悶和童稚的歡笑。〈黑龍〉中的母親,對黑龍而言,代表的是一種「親情的懷念」,一種讓黑龍朝思暮想的「思親的情結」。至於阿淋對黑龍而言,代表的是一種「開懷的象徵」,一種忘卻寄人籬下的委屈感。〈阿煌與父親〉中的父親,對阿煌而言,代表的是一種「束縛的苦悶」,一種讓阿煌透不過氣的不舒服感。至於阿海對阿煌而言,代表的是一種「解放的象徵」,一種不受約制的暢快感。這兩種感覺始終在

阿煌內心形成一種難以割捨的情愫。

（廿四）呂赫若：英年早逝的文學家

小說家、聲樂家。本名呂石堆，臺中豐原人，生於1914年（大正三年）8月25日。1922年（大正十一年）入潭子公學校就讀，公學校三年級時，得優等獎童話集一冊，開始進入兒童文學世界。1927年（昭和二年）以第一名優異的成績畢業，翌年，同時考上臺中一中和臺中師範學校，因師範學校可以免費，遂遵父命進臺中師範學校，在學期間，嘗閱讀世界文學全集，1934年（昭和九年）畢業分發新竹峨嵋公學校訓導。

翌年1月，短篇小說處女作〈牛車〉刊載於東京《文學評論》雜誌，從此開始其作家之路。次年，此作經中國作家胡風譯成中文，與楊逵〈送報伕〉、楊華〈薄命〉，被選入《朝鮮臺灣短篇集──山靈》，為日據時代首次被介紹到中國的臺灣小說。（張恆豪，1994：51）

1937年（昭和十二年）3月轉任潭子公學校，越兩年，入東京武藏野音樂學校聲樂科，1940年（昭和十五年）完成〈青い服の少女〉（〈藍衣少女〉），發表於《臺灣藝術》一卷一號。其後，日文作品陸續發表於《臺灣文藝》、《臺灣新文學》等臺灣的文學雜誌，為本年代臺灣新文學運動中一位重要的旗手，1943年（昭和十八年）更榮獲第二屆臺灣文學賞。

◆ 日本時期的小說作品──〈藍衣少女〉

本篇作品完成於呂赫若留學東京日本武藏野音樂學校時期，發

表於1940年3月臺灣的《臺灣藝術》一卷一號。

　　這是一篇因一幅油畫「藍衣少女」所引發的一場風波,這場風波牽涉到學校校長、作畫的蔡萬欽老師、當模特兒的女學生妙麗以及山村的有志之士。整篇小說以妙麗的出現前後做為分界點,妙麗未出現前焦點集中在蔡萬欽與校長身上,妙麗出現後則聚焦在蔡萬欽和她的師生對話。

　　作者透過小說旨在敘說一位藝術工作者內心激烈而無助的吶喊。蔡萬欽是位公學校老師,是位「教育者」。他醉心於藝術的追求,以他教過的六年級女生妙麗為模特兒想完成一幅油畫──「藍衣少女」,做為參加「府展」的作品,這本是為藝術而藝術的藝術工作。作品即將完成之際,卻丟失不見,萬萬沒想到這件原本以為丟失不見的作品,竟然被山村的衛道之士們搬來,做為指控蔡萬欽身為教育者卻誘惑少女當模特兒的藉口。

　　孰可忍,孰不可忍?白白布竟然被染成色,難怪蔡萬欽會有如此激烈的反應。一來對於校長那種迎合的作風,氣得七竅生煙。二來對於山村人們那種既帶有野蠻性、愚蠢的抗議,又近乎小偷的行徑,更激起心中的怒火。

　　對一個深愛藝術的人來說,放棄藝術,就宛如扼殺自己的生活意義。蔡萬欽深深知道這一點,難道自己為藝術而工作,就要高聲向山村裡所謂的衛道之士道歉嗎?果真如此,那藝術豈非一文不值?

◆ 日治末期的小說作品〈玉蘭花〉

　　這篇短篇小說發表於1943年11月的《臺灣文學》終刊號(四卷一號)。作者透過「少年時代拍攝的家族照片」以第一人稱「倒敘法」溯往的故事。這是一篇超越種族畛域,描寫內(日)臺人民相

處融洽情形的小說。也是一篇自傳性濃厚的小說作品，作者先鋪陳家族史世系，再追憶童年時一位叔叔在東京時代的好友（鈴木善兵衛）到家中作客的諸多往事。

〈玉蘭花〉是作者自1942年由日返臺後的系列家族小說之一，就兒童文學的意涵而言，作者選用兒童觀點的敘述技巧，全以兒童為主角，寫他們在日治時期發生或遭遇的故事。而這個特點，正好非常符合以兒童為主角寫兒童生活中的經歷的兒童文學特質。這篇小說無論就主題「闖入與別離」，或謂「陌生與熟識」，無論就兒童形象的書寫，都是值得回味的兒童文學作品。

「遊戲性」是兒童文學非常基本的特性之一。〈玉蘭花〉對兒童的遊戲心理有很深入的描寫。「遊戲」往往成為兒童與成人之間最佳溝通的橋樑與媒介。小說中隨在日本留學的叔叔回來的日本叔叔鈴木善兵衛之所以能夠和小虎他們家的小孩親近，甚至打成一片，純粹是透過「遊戲」來打破種族的藩籬以及透過「遊戲」去化解陌生恐懼的害怕心理。

鈴木之所以能夠和孩子們打成一片，一來他會和孩子玩在一起，二來他會教孩子讀書，三來他會講日本童話故事給孩子們聽，這其中，鈴木也展現了他的「親和力」，就是這股「親和力」滿足了孩子們的遊戲心理，也成了孩子們的生活重心。

> 接下來是他講故事。這時，我們靜下來了，定定地望著他的嘴巴。他的故事是火燒山、割舌麻雀、浦島太郎、桃太郎等，只因他一面說一面手舞足蹈，所以我們雖然不懂他的日本話，還是趣味十足。夜深了，媽媽已經叫了幾次，我們還是回答說「還不想睡啊」，就是不肯從他的房間出來，還要

他繼續講下去。

從上述可知，鈴木是位說故事高手，儘管有著語言的隔閡，但是光看他的肢體語言，孩子們還是樂在其中，覺得趣味十足。

〈玉蘭花〉的主要人物集中在年僅七歲的「我」（小虎）和日本叔叔（鈴木善兵衛）身上。作者藉由「我」這個角色來刻劃兒童的心理。從鈴木的出現到離去，「我」歷經了恐懼、排斥、猶豫、接受、親近、不捨、孤獨、無助等種種的心情轉折；鈴木的「闖入」和「離別」，對「我」而言，都不是意料中的事，卻是他人生的初體驗。在「我」幼小的心靈，孤獨和無助油然而生。無論如何，這也是「我」必須學習面對的時刻，是心靈成長的契機。

〈玉蘭花〉就兒童文學的意涵而言，呂赫若選用兒童觀點的敘事技巧，完全以兒童為主角，寫他們在日治時期發生或遭遇的故事。這個特點，正好很符合以兒童為主角寫兒童生活中的經歷的兒童文學特質。這篇小說特別是針對兒童的遊戲心理更有深入的描寫。

呂赫若雖然英年早逝，至少他在兒童文學上也留下〈藍衣少女〉和〈玉蘭花〉這兩篇小說作品。一篇是留日期間的作品，一篇是日治末期的作品，兩篇均以日文寫作，同樣刊載在臺灣的文學雜誌，一為《臺灣藝術》，一為《臺灣文學》。

〈藍衣少女〉和〈玉蘭花〉都有鮮明的象徵意涵，前者在於現代與傳統、藝術與道德的主題對立；後者在於主體與客體、闖入與離別的意識交融。前者是批判的，是委屈的；後者是感性的，是離情的。

（廿五）黃耀麟：童謠詩人

詩人、童謠作家，筆名漂舟，臺南市人。曾參加莊松林於1935年（昭和十年）組織的「臺南市藝術俱樂部」，並曾參加臺灣文藝聯盟（1986：197）、臺灣新文學雜誌（1986：198），也曾在《臺灣新文學》一卷五號及六號發表兩首童謠。

◆《臺灣新文學》與童謠

在整個《臺灣新文學》共出14冊當中，只刊載過一首民謠、二首童謠，而這三首作品的作者正是「漂舟」。雖然只是三首，卻代表著「民謠」與「童謠」的獨立與存在的事實。這三首作品正好從《臺灣新文學》第一卷第四號起至第一卷第六號止，接連三號刊出。

◇〈海水浴場〉：刊載於1936年6月5日《臺灣新文學》第一卷第五號。

> 禮拜天　天氣好／海水浴場好踏跎／泅的泅　倒的倒／海面起波浪　海坫水濁濁。（讀勞）
>
> 泅過來　泅過去／深的所在有插旗／真危險　愛張弛／泅得親像魚　看著真歡喜。
>
> 海風涼　日頭炎／海水食著真正鹹／挖海沙　來曝鹽／日頭親像針　曝得身會黏。

　　這首童謠格式非常工整，採三段式架構，每段四行，除第二行單句外，其餘第一、三、四等三行各二句。每行最後一個字都押韻，而且是多重韻。如第一段的好、迌、倒、濁等字押「ㄠ韻」；第二段的去、旗、弛、喜等字押「一韻」；第三段的炎、鹹、鹽、粘等字押「ㄢ韻」。

　　〈海水浴〉是一首以臺灣話文書寫的童謠。是一首現代童謠，既有別於日人平澤丁東的《臺灣の歌謠と名著物語》以及李獻璋的《臺灣民間文學集》二書所蒐集的如〈月光光〉等的傳統童謠。也有別於莊傳沛用日文書寫的現代童謠。

　　本童謠內容呈現的是現實人生，與兒童生活息息相關。它所描述的夏日海水浴場的熱鬧景象。第一段描述浴場風光，夏日的海水浴場，真是逐波嬉浪的好所在；第二段描述浴場安全，泅水固然歡樂，也要顧及安全；第三段描述浴場寫景，海邊堆鹽曝曬，在烈日照射下，難免會有粘搭搭的感覺。

◇〈黑暗路〉：刊載於1936年7月7日《臺灣新文學》第一卷第六號。

　　　山腳一个湖／邊仔一條黑暗路／暗時無點灯　冬天風真冷／
　　　竹抱啐啐叫　樹腳有破廟／若有在落雨　歸條涅糊糊
　　　山腳一个湖／邊仔彼條黑暗路／暗時大家驚　無半人敢行／
　　　乾單狗敢過　蜜婆也敢飛／狗仔若吹螺　大家做狗爬
　　　山腳彼个湖／邊仔彼條黑暗路／有人亂風聲　全然攏無影／
　　　實在無怎樣　大家詳細想／恁若還在驚　大家隨我行

　　這首童謠格式和〈海水浴〉一樣的工整，也是採三段式架構，每段五行，除第一、二兩行各一句外，第三、四、五等三行各二句。〈黑暗路〉的句尾押的是多重韻，第一段的湖、路、雨、糊等押「ㄨ韻」，燈、冷押「ㄥ韻」，叫、廟押「ㄠ韻」。第二段的湖、路押「ㄨ韻」，驚、行押「ㄥ韻」，過、飛押「ㄟ韻」，螺、爬押「ㄚ韻」。第三段的湖、路押「ㄨ韻」，聲、影、驚、行等押「ㄥ韻」，樣、想押「ㄤ韻」。

　　〈黑暗路〉也是一首以臺灣話文書寫的童謠，具有濃厚的鄉土味；它也是寫實性很強的童謠作品。作者將「山腳」、「湖」、「黑暗路」三者交織成一幅充滿詭異、駭怕的畫面。

　　第一段鏡頭由遠而近，從山腳下的湖帶出湖邊的黑暗路。這樣的空間，冬天的夜晚，燈既未點風又冷，只見破廟孤零零，萬一再下雨，泥濘又不堪。第二段形容湖邊的黑暗路一到晚上無人敢走動，只有狗敢走，只有蝙蝠敢飛（蝙蝠是夜行性動物），只要一聽到狗螺，大家都很駭怕。第三段在提醒大家不要亂聽風聲，凡事都要實事求是，捕風捉影祇是徒增大家的煩惱而已。

　　這首童謠具有「醒世」作用，無風無影，大家何必自我驚嚇。路固然又黑又暗，只要心中無鬼坦蕩蕩，何懼之有？

三、張深切與《臺灣文藝》

　　張深切，小說家、劇作家、編輯人，臺灣南投人，生於1904年8月19日，卒於1965年11月8日，享年62歲。

　　七歲（1910年）起，先後隨鹿港人洪棄生、施梅樵習等漢文，十歲（1913年）才進草鞋墩公學校就讀。1917年隨林獻堂赴東京

就讀日本小學校，1923年轉赴上海，翌年，就讀上海商務印書館附設國語師範學校，1927年考入廣州中山大學政治系，後往返於臺灣與中國大陸。1934年5月6日假臺中小西湖咖啡館舉行「臺灣文藝聯盟」創會式，被推舉為常務委員長，同年11月5日，主編機關刊物《臺灣文藝》，對臺灣新文學運動影響甚大。1936年到1945年間在大陸從事教育工作以及創辦文藝雜誌。歷任報社編輯部主任、文藝部主任、記者、藝校教授、日語教授等。隔年返臺擔任臺中師範學校教務主任，「二二八事件」後無意涉足政治，專事文化著述工作，1965年底病逝臺中。

張深切主編《臺灣文藝》，將近兩年期間，共發行三卷八號。這份中日文合刊的藝文雜誌，其編輯方針始終都朝著「內容趣味化」而努力，是以，刊載為數不少的兒歌、童謠、童話、寓言、故事等民間文學作品，其實，這些民間文學作品就等同於兒童文學作品。

相較於同時期的其他雜誌如《先發部隊》、《第一線》、《臺灣新文學》、《臺灣文學》等，《臺灣文藝》所刊載的兒童文學作品遙遙領先。這份雜誌，提供一座創作的平臺，供臺日作家發表兒童文學作品。同時也為日治時期臺灣兒童文學發展研究提供珍貴的文獻資料，這些珍貴的兒童文學作品，彰顯了可以將臺灣兒童文學發展上推到日治時期的有力證據，也從此改寫臺灣兒童文學發展的歷史。

有鑑於此，儘管張深切本身並未有兒童文學作品傳世，但其主編的《臺灣文藝》卻提供了彌足珍貴的作品資料，等於為研究日治時期的臺灣兒童文學打開了另一扇窗。是以，就這個面向而言，張深切與《臺灣文藝》的確功不可沒。

◆ 研究日治時期臺灣兒童文學的一盞明燈

　　日治時期的臺灣文學雜誌包括《南音》、《人人》、《フォルモサ》、《先發部隊》、《第一線》、《臺灣文藝》（臺灣文藝聯盟）、《臺灣新文學》、《臺灣文學》、《文藝臺灣》、《華麗島》、《臺灣文藝》（臺灣文學奉公會）等十一種，其中尤以臺灣文藝聯盟的機關刊物《臺灣文藝》更是受人注目的焦點。只緣其刊載近十篇的兒童文學作品，提供研究該時期兒童文學作家及作品的一大線索。這些史料都將在往後的研究扮演相當的角色。

　　張深切主編的《臺灣文藝》自創刊號起就刊載有關的兒童文學作品，其中有日本童謠作家日高紅椿的童謠集〈馬廄〉（日文），第二卷第二號有日高紅椿的童謠集〈秋景〉（日文）、謝萬安的兒歌、甫三的童謠〈呆囝仔〉、Y生的童謠〈拜月娘〉、越峰的童話〈雷〉；第二卷第七號托爾斯泰著‧春薇譯的童話〈小孩子的智慧〉；第二卷七八號合卷林越峰的童話〈米〉、一浪的寓言〈猴子的跳〉；第二卷第十號巫永福的小說〈阿煌與父親〉（日文）等。

　　就上述的兒童文學作品而言，雖然數量上無法與臺灣文學作品相提並論，但不能不承認的確有中文創作的兒童文學作品存在的事實，這一事實的存在，的確可以彌補臺灣兒童文學發展研究的一段空白。這些兒童文學作品涵蓋童謠、兒歌、童話、寓言、小說等文類，其中還有翻譯自俄國文豪托爾斯泰的童話作品〈小孩子的智慧〉。這和張我軍在《臺灣民報》擔任編輯期間，轉載魯迅翻譯自俄國盲人作家愛羅先珂的童話〈狹的籠〉、〈魚的悲哀〉，可說是殊途同歸。

　　張深切主編的《臺灣文藝》所刊載的兒童文學作品，誠如梁明雄在《張深切與《臺灣文藝》研究》（2002.01）一書中所言：

> 在趣味性方面，雜誌上刊載了眾多老少咸宜的兒歌、童謠、童話、寓言、故事、笑話、趣談、妙詩等民間文學以及臺語文學的作品。（梁明雄：2002：179）

　　梁明雄將兒歌、童謠、童話、寓言、故事等視為是「老少咸宜」，視為是「民間文學」，就前者而言，鄭清文曾經說過，他的童話不僅寫給兒童看，而且也寫給大人看。如果照鄭清文的邏輯，與梁明雄的「老少咸宜」顯然是相通的。就後者而言，本來民間文學就是兒童文學之母。是以，這些作品就是兒童文學作品。

◆ 文學家的社會責任

　　張深切身為臺灣新文學運動的一員，自有他在臺灣新文學運動中的定位。與來自全島各地的同好八十餘人創立臺灣文藝聯盟，並創辦機關刊物《臺灣文藝》，共發行三卷八號，一方面號召新文學作家以作品展開文化反日的柔性抗爭，一方面刊載老少咸宜的兒童文學作品，藉以提升雜誌的趣味性。就這兩個面向而言，張深切是在善盡做為文學家的社會責任。

　　他提供新文學作家一個發表創作的場域，透過不同文類作品反應臺灣社會的真情實況，表現臺灣地方鄉土色彩，朝向藝文雜誌的社會性與趣味性編輯方針，張深切充分掌握媒體扮演的社會性角色，彰顯藝文雜誌的人文精神。

　　他主張文藝大眾化，他深諳「文藝大眾化」是提升文化，普

及知識的捷徑；而「文藝大眾化」更是日治時期臺灣文人的共同祝願，同時也是《臺灣文藝》的奮鬥目標。張深切以及《臺灣文藝》的同仁都是以此做為文學家共同的社會責任。

◆《臺灣文藝》與新文學作家

在張深切主持下的《臺灣文藝》，其所刊載作品的作家幾乎涵蓋當時重要的新文學作家在內。文聯四大天王當中的張文環、巫永福；賴和、楊逵；北臺代表作家：朱石峰（點人）、郭秋生、王詩琅、廖漢臣（毓文）；中臺代表作家：楊松茂（守愚）、翁鬧、林越峰、呂赫若；南臺代表作家：蔡秋桐、楊顯達、吳新榮、郭水潭等十餘位。

儘管作家人數並不多，儘管兒童文學作品數量也不高，這都是事實。但不可否認的，這些作家和作品都成為研究日治時期臺灣兒童文學非常珍貴而重要的文獻；在研究這些新文學作家的兒童文學作品的同時，更加清楚臺灣近代兒童文學，其中也有臺灣作家的心血和努力在內，不是只有日本居臺作家唱獨角戲，而是在共生的歷史架構下彼此相生相容的結果。

就因為有張深切，才有《臺灣文藝》的誕生；就因為有《臺灣文藝》，才有可供新文學作家發表兒童文學作品的平臺；就因為有新文學作家的兒童文學作品的刊載，才使《臺灣文藝》的內容更多元化，更富趣味性。

的確，張深切是在歷史的關鍵時刻，扮演了推進臺灣近代兒童文學發展的推手角色，這一點是研究臺灣近代兒童文學發展所不可或忘的。

身為「臺灣文藝聯盟」的精神領袖，身為《臺灣文藝》的靈魂

人物，個性堅毅、思想自由的張深切，透過「臺灣文藝聯盟」的運籌帷幄，成功的將全島作家團結起來，一方面採取批判鬥爭手段，對象是日本殖民政權；一方面採取維護發揚行動，目標是臺灣本土文化。

在臺灣新文學運動中的新文學作家，由於有了《臺灣文藝》這份雜誌，在創作文學作品之餘，也創作適合兒童閱讀或是老少咸宜的作品，是以，在《臺灣文藝》發表作品的新文學作家，同時也是兒童文學作家，諸如：賴和、楊松茂、林越峰、巫永福等是。換言之，日治時期臺灣文學與兒童文學是同時發展並進的。居中促成其事的正是主導《臺灣文藝》編輯方針的張深切，而張深切則是臺灣近代兒童文學發展的最佳見證者。

總的來說，張深切的出身多少與教育界有關，師範學校出身的他，多少了解師範教育與兒童文學教育的關聯性，就這一層關係而論，即可明瞭何以《臺灣文藝》刊載兒童文學作品的「量」，以及較多的作家在該雜誌發表兒童文學作品道理之所在。就張深切個人而言，他是在適當的時機作對了適當的事；就《臺灣文藝》而論，它也是在適當的時機發會媒體的功能與作用。一方面結合新文學作家進行柔性的文化抗日，一方面達成雜誌內容多元化的趣味性。

更有甚者，《臺灣文藝》與臺灣作家群的關係之稠密，幾乎涵蓋當時的臺灣新文學作家。

四、黃鳳姿——臺灣文學少女

黃鳳姿，臺北艋舺人，1928年（昭和三年）5月5日出身艋舺舊世家，曾祖父黃章田為洋琴名手，熟稔當地歷史、風俗習慣、民間

故事、傳說等。祖父為清代生員之文人，父黃廷富出身京都帝國大學法學院，後執教於關西大學。母黃揭雲仙，對其慈愛有加。妹秀煌，喜歡唱歌，音質不錯。家學淵源，幼時常聽曾祖父和母親以講故事的方式講流傳於艋舺地方的民俗習慣以及民間故事。這些聽講的民俗習慣以及民間故事，往後都成為黃鳳姿書寫有關艋舺地區居民生活與風俗習慣的題材。

◆ 公學校時期的黃鳳姿

　　黃鳳姿於1935年（昭和十年）4月入龍山公學校就讀，公學校三年級時，以一篇〈冬至圓仔〉（〈おだんご〉）被其級任老師池田敏雄發現她具有作文的天份，驚為「才女」，鼓勵她多寫這類取材於家庭生活、民間習俗的作文。她雖然只是小學中年級學生，卻能把複雜的鄉土民俗題材，用細膩、巧妙、簡潔的文章，表現得淋漓盡致。〈冬至圓仔〉是一篇描寫冬至節搓圓仔過節情景的文章，是池田敏雄對黃鳳姿印象最深的作品。不僅因為黃鳳姿能夠用「國語」（日文）寫出優美的文章，更難能可貴的是文章中對臺灣風俗習慣的深刻描寫。該篇作品獲得到西川滿推薦，遂被刊載於《臺灣風土記》創刊號（1940：後記）。

　　黃鳳姿在池田敏雄的指導和西川滿的鼓勵下，從11歲到12歲一年間，寫作11篇風俗習慣、5篇民間故事及傳說，集結成書，書名《七娘媽生》，該書係由西川滿經營的日孝山房出版（1940.02）。出版時，黃鳳姿已經是公學校五年級學生。

　　該書〈序文〉由西川滿執筆，池田敏雄負責編輯與〈後記〉，插畫陳鳳蘭（黃鳳姿同班同學），裝訂立石鐵臣（日治時期有名的版畫家）。這樣的製作陣容，不難看出西川滿和池田敏雄對作者的

培植和對該書的重視程度。

西川滿在他的〈序文〉提到「所謂的《七娘媽生》，也就是符合想像力豐富的少女之祭點『七夕』」。池田敏雄在〈後記〉中也提到他很欣賞黃鳳姿的作品〈冬至圓仔〉，並得到西川滿的推薦。從該書的〈序文〉和〈後記〉不難看出他們兩位有意培植黃鳳姿的用心。更由於他們兩位的培植不遺餘力，黃鳳姿果然不負眾望，日後成為臺灣文壇奇葩，而有「臺灣文學少女」之稱。

黃鳳姿公學校六年級時，又出版一本散文集《七爺八爺》（1940.11），為《七娘媽生》姊妹作，計收錄〈拜床母〉、〈龍山寺〉、〈剃頭〉、〈號名〉、〈淡水八景〉、〈中元〉、〈週歲〉、〈麒麟尾〉等17篇散文，以及〈七爺八爺〉、〈蛇郎君〉、〈貓、虎、狗〉等3篇流傳於艋舺的民間故事，並附有作者到日本畢業旅行的書信6封。該書依舊由池田敏雄編輯，他在〈卷末記〉還是讚嘆黃鳳姿的文采。

> 有害於社稷的惡俗應該去除；但明朗快樂的風俗，可以滋潤
> 生活，應該多加保存。鳳姿把艋舺人家的勤儉滋潤的生活，
> 用她幼嫩的筆深刻而生動地記載下來，其意義何等深遠。
> （池田敏雄：1940）

黃鳳姿這兩本著作《七娘媽生》、《七爺八爺》出版後，都被列為臺灣總督府情報局推薦圖書。

◆ 高校時期的黃鳳姿

1941年3月，黃鳳姿自龍山公學校畢業，4月考入臺北州立第三

高等女學校，依舊筆耕不輟。自1942年1月以迄1943年1月，黃鳳姿在短短一年內，以一個臺灣少女能夠在這樣的時間內寫出十篇散文作品，而且全數刊載在知名的雜誌《民俗臺灣》，這樣的篇數，與其他作者相比，毫無遜色。

當時日本（時稱「內地」）也有一位「文學的少女──豐田正子」，由於黃鳳姿和她年紀雖小，文章卻寫得很好，所以，日本大文學家菊池寬曾經評黃鳳姿為「臺灣的豐田正子」。這兩位臺日文學少女，曾經在西川滿主編的《文藝臺灣》留下惺惺相惜的文學紀錄，分別是豐田正子的〈豐田正子から黃鳳姿へ〉，黃鳳姿的〈黃鳳姿から豐田正子へ〉，這兩篇文章刊載於1941年3月1日《文藝臺灣》第二卷第五號。

黃鳳姿以臺北州立第三高等女學校一年生的學生身分，持續在《民俗臺灣》發表有關臺灣年節歲時的散文，如正月節、上元節、清明節、中元節、葬俗等的散文，她將民俗與文學合而為一，寫出帶有文學氣息的民俗散文。這是黃鳳姿散文的特色，也是深受其曾祖父以及母親的長期薰習所致。

當時在《民俗臺灣》的八位學生作者中，三位日本人，五位臺灣人。而黃鳳姿更是兩位在學高校生之一，另一位是臺北高等學校學生黃良銓。

1944年，年方16歲的黃鳳姿，正值荳蔻年華的少女時代，在池田敏雄編輯下，由日本大文豪佐藤春夫為其撰〈序〉，出版她的第三本著作──《臺灣の少女》（《臺灣的少女》）。該書內容分成四部：〔第一部〕臺灣通信；〔第二部〕艋舺的生活（從《七娘媽生》和《七爺八爺》兩書選19篇）；〔第三部〕內地通信；〔第四部〕幼年生活（17篇）。由於其中〔第二部〕艋舺的生活，係從原

已出版的《七娘媽生》和《七爺八爺》兩書所選錄的19篇作品。是以，這本書可堪成為黃鳳姿著作的集大成。

池田敏雄是發掘、指導、鼓勵黃鳳姿的恩師。《臺灣の少女》是在東京刊行。這樣的一本書何以能夠在那種嚴格的出版統治政策下，獲得在日本本土出版的機會呢？當然是有池田敏雄和當時在臺的日本文化人中特別熱愛臺灣文化的人們的奔走與「包裝」有以致之。至於「熱愛臺灣文化的人們」指的是西川滿和佐藤春夫等人。

池田在該書〈後記〉提到：

> 不僅可以證實在臺灣的國語教育已收到輝煌成果，並且也可以啟示對南方共榮圈民族推廣日本語，進而顯現八紘一宇的大精神。（中略）更希望能夠讓日本人明白臺灣的家庭生活是如何充滿豐潤與美。

換句話說，國語教育的成功，固然有助於所謂「大東亞共榮圈」的實現；但是，骨子裡池田等人所期盼的，應該是要把傳統的臺灣家庭生活的優點推介給他們本國的人吧。

佐藤春夫在為該書寫序時，對黃鳳姿使用日文寫作雖然才只有七、八年，就能夠寫出這樣的文章，他肯定「這確實是值得慶幸、非常好的事實。」（2002：70）。就連黃鳳姿的老師池田敏雄也同樣稱讚「國語教育」在臺灣獲得不錯成果的說法。

他更進一步認為該書有助於日本和臺灣文化差異上的融合。（2002：70）。總的來說，黃鳳姿因緣際會的成為日本在臺灣推行「國語教育」成功的樣板。該書在當時受到日本文部省推薦，以一位臺灣少女作家，因為透過作品讓日本讀者更加親近臺灣的庶民生

活，黃鳳姿對臺灣近代兒童文學的貢獻或許就在這一點上。「文學無國界」，在黃鳳姿的《臺灣的少女》一書可以獲得有力的明證。

　　1944年池田敏雄應召入伍，翌年八月日本投降，池田解役，接受中華民國政府請留於國立編譯館工作。1947年1月22日，與黃鳳姿結婚。

　　兩人認識前後9年，由師生關係變為連理，為臺灣文學史，也為臺灣近代兒童文學史留下一段文壇佳話。

　　黃鳳姿的家世背景，加上本身的文學才華，以及池田敏雄和西川滿的鼓勵，終於在日治末期誕生了一位才華出眾的「臺灣文學少女」。常言道：「好風扶我上青雲」，對黃鳳姿而言，她的曾祖父黃章田、母親黃揭雪仙、恩師池田敏雄、文學家西川滿都是扶她直上青雲的一股股「好風」。

　　池田敏雄更是黃鳳姿一生的貴人，對黃鳳姿而言，更有「知遇之恩」。雖然她的著作只有《七娘媽生》、〈七爺八爺〉、《臺灣の少女》三本，雖然戰後隨夫婿長住日本，但這並無礙於她是日治時期臺灣兒童文學發展的見證者，更是日治時期唯一真正有出版兒童文學作品的臺籍作家，她的作品無疑也是最佳的歷史文獻。

第三節　兒童文化活動與兒童讀物出版

一、兒童文化活動

　　1930年（昭和五年）左右，臺北的童話運動好不容易得以成形。由臺北商業學校學生組織的「北商童話會」開始展開活動。而「臺北童話會」則於稍後成立。「臺北童話會」以西岡英夫為會

長，後改由「臺灣子供の世界社」吉川精馬的後人吉川省三繼任。
至於原以山口充一、元重、村山勇等為主的「北商童話會」，改以
新原保宏、行成弘三、伊藤為雄，還有從內地來的城戶直之等為
中心。

　　這些人等的機關雜誌《童話藝術》著重於創作或理論研究，該
雜誌係謄寫鋼版印刷，可惜只到三號即告停刊。此時，臺北開始設
立廣播電臺，「臺北童話會」有相當數量的童話廣播。

　　與此同時，因佐藤豐次、婦女雜誌《臺灣婦人界》創辦人柿沼
等終止與佛教關係的「週日學校」，幸賴「臺北童話會」同仁互相
協力，才使臺北的童話運動能夠得以持續。至於兒童劇、童話劇則
始見於1930年左右，一般皆在學校的學藝會，以及宗教關係的「週
日學校」舉辦。

　　近1931年（昭和六年），「臺北童話會」成員之一伊藤為雄
創設「童心藝術研究會‧赤づきん社」，此乃臺北童話劇廣向一般
公開的初始。該社雖於翌年夏天解散，惟對於促進臺北童話劇運動
則有相當大的貢獻。該社成員計有伊藤為雄、岩石まきを、大西由
枝、行成弘三、城戶直之、木浦直之、伊藤好子、行成清子、岡田
朱實等人。

　　1932年（昭和七年），「赤づきん社」的童話劇與童謠舞蹈
運動終止，及至下半年，該社也宣告解散。10月左右，「臺北童
話會」成員之一新原從東京的學校學成返臺定居臺北。「臺北童話
會」與「赤づきん社」的成員聚集籌組「臺北童話劇研究會」。

　　此一新兒童文學組織成員包括：西岡英夫、吉川省三（兩人
係顧問）、新原保弘、岩石まきを、長船正人、塚本外茂、柴山關
也、安武薰、中島俊男、新原すみ子、行成清子等十餘位。年底，

假臺灣日日新報社講堂正式舉行發會式。

　　至於童謠方面，由於受到《赤鳥》雜誌的影響，雖然從很早期就有童謠運動，惟直到1932年（昭和七年），以童謠為主體的雜誌在臺北卻從未刊行過一本，以致從事童謠運動者大都在內地發行的童謠誌發表作品。至於在臺灣的發表機關則以《臺灣日日新報》、《臺灣新聞》等為主。《臺灣日日新報》以發行「臺日子供の新聞」著稱於世，在臺灣，對童謠運動有其不可磨滅的功績。截至該年止，定居臺北的童謠作家有吉鹿則行、宮尾進、城戶直之等幾位。至於臺中則有以教育實踐人為主體組織的「臺中童謠劇協會」，推展童謠・舞蹈運動。

　　「臺北童話劇研究會」於是年2月發行謄寫印刷的機關雜誌《童劇》，可惜只刊行四號即告停刊。年底，「臺北童話會研究會」成立，翌年1月，舉行首次發表會，在新落成的朝日小會館舉辦「童話劇與童話舞蹈之夜」，演出久保田萬太郎的作品「睡眠的砂丘」童話劇。

　　1933年（昭和八年）前半，在童話方面以實演（口演）和創作為主；到了後半，則以童話廣播為主。惟此時與宗教活動有關的「週日學校」，在實演童話活動上扮演相當重要的角色。這年1月，西岡英夫主持「臺北童話劇研究會」首次發表會。總的來說，是年在童話、童劇、舞蹈等的活動都告停止；「臺北童話劇研究會」本年內舉辦過三次童話劇廣播，年底，由於核心人物新原入伍而告解散。

　　1934年（昭和九年），一反前一年的冷清，臺北兒童藝術界顯得相當活躍。3月，城戶直之、水田敏夫、川平朝申、中島俊男等幾位籌劃成立「臺北兒童藝術聯盟」，5月，舉行成立大會。

　　該聯盟成員除先前幾位，還包括西岡英夫、吉川省三、佐佐木龜夫等三位顧問，以及伊藤健一、安武薰、鶴丸資光、行成弘三、形成清子、木浦直之等人，還有福里敏夫、宮都太郎、上田稔三位新會員加入，幾乎網羅當時臺北實際從事兒童藝術的相關人士。

　　該聯盟計劃首次發表會，利用暑假進行充分準備。7月底，假朝日小會館召集會員，舉辦首次發表會。9月中旬，該聯盟假朝日小會館舉辦為期兩天的「小波祭」，此項活動係為紀念巖谷小波的功績。由於「臺北兒童藝術聯盟」的誕生，廣播電臺的兒童時間顯得異常活絡。加入聯盟的各團體或個人的童話劇、兒童劇、童話等的播放接連不斷。

　　此時參與播放的團體包括水田敏夫「愛國兒童會」、川平朝申「銀光兒童樂園」、鶴丸資光「日の丸兒童會」等。在童話方面，則有水田敏夫、上田稔、中島俊男等的作品。至於舞蹈方面，除行成清子指導的「行成舞蹈研究會」與「愛國兒童會」兩個團體發表舞蹈作品外，其他則付之闕如。

　　年底，資深童謠作家吉鹿則行、宮尾進、吉田正一等三位主導創設的童謠創作研究會「白南風」，假第一教育會館舉行創會儀式大會。主要成員還包括伊藤健一、柴山關也、中島俊男等人。他們非常熱衷童謠創作與研究，會員每月一次，相互評論彼此作品，由出席者就全部作品中選出優秀作品三四篇，刊載於機關雜誌《白南風》。

　　1935年（昭和十年），「臺北兒童藝術聯盟」雖然式微，活動很少。惟在廣播方面，「愛國兒童會」以及「日の丸兒童會」這兩個團體成員依然活絡如前。他們經由任職放送局的中山俏的居間穿梭，組織「臺北廣播兒童藝術聯盟」，並與兒童藝術團體聯繫，標

榜提升廣播童話、童話劇的本質，以及兒童廣播的體系研究。是年5月，「白南風」宣告解散，惟成員的大部分童謠創作並未就此停止，轉而將作品發表於內地的童謠誌。

至於童話創作方面，整年並無特別的盛況。只有西岡英夫受邀參與《世界童話大系臺灣篇》的編輯。此外，音成義男主要在《臺灣日日新報》發表，中島俊男則以本名或筆名「二三」在《臺灣婦人界》或內地的雜誌發表。也就是說，截至1935年（昭和十年）止，西岡英夫、音成義男、中島俊男係日治時期三位主要的童話作家。

在臺北以柴山關也為主體，在臺南以山口正明為中心的紙芝居運動，後者以公學校本身開始，從1939年（昭和十四年）7月臺南紙芝居教化隊的島內行腳進而確立紙芝居運動的未來性。至於融合國語普及、皇民化運動等的兒童文化，對紙芝居運動則抱有很大的期待。

二、兒童讀物出版

做為兒童文化一環的兒童讀物出版方面，臺灣教育會在臺灣獎學會補助下計劃刊行少年讀物。《臺灣少年讀本》（第一—第五編）（1930-1932）以廉價供應，增加讀者量。對小學校學童來說，可做為習得臺灣事情的讀物資料，而具有濃厚地方色彩的《國語課外讀本·尋常小學上級用》（1931）被發現具有這種意義的可能。

1930年（昭和五年）尾崎秀真監修的《臺灣通俗歷史全集》係描繪臺灣歷史文化的兒童讀物，第一卷《北川宮能久親王》、第二卷《鄭成功》、第三卷《義人吳鳳》、第四卷《明石大將》、第六

卷《濱田彌兵衞》、第七卷《芝山巖》），內容可謂精心撰寫。

在淵田五郎這篇〈簡述臺灣兒童文化運動〉中，尾崎秀真監修的《臺灣通俗歷史全集》不知何故獨漏第五卷〈深堀大尉——埋骨青山真顯男兒〉一書。全集幾乎都是與日本有關的人物，即便是鄭成功，也具有日本的血緣關係；而吳鳳事件更是日本人虛擬的事件。這樣的臺灣通俗歷史，與西岡英夫在1917年（大正六年）編輯的《課外讀本——臺灣歷史故事集》並無二致，是日本人在臺灣的歷史故事，而非臺灣人自己的歷史故事。

1930年（昭和五年）9月由瀨野尾寧和鈴木質著的《蕃人童話傳說選集》並無出版紀錄，只有昭和五年九月十六日瀨野尾・寧氏ヨリ寄贈的刻章；另有三篇序文，分別是臺灣總督府警務局長石井保（昭和五年八月二十五日）、臺灣總督府文教局長杉本良（昭和五年八月）以及臺北州知事片山三郎（昭和五年八月）；此外還包括作者自序（昭和五年八月），由此推測，該書出版時間應在昭和五年八、九月間。

就內容而言：《蕃人童話傳說選集》編輯期間，請西岡塘翠（即西岡英夫）校閱。分為神代物語、老人的話、天然の傳說、豪傑勇士的話、奇蹟と怪談、創始說話等六大類，每一大類九到十五篇不等，全書共七十一篇童話傳說，絕大部分皆屬短篇，有的甚至是極短篇，只有一頁篇幅。

就出版宗旨而言：該書係由警察協會臺北支局企劃刊行的蕃人童話集，藉供蕃童教化之用，被視為很好的嘗試。作者自序中提及：兒童心性的陶冶，童話是非常重要的精神食糧。對於天真無邪的幼少者，情操的優美、禮節的教化、氣質的培養，在在都以培育精進的國民信念為依歸。

　　就預期效果而言：警務局長石井保在序文中指出：本書編者瀨野尾寧和鈴木質兩位多年來從事蕃務工作，對本島蕃人口碑傳說，擇其優秀者編輯而成，希望本書對實際教學能夠收到預期效果。從該序文可以得知編者編著此書的最大目的，在於教育功能取向，以期對蕃童教育有所助益。

　　1931年（昭和六年）12月創刊的《臺灣少年界》係唯一的兒童雜誌，以促進本島人少年的國語普及為目的，楊天送創辦，這也是日治時期極少數由臺灣人創辦的兒童雜誌。

　　1933年（昭和八年）3月出版的《童詩集》係由臺北市教育會綴方研究部編輯發行。該書全部是臺北市小學校的兒童作品，由臺北市教育會綴方研究部同仁負責選定編錄而成，其中包括：尋一／32篇、尋二／28篇、尋三／41篇、尋四／55篇、尋五／25篇、尋六／42篇、高一／8篇、高二／11篇，全書共242篇童詩作品。

　　以1933年（昭和八年）臺北市教育會綴方研究部所編的一部兒童作品《童詩集》為例，就把兒童寫的詩，乾脆成為童詩了。換句話說，自1925年到1930年，臺灣兒童詩結集為《童謠傑作選集》。而自1930年到1933年，臺灣兒童詩則結集為《童詩集》。

　　至於以臺中地區的小・公學校學童為對象的旬刊《學友》則於1935年（昭和十年）7月創刊。惟基於小・公學學童國語能力、風俗習慣等的差異，再加上對象的分散，《學友》在經營上實難以抗拒來自內地大眾化而又低廉的兒童讀物出版的壓力。

　　本年代最足以讓臺灣人自豪的，就是1936年（昭和十一年）出版，李獻璋編著《臺灣民間文學集》的出版。該書係由臺灣文藝協會發行，臺灣新文學社負責經銷。

　　該書主要架構分「歌謠」與「故事」兩大篇，前者收錄的民

歌、童謠、謎語三類,幾達千首之多,可說把流傳臺灣各地的歌謠
一網打盡。至於後者,則是編著者邀請文學界友好,根據故事執
筆撰寫的。當時的著名作家,到今日仍為大家熟悉的有賴和、黃得
時、王詩琅、楊松茂、朱點人、廖毓文等人均在執筆陣容之中,故
不乏將故事提升到文學作品水準之上。

　　正因為如此,《臺灣民間文學集》被視為繼平澤丁東《臺灣歌
謠與名故事》、片岡巖《臺灣風俗誌》之後,第三本有關臺灣民間
文學專著。

　　該書與兒童文學最有關係的是「童謠」,總計百餘首。這些
童謠大都蒐集流傳自中南部地區如:臺北、艋舺、大溪、新竹、彰
化、鹿港、花壇、南投、竹山、朴子、北港、下寮、臺南、舊城、
曾文、旗津、東石、鳳山、屏東等地,惟少見宜蘭、花東等地的
童謠。

　　1937年(昭和十二年)11月出版的《創立十周年紀念文集》
係臺北第二師範學校附屬公學校創立十周年紀念文集。該校創立於
1927年(昭和二年)5月13日,紀念文集包括遊記、日記、昆蟲、
軍隊等屬性內容,每篇作品附有短評。計有:公二／10篇、公三／
6篇、公四／10篇、公五／10篇、公六／7篇、高一／4篇、高二／3
篇。全書收錄公學校二年級到高等科二年級男女學童共50篇作品,
而且全部是臺灣學童作品。

第四節　百花爭艷的雜誌刊物

　　本節所要探討的是有關本年代日本人創辦的兒童文學刊物以
及臺灣人刊行的文藝雜誌。日治以來,經歷過統治初期、二〇年代

以及三〇年代等三個階段，在本年代初，雖然有臺灣人楊天送創
辦的《臺灣少年界》刊行，惟目前並無有關文獻可考，故不在討
論之列。直到本年代中期開始，兒童刊物才又陸續出現，包括《童
心》、《色ある風》、《ねむの木》、《兒童街》等。除了日本人
創辦的這些兒童刊物外，臺灣人刊行的文藝雜誌有《南音》、《第
一線》、《先發部隊》、《臺灣文藝》、《臺灣新文學》等。

　　由於臺日文學界的努力，致使本年代在兒童刊物及文學雜誌的
刊行可說是百花爭艷，相關兒童刊物及文藝雜誌陸續刊行，影響可
謂深遠。

一、日本人創辦的兒童文學刊物

（一）《童心》

　　創刊於1935年2月7日，該兒童文學同人誌係由臺北兒童藝術聯
盟發行，編輯兼發行人先後為伊藤健一與中島俊男。前者負責第一
及第二號，時間是1935年2月7日（創刊）和1935年3月3日，後者負
責第三號，時間是1935年4月8日（停刊）。期間發行不過3個月，
雖然貴為聯盟會長的西岡英夫，被視為日治時期臺灣童話界第一
人、童話運動的先驅（林文茜，2002：64），但還是無法提振該雜
誌的刊行，換句話說，只發行三期即告停刊。

　　該刊係用鋼版謄寫印刷，由臺灣謄寫堂負責印刷，刊載內容
涵蓋評論及創作，評論包括童話、學藝會、兒童劇、童話廣播等，
創作以童謠作品為主。經常在該刊發表作品的計有童謠詩人高木
たかし〈樟樹的種子〉（童謠・第一號）、〈露珠〉（童謠・第二

號）、〈兒童自由詩之我見〉（評論・第二號）；兒童劇作家牧山
遙〈關於童話中的非現實性〉（論述・第一號）、〈山間小路〉
（童謠・第二號）、〈火車遊戲〉（兒童劇・第二號）、〈水黽和
汽艇〉（童謠・第三號）；童話及童謠詩人中島俊男〈為什麼〉
（童話・第一號）、〈冬夜〉（童謠・第二號）、〈論小川未明〉
（論述・第三號）；童謠詩人宇津木春奈〈早晨〉、〈幼稚園的下
午〉（童謠・第三號）等。

（二）《色ある風》

　　創刊於1938年6月1日，屬文藝雜誌，編輯者瀧坂陽之助，發
行人柴山關也。與《童心》雜誌同樣面臨發行「三期」的宿命。這
是一份非常單薄的同人誌，第一輯5頁，第二輯6頁，第三輯12頁。
每期作品2-4首不等，總計10首作品，內容取向以童謠（6首）和詩
（4首）為主，作者群除柴山關也、瀧坂陽之助之外，還包括まど
みちを（窗道雄）在內，作者數也是「三」。

　　窗道雄童謠作品在臺灣發表並不多，刊載在《色ある風》第一
輯第一篇的就是他的童謠作品〈阿媽〉。柴山關也〈停車場〉（第
二輯）；〈音信〉、〈我兒的歌〉（第三輯）；瀧坂陽之助〈水蓮
花〉、〈搖籃歌〉（第三輯）。

（三）《ねむの木》（《合歡樹》）

　　創刊於1938年12月1日，本雜誌是純粹的童謠誌，編纂者正是
《色ある風》發行人，以及主要作者的童謠詩人柴山關也。在這童

謠誌中，刊載本年代居臺的日本童謠詩人窗道雄〈蘋果〉、水上不二〈白楊樹〉、吉田一正〈サン・トシンゴ城〉、吉村敏〈黃色大理花〉、日高紅椿〈ペタコ〉、喜友名英文〈垃圾箱〉、虹奈美津〈傍晚〉、小柴勉〈太郎萬歲〉、堀池重夫〈夜道〉、佐久間越夫〈割稻子〉、村井哲夫〈紅蜻蜓〉等的11首作品。此外，還刊載九鬼正春〈秋天的天空〉、加川光治〈港口〉、柴山關也〈月光〉等3首詩作。更特別的是這份刊物還刊載溫烟清（五年）〈蜻蜓〉、林氏月嬌（四年）〈すべめ〉、王水德（三年）〈秋天的天空〉、王茂勳（三年）〈旗海〉、孫氏翠鳳（四年）〈夢見弟弟〉、黃氏彩雲（四年）〈信箱〉、羅會珍（五年）〈雨〉、郭朝山（未註明年級）〈戰勝提燈行列〉等8首臺灣學童的作品在內，是一份成人與兒童作品合輯的童謠誌。

（四）《兒童街》

　　日治時期的兒童雜誌比較重要或者較具代表性的，除了二○年代的《學友》，就是本年代後期刊行的《兒童街》雜誌。由居臺日人組織的兩大兒童文化團體一為「臺北兒童藝術聯盟」，一為「臺北兒童藝術協會」。這兩個組織各自發行機關雜誌，前者指的是《童心》，後者指的是《兒童街》。有關《兒童街》目前國立臺灣圖書館藏有七期。

　　該雜誌從1939年（昭和十四年）6月10日（創刊號）到1940年（昭和十五年）4月11日（二卷三號），共刊行七號，惟時間還是不到一年。

　　1940年5月5日刊行《兒童街》的「臺北兒童藝術協會」進行改

組，該會係兒童藝術研究團體，結合各團體負責人和會員而成。就兒童藝術的向上發展及會員相互親睦，以研究及實踐運動為最終目的。其任務有公演會、電臺廣播、支援加盟團體單獨舉辦發表會、發行機關雜誌《兒童街》，以及其他必要的事業。

「臺北兒童藝術協會」加盟團體及負責人包括：「銀光兒童樂園」（川平朝申）、「日高兒童樂園」（日高紅椿）、「合歡樹兒童樂園」（竹內治）、「日の丸兒童會」（鶴丸資光）、（南星兒童同仁）（相馬森一）等人。至於《兒童街》的編輯與發行人是吉川省三。

基於《兒童街》是日治後期較具代表性的兒童雜誌，更由於作品體裁的多元化，作品內容的豐富化，以及作者身分的多樣化，是以，各卷號的刊載內容表列於次。（林文茜，2002：37-50）

《兒童街》第一卷第一號（1939年6月10日）刊載內容

文章作品體裁	文章作品內容	作者	頁碼
論述	關於兒童藝術的提升	西岡英夫	1-3
論述	兒童	山口充一	4-5
論述	就TRCA的立場而論	中山侑	6-7
童詩	五首	臺北市小學校學生作品	8-11
作文	同上	臺北市小學校學生作品	8
隨想	臺灣的鄉土藝術	日高紅椿	12
隨想	思ひついたまへ	柴山關也	13
童話	愛模仿的小昭	鶴丸ひろ美	14-16

童話	麥稈帽子	小柴勉	17-19
童話	地藏王菩薩	竹內治	20-23
童謠	水車	柴山關也	25
消息			26-29

　　從上表可看出作者皆為三〇年代較為出名的日本作家，其中的中山侑是臺北兒童廣播藝術聯盟的核心人物。童話作家小柴勉和竹內治，以及童謠詩人柴山關也也陸續發表他們的作品。他們的作品也曾在《色ある風》、《合歡樹》、《童心》等兒童刊物刊載過。

《兒童街》第一卷第二號（1939年7月23日）刊載內容

文章作品體裁	文章作品內容	作者	頁碼
論述	童謠舞蹈的動作	日高紅椿	1-3
論述	淺談收音機裡的發聲法	薄田幸世	4-7
隨想	かくてあれば	小原伊登子	8
隨想	《兒童街》	吉村敏	9
童謠	排成一列	日高紅椿	10-13
論述	關於童謠舞蹈	川平規夫	14-15
隨想	ぎまべ日記	中山侑	16-18
消息			19
童詩	〈影〉四題	臺北市小學校學生作品	20-23
作文	大稻埕之夜	臺北市小學校學生作品	20-23

童話	善良的姊弟	山田輝夫	24-27
童謠	中國戲劇	式部二郎	25
童謠	小嬰兒躲貓貓	虹奈津美	26
論述	收音機漫談	上野英隆	28-29
論述	觀賞兒童劇〈鎖〉	小柴勉	30-31
兒童劇	鎖（獨幕劇）	水乃隣	32-35
童話	老舊的自行車	小柴勉	36-40
童話	應召入伍的哥哥	竹內治	41-45

在本期中作品刊載較多的作者有日高紅椿（童謠詩人）、小柴勉（童話作家）等。其中童謠〈小嬰兒躲貓貓〉作者虹奈津美也是《合歡樹》童謠誌的作者之一。至於中山侑從本年代後期開始在童話廣播上扮演相當重要的角色。兒童劇本開始出現於本年代，也由於兒童劇的出現，讓日治時期的兒童文化活動內容更趨多元化。川平規夫出身於銀光兒童樂園，山田輝夫出身於日丸藝術聯盟研究部。

《兒童街》第一卷第三號（1939年8月26日）刊載內容

文章作品體裁	文章作品內容	作者	頁碼
論述	童話文學四原則	杆島武雄	1-2
論述	我的舞蹈動作——可愛的日本舞	志乃波	2-3
隨想	臺灣的諸位	村岡花子	4
論述	臺北兒童藝術界的今昔（一）	三神順	5-7

隨想	《兒童街》創刊號讀後感	青山卓二	8-9
論述	收音機月評	小柴勉	10-11
隨筆	臥舖車	澁谷精一	12-13
童話劇	良寬和捉迷藏	中山侑	16-19
童話	紅帶子的木屐	小城輝夫	20-21

　　在本期有一篇特別的文章，三神順的〈臺北兒童藝術界的今昔〉，從這篇回顧性的文章中，雖然是以臺北兒童藝術界為題，惟就內容敘述來說，多少可以了解二〇年代以來臺灣兒童文學的發展概況。這篇完全是以日本人觀點所寫的文章，所談的幾乎都是臺北的兒童文化活動，根本沒有涉及臺灣人的文化活動。

《兒童街》第一卷第四號（1939年9月28日）刊載內容

文章作品體裁	文章作品內容	作者	頁碼
論述	關於幼年童話的說故事方法	西岡英夫	1-6
論述	臺北兒童藝術界的今昔（二）	三神順	7-9
隨想	以村岡先生為中心	村山勇	10-11
消息	村岡花子先生歡迎茶會		12
論述	關於童話創作	小城輝夫	12-13
消息	收音機月評	小柴勉	14-18
會報			19
童話	明信片	小柴勉	20-23

　　三神順〈臺北兒童藝術界的今昔〉（二）繼續刊載，凡做過，必留下痕跡，這個「痕跡」成為後日賴以研究的蛛絲馬跡。對研究日治時期的兒童文化活動，無疑的，〈臺北兒童藝術界的今昔〉是頗具參考價值的文獻之一。

《兒童街》第二卷第一號（1940年1月）刊載內容

文章作品體裁	文章作品內容	作者	頁碼
論述	公學校童話教育和國語的問題（一）	川平朝浦	1-4
論述	臺灣的兒童文化運動素描	淵田五郎	5-17
隨筆	いととん	山口充一	18-19
論述	兒童電影雜感——關於（快樂了完平）	澁谷精一	20-21
童詩	留守番	清水砂子	21
會報			22
童話	紅色的船	小柴勉	23-28
學校劇	我們的原野（三幕劇）	水乃隣	29-39

　　自本期開始，編輯兼發行人由吉川省三改為相馬森一繼任。本期所刊載淵田五郎的〈簡述臺灣兒童文化運動〉一文，是繼三神順〈臺北兒童藝術界的今昔〉之後，又一篇回顧臺灣兒童文化運動的文章。淵田這篇長文，涉及範圍較〈臺北兒童藝術界的今昔〉更為寬廣，主要在敘述或回顧當時臺灣兒童文化運動的推展狀況。他從「兒童文化與小・公學校的位置」、「實演童話運動與《子供の世界》」、「以學校為主軸」、「百花盛開」、「新的開展」、「少

年團運動」、「電影教育運動」等七個面向深入淺出的一一加以
陳述。

　　前人的努力是後人賴以循序漸進的軌跡。若欲了解日治時期臺
灣兒童文學的發展，淵田五郎這篇〈簡述臺灣兒童文化運動〉絕對
是一篇不得不研讀的重要文獻。難得的是在這篇文章中，有兩個地
方提到跟臺灣人有關的資料。第一個是在「實演童話運動與《子供
世界》」一節中：

　　　　有關本島人的童謠採集以平澤丁東的《臺灣的歌謠與名故
　　　　事》（1917）為先驅，繼之有片岡巖的《臺灣風俗誌》
　　　　（1922），以及李獻璋的《臺灣民間文學集》等。（1940：
　　　　08）（邱各容譯）

　　淵田在文中將李獻璋《臺灣民間文學集》與平澤丁東《臺灣
的歌謠與名故事》及片岡巖《臺灣風俗誌》相提並論，足見淵田是
將《臺灣民間文學集》與《臺灣的歌謠與名故事》及《臺灣風俗
誌》三書視為有關臺灣童謠的三本專著。不過，臺灣童謠採集在
這三書只是一部分，並非全部。第二個是在「百花盛開」一節中
提到：

　　　　描繪臺灣歷史文化的兒童讀物，有尾崎秀真監修的《臺灣通
　　　　俗歷史全集》（1930-31年），（中略）計有《北白川宮能
　　　　親王》（第一卷）、《鄭成功》（第二卷）、《義人吳鳳》
　　　　（第三卷）、《明石大將》（第四卷）、《濱田彌兵衛》
　　　　（第六卷）、《芝山巖》（第七卷）等。

以本島人少年的國語普及為目地，由楊天送主持的《臺灣少
年界》（昭和六年十二月創刊）以唯一的兒童雜誌為目標。
（1940：12　邱各容譯）

　　第一個，全書應該是日本人在臺灣的歷史故事，而非臺灣本身
的通俗歷史故事。是日本殖民政府有意透過該書的出版，讓本島人
了解日本人在臺灣的歷史故事。
　　第二個，楊天送創辦的《臺灣少年界》目前並無相關的文獻資
料傳世，有待努力耙疏相關文獻，以便了解該雜誌的狀況。

《兒童街》第二卷第二號（1940年4月11日）刊載內容

文章作品體裁	文章作品內容	作者	頁碼
論述	公學校童話教育和國語的問題（二）	川平朝浦	1-6
論述	日本童話史概說——從神話時代到江戶時代	水乃隣	7-9
童謠	春	小柴勉	10
論述	收音機月評	村山勇	11-12
隨筆	蜜柑與蘋果	後藤登美子	13-17
隨筆	同仁展望		18
隨筆	軍營	竹內治	19-21
童話	星期天記事	澁谷精一	22-25
童街春秋			26
會報			27-28

　　川平朝浦的〈公學校的童話教育和國語的問題〉是一篇頗具份量的研究論述。該文係分三期刊載，首先作者肯定國語教育與國家發展具有密切關係，並強調在臺灣和滿州這兩個日本殖民地教授國語（日語）的合理性。（二卷一號）

　　在本期，作者對童話在國語教育所扮演的角色進行相關研究，並針對臺灣公學校國語科與童話教材的關係提出研究結果。最後則探討寫作教育和童話相輔相成的關係（二卷三號）。可以這麼說，川平朝浦的這篇文章，觸及到兒童文學作品（童話）和語文教育的關聯性；以及兒童文學作品應用在語文教學上的教材運用。

《兒童街》第二卷第三號（1940年6月）刊載內容

文章作品體裁	文章作品內容	作者	頁碼
論述	公學校童話教育和國語的問題（完）	川平朝浦	2-7
隨筆	關於改組後的協會使命	村山勇	8-9
論述	有關協會的改組	日高紅椿	10-11
隨筆	無題閒話	吉川省三	12-14
	若言呈上	中山侑	15
童謠	星星	日高紅椿	16-17
童話	鯉魚的禮物	西岡英夫	18-25
童話	月亮說故事	竹內治	26-32
隨筆	收音機素描——春天的日記	川平朝申	33-40
隨想	協會改組日記	竹內治	41-42

　　本期編輯兼發行人由相馬森一改由竹內治繼任。副題為改組紀念號。主要在談論「臺北兒童藝術協會」的改組問題。

　　綜觀發行達七期的《兒童街》，經常在該刊發表作品或文章的作者計有西岡英夫（小說家、理論家）、日高紅椿（童謠詩人）、小柴勉（童話作家、童謠詩人）、竹內治（童話作家）、中山侑（劇作家）、澁谷精一（童話作家）、水乃隣（劇作家）等。

　　上述作家中的中山侑是日本鹿兒島人，生於臺北，不折不扣的（灣生），為詩人、小說家、劇作家；另撰寫影評、廣播劇本與流行歌曲，筆名有京山春夫、志馬陸平等。曾任職於臺灣放送協會，也曾參與多份期刊的創辦與編物。日治時期臺灣的文藝界中，中山侑與臺灣作家、文化人往來密切，是當時在臺日人中，相當特立獨行的人物。

二、臺灣人刊行的文藝雜誌

（一）《南音》

　　莊垂勝（莊遂性）、葉榮鐘、賴和、周定山、郭秋生、黃春成、陳逢源、張煥珪、張聘三、許文達、洪樗、吳春霖等十二人於1931年（昭和六年）秋天假臺中組成「南音社」，復於翌年元旦創刊文藝雜誌《南音》半月刊。

　　《南音》共出刊十二期，惟其中第九、十、十二期因刊登反日作品遭受當局禁止，故實際只出九期。該刊曾開闢「臺灣話文」專欄，參與臺灣話文討論，為鄉土文學論爭的大本營。（1995：93）

　　《南音》最值得一提的是提倡臺灣話文，尤其是郭秋生，更

以實際的作品證明臺灣話文的壯舉。從1932年1月到1932年7月，在「臺灣話文嘗試欄」專欄中共計輯錄〈火金姑〉、〈蚱蜢公〉、〈雷公恫恫鳴〉、〈人插花〉、〈一个一得坐〉、〈貓的〉、〈抶米糕〉、〈初一場〉、〈天烏烏〉、〈也日出〉、〈白領鷥〉（上）、〈白領鷥〉（下）、〈擺腳擺搖搖〉、〈天烏烏〉等14首傳統童謠。

　　上述14首臺灣傳統童謠都刊載在郭秋生自己負責的「臺灣話文嘗試欄」，至於李獻璋在本刊雖然也從事民間文學相關的民歌、俚諺的蒐集，惟與童謠無關。郭秋生所輯的〈火金姑〉、〈天烏烏〉、〈白領鷥〉等都是通行全島的臺灣傳統童謠。

（二）《先發部隊》、《第一線》

　　郭秋生、黃得時、朱點人、林克夫、吳逸生、陳君玉、王詩琅、黃啟瑞、黃湘頻、林月珠、蔡德音、徐瓊二、廖漢臣等人於1933年（昭和八年）10月假臺北組成臺灣文藝協會。

　　該會於翌年7月15日發行機關雜誌《先發部隊》，曾刊載月珠與德音共譯、日本名作家山本有三小說〈慈母溺嬰兒〉。1935年（昭和十年）1月6日改題《第一線》繼續發行。

　　《先發部隊》在討論臺灣新文學出路的同時，也注意民間文學的發掘與保存。無論《先發部隊》，或是《第一線》，皆以白話文創作。

　　改題後的《第一線》在臺灣民間文學推廣上的確善盡刊物的文化責任，由該雜誌策劃、黃得時主編的「臺灣民間故事特輯」，包括毓文〈頂下郊拼——稻江霞海城隍廟由來〉、黃瓊華〈鶯歌庄

的傳說〉、一騎〈新莊陳化成〉與〈下港許超英〉、一吼〈鹿港炫
光義〉、沫兒〈臺南邱懷舍〉、李獻璋〈過年的傳說〉、一平〈領
臺軼事〉、描文〈賊頭兒曾切〉、陳錦榮〈水流觀音〉與〈王老
四〉、蔡德音〈碰舍龜〉與〈洞房花燭的故事〉與〈圓仔湯嶺〉與
〈離緣和崩崁仔山〉等15篇民間故事。此為臺灣文藝雜誌首次對臺
灣民間文學表示重視，而以「特輯」形式予以刊載；也是該雜誌兼
顧臺灣新文學以及臺灣民間文學具體而為的體現。

　　除此之外，《第一線》也曾刊載蔡培火〈月娘光〉、文瀾〈老
公仔〉、君玉〈阿不倒〉等三首以臺灣話文創作的童謠。〈月娘
光〉描述月下的諸多情境，透過月娘光，讚嘆女性的柔美。童謠採
三段式，字句整齊劃一，饒富韻味。

　　◇ 月娘光

　　日落西　月娘若目眉　一直光　真可愛／阿姑阿姐且看覓
　　月娘若目眉／真可愛！真可愛！

　　十五冥　月娘光又圓　魚池內　看見見／阿姑阿姐來水邊
　　月娘光又圓／看見見！　看見見！

　　風軟軟　月琴聲遠遠　大庭光　大路光／阿姑阿姐在花園
　　月琴聲遠遠／月娘光！月娘光！

（三）《臺灣文藝》

　　黃純青、黃得時、林克夫、吳逸生、趙櫪馬、廖毓文、吳希

聖、徐瓊二（北部）、賴和、賴慶、賴明弘、賴品、何集璧、張深切（中部）、郭水潭、蔡秋桐（南部）等臺灣文藝同志於1934年（昭和九年）5月6日假臺中小西湖咖啡店成立臺灣文藝聯盟。並於同年11月5日創刊機關雜誌《臺灣文藝》。

　　臺灣文藝聯盟不僅代表臺灣文壇，而且也是臺灣知識份子的精神堡壘。到了本年代，臺灣新文學運動已經逐漸脫離政治的聯繫，走向純文學的境界。而由於臺灣文藝聯盟的成立與發展，讓臺灣文學運動具有意識性、形象性以及具備性。為臺灣人創辦的文藝雜誌中壽命最長、作家最多、對於文化影響最大的雜誌。（黃武忠，1995：99）

　　臺灣新文學作家在創作新文學作品的同時，也創作出若干兒童文學作品，由是之故，遂將《臺灣文藝》刊載的賴和（甫三）、林越峰（越峰）、楊松茂（Ｙ生）、謝萬安、巫永福等新文學作家的兒童文學作品表列於次：

《臺灣文藝》刊載的兒童文學作品

篇名	作者	卷期	刊載時間	頁碼
馬廄（童謠集）	日高紅椿	創刊號	1934.11.05	84-85
秋景（童謠集）	日高紅椿	02：02	1935.02.01	37-38
兒歌	謝萬安	02：02	1935.02.01	119
呆囝仔（童謠）	甫三	02：02	1935.02.01	123
拜月娘（童謠）	Ｙ生	02：02	1935.02.01	124
雷（童話）	越峰	02：02	1935.02.01	147
秋景（續）（童謠集）	日高紅椿	02：03	1935.03.05	67

小孩子的智慧（童話）	托爾斯泰著・春薇譯	02：07	1935.07.01	215
米（童話）	越峰	02：08-09	1935.08.04	128
猴子的跳（寓言）	一浪	02：08-09	1935.08.04	129
阿煌とその父（小說）	巫永福	02：10	1935.09.24	38-49

　　臺灣文藝聯盟是日治時期臺灣文藝作家的大結合，《臺灣文藝》作家陣容也是網羅當時臺灣文壇重要作家，促成其事的是「集作家、思想家、政治社會運動家於一身，也是臺灣新文學運動的重要人物」張深切。他雖然與兒童文學並無直接關係，但與他關係非常密切的《臺灣文藝》卻刊載上述11篇兒童文學作品，內容涵蓋童謠、兒歌、童話、寓言、小說以及翻譯的童話作品等。

　　基於《臺灣文藝》是漢文、日文並刊的雜誌，是以居臺日本童謠詩人日高紅椿的童謠作品被刊載三次。

　　至於甫三的童謠〈呆囝仔〉，讓人覺得父愛情深，幾乎一句一淚，叫著子女要乖巧，阿玉若真的知道甫三一心為著兒子，雖是鐵血心腸，也很少不為之動容。

　　春薇翻譯的《小孩子的童話》一書中有31篇童話，而春薇翻譯的只是其中幾篇托爾斯泰的作品。難得的是，這是臺灣人自己翻譯俄國作家的童話作品，有別於上一年代透過中國作家魯迅翻譯俄國作家愛羅先珂的童話作品。

　　越峰的兩篇童話作品很短，但意義深遠，這中間含有文化抗日的民族情結。作者透過小孩以對話書寫方式，意在言外的傳達不要懼怕暴政以及凡耕種者必有收穫的訊息。這兩篇童話作品，頗有

「極短篇」的味道，也是日治時期極少數臺灣新文學作家書寫的童話作品。

至於巫永福〈阿煌とその父〉是以日文書寫的小說，雖是小說，若就少年小說的界域而言，其實是不折不扣的少年小說作品。雖然日治時期也有若干新文學作家的小說作品，有兒童形象的書寫，如呂赫若的〈牛車〉，惟不若〈阿煌とその父〉，無論是主要角色、內容架構、心理描寫、情境分析在在都以「少年」為中心，更由於〈阿煌とその父〉的書寫，讓新文學作家在臺灣近代兒童文學創作內容上更加的完備而具體。

（四）《臺灣新文學》

1935年（昭和十年），楊逵、葉陶夫婦因與《臺灣文藝》總編輯張星健發生編輯上的衝突，遂另起爐灶，成立臺灣新文學社，並於年底創刊漢文、日文並刊的《臺灣新文學》雜誌，總編輯兼發行人為廖漢臣。共發行十五期，另發行兩期《新文學月報》。1936年（昭和十一年）12月《臺灣新文學》一卷十期〈漢文創作特輯〉被禁，1937年（昭和十一年）4月1日總督府下令各報禁刊漢文欄，全面禁用漢文，故廢刊。

《臺灣新文學》編輯委員有賴和、楊松茂、吳新榮、郭水潭、王登山、賴明弘、賴慶、葉榮鐘等人。與《臺灣文藝》同樣，《臺灣新文學》也刊載莊松林（朱烽、進二）、黃耀麟（漂舟）、周定山（一吼）三位新文學作家的6篇兒童文學作品。內容雖然涵蓋故事、童謠、民間童話，幾乎都屬於民間文學範疇。

　　朱烽的〈鴨母王〉係由李獻璋編著的《臺灣民間文學集》轉載，故事敘述做三日皇帝的鴨母王——朱一貴的傳奇一生，也應驗「鴨母王入溝仔尾一定是末路」的俗諺。

　　進二的〈鹿角還狗舅〉是一篇民間童話。作者透過狗、鹿、雞等三隻動物的互動，鋪陳出深含寓意的童話作品。內容描述鹿為要謀取狗頭上的「角」，便設計雄雞慫恿牠向狗借角，沒想到鹿竟然言而無信，一借不還。在經歷過一場浩劫後，這三隻動物遂成為被人類所圈養，且各司其職。雞司晨報曉，狗顧門守更，鹿令人賞心悅目。惟雄雞還是會囈語似的叫著「舅久舊，鹿角還狗舅」。

　　作者似乎透過這篇民間故事在傳遞「只要肯勞動，生活便有所保障，彼此不分強弱，都是主人的奴隸，必須受統制，不許有弱肉強食的事情發生」的訊息。

　　朱烽在篇末特別加註：此篇與《臺灣民間文學集》所刊載者，有多少出入特發表本誌，以資讀到《臺灣民間文學集》諸先生對照，做為研究故事之參考，附白（朱烽，1936：80）

　　漂舟的兩篇童謠是以臺灣話文書寫的，頗有醒世作用。一吼的〈王仔英〉旨在揭櫫「沒有王仔英的本領，末想去管閒事」的真諦。在惡紳土霸謝有仁、謝家齊魚肉鄉民的淫威下，鄉民民不聊生。「不能度活，大家就搬走，也不得生命去白送。」這就是弱勢者的宿命。但王仔英卻拒絕這種宿命論，憑其機智，終於率眾打敗魚肉鄉民的土豪劣紳；不但殺死謝家父子，最後自刎而死。王仔英的「義行」，留下「沒有本事，莫管閒事」的警世之語。

第五節　果實累累慶豐收

　　本年代可說是日治時期臺灣兒童文學的黃金時期，無論是就作家人數、作品篇數；或是雜誌創刊、刊載內容；或是兒童文化活動、臺灣新文學運動等等都在本年代臻於高峰，尤其是臺灣新文學作家不是撰寫與兒童文學相關的民間故事、童謠、兒歌、童話；就是在臺灣人創辦的文藝雜誌或是在半官方的《臺灣教育》發表與兒童文學有關的論述，為臺灣人在日治時期的兒童文學發展，留下彌足珍貴的文獻資料。

　　值得注意的是在本年代以前臺灣兒童文學幾乎都是以日本人單線為主，從上年代中期以後，尤其是本年代開始，是臺灣人與日本人雙線發展，各有千秋。

◆ 蓬勃發展的兒童文化活動

　　在三神順〈臺北兒童藝術界的今昔〉以及淵田五郎〈簡述臺灣的兒童文化運動〉這兩篇回顧性文章中，非常詳實的將日治時期臺灣兒童文學的發展，特別是三〇年代以來的兒童文化活動，更有具體而微的敘述。

　　至於西岡英夫依然持續邀約日本口演童話家永井樂音、上遠野寵兒、岡崎久喜等先後於本年代前期，即1930年8月、1932年、1934年4月分別來臺，這三位口演童話家在臺期間，足跡遍及全臺各地的小・公學校以及蕃童教育所，足以反映本年代的口演童話已經是相當程度的蓬勃發展。

◆ 此起彼落的兒童文學團體

　　日治時期兒童文學團體在本年代創立的，計有：日高紅椿「日高兒童樂園」（1930）、小田敏夫「愛國兒童會」（1931）、伊藤為雄「童心藝術研究會·赤づきん社」（1931）、砥上種樹「臺中兒童俱樂部」（1932）、「臺北童話劇研究會」（1933）、「臺北兒童藝術聯盟」（1934）、「白南風の會」（1934）、志村秋翠「臺南童謠童話協會」（1935）、「臺北放送兒童藝術聯盟」（1935）、「臺北兒童藝術協會」（1939）等。

　　上述兒童文學團體，很少有臺灣人參與，實際有臺灣人參與的只有「臺南童謠童話協會」，據《童話研究》第十五卷第五號（1935年10月）記載，「會員幾乎都是臺南地區的教育工作者，35位會員中有2位是臺灣人。」

　　上述兒童文學團體中，尤其是「臺北兒童藝術聯盟」與「臺北兒童藝術協會」，在本年代的兒童文學發展上，成就非凡。不但各自發行《童心》與《兒童街》雜誌，就刊載作家作品或論述性文章的確善盡媒體的責任，對促進臺灣兒童文學發展自有其歷史貢獻。尤其是《兒童街》雜誌先後刊載三神順〈臺北兒童藝術界的今昔〉以及淵田五郎〈臺灣的兒童文化素描〉這兩篇文章，為研究者提供彌足珍貴的文獻參考資料。

◆ 開始發聲的臺灣新文學作家

　　循著歷史軌跡，當臺灣新文學運動發展以來，兒童文學也如影隨形的跟著發展。從《南音》「臺灣話文嘗試欄」開始，郭秋生輯錄的「童謠」正式揭開臺灣新文學作家從事兒童文學的寫作序幕。

從賴和以降，總計有賴和、周定山、江肖梅、蔡秋桐、張我軍、朱點人、郭秋生、李獻璋、楊逵、楊松茂、楊雲萍、吳新榮、張深切、王詩琅、翁鬧、張文環、林越峰、莊松林、龍瑛宗、黃得時、廖漢臣、巫永福、呂赫若、黃耀麟、謝萬安等25位之多。

這些新文學運動期間的臺灣作家，在從事新文學雜誌發刊以及從事新文學創作之餘，也不忘寫作與兒童文學相關的小說、民間童話、童話、童謠、兒歌、民間故事等作品。雖然絕大部分作品都屬於民間文學的範疇，但是兒童文學又何嘗不是源出於民間文學？

此外，特別值得一提的是連溫卿計劃將所募集的臺灣童話如〈虎姑婆〉、〈白賊七〉等透過翻譯介紹給世界各國，這個媒介既非英文，也非日文，而是當時所謂的「世界語」。他不但是第一個提出保護臺灣話文的人，也是第一個提出「臺灣童話」這個名詞的人；換句話說，本年代的臺灣作家（包括新文學作家）不但開始在兒童文學領域發聲，也將透過「世界語」向國際發聲。

本年代臺灣作家有關兒童文學的寫作如上所述多偏於民間文學，尤其是民間故事。這可從《第一線》「臺灣民間故事特輯」以及第二年由李獻璋編著《臺灣民間文學集》的先後推出可見一般。

◆ 曇花一現的童謠誌

本年代開始，畢竟出現同人性質的、純粹的、創作的兒童文學雜誌，那就是童謠誌。雖然兩大兒童藝術團體各自發刊機關雜誌《童心》與《兒童街》，但這兩份雜誌除了創作，還包括兒童文學論述，基本上與童謠誌的屬性是不同的。

《ねむの木》、《白南風》、《色ある風》等三份童謠誌雖然發行不過半年，刊期最長不過三輯，屬於小眾刊物；但作者群幾乎

網羅本年代在臺著名的日本童謠作家，諸如：窗道雄、柴山關也、瀧坂陽之助、日高紅椿、喜友名英文、虹奈津美、小柴勉等的作品，惟獨不見《童謠傑作選集》編著者宮尾進的作品在內。

　　上年代末了宮尾進編著的《童謠傑作選集》絕大部分是小·公學校的學童作品；無獨有偶的，本年代由柴山關也編纂的《ねむの木》也收錄8位公學校的學童作品，這意味著公學校的學童的確具有創作童謠的潛力。

◆ 代表「國語教育」成功的臺灣文學少女

　　本年代出現一位臺灣的文學少女——黃鳳姿。出身艋舺書香世家的她，由於家學淵遠，在就讀龍山公學校期間，以一篇作文〈冬至圓仔〉被級任老師池田敏雄驚為「才女」，從此開始步上寫作之途。

　　黃鳳姿和池田敏雄兩人，一個是千里馬，一個是伯樂；一個是才女，一個是貴人。在黃鳳姿寫作歷程中，池田敏雄扮演扶她直上青雲的「好風」角色。除池田敏雄外，黃鳳姿還有一位貴人，那就是西川滿。因為黃鳳姿以艋舺地區為背景的散文作品集《七娘媽生》、《七爺八爺》都由西川滿作序，池田敏雄作跋；甚至在四〇年代初期出版的《文學的少女》還由曾經來臺的佐藤春夫寫序，認為黃鳳姿有此成就都是日本在臺推行國語教育成功的典範，以此作為樣板，黃鳳姿遂有「臺灣文學少女」的稱譽。

　　一個具有寫作才華的文學少女，因緣際會的成為三〇年代末期臺灣兒童文學界一顆閃亮的新星。也因為有此因緣，讓黃鳳姿與池田敏雄兩人後來由師生結為連理，不但為日治時期的臺灣兒童文學平添一段佳話，且為「共生的歷史」作了最佳的明證。

　　無論如何，以日文寫作流利的兒童散文作品，黃鳳姿在臺灣近代兒童文學發展的歷史定位，在於她的《臺灣的少女》一書，透過傳統的節慶、風俗習慣，以及戰時生活等內容向日本輸出，並藉以向日本人介紹臺灣，這樣的機能，實不亞於以日文或漢文書寫兒童文學作品，藉以反映文化抗日的臺灣作家（包括新文學作家）。

　　基本上，《臺灣的少女》書寫方式是對外的，是輸出的；而臺灣新文學作家兒童文學作品的書寫方式是對內的，是悲情的。黃鳳姿的作品大多是散文，臺灣新文學作家的作品比較多元，童謠、民間故事、民間童話、兒歌等不一而足。

◆ 雨後春筍的兒童文集

　　指導學童使用正確的日文寫作，是殖民政府推行「國語教育」的初衷，黃鳳姿就是非常成功的典範。本年代開始，有關兒童文集的刊行與出版，自《臺灣教育》第十卷第八號刊載新莊二重埔公學校2-5年級的的兒童文集〈發芽〉（〈芽生より〉）開始（1931.09.01），正式揭開各地公學校兒童文集刊行與出版的序幕。而後有第十卷第十一號臺北市蓬萊公學校2-6年級的兒童文集〈芽〉，第十一卷第二號苗栗郡頭屋公學校3-5年級的兒童文集〈心花〉，第十一卷第六號臺北市蓬萊公學校3-6年級的兒童文集〈蓬萊〉，第十二卷第一號新竹女子公學校1-6年級的兒童文集〈「なでしこ」のより〉。

　　除開上述《臺灣教育》雜誌刊載的公學校兒童文集，臺北市教育會綴方研究部也於1933年331日刊行《童詩集》，臺北第二師範

學校附屬公學校於1937年11月刊行《創立十週年紀念文集》，年級
包括一年及到高等科二年級。

第伍章 四○年代的臺灣兒童文學：承先啓後

從三○年代中期（1936.09）直到本年代中期（1945.10）臺灣總督府又從文官總督時期回復到武官總督時期。之所以如此，為的是因應當時正進行的中日戰爭，日本為強化其在太平洋戰爭中的實力，刻意將臺灣整建為日本南進作戰的基地。本年代正值日本陷於太平洋戰爭，無論是人力或是物力都消耗得很，在這種艱鉅的情況下，當然需要臺灣人的協助，遂積極消滅臺灣人的意識形態，傾全力推行所謂的「皇民化運動」，大力提倡臺灣人全面日本化，直到臺灣光復為止，因此，本年代通稱為「皇民化時期」。

第一節 時代背景

臺灣總督府自中日戰爭發生以來，藉口處於緊急狀態，下令解散「地方自治聯盟」，加強教育、軍事、政治及文化上的管制措施。

一、教育方面：

　　推行所謂「日本精神振興運動」，公佈「戰時總動員法」，升高「戰時體制」，下令廢止公學校漢文科，全面禁止使用漢文。1943年（昭和十八年），已經是強弩之末的日本，為收攬民心思變的危機，實施義務教育。縱然如此，對日暮途窮的日本，也無濟於事。

二、軍事方面：

　　加強軍事工業，將臺灣逐步建設成為南侵跳板的「南進基地」。1941年日本發動珍珠港事件，引發太平洋戰爭，日本再度強化臺灣殖民地的戰時體制，促使臺灣不但是「南進跳板」，甚至成為南侵的「兵員基地」，將「皇民化運動」改組為「皇民奉公會」，旨在牽制臺灣人的行動。1944年（昭和十九年），為補足兵源的不足，將「志願兵制度」改為實施「徵兵制度」，強迫各地居民編組「勞務奉公隊」，派往臺灣各軍事工程據點，從事勞務工作。

三、政治方面：

　　1942年（昭和十七年）鼓勵臺灣人姓名改為日本式，廢止或合併傳統的寺廟庵觀，強制奉祀日本神明，進一步加強皇民化措施。其目的，無非在促使臺灣人的風俗習慣徹底為日本所同化。1944

年（昭和十九年），賦予選舉權，選出辜顯榮等人為日本貴族院議員。翌年，廢除保甲制度。縱然如此，也無助於轉緩日漸黯淡與蕭條的社會現狀。

四、文化方面：

自1937年（昭和十二年）4月1日起，全面禁止使用漢文，舉凡全臺所有日刊報紙漢文欄一律強制廢止；由臺灣知識界創辦的相關文藝雜誌如《第一線》、《臺灣文藝》、《臺灣新文學》也在臺灣總督府採取壓迫手段的情況下不得不先後停刊。至於《臺灣新民報》，也於1944年（昭和十九年）3月17日併入《興南新聞》終告停刊。處於殖民統治當局強制言論及出版自由的情況下，日治時期所有中文報刊雜誌自此完全消逝。

第二節　傳承者身影

一、黃連發：英年早逝的兒童文化關心者

黃連發，兒童文化關心者、民俗工作者，屏東縣潮州鎮人，生於日本大正2年（1913年）10月31日，卒於昭和19年（1944年）6月30日，得年32歲，可謂英年早逝。

黃連發兄弟有六，排行老大。1921年4月，進潮州公學校灣內分教場就讀，1928年3月，同校高等科一學年修業，同年考取高雄州立屏東農業學校農業科，1933年3月畢業，同年八月任東港郡新園庄技手，兩年後辭職，轉任潮州信用購買販賣利用組合書記。

　　黃連發喜愛棒球運動,青少年時期曾任球隊捕手,青年時期更加入青棒。期間曾被棒球擊中胸部,傷及肺臟,為導致往後身體欠佳的主因。

　　1941年7月10日《民俗臺灣》在池田敏雄以及金關丈夫等的護持下正式創刊,作者群涵蓋居臺的日本人及臺灣的民俗學者和工作者,除金關丈夫、池田敏雄、岡田謙、國分直一、須藤利一、立石鐵臣等日本人外,還包括黃得時、楊雲萍、吳新榮、江肖梅、黃連發、黃鳳姿、廖漢臣、莊松林、戴炎輝、連溫卿、王瑞成等。黃連發的第一篇作品〈灶神〉刊登於1942年11月第二卷第十一號。黃連發有關兒童文化的民俗文章泰半刊載於《民俗臺灣》,內容包括臺灣的兒童遊戲、兒童的玩具、臺灣童詞、臺灣童謠、童謎以及臺灣民間故事。是日治時期的臺灣作家,唯一作品皆與「兒童」或「兒童文化」有關者。

　　黃連發育有二男一女,長男基博,次男哲兒,長女麗珠,長大後皆從事春風化雨的基層國民教育工作,也先後自杏壇退休。尤其是長男黃基博,家學淵源,童話、童詩、散文、兒童劇的創作與教學,成績斐然,特別在童詩教學,更是名聞遐邇,故有屏東新園是「臺灣童詩的原鄉」的稱譽。父子兩人皆在臺灣兒童文學發展史上各自擁有一片天,為臺灣兒童文學增添一段佳話。

■ 黃連發與金關丈夫

　　一個是臺灣屏東鄉下的臺灣民俗工作者,一個是臺北帝國大學醫學部的日本教授;一個是沒沒無聞的臺灣青年,一個是臺灣最高學府的大學教授。黃連發與金關丈夫他們的遇合,緣起於民俗雜誌──《民俗臺灣》的創刊。

　　《民俗臺灣》的創刊，超越了國族的相異性，透過使用日文寫作的共通性與一致性，讓黃連發與金關丈夫形成編者與作者的關係。由於這樣的良性關係，金關丈夫遂與黃連發結為文字之交。

　　1944年6月黃連發英年早逝，金關丈夫對黃連發的早逝，甚感傷痛，從他的〈悼黃連發先生〉一文中，即可窺之一二。

> 那時候已是薄暮時份，屋子裡看來有一點陰暗，我就選擇了門前院子裡的竹椅子，在露天下與黃先生談了一會兒。才知道黃先生數年來一直是臥病的人。談話的內容，並沒有很深的記憶，最後，聽到他要我把民俗學入門的參考書寄給他，就告辭了。從外表判斷，他的病看來已相當嚴重，歸途上心裡始終無法平靜。以後，黃先生寄來的稿件，使我們編輯者益覺歡喜。我們互相說著：對臥病中能做這樣工作的黃連發先生，我們應感到羞愧。（林鍾隆譯）

　　從上述的悼文，可以想像得到黃連發是在臥病的情況下寫出有關「兒童文化」的民俗文章；這種對「兒童文化」關懷的堅持，也難怪金關丈夫他們會因此而感到羞愧。黃連發只是一位土生土長的非科班出身的民俗工作者，從他請求金關丈夫寄給他有關民俗學入門的書籍而言，可見得他還是一位積極向學的人。

> 如果故人恢復了健康，故人是否如我們所期待，選擇做個民俗學者的路，我不能確知；但是，即使沒有成為民俗學者，也會成為能奉獻一己盡一個人的能力，成就事功的傑出的青年，這一點我是不會有所懷疑的。（林鍾隆譯）

人生有限，盡力就是。固然金關丈夫對已故的黃連發多所期待，更何況，世間事，並不是盡如人意。從悼文中，可見金關丈夫對黃連發的確感懷忒多。

■黃連發與兒童文化

廣義的兒童文化涵蓋教育、保育、兒童福祉、兒童文化的活用、兒童文化政策、兒童文化運動等兒童文化的周邊領域。狹義的兒童文化指以兒童為主體的文化，經由兒童的直接接觸助長間接經驗的文化。

兒童文化的領域計有：（一）兒童讀物、兒童電影、兒童劇、兒童音樂、口演童話、兒童舞蹈、兒童玩具等兒童文化財。（二）兒童圖書館、兒童電影院、兒童樂園、動物園、植物園、博物館等與兒童有關的社會的文化設施。（三）兒童俱樂部等與兒童有關的文化活動組織。（四）有益兒童身心發展的生活文化。（五）兒童自己創作的文章、圖畫等。

總之，兒童文化是以兒童為本位的文化，是以充實擴大兒童的經驗為主的文化。這其中關係到兒童的成長與環境、兒童的生活作息、兒童與遊戲、兒童的觀點、兒童的發現以及兒童的理論等諸多面向。

至於黃連發的作品與兒童文化相關聯的計有〈臺灣的兒童遊戲〉、〈臺灣童詞抄〉、〈臺灣童歌抄〉、〈兒童的習俗〉、〈臺灣童謠抄〉、〈關於小孩的俚語、諺語〉、〈臺灣兒童的玩具〉、〈童謎〉、〈「臺灣童戲」追記〉、〈農村與兒童〉、〈臺灣兒童的惡戲〉等十餘篇。這些文章都與兒童的生活、兒童的成長、兒童的經驗等息息相關。

■ 臺灣的兒童遊戲

1943年2月，黃連發發表於《民俗臺灣》第三卷第二號的〈臺灣的兒童遊戲〉一文，開宗明義的說明他之所以寫這篇文章的旨意。

> 我個人以為，臺灣的兒童遊戲方式從日本昭和年間開始到盧溝橋事變期間，是一個轉變期，雖然時間很短，但很明顯的是一個劃分的時期。昭和以前屬於舊傳統時期，而由於日語教育的普及，這段時期的兒童遊戲當中，而且以「躲貓貓」為例，決定扮鬼的方法和猜拳等日本式的玩法，已經流入臺灣民間。在實地看到小孩玩時，這種紛雜的現象往往會令人覺得很不自在，只是玩的人卻十分盡興。

黃連發在文中透露出有鑒於昭和以後臺灣的兒童遊戲已經參雜日本式的玩法，同時有感於經過轉變期後，傳統的兒童遊戲方式必將式微的危機意識，才會將臺灣傳統的兒童遊戲記下，以便留存。基本上，這些兒童遊戲經常是伴隨著童謠邊唱邊進行的。諸如：

◆ 牽尪仔補雨傘

此遊戲由三人組成，一面唱童謠，一面進行。小孩子在遊戲進行中，一再重複剝皮和還原的動作。剝皮時所唱的童謠是：

> 牽尪仔補雨傘／也好食也好看／也好剝皮袋粗糠／也好剝肉係眠床

　　小孩子不斷重複邊唱邊做的動作，他們的小手舉起畫圓圈，站起來、蹲下，小腳站直彎曲，再加上歌聲稚嫩，著實可愛，這是很受歡迎的兒童遊戲。

　　黃連發在文中總共介紹除「牽尪仔補雨傘」外，還介紹「掠咯仔囝」、「追咯雞」、「圍虎陷」、「摃臼雷」、「淹水裡魚」、「躄熊」、「包車」、「拾邹」、「打寸」、「釘干樂」等十種傳統臺灣的兒童遊戲，不但介紹遊戲方法、進行方式，甚至還配上童謠、兒歌或是童詩。我們可以從中發現，這些傳統的、舊有的、臺灣的兒童遊戲，除了本身的遊戲性，生活性、還兼具音樂性。這些兒童遊戲，即便是現代兒童也未必能夠玩此遊戲。

■ 臺灣童詞

　　所謂「童詞」，其實與童謠相去不遠，雖無童謠之「名」，卻有童謠之「實」。具有地方性色彩，像黃連發於1943年4月發表於《民俗臺灣》第三卷第四號的〈臺灣童詞抄〉一文，主要就是採集流傳於高雄州潮州街一帶的福建省本島人們之間的童詞。這些童詞也是他在二〇年代末期經常吟唱的。基本上，這些採擷的童詞，以臺灣話文吟的話，更能顯現出其「韻味」之美。「童詞」基本上是可以用吟的。

　　黃連發在〈臺灣童詞抄〉一文中，採集了37首童詞，每一首童詞後面有「意譯」和「解說」。這些童詞內容大致可區分成生物（動物、昆蟲、植物）、天象（太陽、月亮、彩虹、雨）、農事、生活（遊戲、穿著、理髮）等幾大類。基本上，這些童詞具有遊戲性、音樂性、生活性等特質。

　　童詞介於童謠和歌謠之間，就以其中第一首〈馬・馬・馬／斬

頭作牲禮／鯽仔魚做下底／恁厝燒金放火馬〉而論，在吳瀛濤著的《臺灣諺語》一書中，是把它列為「童謠」。不過，正因為它具有「地域性」的特色，因此，同一首童詞，在不同地方或多或少會呈現不同的內容。

黃連發的第二首童詞〈人插花／你插草／人未嫁／你先走／人抱孫／你抱狗／人睏紅眠床／你睏糞堆斗〉。意指為人父母者提醒告誡自家的女兒，學學人家！用對比形式相較，人家頭上帶花你帶草，平平都是同樣的年紀，人家還沒嫁，你就先跟男人私奔；人家抱孫你抱狗，人家睡床你睡糞堆。其中的「花」‧「草」；「孫」‧「狗」；「紅眠床」‧「糞堆斗」都是對比的，這首童詞具有醒世的味道。

同樣的內容也出現在吳瀛濤著《臺灣諺語》的「童謠」第二首，題為「人插花」。〈人插花／伊插草／人抱嬰／伊抱狗／人未嫁／伊先走／人坐轎／伊坐糞斗／人睏眠床／伊睏屎礜仔口〉。

這兩首相異處有有六。其一，黃文無題，吳文有題〈人插花〉；其二，句型由原來的八句轉為十句。增加「人坐轎／伊坐糞斗」兩句；其三，黃文用第二人稱「你」，吳文用第三人稱「伊」；其四，黃文的第三四句，是吳文的第五六句；其五，黃文用的是「紅眠床」，吳文用的是一般的「眠床」；其六，黃文用的是「糞堆斗」，吳文用的是「屎礜仔口」（廁所邊）。

黃連發的第十一首〈愛哭／愛笑／豬母放尿／後尾門一頂轎／卜扛你去食尿〉在吳瀛濤著的《臺灣諺語》一書中，也列為「童謠」。儘管內容大同小異，不過，韻味和精神則是一致的。吳瀛濤著的《臺灣諺語》將它標題為「也愛哭，也愛笑」，總共有四首，而黃連發只有童詞內容，沒有標題，只有一首。

　　也愛哭／也愛笑／後尾門一頂轎／扛你去食屎和食尿。

　　也愛哭／也愛笑／豬母泄尿／後壁一頂轎／扛你去食尿。

　　愛哭神／愛哭神／食飽／配土豆仁。

　　愛哭神／愛哭神／剃頭剃一邊／欠錢無愛還／被虎咬一邊。

　　這四首，無一首與黃連發的完全相同，更加證明童詞或童謠的地域性。在《臺灣諺語》四首的第一句都加了「愛」字。第一首缺「豬母放尿」，末句少了「卜」字，多了「食屎與」三個字。第二首第二句「後壁」替代「後尾門」，少了個「卜」字。第三四兩首，完全與前兩首無關，只是主角同為「愛哭神」。

　　無論是黃連發或是吳瀛濤，他們採擷的都是描寫取笑一個愛哭愛笑的小孩子的童謠或童詞，而且是押韻的。如：笑、尿、轎等都是同韻（ㄠ）。

　　黃連發的第22首童詞〈月光光／你是兄／我是弟／毋通夯小刀仔／划我雙平耳〉。稱月亮是兄，自己為弟，既是好兄弟，請不要拿小刀割我的兩個耳朵。童稚之情，流露無疑。每當上弦月時，月亮看起來像是一把銳利的小刀，小孩子很容易聯想到月亮會割自己的耳朵，故趕緊面對月亮合掌拜託月亮不要那樣。詞中帶有警惕作用。

　　在吳瀛濤的《臺灣諺語》也有十二首的「月娘月光光」童謠，其中最後一首和黃連發採擷的相近。〈月娘娘／月弟弟／你是姊／我是弟／毋通舉小刀仔／割我雙旁耳〉其中主要的相異處有二，第一吳文六句，黃文五句。第二吳文稱月亮為「娘」，黃文稱月亮為「兄」，一個是姊弟關係，一個是兄弟關係。其次黃文的「雙平

耳」比起吳文的「雙旁耳」更具有臺灣話文的韻味。一般習俗總是以小孩子不注意用手指月亮，會被月亮割掉耳朵，那時候就會唱這首童謠。

黃連發的第二十三首〈英英睏／一暝大一寸／英英惜／一暝大一尺〉，這是一首人盡皆知的童詞，意即嬰兒快快睡才會長得大，半夜哭了媽媽睡，快快入睡。黃連發在解說時，提及「也許你的母親也曾經對你說過，而你也曾經對你的孩子說過」。

這首童詞也出現在吳瀛濤著的《臺灣諺語》一書，將其歸類在「歌謠」部分，屬於「搖子歌」之類。而搖子歌又分「嬰仔搖」、「搖金子」、「嬰仔，你勿啼」三種。與黃連發的〈英英睏／一暝大一寸／英英惜／一暝大一尺〉接近的是第一種的「嬰仔搖」當中的第一和第二首。

> 嬰仔搖，跳過橋／嬰仔搖，一暝大一寸／嬰仔惜，一暝大一尺。嬰仔搖，一暝大一寸／嬰仔惜，一暝大一尺。

其中第一首第一句「嬰仔搖，跳過橋」在黃連發的童詞中是沒有的，每句開頭第一個字是「嬰」不是「英」，字雖不同，但同為「ㄥ」韻。第二首唯一不同的還是第一個字是「嬰」不是「英」。

■ 臺灣童謠

繼〈臺灣童詞抄〉之後，黃連發復於1943年6月假《民俗臺灣》第三卷第六號發表〈臺灣童歌抄〉一文。然而在武陵出版社出版的《民俗臺灣》中譯本則譯為〈臺灣童謠抄〉。從該文副題特別

標明「採集地・高雄州潮州街」觀之,「高雄州」即今之屏東縣,適足以突顯這些流傳的潮州童謠所具有的地域性。

〈臺灣童謠抄〉共採集19首童謠。每首童謠,只有「意譯」,大都沒有「解說」。自兒童觀點視之,遊戲是兒童生活的本質。因此,專屬兒童的童謠,其特質也非遊戲性莫屬。童謠最大的特色,是它濃厚的趣味性。由此觀之,遊戲性和趣味性都是童謠的特色之一。

黃連發採集的這19首童謠,並非以兒童為主角,而是成人。主要包括夫妻、公婆、親家、姑嫂等。其內容大別為農事、生物(昆蟲、植物、動物)等,表現出庶民的生活情趣,有些童謠是伴隨遊戲,有些則無。

正由於這些童謠採集只限於流傳在屏東潮州一帶,基本上有其侷限性,但也因此更加凸顯它的地方特色,就是鄉野人家具有醒世或教子的童謠。這些童謠沒有一首出現在吳瀛濤的《臺灣諺語》,只是黃連發個人的田野採集的成果,至少他將流傳於家鄉的童謠藉由採集而加以保存,就這個面向而言,的確盡到了做為地方民俗工作者的本分。茲舉一首比較具有「童趣」的童謠:

天烏烏/卜落雨/夯鋤頭/破水路/囝仔脫褲走無路/遇著一群鯽仔魚/卜娶某/龜挑燈/鱉打鼓/田英夯旗叫艱苦/水蛙扛轎大腹肚/蟾蜍擔盤目睭吐

烏黑的天快要下雨了,農人荷著鋤頭,去巡看水田,沒穿褲子的人偶(意指稻草人)沒地方躲雨,卻遇見一群鯽魚即將去娶親,

烏龜挑燈，鱉打鼓，蜻蜓抬大燈叫苦連天，青蛙抬轎不斷喘著氣，
蛤蟆挑著擔張大兩眼苦不堪言。

　　從上所敘，這首童謠，具有童話的質素，既有情境，又富故
事性，是一則頗具「童趣」的童話。此外，這首童謠，全然是以臺
灣話文書寫。諸如：「卜」就是即將、就要。「娶某」就是娶親。
「田英」就是蜻蜓，「水蛙」就是青蛙，「蟑蠟」就是蛤蟆等之
意，它既富含鄉土氣息，又有韻味，烏、雨、路、魚、苦、吐都是
「ㄨ」韻，既可當童謠來唱，也可當童話來讀。

■ 臺灣民間故事

　　黃連發所採集的與兒童有關的，除了兒童遊戲、童詞、童謠之
外，還包括流傳於潮州地區的臺灣民間故事。從兒童遊戲、童詞、
童謠到臺灣民間故事，都是以「潮州」地區為民俗採集的中心地，
可見得黃連發是一位不折不扣的地方民俗工作者。與其說他是一位
民俗工作者，不如說他是一位「兒童文化」的關心者更為恰當。

　　黃連發是日治時期除公學校臺灣教師作家的童謠作品外，唯
一一位作品完全與兒童文學有關的臺灣作家，諸如童詞、童歌、
民間故事等。他所採集的民間故事，計有：〈呆女婿〉、〈賣香
屁〉、〈變成螞蟻的虎鼻獅〉、〈我們住的地方〉、〈太陽與月
亮〉、〈險被雷公打死的農夫〉、〈聽眾要跑開的故事〉等七則。

　　黃連發是臺灣最早關心兒童文化的兒童文學前行者。在日治時
期那樣特殊年代，其有關於兒童的民俗採集，的確是開風氣之先。
他也是池田敏雄與金關丈夫主持的《民俗臺灣》造就許多優秀的臺
灣民俗研究者當中，成就最好的一位。

二、吳瀛濤：採風擷俗的詩人

　　吳瀛濤，詩人，民俗研究者，臺北市人，生於1916年7月18日，出身望族，家境富裕。祖父吳江山於1917年創辦臺北稻江大酒樓——江山樓，為日治時期大稻埕最著名的飯店，也是臺北文人薈萃之處。當時流傳一句諺語：「登江山樓，吃臺灣菜，聽藝旦唱曲」，清楚說明上江山樓，聽藝旦唱曲，是當時臺灣人最時行的活動。《南音》創辦人之一的郭秋生，當年曾在此擔任經理一職。

　　吳瀛濤14歲（1929年）畢業於臺北市太平公學校，19歲（1934年）畢業於總督府臺北商業學校（今國立臺北商業技術學院前身），在學期間，就開始參加文藝活動，由於愛好文藝，21歲（1936年）加入臺灣文藝聯盟臺北支部，24歲（1939年）任職清水組（建築業），開始日文詩的創作，1941年臺北商業學校北京語高等講習班結業。翌年，以小說〈藝旦〉入選《臺灣藝術》小說懸賞。29歲時旅居香港，與中國詩人戴望舒等交往，並以中日文發表詩作，返臺後任職於臺北帝國大學（今臺大）圖書館。1945年臺灣光復，服務於東南長官行政公署秘書處，擔任國語通譯；1946年以迄1971年8月，服務於臺灣菸酒公賣局長達25年。

　　一生從事詩創作的吳瀛濤對於兒童文學也有探究，曾翻譯日本童話集。其於1969年出版的《臺灣民俗》一書，其中第十八章收集包括虎姑婆、賣香屁、牛郎織女、無某無猴等在內的71篇民間故事，以及包括林投姊、鐵砧山、半屏山等26篇地方傳說。至於1973年出版的《臺灣諺語》一書，其中「童謠」部份收集包括人插花、

天黑黑、火金姑、月光光等40首；「兒戲歌」部份包括一放雞等10首。

吳瀛濤作品主要以詩為主，著有詩集《生活詩集》（1953年）、《瀛濤詩集》（1958年）、《暝想詩集》（1965年）、《吳瀛濤詩集》（1970年）。本詩集包括青春詩集94首（1939-1944年）、生活詩集91首（1945-1953年）、都市詩集113首（1954-1956年）、風景詩集82首（1957-1962年）、暝想詩集130首（1963-1964年）、陽光詩集79首（1965-1969年）、《吳瀛濤集》（《臺灣詩人選集4》，該選集由國立臺灣文學館出版，共66冊，2009年）。

除詩集外，還包括散文《海》（1963年）、民間文學《臺灣民俗（一）》（臺北進學書局）；改寫兒童文學作品《綠野仙蹤》、《名犬萊西》（臺北新民教育社）。未出版的，包括：「憶念詩集」（1970-1971）、「吳瀛濤詩記」（詩的介紹、評論、隨筆、翻譯等）、「臺灣民俗（二）」、日譯「今日中國小說集」（《今日の中國》自1963年開始連載，約30萬字）、日本童話集（計20篇，1965-1966年連載於《小學生雜誌》，約5萬字）。

◆ 終戰前的《青春詩集》

吳瀛濤曾經在〈詩的答問〉中，就其寫作動機提到，是在他的童年到青年那一段時期自然而然地早就醞釀的。早在童年時期，他已經寫過詩，可說是兒童詩或童謠之類，發表在公學校的校刊上。

在1939年任職清水組，到1944年旅居香港這段期間，也就是終戰前那幾年，吳瀛濤創作五十餘首詩，名為《青春詩集》。其中不乏具有兒童形象書寫的詩作。茲舉數首為例：

◇ 鴿子

一到黃昏／少年就放鴿子／鴿子迴旋／飛越都市的上空，飛向迢遠的天邊

少年的眼睛閃亮著／鴿子鼓翼的聲音一直繞留在少年的耳朵／啊，鴿子！飛越海洋，飛向光耀的南方吧／少年的心靈充滿燦爛的期望（作品15）

這首詩不長，卻頗富節奏與旋律，不但有詩情，也有畫意。鴿子代表「動」，少年代表「靜」，動靜之間，透過節奏與旋律加以連結。詩的表象是一幅黃昏景象的素描，而其意象的表現，是少年的心靈希望藉著鴿子，飛向光耀的南方。

◇ 在草原上

在草原上，有人吹著口琴／那是多年來忘記了的歌聲

紅顏的少年在吹著／吹得好高興／吹著跑到山那邊去／宛如一隻春天歌唱的小鳥

少年喲！再吹著吧／小時候，我也像你那樣常常吹著那童年的天使之歌（作品16）

　　這是首藉物寄情的詩。將寬廣的草原視為吹奏的場域，第一段「在草原上，有人吹著口琴」、第三段「吹著跑到山那邊去」意在強調詩的空間性；至於第一段「那是多年來忘記了的歌聲」、第四段「小時候，我也像你那樣常常吹著那童年的天使之歌」，則是在強調詩的時間性。換句話說，〈在草原上〉這首詩作，顯現作者在「詩的時空設計」上的巧思。

◇ 嬰兒二章

　　搖籃裡／嬰兒睜開著圓圓的雙眼微笑著／天真而純潔，一如春天的太陽，如馥郁的花蕾／那初生的生命會給世界帶來新的希望，新的光輝（作品69）

　　在「作品69」這一章中，詩人將搖籃裡的嬰兒天真而純潔的微笑視同春天的太陽，也是「新的希望」、「新的光輝」的表徵，具有正向而光明的意象。

　　父親搖搖著搖籃／可是嬰兒還哭個不停

　　母親上市場去，還沒有回來／外面下了冷冷的毛毛雨

　　父親給吃牛奶，嬰兒這才不哭睡下去了／口邊且浮泛夢裡的笑容之後，父親始放心去繼續他的寫作／在搖籃旁邊（作品70）

在「作品70」這一章，充分顯現父子之間的互動，親情洋溢其間，頗具律動性，嬰兒的「哭」、「喝」、「睡」、「笑」，動靜之間，多少父愛、親情跳躍在詩裡行間。

◆ 終戰後的《都市詩集》與《憶念詩集》

吳瀛濤於1954到1956年在笠詩社出版《都市詩集》共113首作品，其中有〈童話二章〉，茲選其一：

> 孩子們，請坐下吧／安徒生和格林都是我們的好朋友／還有聖經、天方夜譚，以及世界各國很多很多的童話故事

> 你們是童話裡的那些白雪公主、人魚公主、賣火柴的少女／也是一群調皮的小妖精，一群快樂的白天鵝

> 童話的心靈是純潔善良的，也很美的／像你們晶亮的小眼睛，像你們多可愛的笑容

> 啊，童話的世界／就讓我們常在這童話故事的世界裡一起玩著吧／讓我們有更多更多天真的夢

這首詩就像是一首童話詩，有童話家，有童話故事，有童話主角，的確是一首充滿童話味道的詩。幾乎所有的孩子自小都在童話故事中長大，詩人將孩子們化身為童話故事裡的主角，藉由白雪公主、人魚公主、賣火柴的少女象徵著孩子純潔善良的心靈，詩人將晶亮的小眼睛和可愛的笑容象徵著童話心靈的映象，最後詩人期待

能夠在童話世界裡有著無盡的天真的夢。

　　吳瀛濤於1970到1971年間的「憶念詩集」原係未出版的舊時代詩篇，現收錄於新出版的《吳瀛濤集》，其中一首〈童年〉，頗富童趣。

> 童年就是那樣／連走路也都好玩／撿一塊小石子，一塊小瓦片／邊走，沿路在牆壁上畫些線，畫些什麼／小石子畫出來白色，小瓦片畫出來紅色／
> 線畫得歪歪斜斜，在昨天的線上交叉著／畫也畫得怪模怪樣，但那可不正是很可愛的兒童畫嗎
>
> 童年就是那樣／連走路也都真好玩／撿一塊小石子，一塊小瓦片／邊走，無心地要把它踢回家／可是不容易哪／小石子一下子看不見了，被踢落於水溝裡／有時候也會被踢去好遠的地方
>
> 童年就是那樣／連走路也都好稀奇／陸上碰到樹，我會問他／「樹林，你為什麼老是站在那裡，你為什麼這麼高」／碰到狗，我也會問他／「小狗，你在吠什麼？是不是肚子餓了，來來，給你吃餅乾」／狗來了，我卻怕狗拼命走開。
>
> 童年就是那樣／連走路也都很開心／陸上有玻璃屑、破碗片、鏽釘子，媽媽要我穿鞋／可是我偏偏不穿，裸著腳多好呀／不管那樣不好走路，腳底會痛／果然被刺傷了，好幾天不能上學，不能去玩／哦，童年！童年就是那樣充滿著夢般的一個個／不朽的小故事

　　這首長詩前後四段，每段起頭都是「童年就是那樣」，連走路都很好玩、好稀奇、好開心。這首詩很能喚起成人兒時的集體記憶，也會激起孩子們對自己的童年記趣。這首詩由「童年」和「走路」交織成一串串的生活記事，既富遊戲性，又饒趣味性，而遊戲性和趣味性則是兒童文學特質之所在。整首詩讀來讓人確實感受到我們的「童年就是那樣」，會讓人有重溫兒時舊夢那樣溫馨的感覺。

◆《臺灣民俗》與《臺灣諺語》

　　日治時期對臺灣風俗或俗文學的蒐集整理可說不遺餘力，先後有平澤丁東（又名平澤平七）的《臺灣の歌謠と名著物語》；以及片岡巖的《臺灣風俗誌》。前者可說是將臺灣歌謠整理成冊的嚆矢，其中收童謠、俗謠二百多首。此書在中文歌詞旁以日文拼出讀音，並附有翻譯。後者係日本民俗學者，以二十餘年時間寫成，雖有不少錯誤，學界仍有高度評價。

　　除此之外，李獻璋的《臺灣民間文學集》，更被視為日治時期臺灣文化界的一大盛事。他以二三年的時間，從民俗學或文學的角度蒐集整理近千首的歌謠和謎語，以及眾多作家寫的二十餘篇故事和傳說，被視為足以和平澤丁東《臺灣の歌謠と名著物語》、片岡巖《臺灣風俗誌》鼎足而三的著作。

　　至於吳瀛濤則是步李獻璋之後塵，於戰後進行更大規模的採集。自1958年起開始在《臺灣新生報》連載「臺灣民俗薈談」，而於1969年結集出版《臺灣民俗》一書，1973年又出版《臺灣諺語》一書，前後相隔四年，出版兩本有關臺灣民俗與諺語的鉅著，足見其用心之深。

　　這兩本書既無前言，也無後記，寫作動機無從知曉。只有出版年月，何時著手採集，沒有任何資料可供參考；又該兩本書完全是採集所得，本非作者的創作，屬名「吳瀛濤著」，有欠妥當；若為「編著」，則較為貼切。

◇　《臺灣民俗》

　　有關吳瀛濤作品評論大多聚焦於現代詩，至於吳瀛濤在民俗研究上的成就則鮮少被提及，即便是黃武忠著的《日據時代臺灣新文學作家小傳》一書，在〈詩人兼民俗研究者──吳瀛濤〉一文中，全篇也僅只「在詩的創作之餘，他也勤奮於民俗方面的研究，對於臺灣民俗研究也有莫大的貢獻。」寥寥數句而已。

　　由一群成功大學工學院學生於1967年11月15日創刊的《草原雜誌》雙月刊，該刊第二期為「民俗文學專輯」，以57頁的篇幅，訪問司馬中原、朱介凡、呂訴上、吳瀛濤、林海音、俞大綱、魏子雲、蘇雪林、顧獻樑等九位作家學者談民俗文學。

　　吳瀛濤受訪時談到研究民俗的重要性：

> 民俗是文化最真實的遺產，要整理及研究文化問題，必須從民俗資料之整理開始，我覺得我們亟待成立一個民俗圖書館或者民俗博物館，將各種民俗之資料及圖書分門別類予以就緒，這將是復興我國文化之首要工作。

　　上述訪談時間約在1967年底左右，足見吳瀛濤從事臺灣民俗研究應該早於1967年，而《臺灣民俗》於1969年出版，雖是在《笠詩刊》創刊後的第五年，但他早在1958年即在《臺灣新生報》連載

「臺灣民俗薈談」。易而言之，從研究與蒐集到整理出書，就時間上來說，其在臺灣民俗的研究蒐集較1964年笠詩社的成立早了六年。

《臺灣民俗》全書從「歲時」起，到「山地傳說」止，共二十章。篇幅以第十八章「民間故事」最多，達九十一頁。如果連第十七章「地方傳說」、第十九章「民間笑話」、第二十章「山地傳說」包括在內，幾乎佔了全書的一半。全書將文化與文學集於一爐。

◇《臺灣諺語》

距《臺灣民俗》出版六年後，吳瀛濤再接再勵又出版《臺灣諺語》一書，為戰後研究整理臺灣諺語的嚆矢。該書與《臺灣民俗》同樣，既無作者序文，也無後記之類的記載。更有甚者，全書並無明顯章節，只有類別區分而已。

該書內容依序是：俚諺、農諺、弟子規、格言、格言註解、歌謠、民俗歌、民謠、情歌、相褒歌、民歌、童謠、順溜、兒戲歌、急口令、流行歌、教化歌、民俗歌、歷史故事歌、情歌、客家語相褒歌、童謠、格言、光錢陰、生言、歇後語等二十六個單元；不過其中的民俗歌、童謠、格言等雖然重複出現，惟內容各異。依篇幅而論，兒戲歌最少（4頁），俚諺和歌謠類最多（各240頁左右）。總的來說，雖是有關臺灣諺語，全書747頁還是比較偏重於歌謠、民謠、童謠等類，也就是說，《臺灣諺語》一書，幾乎是以文學的成分居多。當年（1967年）接受《草原雜誌》訪談時，吳瀛濤所談的正是以「歌謠」為主。

　　關於研究民俗，我以為鄉土的歌謠是最好的材料，它產生於
鄉土民間婦人孺子之口，最足以反映風俗民情。本省民間歌
謠大別有三類：一為歌仔，二為歌仔調，三為兒童唱的童
謠、民歌。

　　吳瀛濤在受訪中表示他曾經研究過臺灣的歌仔，他認為從民俗
方面而言，歌仔大致可分為教化歌、描寫昔日臺灣情形、描寫鄭成
功攻臺時期、描寫日本統治時之痛苦、地名歌、產物歌、病子歌、
歲時歌、行業歌等九類。

　　值得一提的是吳瀛濤在《臺灣諺語》一書中特別針對「歌謠」
以8頁的篇幅作更深入的述說，至於其他類別則無，足見他對「歌
謠」重視之一般，這也反映何以《臺灣諺語》比較偏重於「歌謠」
類的道理所在。

◆ 童謠與《臺灣諺語》

　　吳瀛濤《臺灣諺語》一書是在其逝世後的第四年才出版的。
其中有關童謠的部分計有：一陣鳥仔、人插花、大頭員外、天黑
黑（6首）、月娘月光光（12首）、火金姑（5首）、火金星（2
首）、毛蟹仔腳、木虱、白鴒鷥、田蛤仔官（2首）、凸頭仔姊、
吐咧米、曳咯曳（2首）、東邊出日、阿藝官、草暝公（2首）、
臭頭（3首）、教你歌（2首）、野柳出龜頭、第一的國公、貓的
（2首）、雷公、暗哺蟬（3首）、彰化香蕉、鷗鴿（2首）、龍眼
乾、點呀點古井、憨孫的（562-608頁）；一一一、人兒細細、月
光光（2首）、火螢蟲、禾嗶仔、伯勞兒、阿鵲兒、菜籃姊、蟾蜍
囉、雞公仔（678-682頁），共70首，每首都有加「註解」。除此

之外，吳瀛濤將「順溜」也列為「童謠」之一種。「順溜」計有48
首，每首也都有註解。

吳瀛濤《臺灣諺語》中的某些童謠諸如：〈人插花〉、〈火
金姑〉、〈白鴒鷥〉、〈貓的〉等在郭秋生《南音》輯錄的臺灣童
謠出現過；又如〈天黑黑〉、〈月娘月光光〉等在李獻璋《臺灣民
間文學集》內所收錄的「童謠」也出現過。至於戰前李獻璋編輯的
《臺灣民間文學集》，和戰後吳瀛濤結集的《臺灣諺語》，兩書所
收錄的童謠，有不少即是當年《臺灣新民報》的徵集成績。

◆ 《小學生半月刊》與《兒童讀物研究》

吳瀛濤在日治時期的《青春詩集》中有數首少年兒童形象書寫
的詩作，在戰後的五○年代依然持續他對兒童文學的關照。他曾於
1965-1966年間，在《小學生半月刊》連載翻譯的日本童話20篇。
更於1965年兒童節出版的《兒童讀物研究》第1輯（《小學生》
十四週年紀念特輯）一書，發表一篇〈日本兒童讀物的出版、獎勵
和自律〉。復於翌年在5月20日出版的《兒童讀物研究》第2輯——
「童話研究」專輯（《小學生》十五週年紀念特輯）發表〈小川未
明談童話〉、〈日本的童話和童話作家〉、〈日本的兒童讀物界〉
等三篇文章。

從吳瀛濤於1965及1966兩年在《兒童讀物研究》第1輯和第2
輯所發表的關於日本兒童文學（童話）與兒童讀物等文章而論，較
之於《國語日報》「兒童文學週刊」於1972年4月2日創刊而言，就
「時間點」而言，早約七年；較之於該刊第33期刊載林桐的〈談小
川未明的童話〉則早六年，是以，吳瀛濤可說是戰後臺灣介紹日本
兒童文學與兒童讀物的先驅者，尤其是在童話方面。

1968年，吳瀛濤於《葡萄園詩刊》第26期（1月15日）開始發表世界童詩選譯，計有：羅拔・史蒂文遜〈歌〉、克里斯蒂那・羅薩蒂〈橋〉；第27期羅拔・史蒂文遜〈陌生的國土〉、〈故事書的國王〉；第28期羅拔・史蒂文遜〈啞吧的小兵〉；第29期羅拔・史蒂文遜〈旅行〉、〈月亮〉、克里斯蒂那・羅薩蒂〈小娃娃〉、渥他・特・拉・梅耶〈老兵〉、〈騎馬的人〉；第33期勞倫斯・塔笛摩〈雲雀與金魚〉、〈小孩與老鼠〉、渥他・特・拉・梅耶〈獵人〉、〈夜〉；第34期羅伯特・史蒂文遜〈臥床的船〉、〈進軍之歌〉；第35期羅伯特・史蒂文遜〈夏天的臥床〉、〈海賊的故事〉、〈點燈夫〉等19首世界童詩。

在日治時期的臺灣新文學作家群當中，吳瀛濤既長於用日文創作詩作，復於殖民末期接受北京語高等講習，且曾在香港與中國詩人戴望舒等交往，是以，即便是在戰後初期，他仍然能以流利的中文寫作活躍在當時的詩壇。

他一面從事詩的創作、論述與翻譯，一面從事臺灣民俗的研究與蒐集；他也一面從事臺灣諺語的研究與蒐集，一面從事兒童文學（童話）的翻譯與日本兒童讀物的介紹。易而言之，他是悠游在詩學、民俗學與兒童文學之間。

在其身上，既看到臺灣文學與兒童文學的同歌同行，也看到詩文學與民俗文學的平行關係，至於臺灣文學、兒童文學、民俗文學三者又在他身上交集而併出燦爛的火花。

三、周伯陽：倘佯於兒歌世界的作家

周伯陽，新竹市人，生於1917年（大正六年）5月5日，字開

三,號林承。卒於1984年3月26日,享年68歲。8歲(1924年)((大正十三年))入新竹第一公學校,15歲(昭和六年)考入臺北第二師範學校普通科。21歲(1937年)(昭和十二年)3月普通科及演習科畢業,次月,派任新竹州竹南郡竹南公學校訓導。自1940年起至1943年止,前後四次參加各地舉辦的「民謠徵選」,成績優異。更於1941年8月,以一首童謠〈篦麻〉入選臺灣總督府文教局公學校唱歌課本教材。翌年6月,參加「新興童謠詩人聯盟」。

日治時期的周伯陽任教公學校期間,適逢「皇民化時期」,除童謠〈篦麻〉外,也以日文發表新詩、短歌、俳句等作品於《興南新聞》、《臺灣藝術》、《臺灣教育》、《時報文藝》、《新竹州時報》、《臺灣新聞》等報刊雜誌。發表作品之餘,還不忘參加「日本歌謠會」、「日本文藝研究會」等文藝團體。之所以參加這些由日本人組織的文藝團體,一方面是大環境使然,另一方面出自於本身對新詩及童謠的熱忱與愛好,進而更可看出戰後他在童謠創作上大放異彩的蛛絲馬跡。戰後歷任國小教師、主任、校長,1982年退休。

周伯陽的寫作範圍很廣,戰前的新詩、短歌、俳句;戰後的童謠、兒童劇本、童話、兒童故事、兒歌、兒童詩等都有豐碩的成果表現。周伯陽在兒童文學上的成就與表現,就如同楊雲萍、黃得時、王詩琅等幾位一樣,都是在戰後才正式登場。尤其周伯陽在兒歌創作上的表現,更是傑出與獨到。

周伯陽在童謠或兒歌創作可說是臺灣兒童文學界的先驅者,就如同陳千武是臺灣兒童詩創作的先驅者。他為後人留下膾炙人口的童謠及兒歌作品,如《花園童謠歌曲集》、《蝴蝶童謠歌曲

集》、《月光童謠歌曲集》、《明星童謠歌曲集》、《少年兒童歌曲集》、《有趣的兒童故事》（一）（二）、《中華民族英雄》、《周伯陽詩集》以及吳聲淼主編的《周伯陽全集》等書。

◆ 周伯陽與江肖梅

這兩位同樣出身於新竹市「西門」的臺灣作家，具有多重的關係。

一是「師生之誼」：周伯陽於1924年到1930年就讀於新竹第一公學校，而江肖梅在1928年到1933年服務於新竹第一公學校當訓導。周伯陽在學期間，成績優異，江肖梅頗為賞識；並鼓勵他報考臺北師範學校，果不負眾望，如願考上。

二是「部屬關係」：戰後的江肖梅自1946年以迄1964年退休，都任職於新竹縣政府教育局，擔任督學一職。基於職責所需，往往需要借調國小教師協助處理業務，遂將周伯陽由新興國小調派到縣政府教育局，期間長達九年（1949-1958年），此期間，兩人由師生關係轉為部屬關係。

三是「同歌同行」：江肖梅於1933年以一首日文童謠〈カァレン〉（鳥名）被選為公學校一年級唱歌課本教材（該首童謠由江肖梅自己作曲）。無獨有偶，八年後，他在新竹第一公學校的學生周伯陽也以一首童謠〈篦麻〉入選臺灣總督府文教局公學校唱歌課本教材。師生兩人皆曾以「童謠」入選為公學校唱歌課本教材，是臺灣近代兒童文學發展上的一段佳話。

◆ 戰後臺灣童謠創作先驅

周伯陽在戰前對新詩、短歌、俳句等的寫作，在戰後轉為童謠

和兒歌的創作，足見其對歌類的寫作嗜好並不因為政治環境的改變而有所更異，反而始終如一。就是這份堅持，讓周伯陽在童謠創作上大放異彩，也留下豐碩的童謠創作集，諸如每個學童都耳熟能詳的童謠〈花園裡的洋娃娃〉等是。

◇ 花園裡的洋娃娃

妹妹背著洋娃娃／走到花園來看花／娃娃哭了叫媽媽／花上蝴蝶笑哈哈

妹妹背著洋娃娃／走到花園來玩耍／娃娃哭了叫媽媽／樹上小鳥笑哈哈

自1952年創作第一首童謠〈花園裡的洋娃娃〉起，到1966年止，也就是六〇年代是周伯陽童謠（兒歌）作品最多的時期，前後出版《花園童謠歌曲集》（12首，1960年）、《蝴蝶童謠歌曲集》（12首、1961年）、《月光童謠歌曲集》（14首、1962年）、《明星童謠歌曲集》（14首、1964年）、《少年兒童歌曲集》（20首、1968年）等五本童謠歌曲集。周伯陽的這72首童謠作品都有譜曲者，其中以陳榮盛最多，達35首之多，其他還包括名音樂家楊兆禎和呂泉生在內。

趙天儀在《兒童詩初探》一書中曾經對周伯陽多所著墨：

在接觸時期（指臺灣兒童詩發展的第一時期而言），戰後臺灣第一代詩人開始創作，也就是說所謂跨越語言的一代詩人已經出發了。在這個時期的詩人群中，都扮演了雙聲帶的角

色；吳瀛濤、周伯陽、詹冰、林亨泰、張彥勳等後來都留下了適合兒童欣賞的詩作，至今還筆耕不輟，其中以周伯陽的兒歌‧童謠，詹冰、張彥勳的兒童詩最具特色。

顯然周伯陽的童謠作品已經跨越傳統童謠的時代，進入創作童謠的時代。他的創作童謠沒有傳統童謠的臺灣話文味道，卻有著白話文的流利順暢，更能讓孩童朗朗上口。

何以周伯陽的創作童謠（有人稱之為國語兒歌）會受到學者與教育者的諸多肯定和很高評價？有以下幾點因素：（一）作品富有童趣，（二）篇篇表現童心，（三）適合兒童欣賞，（四）符合兒童需求等。

一生從事兒童教育工作的周伯陽，嘗以為：「最能融合傳授、培養、薰陶為一體的兒童文學是詩歌，詩歌韻律優美，涵義深遠，多讀一遍，就有更深一層的體會和感受」。由是觀之，周伯陽之所以提倡和實踐兒童詩歌的創作，本質上是基於教育的信念與抱負使然。進一層而言，其所創作的童謠，都會考慮到以下幾項重要因素：兒童心理與生理的需要、兒童學習的興趣、兒童能夠容易了解的程度以及兒童的啟發作用等。

◆ 全方位的兒童文學工作者

周伯陽在戰後的臺灣兒童文學界，可說是一位全方位的作家。四○年代末首先在兒童文學上發光的不是童謠，而是兒童劇本的寫作。1948年4月以〈光明〉（獨幕劇）入選臺灣省教育會兒童話劇徵選佳作。1953年11月，復以〈螞蟻的一生〉再度入選臺灣省教育會兒童劇本徵選。

　　五〇年代開始,周伯陽一面創作童話,一面創作童謠,尤其是後者,在五〇年代末期開始發光發熱。〈玫瑰花〉就是在1957年7月,以第一名入選臺灣文化協進會的童謠徵選,翌年八月,童謠作品〈小黑羊〉入選中國廣播公司童謠徵選第二名。

　　六〇年代持續出版童謠歌曲集,計有《花園童謠歌曲集》、《蝴蝶童謠歌曲集》、《月光童謠歌曲集》、《明星童謠歌曲集》、《少年兒童歌曲集》等。除了童謠之外,本年代也從事童話故事、兒童故事、偉人傳記等的寫作與出版,諸如《有趣的童話故事1》、《有趣的童話故事2》、《中華民族英雄》等書。

　　七〇年代開始轉向新詩與兒童詩的寫作,除參加本土詩社「笠詩刊社」,出版《周伯陽詩集》。也開始在臺灣第一份兒童詩刊,由林鍾隆主編的《月光光》發表詩作。八〇年代出版首部兒童詩選集《媽媽真辛苦》。

　　從四〇年代末以迄八〇年代初期,周伯陽悠游在新詩與兒童文學之間,更徜徉在兒童文學的童謠、童話、兒童故事、兒童戲劇、兒童詩等的創作之間,以及評論、翻譯等之間,的確可說是一位全方位的兒童文學工作者,尤其在童謠創作上更是開創出自己的一片天。堅持的身影,投射在六〇年代的童謠歌曲集,讓周伯陽在童謠創作上居於先驅者的角色定位是無庸置疑的。

　　周伯陽與兒童文學關係淵源流長,從日治時期以迄八〇年代,始終不曾脫離兒童文學的領域,他是臺灣兒童文學發展的見證者,也是實際的參與者。

　　綜觀周伯陽終身獻身於兒童教育,而他最為人稱道的是童謠創作。他之所以提倡與實踐兒童詩歌的創作,則是完全基於教育的信念與抱負。

> 最能融合傳授、培養、薰陶為一體的兒童文學是詩歌，詩歌
> 韻律優美，涵義深遠，多讀一遍，就有更深一層的體會和
> 感受。

　　就是基於這樣的體認，使得周伯陽終究能夠在臺灣童謠創作發展上擁有一席之地。

四、詹冰：兒童文學世界的詩人

　　詩人，本名詹益川，苗栗卓蘭人，生於1921（大正十年）年7月8日，卒於2004年3月25日，享壽84歲。家境富裕，1927年（昭和二年）入卓蘭公學校就讀，在學期間，常看日文的《幼年俱樂部》、《少年俱樂部》、《譚海》等兒童讀物，啟發他對文學的興趣與愛好。這些讀物內容包括兒童詩、散文、童話等。

　　1934年（昭和九年）自公學校畢業，翌年考入臺中州立臺中一中（五年制），由愛好兒童讀物的兒童轉為愛好文學的文藝少年。1938年（昭和十三年）以一篇〈馬〉榮獲臺中市作文比賽第二名；1941年（昭和十六年）散文〈憶母親〉發表於《臺灣藝術》，翌年東渡，考進東京明治藥專，在校期間，詩作品〈五月〉、〈在溢民村〉、〈思慕〉等先後獲得日本名詩人堀口大學推薦發表於《若草》詩刊。堀口大學勉勵他：「欲寫好詩，那麼你先『熱望』寫好詩吧！」（詹冰，2001：55）這句話成為詹冰一生奉行的座右銘。

　　由文藝少年蛻變為文藝青年的詹冰，寫兒童詩深深受到日本童話作家小川未明的影響。因為「小川未明認為不應該有從頭就要和兒童妥協的念頭。因為凡是真正美麗的事物，大人小孩都會有同感

的，恰如一朵美麗的花對小孩大人均是一般的美。」（吳瀛濤譯，
2001：9）

◆《太陽‧蝴蝶‧花》：兒童詩集

　　詹冰的兒童文學主要成就於戰後，戰前只是兒童文學寫作的醞
釀時期。1948年參加張彥勳主持的「銀鈴會」。詩作發表於張彥勳
主編的《潮流》、《中央日報》副刊以及《臺灣新生報》副刊，其
中有一首詩作——〈插秧〉發表於1963年3月的《臺灣新生報》副
刊，這首詩後來被譽為詹冰兒童詩的代表作，也是引起迴響最多的
一首詩作。

◇ 插秧

水田是鏡子／照映著藍天／照映著白雲／照映著青山／照映
著綠樹

農夫在插秧／插在綠樹上／插在青山上／插在白雲上／插在
藍天上

　　這首詩，巧妙地將綠樹、青山、藍天、白雲建構成富有層次
感的動態畫面。整首詩分為前後兩段，前段「水田是鏡子」為靜態
的比喻，藍天、白雲、青山、綠樹，由上而下，由遠及近，形塑成
一幅匠心獨運的優美畫面。後段「農夫在插秧」則是動態的寫照。
綠樹、青山、白雲、藍天，由下而上，由近及遠，宛如特寫鏡頭一
般。欣賞這首詩，更能體會「詩中有畫，畫中有詩」的真實意境。

　　至於《太陽・蝴蝶・花》是詹冰第一本兒童詩集，將生活入詩，是詹冰兒童詩的特色。在該詩集「生活篇」三十首中，這類詩很多，如〈垃圾車〉、〈美麗的大樹〉、〈香蕉〉、〈遊戲〉等是。

　　◇ 垃圾車

　　廣播著音樂／垃圾車來了
　　阿婆提桶跑／小妹拿箱追
　　各家的垃圾／堆滿在車上
　　快樂的唱歌／垃圾車去了

　　這首詩，本身就像是一首音樂，節奏明快緊湊。垃圾車帶走骯髒與污穢，留下整潔和快樂。如此非常生活化的題材，經詩人精確的捕捉與剪裁，形成精巧可愛的詩作。無疑的，〈垃圾車〉是一首充滿音樂性和動感十足的兒童詩，也是詹冰「將生活入詩」的最佳寫照。

　　◇〈香蕉〉

　　媽媽買回來一串香蕉／大家圍著笑嘻嘻

　　哥哥說／香蕉好像黃手套／姊姊說／香蕉好像金手指

　　弟弟拿一根香蕉說／香蕉好像可愛的小船

妹妹吃著香蕉說／好香啊！好像沾著媽媽的香水

我在想／我們兄弟姊妹是同一串的香蕉

　　趙天儀覺得這首詩，先以四個明喻來類比香蕉的意象，末了再以暗喻象徵「我們兄弟姊妹是同一串的香蕉」。詩人以充滿鄉土味的香蕉象徵天倫的愛，也是以充滿愛的生活為表現的素材。

　　這首詩對香蕉意象具有豐富的想像，在聯想譬喻過程中，讓人也能感受到那一份濃濃的手足之情。在農業社會的年代，家庭人口眾多，手足一起共享食物是生活中最為歡娛的時刻，詹冰這首〈香蕉〉透過家人的聯想譬喻，的確表現出一家人的天倫之樂。

◇ 遊戲

「小弟弟，我們來遊戲，姊姊當老師，你當學生。」／「姊姊，那麼，小妹妹呢？」／「小妹妹太小了，她什麼都不會做，我看──讓她當校長算了。」

　　詹冰在這首以兒童為主角的對話詩中，透過姊弟間的對話，童稚之心洋溢其間，詩趣純真可愛。它的幽默性，獲得1979年第五屆洪建全兒童文學創作獎兒童詩歌組首獎。

　　詹冰一生創作的兒童詩多達二百首以上，結集出書除上述的《太陽・蝴蝶・花》（六十首）外，還有《銀髮與童心》（其中有一百首兒童詩）。最為大家稱譽與推崇的就是〈插秧〉與〈遊戲〉這兩首。

◆《日月潭的故事》、《牛郎織女》、《孝子寶生》：兒童劇本

　　在文學創作上，多面向發展的詹冰，劇本寫作是其中之一。這位從小就喜歡看戲的「戲癡」，七○年代初期（1972年），因緣際會的以四幕五場的兒童劇本《日月潭的故事》入選政府相關部門聯合舉辦的兒童劇本徵選，更因此而被徵調參加板橋教師研習會舉辦的「兒童戲劇教師研習會」。詹冰其後於1973年與好友郭芝苑合作完成獨幕四場的臺灣第一齣兒童歌劇《牛郎織女》，並於1977年9月脫稿完成《孝子寶生》。

　　詹冰的這三齣兒童劇本具有多面向的質素：就戲劇形式而言是歌舞劇；就採用手法而言是童話劇（或稱神話劇）；就戲劇長度而言，前二齣是多幕劇，第三齣是獨幕劇；就美感經驗而言是悲劇類；就戲劇內容而言是民間傳說類；就創作立場而言是改編而非原創。

　　詹冰的這三齣兒童劇本具有以下幾個特色：一為取材自民間故事，兒童接受度高；二為具有潛移默化的教化功能；三為神話、親情、孝道的劇情頗能感動兒童心理；四為歌劇的舞臺演出，容易達到寓教於樂的遊戲性效果；五為詩人詩心投射，讓劇中處處詩意盎然，尤其是《牛郎織女》，更是別具一格；六為劇情完整曲折有緻，是《日月潭的故事》與《牛郎織女》一再公演的明證。

　　詹冰在兒童戲劇上的成就，是他在臺灣兒童戲劇大力推展的關鍵時刻，適時參與劇本寫作，《日月潭的故事》讓詹冰與臺灣兒童戲劇結下不解之緣，也讓他在臺灣兒童戲劇發展史上擁有一席之地。以一位從事詩創作的詩人，再從事兒童戲劇劇本寫作的劇作家，詹冰嘗試綜合各種藝術，透過兒童戲劇，編寫充滿神話色彩的

兒童劇本，以期臻於表現人生、指導人生、美化人生的訴求。

◆《科學少年》：科幻小說

少年小說在詹冰的文學創作中，完成時間最晚、作品也不多，只有《科學少年》一部。其中包括〈科學少年〉、〈仁愛的外星人〉、〈外星人侵襲防禦法〉以及兒童劇本〈孝子寶生〉。

綜其一生，兒童詩、兒童戲劇、少年小說是詹冰兒童文學生命的三大礎石，也是其生活經驗、閱讀經驗、寫作經驗的大結合。

五、陳千武：臺灣兒童詩創作開拓者

詩人、小說家，本名陳武雄，筆名桓夫、千衣子。南投名間人，生於1922年（大正十一年）5月1日，卒於2012年4月30日，享壽91歲。1928年（昭和三年）入皮仔寮公學校就讀。自1920年（大正九年）起，臺灣總督府開始認可少數語言無障礙的臺灣兒童就讀小學校，同時許可日本兒童就讀公學校，陳千武就在這種「內臺共學」或稱「日臺共學」的情況下，於1931年（昭和六年）唸完皮仔寮公學校三年級後轉南投小學校就讀。1935年（昭和十年）自南投小學校畢業，考入臺中州立臺中一中（五年制），在學期間，已是開始以日文發表作品的文藝青年，作品散見於《臺灣新民報》、《臺灣藝術》、《臺灣新聞》等。（2001：175）

◆ 日治末期的童詩作家

陳千武在臺中一中就讀期間即以日文在當時臺灣人所辦的報刊雜誌發表詩作及短篇小說。1941年（昭和十六年）2月1日在《臺灣

新民報》黃得時主編的學藝欄發表的〈月光光〉，是一首富含童話味的兒童詩。

◇ 月光光

月光光／搭乘白——雲／飛在藍天

天空的那邊／是輕輕——棉絮包的／夢的國度

月光光／飛遠去——夢國京城／到達了之後

把藍色月夜的／信息，請小白兔帶回來／必定的哦——

這首兒童詩從兒童的心出發，透過四個「——」將白雲、棉絮包、夢國京城以及小白兔等四種元素建構出一首充滿童話情境的兒童詩。既是兒童詩，也是童話。有詩味，也有童趣。

同年5月，在《臺灣新民報》學藝欄發表的〈夕陽〉，則是一首書寫兒童形象的詩作。

◇ 夕陽

鐵軌上／映著零散的餘暉／孩童們亮起高興的臉跳上／被遺忘了的手推臺車／緩慢地從慢坡滑下／車上的孩童們舉起雙手／向小小的氣流歡笑／圓圓的臉／裸體的胸脯　舒暢地滑流下去／一次又一次／手推臺車從慢坡滑下／只要總工頭不站在高臺上／沐浴著巨大餘暉的／孩童們／是忘記回家的雛

鳳啦／鐵軌上／油汗亮著（陳千武譯）

　　這首詩描寫的是夕陽西下，一群在鐵軌上推著臺車歡笑的孩童
們的映象，天真而稚趣。夕陽、鐵軌、臺車、孩童等四種元素構成
一幅黃昏的景緻。總工頭代表父親的形象，他的出現，是孩童們回
家的訊號。

　　雖然是詩作，未嘗不可視之為日治時期臺灣作家所寫的童詩作
品；也可視之為臺灣兒童詩創作的開拓者。

　　陳千武兒童詩作品的出現，儼然延續了賴和等臺灣新文學作家
的文學薪傳，尤其是有關兒童文學部分。

◆ 辛勤耕耘的兒童刊物園丁

　　《兒童天地》是戰後臺灣最早刊行的兒童刊物，創刊於1949年
2月。巫永福先生曾經是這份刊物編輯委員會的編輯委員。1973年2
月，陳千武隨陳端堂市長進臺中市政府服務，任臺中市政府庶務股
長，因緣際會與《兒童天地》結下不解之緣，開始參與該刊物「兒
童詩園」的評選，一直持續到1994年3月止，總計編選二十餘年的
兒童詩。他發覺具有趣味性的兒童詩作品相當多，遂從將近一千
首的作品中拔萃115首合為一輯，題名為《趣味童詩集》。分親情
篇、批判篇、理智篇以及意志篇等四類，並在每一首後面加註賞析
或評語。陳千武的選輯《趣味童詩集》，猶如三○年代初期宮尾進
的主編《童謠傑作選集》。

　　陳千武不僅參與《兒童天地》「兒童詩園」兒童詩的選編，
也經常在《臺灣日報》「兒童版」、《大眾日報》副刊、《臺灣時
報》副刊、《滿天星》兒童詩刊、以及《國教月刊》等刊物發表兒

童詩論，後集結成書《童詩的樂趣》，於1993年6月由臺中縣立文化中心出版。

◆ 兒童文學境外交流的推手

　　成長於日治時期的陳千武，從1972年就開始在《笠》詩刊翻譯發表日本及韓國作家的兒童詩作品。其中包括與陳秀喜合譯的日本兒童詩11首，翻譯韓國詩人金光林編的韓國兒童詩18首。由此可知，陳千武在七〇年代初期就已經開始從事日韓兩國兒童詩的譯介。八〇年代末期，在《滿天星》兒童文學雜誌翻譯日本小學生的29首兒童詩作品，從七〇年代初期到八〇年代末期，陳千武始終孜孜於臺日雙邊的兒童文化交流。

　　1990年這一年，對陳千武而言是一個關鍵年。因為這一年他結識日本兒童文學作家保坂登志子與韓國兒童文學學會會長李在徹，一來促成而後臺日韓三邊兒童文學的交流，二來擴增本身與洲際兒童文學界的交流視域。

　　陳千武自1990年4月起，翻譯21首日本童詩與24首少年詩，將這45首譯詩和保坂登志子主編與翻譯的兒童詩合集，題名為《海流Ⅰ——臺日對譯　子どもと大人の詩》。兩年後（1992）再度和保坂登志子，外加安田學兩位合編《海流Ⅱ——臺灣日本兒童詩對譯選集》。1995年8月，三度和保坂登志子，兩度和安田學合編《海流Ⅲ——臺灣日本兒童詩對譯選集》。

　　這樣的境外交流讓古稀之年的陳千武樂此不疲，這種純民間式的兒童文化交流完全是自發性的，是基於歷史責任感的鞭策，陳千武毅然肩負起臺日兒童詩壇的境外交流，他的精神、他的努力、他的信念、他的堅持就如同「海流」一樣，源遠流長。

　　《海流》在臺日兒童詩界交流所締下的「橋樑」角色與陳千武在臺日兒童文學交流所扮演的「中間」角色，兩者儼然如同牡丹綠葉，相得益彰。也為臺日兩國詩人通力合作對譯童詩作品平添一段佳話。

　　唯一遺憾的是這種很有意義的臺日兒童詩對譯工作隨著陳千武的辭世而告中輟，「後繼無人」，完全曝露出無法永續經營的尷尬與困境，以及突顯境外兒童文化交流的重要性與迫切性。前人努力的建樹，後人卻無力持續。

◆ 翻譯與創作並重的少年小說世界

　　陳千武的小說是翻譯先於創作，成人小說先於少年小說。其文學事業，始終是翻譯與創作並重。六〇年代末期（1969年）翻譯《杜立德先生到非洲》與《星星的王子》二書，開啟譯介外國兒童文學名著的路徑。其中《星星的王子》係臺灣第一本翻譯日文版的《小王子》。八〇年代末期（1984年）與江文雙、文心等省籍作家共同參與光復書局《世界兒童傳記文學全集》的改寫。九〇年代初期（1991年）翻譯《臺灣原住民的母語傳說》，以上各書皆由日文版本翻譯成書。

　　至於少年小說創作方面，計有1993年11月出版的《檳榔大王遷徙記》、《臺灣平埔族傳說》。有鑑於三度合譯《海流》的愉快經驗，讓保坂登志子與安田學兩位得以深入了解陳千武在兒童文學上的成就，主動將這兩部少年小說作品譯成日文先後由日本的KADO書房（1998年）與洛西書院（2002年）印行，為中文兒童文學作品的日譯以及臺日兒童文學交流雙雙增添紀錄。

　　此外，陳千武還有一本完稿於1985年2月而未出版的少年小說集《擦拭的旅行》。一本有關流傳於臺灣民間許多怪異故事的《臺灣民間故事》。

◆ 中部臺灣推動兒童文學的舵手

　　臺灣中部縣市是陳千武推動兒童文學的舞臺，以臺中市為中心，由近及遠慢慢擴及中部五縣市。1976年自擔任臺中市立文化中心首任主任以迄1984年止，連續八年主辦臺中市「兒童詩畫」競賽。1985年1月臺中市新舊文化中心合併更名為「文英館」，陳千武任館長一職，又持續辦理兩屆。陳千武在臺中市立文化中心主任與文英館館長任職前後十年，年年舉辦「兒童詩畫」競賽，足見其重視「兒童詩畫」的程度。此項兒童文化競賽活動，無疑的，推動了當時臺中市各國小的兒童詩學教育。自1979年起，陳千武更將得獎作品編選為《小學生詩集Ⅰ》、《小學生詩集Ⅱ》、《小學生詩集Ⅲ》、《小學生詩集Ⅳ》等四本小學生詩集，讓「兒童詩畫」競賽的結果更為具體而落實。

　　陳千武對兒童文學研習活動推廣不遺餘力，從1985年起，先後於興農山莊主持「兒童文學夏令營」、於日月潭舉辦「中部縣市教師兒童文學研習營」（1986）等。1989年12月，更與以中部幾縣市而為主的兒童文學界人士發起成立「臺灣省兒童文學協會」，並被推選為首任理事長。翌年3月，舉辦「童詩創作研習」講座，陳千武率先登場，正式揭開該協會有關推廣兒童文學活動的序幕。理事長任內，分別在臺中縣、市立文化中心與靜宜大學等處，舉辦兒童文學創作研習會與全省中小學教師兒童文學研習營。

陳千武長期以臺中市為基地，推廣區域兒童文學各項活動，範圍擴及中部五縣市，三十餘年如一日。其對兒童文學各項活動推廣的精神，與當年西岡英夫對「實演童話運動」的推廣，他們兩人對推廣活動的那份「堅持」基本上是一致的。身為臺灣現代詩作家身分，依然積極推動兒童文學，對陳千武而言，是一種「知所當為，為所應為」的務實態度，「中部臺灣兒童文學推廣的舵手」，陳千武當之無愧。

綜觀陳千武的一生，詩、童詩、小說、少年小說四者建構出他的文學生命；創作、翻譯、改寫、評論四者建構出他的文學生命的四個面向。陳千武左手現代詩，右手童詩；左手現代小說，右手少年小說。他的文學事業成就於戰後，這或許是本年代的臺灣作家所面臨的環境使然，也是他們不得不面對的歷史現狀。

六、張彥勳：臺灣新詩運動的推動者

詩人、小說家、兒童文學家，筆名紅夢、路旁石。臺中后里人，生於1925年（大正十四年）8月14日，卒於1995年3月15日，享年71歲。1932年（昭和七年）入內埔公學校就讀，1938年（昭和十三年）自內埔公學校高等科畢業，翌年，考入臺中州立臺中一中，與詹冰、陳千武同校就讀。

1942年（昭和十七年），時年18歲的張彥勳與同學朱實、許世清三人共同發起組織一個研究文學創作的團體——「銀鈴會」，並發行中日文混合的季刊《ふちぐさ》（《緣草》），張彥勳負責主編。「銀鈴會」是在日治末期的文壇活動的唯一臺灣文藝團體。

　　張彥勳身處日治末期，在「皇民化時期」，日文是唯一可以使用的工具，身為日治時期臺灣新詩運動的熱心推動者之一，提倡新詩創作，是位熱愛新詩創作的文藝青年，詩集《幻》（1943）、《桐葉落》（1945）皆由「銀鈴會」印行，為極少數在日治時期出版詩集的臺灣詩人。

　　曾幾何時，太平洋戰爭結束，日本戰敗，臺灣人又面臨新的政治局面，就像甲午戰爭清廷戰敗，將臺灣割讓給日本，在「去中國化，再日本化」的殖民政策下，臺灣人第一次被動學習國語（日文）；這一回，在「去日本化，再中國化」的國民政府政策下，臺灣人第二次被動學習國語（中文）。「銀鈴會」雖因語言問題而停頓，也一度更名為《潮流》，1949年，儘管維持長達7年，還是走向「停刊」的宿命。

◆ 關鍵性的七○年代

　　戰後，由於語文表達問題，致使張彥勳的文學生活遭受嚴重的蹉跌；儘管如此，他始終沒有放棄文學，愛好文學的熱誠並未因此而中輟。

　　不過，正如絕大部分跨越時代的臺灣作家一樣，張彥勳也在沉潛將近十年之後復出，先由日文跨越到中文創作，繼由詩人搖身成為小說家，之後，再從事兒童文學創作。

　　七○年代是張彥勳由成人文學轉向兒童文學的關鍵性年代。易而言之，七○年代也是張彥勳由成人文學轉向兒童文學的重要分水嶺。之前是以小說和詩為主，之後則以少年小說、童話、兒童詩為主。其寫作園地從《臺灣文藝》、《文壇》等文學雜誌轉向《小學生》、《好學生》、《兒童月刊》等少兒刊物以及《國語日報》、

《中央日報》等兒童版。至於促成張彥勳寫作轉向最大的因素在於1971年的「青光眼事件」。他在視力極差的狀況下，以生命之筆，致力於兒童文學的創作與迻譯。《兩根草》是張彥勳轉換寫作跑道的兒童文學處女作。

◆ 寫作風格與作品特色

張彥勳的兒童文學作品成集的計有《兩根草》（1973）、《獅子公主的婚禮》（1973）、《阿民的雨鞋》（1979）、《小草悲歡》（1981）等四本。這四本作品集，《獅子公主的婚禮》是詩歌‧童話合集，《兩根草》與《小草悲歡》都是少年小說集，《阿民的雨鞋》是小說‧故事合集。其寫作風格始終以鄉村為舞臺，寫出生於斯、長於斯的鄉野人家共通的生活經驗。其少年小說作品大體上是以寫實主義作品為主，比較側重於現實性與鄉土性。

◇《兩根草》

《兩根草》主題為「勇氣勝於一切」，揭櫫「草是根深蒂固的植物，任人踐踏，依然茁壯成長」的真諦。小說描寫黎明和阿華兩姊弟宛如兩根嫩草，既不畏風，也不畏雨，憑著堅忍不拔的精神，一一克服困難，是一部感人至深的少年小說。趙天儀譽之為臺灣版的《苦女努力記》。

《兩根草》的故事背景是臺灣升學主義瀰漫的年代，黎明努力的是升學，伍老師幫助的也是升學，媽媽心裡惦記的還是升學，是以，《兩根草》十足反映了七〇年代的社會現象與時代脈絡。張彥勳在該書融合小說技巧，運用情境寫作製造故事高潮，是張彥勳兒童文學代表作。

◇《阿民的雨鞋》

　　《阿民的雨鞋》係小說・故事合集。其中一篇〈小麻雀的眼淚〉在《獅子公主的婚禮》一書中是以「詩」的型態呈現，長達124行，是童話詩，也是敘事詩。惟在該書却改以「故事」的形態表現。同樣的，在《獅子公主的婚禮》一書中有一篇〈阿民的雨鞋〉先以「詩」的型態呈現，惟在該書却改以「小說」型態表現。凡此，適足以說明作品表現的「多變性」。

　　《阿民的雨鞋》包括〈阿民的雨鞋〉、〈烏鴉與阿龍〉等九篇少年小說作品，其中以〈烏鴉與阿龍〉較具代表性。它所刻劃的少年心理，完全透過阿龍對烏鴉叫聲的反應與體會來表達，張彥勳這篇雖是兒童文學作品，依然洋溢著藝術創作的精神，難能可貴。

　　阿龍和爺爺住在山上的破屋相依為命，周遭林木茂盛，烏鴉群集，一到夜晚就可聽到烏鴉的叫聲。阿龍由於自卑心作祟，連聽到烏鴉聲都以為在嘲笑他。隨著阿龍內在心理的轉變與調適，更為深刻了解烏鴉的叫聲。張彥勳在這篇〈烏鴉與阿龍〉中，對少年心理的描述可謂淋漓盡致，是篇教育部兒童文學創作首獎作品（1978年）。

◇《獅子公主的婚禮》

　　《獅子公主的婚禮》係詩歌・童話合集，前者包括〈媽媽的眼睛〉、〈賣糖的老人〉等九首；後者包括〈小黑看家〉等五篇。張彥勳本身是音樂教師，是以，無論是詩、小說或是兒童文學作品，都富含「音樂性」的作品特色。茲以〈賣糖的老人〉一詩為例：

賣糖的老人

庭院裡的小花，／爬過屋頂，／悄悄地溜走了。

森林裡的小鳥，／越過山嶺，／悄悄地飛走了。

寺廟裡的鐘聲，／渡過溪底，／悄悄地跑走了。

只有⋯⋯／只有那賣糖的老人獨自一個，／吹著喇叭，在傍晚的廣場上，／寂寞地站著。

　　這首童詩寫盡了賣糖的老人寂寞地站在傍晚的廣場，那種老人孤獨的影像，深刻地烙印在閱讀者的心坎裡，久久不去。小花溜走了、小鳥飛走了、鐘聲跑走了，在在都充滿音樂的節奏感。至於「爬過」、「越過」、「渡過」；「溜走」、「飛走」、「跑走」等動感十足的「動」，相較於孤獨老人寂寞站著的「靜」，則是一種鮮明而有趣的對比。

　　七○年代以後的張彥勳除了創作兒童文學作品，也曾翻譯若干外國傑出兒童文學作品，諸如：《阿爾卑斯少女》、《木偶奇遇記》、《媽媽的眼睛》等。

　　新詩、小說、兒童文學是張彥勳文學生命的三大支柱，「新詩」讓他在日治時期成為推動新詩的健將，「小說」讓他成為戰後臺灣第一代的名小說家之一，「兒童文學」讓他成為臺灣兒童文學界的鄉土作家。

一步一履痕，一書一世界，是張彥勳一生文學生命的最佳寫照。

第三節　共生共榮的文學刊物

本年代為日治末期的「皇民化時期」，所有報刊雜誌一率禁止使用漢文；是以，本節所謂日治末期的文學刊物，包括《文藝臺灣》、《臺灣藝術》、《民俗臺灣》、《ふちぐさ》等幾乎都以日文發表，有異於上年代漢和文併刊的文藝雜誌，這也是本年代刊物的一大特色。

一、《文藝臺灣》：臺灣總督府御用雜誌

臺灣總督府為配合日本戰時的諸多措施，在文藝政策上集合臺北帝國大學、臺北高等學校日籍教授、臺灣總督府警務局長、文教局長、情報部官員以及西川滿等日人，還包括郭水潭、邱炳南（邱永漢）、黃得時、吳新榮、周金波、莊培初、張文環、楊雲萍、藍蔭鼎、龍瑛宗、林熊生等臺灣人於1940年（昭和十五年）1月成立「臺灣文藝家協會」。

該會並同時創辦機關雜誌《文藝臺灣》，全部以日文創作，編輯人為當時臺灣文壇可以呼風喚雨的西川滿，另外聘請邱炳南、黃得時、龍瑛宗擔任編輯委員。該協會不僅是臺灣總督府御用社團，也是與臺灣人創辦的《臺灣文學》並列戰時碩果僅存的兩個文藝社團。

　　該協會機關雜誌《文藝臺灣》，從1940年（昭和十五年）1月1日創刊號到1944年（昭和十九年）1月1日終刊號止，共發行七卷二號。其中有關兒童文學作品的刊載如次：計有池田敏雄的民間故事〈臺灣的民間傳說〉，與西川滿合作的華麗島民話集〈七娘媽與蝦皮〉、〈救了鴨子的公冶長〉、〈三隻小鳥與九代貧〉，黃鳳姿的散文〈臺灣的おもち〉、〈一月二十八日〉、〈淡北八景〉、〈旅信三片〉、〈黃氏鳳姿致豐田正子〉，陳鳳蘭的散文〈ちまき〉，豐田正子的散文〈豐田正子致黃氏鳳姿〉，以及日野原康史的劇本〈青少年劇腳本集〉等。

　　《文藝臺灣》刊載的兒童文學作品多半屬於民間文學的範疇，「臺灣文學少女」黃鳳姿也是作者群之一，以一個文學少女的身分側身在眾多臺日文人聚集的《文藝臺灣》，足見其散文寫作確有可取之處。

　　至於以童謠創作聞名的窗道雄，從游珮芸《日治時期臺灣的兒童文化》一書「窗道雄臺灣時期作品的發表狀況」所示，其在《文藝臺灣》發表作品數有6篇（游珮芸，2007：203），但是根據陳秀鳳在〈關於窗道雄與《文藝臺灣》〉一文中則指出有22篇（陳秀鳳，1996：2），弔詭的是這兩份資料並未明白指出他的作品文類到底是童謠？還是童詩？窗道雄在《文藝臺灣》發表的篇名都標示「詩」，不像日高紅椿在《臺灣文藝》發表的作品則明顯標示「童謠」。是以，此處並未將窗道雄的詩作列為兒童文學作品。

　　本年代一個比較可親的兒童文學事件是臺灣文學少女黃鳳姿與日本文學少女豐田正子透過書信成為文字之交。她們的書信往返在《文藝臺灣》批露。秀才送人紙半張，才女送人書兩本，就因為黃

鳳姿將她所寫的《七娘媽生》與《七爺八爺》二書送給豐田正子，
兩位才女因此結成「書緣」，真正做到「以書會友」，也為日治時
期的臺灣兒童文學增添一段佳話。

　　至於西川滿與池田敏雄合作撰寫的華麗島民話集也在《文藝臺
灣》連載，這也是醉心於臺灣民俗研究的池田敏雄和西川滿合作的
傑作。

二、《臺灣藝術》：突顯江肖梅個人魅力的雜誌

　　戰時的臺灣有一標榜綜合文藝，並且由臺灣人主持的臺灣藝術
社於1940年（昭和十五年）3月4日創辦《臺灣藝術》雜誌，翌年
9月，社長黃宗葵經蘇維焜介紹，拜訪時在住吉公學校任教的江肖
梅，雜誌主編遂改由當年臺灣杏壇及民間文學界的重鎮──江肖梅
繼任，編輯為郭啟賢。（河原功，1999：23）

　　該雜誌自1940年3月以迄1945年（昭和二十年）3月，共發行
56期。（郭啟賢，1999：14），這期間由於殖民當局推行皇民化，
《臺灣藝術》不得不從1944年（昭和十九年）12月號起改題為《新
大眾》，藉以避免遭到當局的干涉。（郭啟賢，1999：16）

　　根據郭啟賢在〈憶念故人與歷史性雜誌〉一文中，對江肖梅擔
任主編有如下的推崇與讚嘆：

> 當初《臺灣藝術》每期發行四千冊左右，但每期都有退回為
> 數不少。江肖梅先生到任後，他認為藝術不該限於純文藝，
> 也應包括政治、經濟等文化部門，日本的暢銷雜誌《文藝春
> 秋》，就是最好的藍本。
> 因此編輯方針便採取廣泛文化路線，為了充實內容，規劃經

常在全省主要都市的分社舉行座談會。

由於不斷改進呆板內容，邁向雅俗共賞的方向，故業務蒸蒸日上，贊助會員及基本訂戶月月增加，發行份數自然急劇增多，每月竟然高達四萬份之譜。

難怪張良澤、河原功兩位教授會驚嘆說：「這是臺灣文藝雜誌前所未有的發行量。」（郭啟賢，1999：12-13）

由該雜誌編輯部署名的〈臺灣文藝雜誌興亡史〉分三次於創刊號、第一卷第二號、第一卷第三號刊載，對日治時期臺灣文藝雜誌的興衰有非常詳盡的論述。該文從明治、大正、昭和三個時代分別敘述臺灣文藝雜誌的興衰。

本島文藝雜誌的嚆矢，以1899年（明治三十二年）發行的《臺灣めぎまし》、《にひたか》二份雜誌為先。這個年代尚無兒童文學雜誌出現。（1940：64）有關童謠誌的發行始自1924年8月（大正十三年）臺北西川滿編輯的《櫻草》，該刊主要執筆者有日高紅椿、三杉与志三、坂本都詩男、保坂瀧雄、吉川わたる、德田昌子。可惜到第三卷第二號即告廢刊。

《櫻草》編輯人在第一卷第一號版權頁屬名西條ませを，但《臺灣藝術》〈臺灣文藝雜誌興亡史〉（二）則說是西川滿編輯，與《櫻草》版權頁的記載有出入，在第三卷第二號版權頁的編輯人才是西川滿。真正童謠誌的發刊是在1925年（大正十四年）3月，臺中的日高紅椿《すべらん》的出刊，共出二十餘輯，主要執筆者包括日高紅椿、坂本都詩男、保坂瀧雄、西川滿等。他們也是《櫻草》的主要執筆者。同年11月，《ババヤ》出刊，此為童謠與民謠合刊的雜誌，主要執筆者宮尾進、みやきよし、北ひろし、保坂瀧

雄、野村四郎、渡邊むつを等，到第五號廢刊。總之，直到大正時代，才出現童謠誌。

　　二〇年代中期以後的昭和時代，臺灣的文藝雜誌頓時活氣蓬勃，有如雨後春筍，但隨即進入混亂狀態。本年代與兒童雜誌有關的分別是1929年（昭和四年）2月臺中日高紅椿編輯的《三日月》創刊，十號廢刊。1938年（昭和十三年）6月臺北兒童藝術協會創刊《兒童街》，主要執筆者中山侑、西岡英夫、竹內治等。同年12月柴山關也編輯的《ねむの木》創刊。

　　《臺灣藝術》分別於一卷一號刊載呂赫若的〈藍衣少女〉，一卷五號刊載黃鳳姿的〈寫《七娘媽生》的時候〉，以及三卷二號刊載日高紅椿的〈關於童謠劇〉等少年小說、散文及童謠論述的文章。

　　處於戰時狀態下的文化出版界要維持按時出版已經不是容易的一件事，但是，比較特別的是《臺灣藝術》雜誌不但發行量打破臺灣文藝雜誌的紀錄（四萬份），甚至還從1942年2月以迄1943年12月，短短兩年內出版與兒童文學有關的單行本達14冊之多。分別是西川滿的《西遊記》（全五冊・小說）、竹內治的臺灣昔話（第一輯・故事）、稻田尹的〈臺灣昔話（第二輯・故事）、鶴田郁子的臺灣昔話（第三輯・故事）、〈南方昔話〉（故事）、劉頑椿的《岳飛》（上下・傳記）、《水滸傳》（一二・通俗小說）、以及該雜誌編輯部的《臺灣地方傳說集》等。

　　從上述來看，黃宗葵主持下的臺灣藝術雜誌社具有三大明顯特色：

　　其一：處在當時的特殊環境，配合皇民化政策，出版《愛國詩集》、《皇民時局讀本》。其二：採取大眾化出版路線。出版《西

遊記》、《水滸傳》、《岳飛》。其三：也是最重要的因素，那就是江肖梅的個人魅力。出版《包公案》，半年內發行三版，極為暢銷。（陳淑娟，1999：63）

三、《民俗臺灣》：代表日本人的良心刊物

當日本正要發動第二次世界大戰前夕，戰局緊迫，臺灣總督府正積極推動皇民化運動，在衣食住行方面，禁止臺灣人民保存民族固有的文化，甚至宗教信仰自由也被剝奪。臺灣固有的傳統風俗習慣正在面臨被破壞、淹沒的邊緣，臺灣傳統的民族資料正需要在被破壞消滅之前，將它予以完整地紀錄。

值此關鍵時刻，正值年輕，富於正義感、理想主義、人道主義的池田敏雄，一方面不滿臺灣總督府的做法，設法想將臺灣傳統生活風俗習慣加以正確紀錄，以便流傳後世；另一方面，則從研究學問的立場著手。此就是《民俗臺灣》創立的背景因素，也就是池田敏雄超越國族的相異性，透過共同使用日文寫作的一致性，在幕後一手企劃、編輯《民俗臺灣》具體而為的表現。

深思熟慮的池田敏雄，為免於遭受臺灣總督府的檢閱，遂請託臺北帝大教授金關丈夫為擋箭牌，並邀請陳紹馨、黃得時等參與編輯。《民俗臺灣》月刊於1941年（昭和十四年）7月10日正式創刊，持續發行到1945年（昭和二十年）1月1日第五卷第一號（終刊），前後三年七個月，共刊行四十三號。

對池田敏雄而言，《民俗臺灣》是他費盡心血的精華結晶（弘茂裕，1981：13）；對戰後日本文藝界的文人而言，認為《民俗臺灣》是代表日本人的良知與良心的代表傑作。（弘茂裕，1981：

13）在池田敏雄以及金關丈夫等的護持下，以友善的態度面對在殖民統治下的臺灣人，由是之故，《民俗臺灣》非常受臺灣人民的歡迎，臺灣的知識份子更是愛讀，很多人還把整套很珍惜地保存下來（弘茂裕，1981：12）。其最高發行量為三千冊（1981：11），但與《臺灣藝術》的最高量四萬冊幾乎無以相提並論。

　　除開金關丈夫、池田敏雄、岡田謙、國分直一、須藤利一、立石鐵臣等日本人之外，經常在《民俗臺灣》執筆的臺灣人有黃得時、楊雲萍、吳新榮、江肖梅、黃連發、黃鳳姿、廖漢臣、莊松林、戴炎輝、連溫卿、王瑞成、吳槐等十餘位。

　　《民俗臺灣》在臺灣總督府推行皇民化運動之際，毅然負起保留戰爭期間對臺灣文化、風俗、歷史的研究，實在具有特殊的時代意義，堪稱代表日本人的良心刊物。（楊碧川，1997：183）

　　上述在《民俗臺灣》撰稿的臺灣人，戰後有關臺灣省縣誌的整理、各縣市文化期刊的盛興，實有賴諸人的大力提倡，而臺灣民俗學之受世人矚目，《民俗臺灣》的創始人——池田敏雄功不可沒。

　　《民俗臺灣》自二卷三號以迄四卷十號，其所刊載的兒童文學作品大多集中在黃鳳姿與黃連發兩人。計有黃鳳姿的散文〈艋舺少女〉（一～六）、黃連發的〈臺灣童詞抄〉（兒歌）、〈臺灣童歌抄〉（兒歌）、〈與兒童有關的俚諺〉、〈臺灣童詞抄（續）〉、〈臺灣民間故事〉、〈臺灣民間故事〉（續）等。其他還有吳尊賢的〈童詞抄〉（兒歌）、梅村益敏的〈臺灣童歌二題〉（兒歌）等作品。

　　黃鳳姿與黃連發兩人經常在《民俗臺灣》發表與兒童文學相關的題材，兩人更是日治時期以「兒童的」、「文學的」素材做為寫作內容的作者，有異於新文學作家或是其他的臺灣作家以「成人的」、「文學的」為題材的作風。

四、《ふちぐさ》：頗具歷史意義的同人誌

日治時期將進尾聲之際，三位就讀臺中一中的文藝青年張彥勳（紅夢、路旁石）、朱實（ひなどり生）、許世清（曉星）等同期同學基於對文學的熱愛，在終戰前三年（1942）創立「銀鈴會」——臺灣中部文學團體，張彥勳形容那是「像一顆彗星突然出現在當時臺灣文壇的一個文學團體」（1995：24）該團體終止於戰後四年（1949），故林亨泰以1945年為基準，將「銀鈴會」分為前後兩期，前期為1942年（昭和十七年）4月到1945年（昭和二十年）8月，後期為1945年8月到1949年4月。

就臺灣的文化脈絡而言，「銀鈴會」的創立，是日治時期最後一批能夠把日文運用自如，並作為創作工具的青年作家，且持續在戰後活躍的文學團體。這樣的狀況，正好說明「銀鈴會」是居間承續戰前到戰後的最後一個臺灣文學團體。

就因為如此，「銀鈴會」的存在，更兼具戰前臺灣文學精神的發揚以及戰後傳遞臺灣精神的歷史意義。換句話說，「銀鈴會」的出現，不是歷史的偶然，而是維持臺灣文學薪傳於不墜的必然結果。

上述的歷史意義，朱實認為有（一）繼承傳統、堅忍不拔，（二）放眼世界、立足鄉土，（三）承前啟後、彌補空白等三項。正因為「銀鈴會」具有這三項歷史意義，適足以粉碎「臺灣四十年代是文學空白的時代」的說法。

林亨泰深深覺得「銀鈴會」的同人實實在在可以說是：在日本人最黑暗的時候當了日本人，中國人最絕望的時候當了中國人。

（林亨泰，1995：04）這也反映當時「銀鈴會」同人所處的兩難情境。

「銀鈴會」的機關刊物《ふちぐさ》（《緣草》），原先只是作品稿件裝訂本，編輯負責將每個人的原稿收集訂成冊，以傳閱方式輪流品賞對方的作品風格，並將自己的感想、讀後感等寫在冊後的意見欄，互相觀摩。該刊刊名是朱實取的。直到成員增加到十餘人時，才改用油印刊出。朱實在〈潮流澎湃銀鈴響──銀鈴會的誕生及其歷史意義〉一文中特別說明「緣草」的意義。

> 邊緣草是種在花壇四周的一種花草，它不顯眼，默默奉獻，襯托百花爭艷的花壇，寫意並不深奧，只是表示在這苦難的年代裡，我們三個人（朱實、張彥勳、許世清）願在這小小的園地裡找到心靈的綠洲。（朱實，1995：13）

至於張彥勳則在〈銀鈴會的發展過程與結束〉一文中提到：

> （前略），這期間，作品的內容大致為童謠、短歌、俳句、新詩、隨筆之類的文章。（張彥勳，1995：25）

從張彥勳的敘述中，顯然《緣草》的內容比較傾向於詩歌，這中間也包含童謠在內。至於現存唯一的一份《潮流》夏季號，其中也有一首童謠。就這個面向而言，《緣草》也承襲了上一年代臺灣文藝雜誌刊載童謠或兒歌的編輯路線，雖然刊載篇數並不多。作品多寡並不重要，重要的是童謠存在的事實。

　　身為「銀鈴會」發起人之一,同時兼任同人雜誌《緣草》主編,在組織的推動上由最初的三人推展到數十人,張彥勳功不可沒。

　　戰後,由於政府禁用日文政策,促使曾受日文教育的一代,如「銀鈴會」的同人們因為語言的問題而告停頓,《緣草》遂於1947暫停發行,該年冬天,改題為《潮流》,翌年元旦,出刊冬季號。直到1949年春季號出刊後終告停刊。「銀鈴會」的同人也僅有張彥勳、朱實、詹冰、林亨泰、錦連、蕭翔文等人成功突破語言轉換的困境。

　　雖然一般都將「銀鈴會」視為詩社,只緣其成員多半從事新詩創作,像張彥勳、詹冰、林亨泰、錦連等後來都成為著名的現代詩人。但是,請不要忽視《緣草》也曾刊載過少數的童謠作品。雖然只是一鱗半爪,卻是後來者研究所倚賴的蛛絲馬跡。這與《南音》、《第一線》、《臺灣文藝》、《臺灣新文學》等文藝雜誌的刊載兒歌、童謠的情況並無二致。

　　另一方面,詹冰和張彥勳兩位後來都在兒童文學方面有著很好的成就,各自在童詩、童話、少年小說、劇本等的寫作,開創自己的一片天。

第四節　繼往開來的臺灣文化協進會

　　1945年8月太平洋戰爭結束,日本敗北,日本天皇宣布無條件投降,歷經將近51年被殖民統治的臺灣人民一方面慶幸能夠從桎梏中獲得解放;一方面又必須面對另一波的統治政權。臺灣人民在這種政權交替的環境中何適何從?而原本已經被終止使用漢文寫作的臺灣文學,以及臺日兒童文學工作者努力發展的臺灣近代兒童

文學，都將一起面臨驟變的政治局勢。尤其是對跨越語言的一代來說，因語言的因素而造成文學生命的扼止，似乎是難逃的命運。

此外，莊永明在〈《臺灣文化》月刊回顧〉一文中表示：

> 戰後，臺灣文化的「復興」，雖受各方關注，但百廢待舉下，欲彌補「斷層」，何嘗容易，況且當時國民政府是外敵雖降，內戰卻未熄。因此，有志之士乃決意糾合文化工作者，擬為臺灣文化，創造新機。（莊永明，1987：199）

出身臺灣總督府國語學校的游彌堅，在這重要的關鍵時刻，適時扮演舉足輕重的角色。他結合許乃昌、楊雲萍、陳紹馨、王白淵、沈湘成、蘇新等人於1946年6月16日假臺北市中山堂舉行「臺灣文化協進會」成立大會，在成立大會的宣言中，一句「過去的歷史，鼓勵我們新的決意；現在的事實，提示我們新的方案。」為臺灣文化協進會的「承先啟後」，下了最佳的註腳。

這個戰後最早成立的臺灣文化團體，理事長游彌堅，總幹事許乃昌，編輯組主任楊雲萍，教育組主任王白淵，研究組主任陳紹馨，總務組主任沈湘成，宣傳組主任蘇新。其後，編輯組主任楊雲萍出任9月15日創刊的《臺灣文化》主編。

游彌堅在《臺灣文化》創刊號所發表的〈文協的使命〉提到：

> 光復後，臺灣的文化界，好像暴風雨之後的沈默似的，大家無聲無息，帶有飄零無依的景象。這是大亂之後應有的氣象，不能把他看做老衰凋落，而是含有帶機欲動的新生的力量。不過一時失掉了表現的工具，找不到發揮的園地罷了。（游彌堅，1946：01）

　　游彌堅另在12月10日創刊的《現代》週刊發表〈「臺灣文化協進會」的目的〉一文：

　　（前略）如何來改變我們這被奴化的思想？如何協助政府建
　　設新臺灣？這是我們應當考慮、應當努力的地方。臺灣文化
　　協進會創設的動機，也就是從這裡產生出來的。臺灣文化協
　　進會的目的，是要宣揚三民主義的精神，灌輸民主政治的思
　　想，改變被奴化的臺灣文化，協助政府推行政令，傳習國文
　　國語，並對社會作種種的服務工作。不過這種重要工作，不
　　是少數人可以做得了的。非有群策群力，大家聯合起來做不
　　可。所以我們才來發起這臺灣文化協進會，希望大家加入這
　　個團體，精誠團結，共同一致，來推動我們新臺灣人民對新
　　臺灣應做的事情。

　　游彌堅在這篇文章中非常清楚的揭櫫該會成立的目的和宗旨，
以及對新臺灣人的期許。文章中提到的「傳習國語國文」，不僅是
一般國民，就是本年代跨越語言一代的臺灣作家，這是大家共同面
臨的課題。

　　至於臺灣作家在這種「大時代」的環境下「棄筆」，或是轉了
大方向（不少文藝作家，成了文獻的工作者。）這不能不說是文學
上的損失。（莊永明，1987：204）這些轉向的臺灣作家包括莊松
林、廖漢臣、王詩琅等幾位。

　　對於「臺灣文化協進會」機關刊物《臺灣文化》在時代的嬗變
下，楊雲萍也曾經對它做了「這本雜誌，可以說它有一些歷史的意
義。」的價值判斷。（1987：204）

　　《臺灣文化》月刊在1946與1947年刊載過數篇兒童文學作品，包括：黃耀麟詞·邱快齊曲的童謠作品〈放風吹〉、黃歐波的童謠作品〈小螞蟻〉與〈小蜘蛛〉，以及丙生的童話作品〈葉公見龍〉與〈雲雀的頌歌〉等。

　　上述〈放風吹〉童謠作者黃耀麟（漂舟）是三〇年代從事童謠創作的臺灣作家。至於丙生的童話與黃鷗波的童謠，顯見即便是在時局嬗變的年代，文學創作並不會因此而終止。這也和「銀鈴會」的同人在終戰前後以日文創作童謠的情況如出一輒。

　　丙生原名袁聖時，係大陸作家，顯見戰後初始，臺灣兒童文學開始注入中國兒童文學的元素，讓臺灣兒童文學更加多元化。

第五節　皇民化時期的尾聲

■ 臺灣文學少女的出線

　　黃鳳姿自被池田敏雄驚為「才女」後，經池田敏雄再轉介給其摯友西川滿。自此而後，兩人對黃鳳姿的培植不遺餘力，先後於1940年（昭和十五年）2月由西川滿主持的日孝山房為其出版第一本散文集──《七娘媽生》。同年11月，由東都書籍（株）會社臺北支店為其出版第二本散文集──《七爺八爺》，此為《七娘媽生》姊妹篇。

　　終戰前一年（昭和十九年），東都書籍（株）會社臺北支店再度為黃鳳姿出版《臺灣的少女》一書，這時的她，已非當年龍山公學校小女生，而是臺北州立第三高女二年級生，一位婷婷玉立的少女。該書由曾經來臺的日本大文豪佐藤春夫撰「序」，並得到日本文部省推薦圖書。

　　以一個臺灣少女因為擁有寫作才華，能夠在四年之內出版三
本書，在日治時期被視為臺灣文壇奇葩，遂有「臺灣文學少女」
之稱。究其原因，是因為有佐藤春夫、西川滿、池田敏雄等「好
風」，才能夠扶「她」——黃鳳姿直上青雲。

■ 戰後第一代臺灣作家浮上檯面

　　本年代正逢「皇民化時期」，所有報刊雜誌一律禁止使用漢
文，當時，日文是唯一可以使用的寫作工具。臺灣作家面臨此種強
制的作風，不得不以日文從事文學創作而有所謂的「皇民文學」。

　　從周伯陽、詹冰、陳千武、黃連發、張彥勳等戰後第一代臺
灣作家，先後在《臺灣藝術》、《民俗臺灣》、《臺灣新民報》、
《臺灣新聞》、《緣草》、《潮流》等報刊雜誌發表與兒童文學有
關的童謠、詩、民間故事等作品來看，雖然作品量不多，畢竟也在
臺灣近代兒童文學發展史上留下片言隻字，為四十年代的臺灣兒童
文學做了最好的見證。尤其是黃連發，他是日治時期唯一以「兒童
的」做為研究或寫作的標地。

■ 皇民化時期的兒童文學

　　臺灣總督府自三〇年代中期後以迄終戰結束止，全力推行的皇
民化運動，不但影響臺灣文學的發展，同時也波及到兒童文學的發
展，以及兒童讀物的出版。被殖民者既無法積極的抵制，只能消極
的被動配合。

　　1941年（昭和十六年），臺灣總督府要求《文藝臺灣》的作家
們參與推廣皇民化運動，臺灣總督府情報部甚至出版《輕鬆掌握青
少年劇腳本集》，目的是為了讓臺灣的孩童從小就養成「優秀的日

本人性格。」（陳秀鳳，2002：198）

　　該腳本集分青年劇和兒童劇兩部分。前者有黃得時〈通事吳鳳〉（三幕）和龍瑛宗〈美麗的田園〉（二幕）兩位臺灣作家的作品；後者全部是日本人作品，西川滿與窗道雄的作品出現絕然不同的風格。

　　西川滿〈青毛獅子──新版西遊記〉的最後一幕：

　　　　肩並著肩取經去　今天仍能往天竺出發　都是託軍隊叔叔們的福　都是為了國家　為了國家而征戰的　軍隊叔叔們的庇蔭

　　東亞民族共榮的美夢，為日本對外侵略的行為預備相當合理的藉口，手握文學之筆的文人，沒有絲毫反省的能力，這樣穿鑿附會的胡扯，竟也能在西遊記與皇民化之間搭起一做完美的橋（陳秀鳳，2002：198-199）

　　身為當時風雲一時的西川滿的作品如此，至於窗道雄的〈兔子阿吉與烏龜阿吉〉又是怎樣的皇民化作品？它係以幽默的方式描述龜兔二代賽跑的狀況，最後是在狸貓的協助下，雙方在眾人面前和好，承認彼此從上帝那裡領受相異的身體構造，各有特色與才能而告落幕。

　　誠如陳秀鳳的看法，臺灣總督府出版此一劇本的最終目的，純然是為了想把臺灣孩童徹底的同化成優秀的日本人。但是，貫穿在窗道雄作品中「萬物生而平等」、「自我認同」等的意識，顯然和主事者的原意大相逕庭。「這篇劇本竟能通過情報部的審查被收錄其中，實在是個奇蹟。」（陳秀鳳，2002：200）

　　另一方面，在江肖梅主編的《臺灣藝術》，也在皇民化時期出版《愛國詩集》和《皇民時局讀本》等皇民化作品，即便是江肖梅之流，也不得不屈服在皇民化的時潮之中。

參考文獻

壹：中文部份

一、圖書（以出版先後為序）

1. 李獻璋　編著。《臺灣民間文學集》。臺北市：臺灣文藝協會。1936年6月。

2. 黃武忠　著。《日據時期臺灣新文學作家小傳》。臺北市：時報出版有限公司。1980年8月。

3. 林鍾隆　著。《兒童詩觀察》。臺北市：益智書局。1982年9月。

4. 黃武忠　著。《臺灣作家印象記》。臺北市：眾文圖書有限公司。1984年4月。

5. 巫永福　著。《風雨中的長青樹》。臺中市：中央書局。1986年12月。

6. 林鍾隆　譯。《老師也有會哭的時候──日本童詩精華選》。臺北市：民生報社。1988年8月。

7. 張恆豪　編。《陳虛谷、張慶堂、林越峰合集》（《臺灣作家全集》短篇小說卷・日據時代4）。臺北市：前衛出版社。1991年2月。

8. 張恆豪　編。《王詩琅、朱點人合集》（《臺灣作家全集》短篇小說卷・日據時代5）。臺北市：前衛出版社。1991年2月。

9. 施淑　編。《日據時代臺灣小說選》。臺北市：前衛出版社。1992年12月。

10. 窗道雄　著；向陽選譯。《大象的鼻子長》。臺北市：時報文化出版企業（股）公司。1996年3月。

11. 陳秀鳳　編譯。《另一雙眼睛——窗道雄詩選》。臺北市：信誼基金出版社。2002年2月。

12. 佐藤春夫著・邱若山譯。《佐藤春夫：殖民地之旅》（臺灣文學讀本02）。臺北市：草根出版事業有限公司。2002年9月。

13. 陳明臺　主編。《陳千武詩全集（一）》（陳千武全集1）。臺中市：臺中市文化局。2003年8月。

14. 巫永福　著。《巫永福回憶錄——我的風霜歲月》（望春風傳記叢刊9），臺北市：望春風文化事業（股）公司，2003年9月。

15. 巫永福　著。《巫永福小說集》。臺北市：巫永福文化基金會。2005年6月。

二、論著（以出版先後為序）

1. 李汝和　主修。《臺灣省通誌卷五教育文化事業篇》。臺北市：眾文圖書有限公司。1971年6月30日。

2. 陳少廷　編撰。《臺灣新文學運動簡史》。臺北市：聯經出版事業公司。1977年5月。

3. 杜維運　著。《史學方法論》。臺北市：華世出版社（總經銷）。1979年2月。

4. 黃武忠　著。《臺灣作家印象記》。臺北市：眾文圖書公司。1984年5月。

5. 葉石濤　著。《臺灣文學史綱》。高雄市：春暉出版社　1987年2月1日。

6. 莊永明　等著。《當代文學史料研究叢刊》第一輯。臺北市：大呂出版社。1987年5月。

7. 邱各容　著。《臺灣兒童文學史料初稿1945-1989》。臺北市：富春文化事業（股）公司。1990年8月。

8. 洪文瓊　主編。《華文兒童文學小史》。臺北市：中華民國兒童文學學會。1991年5月。

9. 秦賢次　編。《張我軍評論集》。臺北縣：臺北縣立文化中心。1993年6月。

10. 臺灣作家全集編委會　編。《臺灣作家全集短篇小說卷──別冊》。臺北市：前衛出版社。1994年3月。

11. 中島利郎　編。《日據時期臺灣文學雜誌總目・人名索引》。臺北市：前衛出版社。1995年3月。

12. 黃武忠　著。《親近臺灣文學》。臺北市。九歌出版社有限公司。1995：3月。

13. 林文寶　著。《兒童詩歌論集》。臺北市：富春文化事業（股）公司。1995年11月。

14. 趙天儀主持。《臺灣文學史料調查研究計畫》。臺北市：行政院文建會。1997年6月15日。

15. 林政華　著。《臺灣少年兒童文學》。臺南市：世一文化事業（股）公司。1997年7月。

16. 莊永明　著。《臺北市文化人物傳略》。臺北市：臺北市文獻委員會。1998年6月。

17. 趙天儀　著。《兒童文學與美感教育》。臺北市：富春文化事業（股）公司。1999年1月。

18. 陳明臺　著。《臺中市文學史初編》。臺中市：臺中市立文化中心。1999年6月。

19. 莫渝・王幼華　著。《苗栗縣文學史》苗栗縣：苗栗縣立文化中心。2000年1月。

20. 中島利郎　編。《臺灣新文學與魯迅》臺北市：前衛出版社。2000年5月。

21. 林瑞明　編。《賴和全集（三）雜卷》臺北市：前衛出版社。2000年6月。

22. 高麗鳳總編輯。《臺北人物誌》（第二冊）臺北市：臺北市政府新聞處。2000年11月。

23. 遠流臺灣館　編著。《臺灣史小事典》（認識臺灣是點系列）。臺北市：遠流出版事業（股）公司。2000年。

24. 中島利郎・宋子紜　編。《臺灣教育總書目・著者索引》。臺北市：南天書局有限公司。2001年10月。

25. 梁明雄　著。《張深切與《臺灣文藝》研究》。臺北市：文經出版社有限公司。2002年1月。

26. 王晴佳　著。《臺灣史學50年（1950-2000）》。臺北市：麥田出版社。2002年8月。

27. 新垣宏一　著；張良澤編譯。《美麗島歲月》。臺北市：前衛出版社。2002年8月。

28. 林文茜　撰。《日據時期臺灣兒童文學發展研究》。臺北市：財團法人國家文化藝術基金會。2002年8月。

29. 顧力仁　主編。《臺灣歷史人物小傳——日據時期》。臺北市：國家圖書館。2002年12月。

30. 秦賢次　著。《臺灣文化菁英年表》（北臺灣文學60）。臺北縣：臺北縣政府文化局。2002年12月。

31. 王詩琅　著；張良澤編。《臺灣文學重建的問題》（王詩琅選集第五卷）。臺北市：海峽學術出版社。2003年5月。

32. 陳建忠　著。《日據時代臺灣作家論——現代性、本土性、殖民性》。臺北市：五南圖書出版（股）公司。2004年8月。

33. 邱各容　著。《臺灣兒童文學史》。臺北市：五南圖書出版（股）公司。2005年6月。

34. 趙天儀　著。《臺灣兒童文學的出發》。臺北市：富春文化事業（股）公司。2006年4月。

35. 謝鴻文　著。《凝視臺灣兒童文學的重鎮——桃園縣兒童文學史》。臺北市：富春文化事業（股）公司。2006年12月。

36. 邱各容　著。《臺灣兒童文學年表》。臺北市：五南圖書出版（股）公司。2007年1月。

37. 游珮芸　著。《日治時期臺灣的兒童文化》。臺北市：玉山社出版事業（股）公司。2007年1月。

三、期刊（以出版先後為序）

1. 林容　譯。〈臺灣童謠傑作選集──日據時期臺灣兒童作品〉，中壢市：《月光光第三──22期》（第13期沒有譯介）。1977年6月1日──1978年1月1日。

2. 林鍾隆。〈介紹一位最傑出的兒童詩人〉，中壢市：《月光光》第19期　頁2-4。1980年3月1日。

3. 龍瑛宗。〈龍瑛宗隨筆──讀書遍歷記〉，臺北市：《民眾日報》。1981年1月28日。

4. 周　洋。〈兩位詩人的童謠觀〉，中壢市：《月光光》第68期。頁2-3。1989年2月1日。

5. 李雀美。〈光復前的臺灣兒童期刊〉，臺北市：《認識兒童期刊》（兒童文學研究叢刊5）　頁34-39。1989年12月17日。

6. 林　良。〈臺灣地區四十五年來的兒童文學發展（1945～1990）〉，臺北市：《華文兒童文學小史》（1945-1990）（兒童文學史料叢刊叁）　頁1-4。1991年5月。

7. 陳秀鳳。〈窗道雄的小宇宙〉，臺中縣：《第二屆全國兒童文學與兒童語言學術研討會論文集》頁59-80。1998年1月。

8. 林文茜。〈窗道雄的世界〉，臺北市：《兒童文學家季刊第26期》頁3-7。2000年7月。

9. 徐錦成。〈窗道雄的「臺灣詩」〉，臺東市：《兒童文學家學刊》第四期──臺灣童書翻譯專刊。頁110-129。2000年11月。

10. 林文寶。〈臺灣兒童文學的建構與分期〉，臺東市：《兒童文學家學刊》第五期。頁06-42。2001年5月。

11. 林文茜。〈臺灣兒童文學研究發展史的現況與課題〉，臺東市：《兒童文學家學刊第六期》上卷。2001年11月。

12. 游珮芸。〈日據時代的兒童文化——從《兒童街》看臺北兒童藝術協會〉，臺東市：《兒童文學家學刊第八期》頁77-90。2002年11月。

13. 邱各容。〈日治時期臺灣兒童文學勾微〉，臺北市：《全國新書資訊月刊》第60期 頁22-32。2004年1月。

14. 謝鴻文。〈臺灣兒童文學史發展起點的異議〉，臺北市：《國語日報》兒童文學週刊。2004年7月18、25日。

15. 趙天儀。〈臺灣兒童文學史的書寫與建構〉，臺中縣：《第九屆兒童文學與兒童語言學術研討會論文集》頁05-14。2005年6月。

16. 邱各容。〈建構臺灣兒童文學史的歷史意義〉，臺中縣：《第九屆兒童文學與兒童語言學術研討會論文集》頁15-34。2005年6月。

17. 邱各容。〈從意識型態談日治時期臺灣兒童文學發展研究〉，臺北市：《全國新書資訊月刊》第100期。頁25-31。2007年4月。

四、雜誌（以出版先後為序）

1. 《南音半月刊》。第1卷、2、3、4、5、9、10（合刊）等號。臺北：南音雜誌社。1932年1月15～7月25日。

2. 《臺灣文藝》創刊號、2卷2、3、7、8、9（合刊）。臺北：臺灣文藝協會。1934年11月5日～1935年8月4日。

3. 《第一線》（《先發部隊》改名）。臺北：臺灣文藝協會。1935年1月6日。

4. 《臺灣新文學》1卷3、5、6、8、9、2卷1號。臺北：臺灣新文
   學社。1936年4月1日～12月28日。

貳：日文部分

一、作品（以出版先後為序）

1. 平澤丁東　著。《臺灣の歌謠と名著物語》。臺北：晃文館。
   1917年。

2. 片岡巖　輯。《臺灣風俗誌》。臺北：臺灣日日新報社。1921年。

3. 瀨野尾寧・鈴木質共著。《蕃人童話傳說選集》。臺北：警察
   協會臺北支部。1930年。

4. 宮尾進編。《童謠傑作選集》。臺北：臺灣文藝協會。1930年。

5. 西川滿　著。《童話故事──貓寺》。臺北：媽祖書房。1936年。

6. 西川滿　作詞。宮田彌太郎作畫。《繪本桃太郎》。臺北：日
   孝山房。1938年。

7. 喜有名英文　著。《鳳梨花童謠集》。臺南：（未註明出版單
   位）。

8. 黃鳳姿　著。《七娘媽生》。臺北：日孝山房。1940年。

9. 臺灣童話劇協會　編。《兒童劇選集》。臺北：鵬南時報社。
   1940年。

10. 西岡英夫　原著・中山侑　改編。《鯨祭──放送童話劇》。
    1940年2月18日。

11. 黃鳳姿　著。《七爺八爺》。臺北：東都書籍株式會社。1941年。

12. 臺灣總督府情報部　編。《青少年劇腳本集》（第一輯）。臺北：臺灣總督府情報部。1941年4月13日。

13. 西川滿　編。《臺灣文學集》。大阪：大阪屋號書店。1942年8月15日。

14. 西川滿・池田敏雄　合著。《華麗島民話集》。臺北：日孝山房。1942年5月。

15. 黃鳳姿　著。《臺灣の少女》。臺北：東都書籍株式會社。1943年8月1日。

16. 臺灣藝術社編輯部　編。《臺灣地方傳說集》。臺北：臺灣藝術社。1943年12月。

17. 西川滿　著。《臺灣繪本》。臺北：臺灣日日新報社。1943年。

18. 游珮芸　著。《植民地臺灣の兒童文化》。東京：株式會社明石書店。1999年2月。

二、雜誌（以出版先後為序）

1. 《臺灣教育》第127、128、129、130、142、144、145、231、232、233、234、235、236、238、239、240、243、246、247、248、249、250、251、253、254、286、287、288、290、294、296、298、308、326、327、328、368、369、378、386、387、390、402、403、411、430、461、466等號。臺北：臺灣教育雜誌社。1919年4–10月。

2. 《學友》一卷四——十一期（一卷十期無作品）。臺北：學友雜誌社。1919年4-10月。

3. 《パパヤ》（童謠誌）。宮尾進編。臺北：臺灣童謠協會。
   1925年12月。

4. 《童心》。只發行1、2、3號。臺北：臺北兒童藝術聯盟。1935
   年2月7日-4月8日。

5. 《ねむの木》（童謠誌）。柴山關也　編。臺北：ねむの木
   社。1938年12月。

6. 《兒童街》創刊號、1卷2、3、4號；2卷1、2、3號。臺北：臺
   北兒童藝術協會。1939年7月23日-1940年6月。

7. 《文藝臺灣》創刊號、1卷2、3、5號；2卷1、2號；4卷1、2、3、
   4號。臺北：臺灣文藝家協會。1940年1月1日-1942年7月20日。

8. 《臺灣藝術》1卷2、3、5號。臺北：臺灣藝術社。1940年4月1
   日-7月9日。

9. 《民俗臺灣》創刊號、2卷3、4、5、6、9、12號；3卷1、4、
   5、6號；4卷1、3、9號。臺北：民俗臺灣雜誌社。1941年7月1
   日-1944年9月4日。

附錄　臺灣近代兒童文學年表

年代	月日	臺灣兒童文學動態	參考事項
1895	04 05 07 09/15	◆連溫卿生於臺北大稻埕 ◆久留島武彥隨近衛第一聯隊登陸臺灣 ▲芝山巖國語練習所設立 ◆張耀堂生於臺北木柵	06/17 本島始正紀念日
1896			09/25 公佈「國語學校規則」
1897	06/07	◆莊傳沛生於臺南學甲	
1898	10 12/10	◆周定山生於彰化鹿港 ◆江肖梅（尚文）生於新竹市	
1899	11/08	◆洪炎秋生於彰化鹿港	03/31 公佈「師範學校官制」
1900	01/02 04/18	◆許丙丁生於臺南市 ◆蔡秋桐生於雲林元長 ▲臺灣總督府內國語學校國語研究會發行《國語研究會會報》，為《臺灣教育會雜誌》前身	
1901	03 07/20	◆白陳發畢業於臺北師範學校語學部國語科 ▲《臺灣教育會雜誌》創刊	06 臺灣教育會成立
1902	10/07 11/03	◆張我軍生於臺北板橋 ◆王白淵生於彰化二水	04/01 公佈「臺灣小學校規則」
1903		◆朱點人生於臺北艋舺	

1904	04/02	◆郭秋生生於臺北新莊	03/11 公佈「臺灣公
	08/19	◆張深切生於南投市	學校規則」
		◆李獻璋生於桃園大溪	
1905	03/09	◆楊守愚生於彰化市	
1906	01/17	◆楊雲萍生於臺北士林	01/05 公佈「國語學
	10/18	◆楊逵生於臺南	校第二附屬
1907	05/05	■《むかしばなし第一桃太郎》／杉	
		山文悟・白陳發編	
	11/12	◆吳新榮生於臺南將軍	
1908	02/12	◆西川滿生於日本福島縣	
	02/26	◆王詩琅生於臺北艋舺	
1909	02/21	◆翁鬧生於彰化社頭	
	06/09	◆（陰曆）林越峰生於臺中豐原	
	10/10	◆張文環生於嘉義梅山	
	11/05	◆黃得時生於臺北樹林	
	11/16	◆石田道雄（窗道雄）生於日本山	
		口縣	
1910	01/26	◆莊松林生於臺南市	西岡英夫來臺
	※	◆西川滿3歲，隨家人渡臺，住於	
		基隆。	
1911	08/25	◆龍瑛宗生於新竹北埔	10/10 辛亥革命成功
1912	04/10	◆廖漢臣生於臺北艋舺	01/01 中華民國成立
	11/01	▲〈臺灣童謠〉（論述）／宇井生／	07/30 日本明治帝崩
		《臺灣教育》第127號	
	12/01	▲〈臺灣搖籃曲和童謠〉（論述）／	
		宇井生／《臺灣教育》第128號	
	※	■《むかしばなし第二埔里社鏡》／	
		杉山文悟・白陳發編	
1913	01/30	◆新垣宏一生於高雄市	
	03/11	◆巫永福生於南投埔里	
	10/31	◆黃連發生於高雄潮州	
	11/01	▲〈臺灣謎語〉／宇井生／《臺灣教	
		育》第139號	

1914	01.	■《臺灣教育會雜誌》改題為《臺灣教育》	11.《少年俱樂部》創刊
	01.	◆張耀堂自國語學校公學師範部畢業	
	04/01	▲〈對於童話事業的留意事項和心理準備〉（論述）／西岡英夫／《臺灣教育》第144號	
		▲〈臺灣兒童的遊戲〉（一）／片岡巖／《臺灣教育》第144號	
	04	◆西川滿入臺北第四尋常小學校就讀	
	05/01	▲〈臺灣兒童的遊戲〉（二）／片岡巖／《臺灣教育》第145號	
	08/25	◆呂赫若生於豐原潭子	
	09/01	▲〈臺灣兒童的遊戲〉（三）／片岡巖／《臺灣教育》第149號	
	10/01	▲〈臺灣兒童的遊戲〉（四）／片岡巖／《臺灣教育》第150號	
	11/01	▲〈臺灣兒童的遊戲〉（五）／片岡巖／《臺灣教育》第151號	
	12/01	▲〈臺灣兒童的遊戲〉（六）／片岡巖／《臺灣教育》第152號	
		▲〈興趣的回顧〉／西岡英夫／《臺灣教育》第152號	
	※	◆張耀堂考進東京高等師範學校	
1915	02.	◆久留島武彥來臺視察東洋協會，應西岡英夫等的邀請，進行臺灣首次的童話口演	06.《臺灣少年》創刊／臺灣少年社臺南友局
	03/01	▲〈臺灣兒童的遊戲〉（七）／片岡巖／《臺灣教育》第155號	
	05/01	▲〈臺灣兒童的遊戲〉（八）／片岡巖／《臺灣教育》第157號	
	06.	■《臺灣少年》／臺灣少年社臺南支局	
	※	■《臺灣昔噺》／宇井英／臺灣日日新報社	
	※	■《臺灣笑話集》／川合真永／臺灣日日新報社	
	※	■《臺灣むかし噺集》／栗田確	

1916	02/25	◆巖谷小波首次來臺進行童話口演	
	02/27	▲「臺灣む伽會」（臺灣童話會）成立，幹事為西岡英夫	
	04/01	▲〈就通俗教育的立場〉（論述）／西岡英夫／《臺灣教育》第168號	
	07/18	◆吳瀛濤生於臺北市	
	08.	◆池田敏雄生於日本島根縣	
	12/01	▲〈大正五年的兒童界〉／西岡英夫／《臺灣教育》第174號	
1917	02/05	■《臺灣の歌謠と名著物語》／平澤丁東編著／臺北昱文館	
	03/13	■《臺灣歷史故事集》／西岡英夫／臺灣日日新報社	
	03.	◆江尚文自國語學校師範部畢業	
	04	■《子供世界》創刊，總編輯兼發行人吉川精馬	
	05/15	◆周伯陽生於臺灣新竹	
	09/01	▲〈關於童話研究〉（論述）／西岡英夫／《臺灣教育》第183號	
	09.	■《若草》創刊／小林忠文編輯／臺北若草會	
1918			07.《赤い鳥》創刊
1919	01/11	■《學友》創刊，總編輯兼發行人吉川精馬	
	04.	◆石田道雄移居臺北艋舺，轉入臺北市立城南小學四年級	
	04.	▲〈珍貴的紀念品〉（上）（少年小說）／西岡英夫／《學友》1卷4期	
	05.	▲〈珍貴的紀念品〉（中）（少年小說）／西岡英夫／《學友》1卷5期	
	06.	▲〈珍貴的紀念品〉（下）（少年小說）／西岡英夫／《學友》1卷6期	
	07.	▲〈認錯人〉（一）（少年小說）／西岡英夫／《學友》1卷7期	
	08.	▲〈認錯人〉（二）（少年小說）／西岡英夫／《學友》1卷8期	

	09.	▲〈認錯人〉（三）（少年小說）／西岡英夫／《學友》1卷9期	
	11.	▲〈認錯人〉（四）（少年小說）／西岡英夫／《學友》1卷11期	
	11.	■《學友》停刊	
1920	07. 03/20 09/28	▲佐藤春夫來臺旅行三個月 ■《課外讀本第一篇——地理物語——臺灣旅行》／小宍武次／臺灣子供世界社 ■《臺灣課外讀物》六年級篇／渡邊節治編選／臺北新高堂	01.《少男少女譚海》創刊 03 制定「內臺共學」規定 04.《童話》創刊
1921	02/10 07/08 08/01	■《臺灣風俗誌》／片岡巖編著／臺灣日日新報社 ◆詹冰生於苗栗卓蘭 ▲〈剛下雨〉（童謠）／常念坊／《臺灣教育》第231號 ▲〈烏雲〉（童謠）／多仲哀二／《臺灣教育》第231號 ▲〈火車〉（童謠）／青瓢生／《臺灣教育》第231號 ▲〈芒果〉（童謠）／惠津子／《臺灣教育》第231號 ▲〈大河〉（童謠）／柳川和久／《臺灣教育》第231號 ▲〈香蕉之歌〉（童謠曲）／梅子・文子／《臺灣教育》第231號 ▲〈假日〉（童謠）／女鷹／《臺灣教育》第232號 ▲〈星〉（童謠）／高橋流光／《臺灣教育》第232號 ▲〈風〉（童謠）／ぬきはる／《臺灣教育》第232號 ▲〈小山羊〉（童謠）／藻花生／《臺灣教育》第232號	
	10/01	▲〈兒童和歌與俳句〉（和歌與俳句）／H・S生／《臺灣教育》第233號	

	11/01	▲〈嘉令〉（童話）／長田要之助／《臺灣教育》第234號 ▲〈運動會〉（童謠）／常念坊／《臺灣教育》第234號 ▲〈絲瓜〉（童謠）／不二生／《臺灣教育》第234號 ▲〈太陽／月亮／星星〉（童謠）／桃江／《臺灣教育》第234號 ▲〈テノユビ〉（童謠曲）／陳湘耀／《臺灣教育》第234號 ▲〈小斑鳩〉（童謠）／ぬきはる／《臺灣教育》第234號 ▲〈雨〉（童謠）／玉峯生／《臺灣教育》第234號	
	12/01	▲〈牛よ牛よ〉、〈雲〉（童謠）／ぬきはる／《臺灣教育》第235號 ▲〈水〉（童謠）／久保穀／《臺灣教育》第235號 ▲〈白鷺・墓地〉（童謠）／稻津春翠／《臺灣教育》第235號 ▲〈水・夜晚〉（童謠）／水の子／《臺灣教育》第235號 ▲〈風箏〉（童謠）／松井生／《臺灣教育》第235號	
	12/15	◆陳金田生於苗栗竹南	
1922	03/10	◆〈關於兒童課外讀物研究〉（論述）／野村三郎／《臺灣教育》第238號 ▲〈郵政設施〉（童謠）／ぬきはる／《臺灣教育》第238號 ▲〈郵差〉（童謠）／三森歐波／《臺灣教育》第238號 ▲〈春〉（童謠）／常念坊／《臺灣教育》第238號 ▲〈月亮・星星・眼珠〉（童謠）／三木正／《臺灣教育》第238號	02.頒布新臺灣教育令 05.日本童話協會創立 07.《童話研究》創刊

04/01	▲〈打鐵舖〉（童謠）／井上富士雄／《臺灣教育》第238號	
	▲〈山地舞蹈〉（童謠）／仲曾根泉月／《臺灣教育》第238號	
	▲〈雨淅瀝嘩啦〉、〈小小的軍隊〉（童謠）／ぬきはる／《臺灣教育》第239號	
	▲〈大球小球〉（童謠）／莊氏月芳／《臺灣教育》第239號	
	▲〈甘蔗・雨〉（童謠）／莊傳沛／《臺灣教育》第239號	
	▲〈門柱〉（童謠）／八王子／《臺灣教育》第239號	
	▲〈雨〉（童謠）／三森歐波／《臺灣教育》第239號	
4.	■《子供世界》停刊	
05/01.	◆陳千武生於南投民間	
05/01	▲〈大理花〉（得獎童謠）／莊傳沛／《臺灣教育》第240號	
	▲〈月亮出來的晚上〉（童謠）／井上不二／《臺灣教育》第240號	
	▲〈大理花・撫子〉（童謠）／莊傳沛／《臺灣教育》第40號	
	▲〈雲雀〉（童謠）／莊氏月芳／《臺灣教育》第240號	
	▲〈牛よ牛よ〉（童謠）／陳英聲／《臺灣教育》第240號	
	▲〈下雨〉（童謠）／不二生／《臺灣教育》第240號	
	▲〈蜻蜓・橡皮球・褓母〉（童謠）／八王子／《臺灣教育》第240號	
06/01	▲〈紅色的夕陽〉（童謠）／井上不二／《臺灣教育》第241號	
	▲〈星兒〉（佳作童謠）／莊傳沛／《臺灣教育》第241號	
	▲〈夕立・提燈行列〉／八王子／《臺灣教育》第241號	

07/01	▲〈矢車草〉（童謠）／井上不二／《臺灣教育》第241號 ▲〈粉筆〉（童謠）／八王子／《臺灣教育》第242號 ▲〈合歡樹〉（童謠）／井上富士雄／《臺灣教育》第242號 ▲〈懷念媽媽〉（童謠）／莊傳沛／《臺灣教育》第242號 ▲〈小雀〉（童謠）／中里如露／《臺灣教育》第242號	
08/01	▲〈甘蔗田〉（童謠）／莊傳沛／《臺灣教育》第243號 ▲〈雀〉（童謠）／中里如露／《臺灣教育》第243號 〈星兒‧烈火〉（童謠）／陳湘耀／《臺灣教育》第243號	
09/01	▲〈燕子〉、〈媽媽回家了〉、〈月亮好可憐〉（童謠）／莊傳沛／《臺灣教育》第244號 ▲〈搖籃〉、〈露珠〉、〈火與花〉（童謠）／陳湘耀／《臺灣教育》第244號 ▲〈風平浪靜〉（童謠）／丘花生／《臺灣教育》第244號	
10/01	▲〈煙〉、〈時計草〉（童謠）／井上富士雄／《臺灣教育》第245號 ▲〈鈴鈴聲〉（童謠）／陳保宗／《臺灣教育》第245號 ▲〈姊姊〉（童謠）／陳湘耀／《臺灣教育》第245號 ▲〈紅色的花〉（童謠）／徐富／《臺灣教育》第245號 ▲〈月亮出來的晚上〉（童謠歌曲）／椰子生作曲‧井上夫二雄寫歌／《臺灣教育》第245號	
11/01	▲〈小美人〉（童謠）／井上富士雄／《臺灣教育》第246號	

	12/01	▲〈蜻蜓的眼睛〉（童謠）／ぬきはる／《臺灣教育》第246號 ▲〈鈴〉、〈飛機〉、〈小燕兒〉（童謠）／陳保宗／《臺灣教育》第246號 ▲〈太鼓〉（童謠）／黃玉湖／《臺灣教育》第246號 ▲〈冬天的小國〉（童謠）／ぬきはる／《臺灣教育》第247號 ▲〈乞丐之歌〉（童謠）／井上富士雄／《臺灣教育》第247號 ▲〈未知的國度〉（童謠）／莊傳沛／《臺灣教育》第247號	
	※	▲新垣宏一以〈美麗的高雄港〉入選《臺灣子供世界》作文金賞。	
1923	01/01	▲〈落日〉（童謠）／井上富士雄／《臺灣教育》第248號 ▲〈風兒〉（童謠）／莊傳沛／《臺灣教育》第248號 ▲〈雨蛙〉、〈月夜〉（童謠）／陳湘耀／《臺灣教育》第248號 ▲〈月夜〉（童謠）／徐富／《臺灣教育》第248號	01.《少女俱樂部》創刊
	02/01	▲〈半夜中的雨〉（童謠）／井上富士雄／《臺灣教育》第249號 ▲〈打鳥人〉（童謠）／莊傳沛／《臺灣教育》第249號	
	03/01	▲〈將童謠視為藝術教育〉（論述）／莊傳沛／《臺灣教育》第250號 ▲〈從童謠到作文〉（論述）／重信政敏／《臺灣教育》第250號	
	04/01	▲〈農家的夜晚〉、〈倉庫中〉（童謠）／井上富士雄／《臺灣教育》第251號	
	07/01	▲〈橫著的賊〉（童謠）／二工生／《臺灣教育》第253號	

	08/01	▲〈向日葵的祈願〉（童謠）／莊傳沛／《臺灣教育》第253號 ▲〈燕子〉、〈木瓜的葉子〉（童謠）／莊傳沛／《臺灣教育》第254號	
	10/24 ※	◆陳定國生於新竹新埔 ▲日高紅椿隨野口雨情學習童謠，並加入《吹泡泡》童謠誌	
1924	01/01	▲〈關於臺灣的童謠〉（論述）／徐富／《臺灣教育》第259號	
	02/20	▲〈關於兒童劇〉（論述）／伊賀隣太郎／《臺灣教育》第260號	
	09/01	▲〈蟬兒・嬰兒〉（童謠）／文倉／《臺灣教育》第267號	
	12/01	▲〈風媒花〉（童謠）／水國貫治／《臺灣教育》第270號 ▲〈採藥〉、〈みづすまし〉（童謠）／林世淙／《臺灣教育》第270號	
	12/11 ※	◆林亨泰生於彰化北斗 ▲臺灣圖書館講習會開辦	
1925	01/01	▲〈搖鈴〉、〈雛兒〉（童謠）／ぬきはる／《臺灣教育》第271號	
	01/20	▲〈雀〉、〈沉鐘〉（童謠）／林世淙／《臺灣教育》第271號	
	02/01	▲〈我的妹妹〉、〈媽媽〉、〈睡覺〉（童謠）／翠華／《臺灣教育》第272號	
	02/09	◆鍾肇政生於桃園龍潭	
	02/27	◆施翠峰生於彰化鹿港	
	03	▲巖谷小波再度受邀來臺進行童話口演	
	03.	◆日高紅椿創辦《すべらん》童謠誌 ■《臺日子供の新聞》（週刊）創刊／臺灣日日新報社	
	11.	■《パパヤ》童謠誌／宮尾進編輯／臺灣童謠協會	

	12	◆張耀堂任職於臺北工業學校	
	12	◆陳湘耀任職於臺北市林公學校	
	12	◆徐富任職於臺北市林公學校	
	12	◆陳英聲任職於臺北蓬萊公學校	
	12	◆莊傳沛任職於臺南學甲公學校	
	12	◆江尚文任職於新竹香山公學校	
	12	◆陳保宗任職於臺南師範學校	
	12	◆西岡英夫任職於臺灣銀行	
	※	▲臺灣童話劇協會創立，會長坂本登，會刊《三日月》。	
	※	■《マヤ子》（兒童雜誌）創刊	
	※	▲臺中童謠劇協會成立	
	※	◆池田敏雄8歲隨家人渡臺，轉入臺北旭小學二年級	
1926	04/01	▲〈雷・鐘〉（童謠）／見山滿／《臺灣教育》第286號	1.《幼年俱樂部》創刊
	05/01	▲〈童話教授に訓辭ありや〉／羅東公學校／《臺灣教育》第287號	
		▲〈野口雨情・三木露風・藤田健次三畏罪進提倡「童句」與童謠〉（論述）／宮尾進／《臺灣教育》第287號	
		▲〈丘比特〉（童謠）／見山滿／《臺灣教育》第287號	
	06/01	▲〈童話與訓辭之我見〉（論述）／西岡英夫／《臺灣教育》第288號	
	06/11	■〈魚的悲哀〉（童話）／愛羅先珂原著・魯迅翻譯／《臺灣民報》第57號	
	08/04	■〈狹的籠〉（童話）／愛羅先珂原著・魯迅翻譯／《臺灣民報》第69-73號	
	08/05	▲〈雀鳥報恩〉（三場・兒童劇）／保坂瀧雄《臺灣教育》第290號	
	08/14	◆張彥勳生於臺中后里	
	08/22	■〈弟兄〉（日文・小說）／楊雲萍／《臺灣民報》119號	

	10/17	■《臺北師範學校創立三十週年紀念誌》／芝原仙龍編輯／臺灣日日新報社	
	10/30	▲〈童話的過去及現在〉／張耀堂／《臺灣教育》第293號	
	10	◆張耀堂任職於臺北師範學校	
	10	◆渡邊節治任職於臺北師範學校	
	11/30	▲〈童話的今昔〉（論述）／張耀堂／《臺灣教育》第293號	
	12/01	▲〈新興兒童文學——童話的價值探究〉（論述）／張耀堂／《臺灣教育》第294-299號（到1927年5月1日止）	
1927	03/19	■《世界童話大系》（臺灣篇）／西岡英夫	※臺北師範學校劃分為二校，原臺北師範學校改為第一師範學校，另設臺北第二師範學校。
	04.	◆野口雨情首次來臺訪問	
	05/01	▲〈中國童話〉（一・翻譯）／羊石生／《臺灣教育》第299號	
	09/05	▲臺北第二師範學校附屬公學校設立學級兒童文庫	
	11/01	▲〈視野外劇為學校劇〉（論述）／保坂瀧雄／《臺灣教育》第303號	
	※	◆張耀堂任職於臺北第二師範學校	
	※	▲臺南童話俱樂部創立，後更名為臺南童話協會	
1928	01/14	■《青葉》（兒童文集）／平導正登／臺南師範學校附屬公學校	
	04	◆西川滿入早稻田第二高等學院專供法國文學	
	05/01	▲〈天才童話家豪夫〉（上・論述）／西岡英夫／《臺灣教育》第309號	
		▲〈英國的浦島太郎〉（論述）／渡邊哲洲／《臺灣教育》第309號	
	05/05	◆黃鳳姿生於臺北艋舺	

	05.	■〈臺北童話界〉／西岡英夫／《童話研究》8卷3號	
	06/01	▲〈天才童話家豪夫〉（下‧論述）／西岡英夫／《臺灣教育》第310號 ■〈關於浦島太郎〉（論述）／中島重正／《臺灣教育》第310號	
	※	▲臺南童話協會加入日本童話協會，成為該會第21個支部。	
1929	01/01	■〈媽媽的聲音〉（兒童劇）／野浩二／《第一教育》8卷1號	3.《赤い鳥》停刊
	03/01	■〈春日和〉、〈小狗的夢〉、〈水車〉（童謠創作）／蕗兒紅宵／《第一教育》8卷3號	
	03/10	■《臺灣少年讀本》第一集／恩賜財團臺灣獎學會	
	03/31	■〈生命的價值〉（小說‧一）／守愚／《臺灣民報》第254號	
	04/07	■〈生命的價值〉（小說‧二）／守愚／《臺灣民報》第255號	
	04/14	■〈生命的價值〉（小說‧三）／守愚／《臺灣民報》第256號	
	05/10	■〈童話教育價值考察偶感〉（論述）／村井无生／《第一教育》8卷5號 ■〈桃太郎與猴蟹合戰的對錯〉（論述）／村山信太郎／《第一教育》8卷5號 ■〈春雨〉（童謠創作）／萱島紫影／《第一教育》8卷5號	
	06/01	■〈桃太郎を殺す勿れ〉／渡邊哲洲／《臺灣教育》第323號	
	06/16	■〈說壞話〉、〈ぺん草〉（童謠創作）／村山信太郎／《第一教育》8卷6號	
	09/01	■〈童話桃太郎及書籍〉（一‧論述）／西岡英夫／《臺灣教育》第326號	

	09/02	■〈番社少年忠一〉（少年小說）／ KY生／《第一教育》8卷8號	
	10/01	■〈童話桃太郎及書籍〉（二・論 述）／西岡英夫／《臺灣教育》第 327號	
	11/01	■〈童話桃太郎及書籍〉（三・論 述）／西岡英夫／《臺灣教育》第 328號	
	12/01	▲《臺灣教育》第341號報導新興兒 童藝術協會創立	
	12/05	■〈ひーふーみ〉、〈從屋簷滴落的 小雨滴〉、〈上學的早上〉（童謠 創作）／日高紅椿／《第一教育》 8卷11號	
1930	01/01	■〈下雨天〉、〈風車和水車〉（童 謠創作）／日高紅椿／《第一教 育》9卷1號	
	02/07	■〈吃醋的雀鳥〉（童謠舞蹈）、 〈黃金蟲〉（童謠創作）／日高紅 椿／《第一教育》9卷2號 ■〈甚兵衛的馬〉（童話創作）／す 〈生／《第一教育》9卷2號	
	03/07	■〈惡作劇的狐狸〉（童話劇）／日 高紅椿／《第一教育》9卷3號	
	03/29	▲《臺灣民報》自306號起改題為 《臺灣新民報》	
	03.	▲新垣宏一加入「マロニエ」同仁， 並投童話作品於《臺南新報》	
	05/14	■〈童話研究的界線〉（一・論述） ／上森大輔／《第一教育》9卷5號	
	05/17	■《童謠傑作選集》／宮尾進編纂／ 臺灣藝術協會	
	05.	▲臺北童話會春季大會	
	06/23	◆黃郁文生於臺北瑞芳（金瓜石）	
	06.	▲日高紅椿於臺中組織日高兒童樂園 第一回童話大會	

07/01	■〈童話研究的界線〉（二・論述）／上森大輔／《第一教育》9卷6號		
07/24	◆林鍾隆生於桃園楊梅		
08/01	■《臺灣少年讀本》第二集／臺灣教育會		
08/02	■〈小學時代的回憶〉（散文・一）／守愚／《臺灣民報》第324號		
08/09	■〈小學時代的回憶〉（散文・二）／守愚／《臺灣民報》第325號		
	■〈本島兒童童謠集的編纂〉（一・論述）／宮尾進／《第一教育》9卷7號		
08/16	■〈小學時代的回憶〉（散文・三）／守愚／《臺灣民報》第326號	10 臺灣霧社事件	
08/23	■〈小學時代的回憶〉（散文・四）／守愚／《臺灣民報》第327號		
08/30	■〈小學時代的回憶〉（散文・五）／守愚／《臺灣民報》第328號		
08.	▲西岡英夫引薦永井樂音來臺到公小學進行童話口演		
08	▲日高紅椿創設日高兒童樂園		
08.	▲日高兒童樂園第一回童謠樂劇大會		
08.	■〈臺灣日高兒童樂園第一回童謠樂劇大會〉／日高紅椿／《童話研究》9卷8號		
09/09	▲《三六九小報》創刊		
09/15	■〈本島兒童童謠集的編纂〉（二・論述）／宮尾進／《第一教育》9卷8號		
09/16	■《蕃人童話傳說選集》／瀨野尾寧・鈴木　質共著		
10.	■〈小波大師與我〉／西岡英夫／《童話研究》9卷10號		
10.	■〈白馬將軍吳鳳──嚴谷小波先生的貢獻〉／西岡英夫／《童話研究》9卷10號		

	10.	■〈白馬將軍吳鳳－嚴谷小波先生的貢獻〉／西岡英夫／《童話研究》9卷10號	
	11/05	■〈本島兒童童謠集的編纂〉（三・論述）／宮尾進／《第一教育》9卷10號	
	11.11	■日高紅椿舉辦日高兒童樂園童話大會	
		■《少年陳忠の話》／藤原泉三郎／臺北文明堂書店	
	12/09	《三六九小報》刊登「徵求臺灣情歌、童謠、傳說、故事啓事」	
	12/17	■〈本島兒童童謠集的編纂〉（四・論述）／宮尾 進／《第一教育》9卷11號	
1931	01/01	■〈十二錢又帶回來了〉／守愚／《臺灣新民報》第345號	1.《赤い鳥》復刊
	01/01	■〈彰化童謠四則〉／黃酸／《臺灣新民報》第345號	
		■〈本島兒童童謠集的編纂〉（五・論述）／宮尾進／《第一教育》10卷1號	
	02/07	■〈本島兒童童謠集的編纂〉（六・論述）／宮尾進／《第一教育》10卷2號	
	03/16	■〈本島兒童童謠集的編纂〉（七・論述）／宮尾進／《第一教育》10卷3號	
	03/26	▲許丙丁（綠珊盦）作品〈小封神〉於《三六九小報》第50號起連載	
	04.	▲周伯陽入臺北第二師範學校普通科	
	04.	▲愛國兒童會創立，負責人小田敏夫	
	04.	■〈熊與豹的故事——從番人聽聞的臺灣生番童話〉／西岡英夫／《童話研究》10卷2號	

	05/01	▲〈少年金之助和馬車屋的爺爺〉（少年小說）西岡塘翠／《臺灣教育》第346號
	06/27	■《臺灣少年讀本》第三集／臺灣教育會
	07.	▲〈思兒〉／賴和／《臺灣新民報》第370號
	09/01	■〈「芽生」〉（四篇・兒童文集）／新莊二重浦公學校／《第一教育》10卷8號
	09/23	▲日高紅椿舉辦日高兒童樂園童話大會
	11/14	▲〈小封神〉自《三六九小報》第112號起暫停連載
	12/15	▲巖谷小波第三度來臺進行童話口演
	12/17	■〈芽〉（九篇・兒童文集）／臺北市蓬萊公學校／《第一教育》10卷11號
	12	■《少年讀物選定目錄》／臺灣教育會
	※	■《臺灣少年世界》創刊，創辦人楊天送
	※	▲廖漢臣為響應「臺灣囝仔唱自己的歌」，創作童謠〈春天〉
	※	▲童心藝術研究會・赤づきん社成立，隔年夏天解散
1932	01/01	▲《南音》半月刊創刊 ■〈童謠教育的考察〉（論述）／松井四郎／《第一教育》11卷1號
	01/15	■〈火金姑〉・〈虼蚻公〉（童謠）／秋生輯／《南音》1卷2號
	02/01	■〈雷公悾悾鳴〉・〈人插花〉・〈一个一得坐〉（童謠）／秋生輯／《南音》1卷3號 ■〈「心花」〉（八篇・兒童文集）／苗栗郡頭屋公學校／《第一教育》11卷2號
	02/22	■〈貓的〉・〈抉米糕〉（童謠）／秋生輯／《南音》1卷4號

03/14	■〈初一場〉・〈天烏烏〉・〈也日初〉（童謠）／秋生輯／《南音》1卷5號	
03/23	■《岸之薰》（兒童課外讀物）／田中武熊／臺中州豐原郡岸裡公學校	
03/26	▲〈小封神〉自《三六九小報》第166號起繼續連載	
04/02	■《臺灣少年讀本》第四、五集／臺灣教育會	
04/02	■〈白領鷥〉〈上〉（童謠）／秋生輯／《南音》1卷6號	
05/15	■〈我對童話廣播的想法〉（論述）／塘翠子／《第一教育》11卷5號	
06/07	◆鄭明進生於臺北市	
06/12	■〈童話行腳所感〉（上・論述）／塘翠子／《第一教育》11卷6號	
	■〈「蓬萊」〉（八篇・兒童文集）／臺北市蓬萊公學校／《第一教育》11卷6號	
07/06	◆陳蕙貞生於日本東京	
07/07	■〈童話行腳所感〉（中・論述）／塘翠子／《第一教育》11卷7號	
07/25	■〈白領鷥〉〈下〉、〈擺腳擺搖搖〉（童謠）／秋生輯／《南音》1卷9・10號合刊	
07/26	■〈小封神〉於《三六九小報》第202號連載完畢	
08/03	■〈童話行腳所感〉（下・論述）／塘翠子／《第一教育》11卷8號	
08/25	◆邱阿塗生於宜蘭羅東	
09/16	◆鄭清文生於桃園市（中埔仔）	
10/25	■《南音》半月刊停刊	
11	▲砥上種樹創立臺中兒童俱樂部	
※	▲西岡英夫引薦上遠寵兒來臺到公學校進行口演童話	
※	▲臺北童話劇研究會創立，會刊《童劇》	

1933	01/20	■〈「なでしこ」の中より〉（兒童文集）／新竹女子公學校／《第一教育》12卷1號	09 巖谷小波逝世 10/25 黃得時、廖漢臣、陳君玉、林克夫成立「臺灣文藝協會」
	03/20	▲張文環、巫永福等留學生在東京成立「臺灣藝術研究會」	
	03/31	■《童詩集》（兒童作品）／臺北市教育會綴方研究部編／盛文社	
	04/07	◆林順源生於花蓮富里	
	04/10	■〈蛙〉（獨幕・兒童歌劇）／瓢夕子／《第一教育》12卷3號	
	04/20	◆林立敏（林立）生於高雄橋頭	
	07/02	◆何瑞雄生於高雄岡山	
	07/09	◆傳林統生於桃園大溪	
	07.	■《福爾摩沙》雜誌創刊（日文）／臺灣藝術研究會	
	08.	▲江肖梅日文童謠〈嘉令〉入選公學校唱歌課本一年級教材	
	10.	◆王詩琅參加「臺灣文藝協會」	
	11/02	■〈追憶巖谷小波先生〉（雜文）／石蘭居／《第一教育》12卷9號	
1934	01/01	■〈劇化について—化方科に就ての再認識〉／新竹女子公學校／《第一教育》13卷1號	7.15 臺灣文藝協會機關誌《先發部隊》創刊
	02/04	■《童心》創刊／臺北兒童藝術聯盟	
	02/16	◆許漢章生於高雄市	
	02/18	■〈關於兒童劇的實演〉（論述）／《第一教育》13卷2號	
	03/09	◆丁羊（曾澄洋）生於嘉義	
	04/13	◆劉興欽生於新竹竹北	
	04.	▲西岡英夫引薦岡崎久喜來臺到公小學進行童話口演	
	05.	▲臺北兒童藝術聯盟創立	
	07/19	■〈愍虎〉（La Malaaga Tigro. 世界語）／莊松林／《La Verda Inaudo》第二年第二號	
	07	▲北原白秋應臺灣總督府文教局與臺灣教育會之邀來臺	

	09/14	◆廖明進生於桃園大溪	
	09.	▲西川滿成立媽祖書房	
	10/14	◆嶺月（丁淑卿）生於彰化鹿港	
	11/05	■〈廄のお馬〉（童謠集）／日高紅椿／《臺灣文藝》創刊號	
	11/25	■〈民間文學的認識〉（卷頭言）／得時／《第一線》「臺灣民間文學特輯」	
	11.	▲窗道雄以童謠作品〈ランタナの籬〉、〈雨ふれば〉獲《コトモノクニ》特選	
	※	▲「白南風の會」由宮尾進等創立，並創刊《白南風》（童謠）	
1935	01/06	■〈月娘光〉（童謠）／蔡培火《第一線》	
	01/06	■〈老公仔〉（童謠）／文瀾／〈第一線〉	
	01/06	■〈阿不倒〉（童謠）／君玉／《第一線》	
	02/01	■〈鹿港憨光義〉（民間故事）／一吼／《第一線》2號	
	02/01	■〈秋の風景〉（童謠集）／日高紅椿／《臺灣文藝》2卷2號	
	02/01	■〈兒歌〉五首／謝萬安／《臺灣文藝》2卷2號	
	02/01	■〈呆団仔〉（童謠）／甫三／《臺灣文藝》2卷2號	
	02/01	■〈拜月娘〉／Y生／《臺灣文藝》2卷2號	
	02/01	■〈雷〉（童話）／越峰／《臺灣文藝》2卷2號	
	02/07	■《童心》創刊，編輯兼發行人伊藤健一	
	02/11	■臺南童謠童話協會創立，發起人志村秋翠	
	02/19	◆顏炳耀生於臺北市	

03/05	▲臺南童謠童話協會創立，發起人志村秋翠	
03/05	■〈秋景・續〉（童謠集）／日高紅椿／《臺灣文藝》2卷3號	
03/20	◆黃宣勳生於花蓮玉里	
04/08	■《童心》停刊	
05/06	▲林越峰參加「臺灣文藝聯盟」	
05.	▲「白南風の會」解散	
06/10	■〈歌時計〉（日文・小說）／翁鬧／《臺灣文藝》2卷6號	
07/01	■〈小孩子的智慧〉（童話）／托爾斯泰原著・春薇翻譯／《臺灣文藝》2卷7號	
08/04	■〈米〉（童話）／越峰／《臺灣文藝》2卷8、9號合併號	
08/04	■〈猴子的跳〉（寓言）／一浪／《臺灣文藝》2卷8、9號合併號	
08/04	▲賴和為李獻璋所編的《臺灣民間文學集》寫序	
09/10	◆趙天儀生於臺中市	
09/24	■〈阿煌とその父〉（小說）／巫永福／《臺灣文藝》2卷10號	
10/18	◆黃基博生於屏東潮州	
10	■〈愛動物的心〉（散文）／窗道雄／《昆蟲列車》（童謠雜誌）	
10.	■〈在臺灣的小波先生〉（一）／西岡英夫／《童話研究》15卷5號	
11/28	◆藍祥雲生於宜蘭羅東	
11/29	◆施福珍生於彰化花壇	
11.	■〈在臺灣的小波先生〉（二）／西岡英夫／《童話研究》15卷6號	
12	■〈水牛〉（日文・小說）／楊逵／《臺灣新文學》1卷1號	
12.	■〈羅漢腳〉（日文・小說）／翁鬧／《臺灣新文學》1卷1號	
12.	■〈重荷〉（日文・小說）／張文環／《臺灣新文學》1卷1號	

	※	▲窗道雄經常於《子供の詩・研究》、《コトモノクニ》、《童話時代》、《章魚》、《動物文學》等兒童刊物投稿	
1936	01/01	■〈公學校兒童的遊戲〉（論述）／卓將銓／《臺灣教育》402號 ■〈星星降落的夜晚〉（兒童劇）／根岸千里／《臺灣教育》402號 ■〈粉筆盒〉（故事）／吉敏村／《臺灣教育》402號 ■〈臺灣童謠集〉（童謠）／吉田忠男／《臺灣教育》402號	
	03/22	◆盧千惠生於臺中市	
	04/01	■〈鴨母王〉（民間故事）／朱烽／《臺灣新文學》1卷3號	
	04/20	◆葉日松生於花蓮富里	
	05/30	◆徐士欽生於臺南市	
	06/05	■〈海水浴〉（童謠）／漂舟／《臺灣新文學》1卷5號	
	06/05	■〈鹿角還狗舅〉（童話）／進二／《臺灣新文學》1卷5號	
	06/13	■《臺灣民間文學集》／李獻璋／臺北臺灣文藝協會	
	07/07	■〈林乾道〉（童話）／朱烽／《臺灣新文學》1卷6號	
	07/07	■〈黑暗路〉（童謠）／漂舟／《臺灣新文學》1卷6號	
	09/19	■〈王仔英〉（民間故事）／周定山／《臺灣新文學》1卷8號	
	10/01	■〈童話構成指導〉（論述）／宋登才／《臺灣教育》第411號	
	10/25	◆徐正平生於桃園新屋	
	11/05	■〈鬼征伐〉（日文・小說）／楊建文／《臺灣新文學》1卷2號	
	11/05	■〈讓臺灣童話參加國際介紹〉／連溫卿／《臺灣新文學》1卷9號	

	※	■《童話故事──貓寺》／西川滿／臺北日孝山房 ▲日本童話協會臺南支部成立	
1937	3/01	■《昆蟲列車》（同仁誌）創刊，窗道雄每期皆發表詩‧童謠作品	※黃得時進《臺灣新民報》主編學藝欄
	03.	▲周伯陽自臺北第二師範學校普通科及演習科畢業	
	03.	■〈憨虎〉（童話）／進二／《臺灣新文學》2卷3號	
	04/15	◆羅枝土生於桃園新屋	04/01 新聞雜誌一律禁止使用漢文
	06/01	■〈關於公學校兒童的童謠鑑賞〉／柴山關也／《臺灣教育》第419號	07/07 日中戰爭開戰
	11.	■《臺北第二師範學校附屬公學校創立十週年紀念文集》（兒童作品集）／該校編	
	12/01	■〈兒童的詩‧兒童的心〉（論述）／西川滿／《臺灣教育》第425號	
	※	◆池田敏雄任教於臺北龍山公學校	
1938	01/01	■〈虎，臺灣口碑傳記的取材〉（一‧論述）／西岡英夫／《臺灣教育》第426號	
	02/01	■〈虎，臺灣口碑傳記的取材〉（二‧論述）／西岡英夫／《臺灣教育》第427號	
	03.	◆西川滿將媽祖書房改為日孝山房	
	05/01	■〈童話本質與實演〉／宮代不二夫／《臺灣教育》第430號	
	05.	■《繪本桃太郎》／西川滿作詞‧宮田彌太郎作畫／臺北日孝山房	
	05.	■《定期出版物一覽表》／臺灣總督府警務處圖書掛	
	06/01	■《色ある風》（童謠誌）瀧坂陽之助編／色ある風社	
	08.	■《傘先人》（童話）／西川滿／臺北日孝山房	

	10/01	■〈有關收音機廣播兒童的時間〉／西岡英夫／《臺灣教育》第435號	
	11.	■黃鳳姿完成〈おだんご〉，後刊於《臺灣風土記》	
	12/10	■《ねむの木》（童謠集）／柴山闊也編／ねむの木社	
1939	01/01	■曾景來／〈兔子的故事〉（故事）／《臺灣教育》第438號 ■〈臺灣的口碑傳說和兔子〉（一·論述）／西岡英夫／《臺灣教育》第438號	
	01.	▲新垣宏一接待西川滿、島田瑾二、立石鐵臣等遊歷臺南	
	02/01	■〈臺灣的口碑傳說和兔子〉（二·論述）／西岡英夫／《臺灣教育》第439號	
	02/22	■〈おもち〉／黃鳳姿／《臺灣日日新報》	
	02.	■《臺灣風土記》創刊／西川滿編／臺北日孝山房	
	06/10	■《兒童街》創刊／編輯兼發行人吉川省三／臺北兒童藝術協會	
	06/15	◆謝新福生於桃園八德	
	06/17	◆徐紹林生於臺灣新竹	
	07/24	■〈路上不要吃東西〉（兒童故事）／吳漫沙／《風月報》90期	
	08/01	◆林清泉生於屏東萬巒	
	08/16	◆林煥彰生於宜蘭礁溪	
	08/18	■《野葡萄》創刊，編輯兼發行人野村志朗	09 第二次世界大戰
	08/26	▲《兒童街》雜誌舉辦村岡花子歡迎茶會	
	08/27	▲臺灣廣播協會舉辦村岡花子歡迎兒童大會	
	08.	■〈光陰要愛惜〉（兒童故事）／吳漫沙／《風月報》91、92期	
	10	◆野口雨情來臺	

	11/02	■〈小孩兒〉（童詩）／陳千武／《臺灣新民報》	12.4.西川滿成立「臺灣文藝家協會」
	※	■《鳳梨花》（童謠集）／喜友名英文／臺南	
	※	■《牙牙學語之歌》／西川滿／臺北　日孝山房	
	※	■《木麻黃》（童謠集）／安藤正次／臺北	
1940	01/01	▲臺灣文藝作家協會發行《文藝臺灣》	※臺灣改姓氏運動開始
	01/01	■〈臺灣のおもち〉／黃鳳姿／《文藝臺灣》創刊號	
	01.	■《兒童街》協助臺灣廣播協會主辦廣播劇講習營	
	01.	▲窗道雄於《文藝臺灣》發表童謠・詩・散文詩等作品	
	02/18	■《鯨祭》（放送童話劇）／西岡英夫原著，中山侑改編	
	02/22	■《七娘媽生》（散文集）／黃鳳姿／臺北　日孝山房	
	02.	▲羅東新生戲院上演小小歌劇「金太郎與山上動物們」，主唱邱阿塗	
	03/04	■《臺灣藝術》創刊，編輯兼發行人黃宗奎	
	03.	■〈七娘媽與蝦皮－華麗島民話集（一）〉／池田敏雄・西川滿合寫／《文藝臺灣》1卷2號	
	05/01	■〈一月二十八日〉／黃鳳姿／《文藝臺灣》1卷3號	
	05/01	■〈淡水八景〉／黃鳳姿／《文藝臺灣》1卷3號	
	05/05	▲臺北兒童藝術協會進行改組	
	05/11	▲臺北兒童藝術協會舉辦第一回童話會	
	05.	■〈天公與山羊與豬——華麗島民話集（二）〉／池田敏雄・西川滿合寫／《文藝臺灣》1卷3號	
	05.	■〈書寫七娘媽生的時候〉／黃鳳姿／《臺灣藝術》1卷3號	

	07/01	◆趙國宗生於高雄大港埔	
	07/16	■〈月夜〉（童詩·日文）／陳千武／《臺灣新民報》	
	07/28	▲臺北兒童藝術協會於臺北公會堂舉辦「兒童祭」	
	07.	■〈救家鴨的公冶長－華麗島民話集（三）〉／池田敏雄與西川滿合寫／《文藝臺灣》1卷3號	
	10/01	■〈旅信三片〉（散文）／黃鳳姿／《文藝臺灣》1卷5號	
	10/01	■〈あとがき〉（散文）／黃鳳姿／《文藝臺灣》1卷5號	
	11/01	■〈月光光〉（日文·童詩）／陳千武／《臺灣新民報》	
	11/25	■《七爺八爺》（民間傳說集）／黃鳳姿／東都書籍臺北支局	
	12/01	■〈兒童繪本和雜誌〉（論述）／宮內義雄／《臺灣教育》第461號	
	※	■《兒童劇選集》臺灣兒童劇協會編／臺北鵬南時報社	
1941	02/01	■〈談蛇與臺灣的傳說〉（一·論述）／西岡英夫／《臺灣教育》第463號	04 皇民奉公會成立
	03/01	■〈談蛇與臺灣的傳說〉（二·論述）／西岡英夫／《臺灣教育》第464號	05.黃得時、張文環、王井泉等組織「啓文社」
	04/01	■〈談蛇與臺灣的傳說〉（三·論述）／西岡英夫／《臺灣教育》第465號	
	04/13	■《輕鬆掌握青少年劇本腳本集》／臺灣總督府情報部編／臺灣總督府	
	05/01	■〈惡太郎〉（兒童劇）／ネモト·マサヨシ／《臺灣教育》第466號	06 實施臺灣志願兵制度
	05/09	◆曹俊彥生於臺北市（大稻埕）	
	05.	■〈夕陽〉（日文·童詩）／陳千武／《臺灣新民報》	

	05.	■〈三羽の小島と九代貧－續華麗島民話集（四）〉／田敏雄與西川滿合寫／《文藝臺灣》2卷2號
	05/27	▲啓文社機關誌《臺灣文學》創刊
	07/01	■《民俗臺灣》創刊／池田敏雄主編／金關丈夫發行人
	08/23	◆張子樟生於澎湖
	08	▲周伯陽童謠作品〈篦麻〉（日文）入選臺灣總督府文教局國校國語教科書教材
	09.	▲江肖梅受聘為《臺灣藝術》（日文月刊）編輯長
	09.	■〈論語與雞〉（日文‧小說）／張文環／《臺灣文學》1卷2號
	12/17	◆范姜春枝生於桃園新屋
1942	01/01	■〈兒童文化問題〉（論述）／松本瀧朗／《臺灣教育》第474號
	01/05	■〈做月內〉（散文）／黃鳳姿／《文藝臺灣》2卷1號
	01/20	■〈境地〉（日文‧童詩）／陳千武／《臺灣新聞》
	02/05	■〈掠猿〉（散文）／黃鳳姿／《文藝臺灣》2卷2號
	02.	■〈夜猿〉（日文‧小說）／張文環／《臺灣文學》2卷2號
	03/05	■〈艋舺少女〉（一）（散文）／黃鳳姿／《民俗臺灣》2卷3號
	04/05	■〈艋舺少女〉（二）（散文）／黃鳳姿／《民俗臺灣》2卷4號
	04/20	■〈虎姑婆〉（民間故事）／池田敏雄／《文藝臺灣》4卷1號
	04.	■〈泥人形〉（日文‧小說）／楊逵／《臺灣時報》四月號
	05/05	■〈艋舺少女〉（三）（散文）／黃鳳姿／《民俗臺灣》2卷5號

05/20	■〈カムボヂヤ兔物語〉（佛印童話一）／山下太郎譯／《文藝臺灣》4卷2號	
05/28	■《華麗島民話集》／西川滿・池田敏雄／臺灣日日新報社	
06/05	■〈艋舺少女〉（四）（散文）／黃鳳姿／《民俗臺灣》2卷6號	
06/20	■〈カムボヂヤ兔物語〉（佛印童話二）／山下太郎譯／《文藝臺灣》4卷3號	
06	▲周伯陽參加新興童謠詩人聯盟	
07/01	■〈流傳在南洋的民間傳說故事「羽衣」〉（一・論述）／西岡英夫／《臺灣教育》第480號	
07.	■江肖梅發表〈童謠〉（日文）於《臺灣藝術》3卷7期	
09/01	■〈流傳在南洋的民間傳說故事「羽衣」〉（二・論述）／西岡英夫／《臺灣教育》第482號	
09/05	■〈艋舺少女〉（五）（散文）／黃鳳姿／《民俗臺灣》2卷9號	
09.	■《日本童話集》（上）／張我軍譯作／北京新民印書館	
11/01	■〈流傳在南洋的民間傳說故事「羽衣」〉（三・論述）／西岡英夫／《臺灣教育》第484號	
12/05	■〈童詞抄〉／吳尊賢／《民俗臺灣》2卷12號	
12/05	■〈艋舺少女〉（六）（散文）／黃鳳姿／《民俗臺灣》2卷12號	
※	▲新垣宏一擔任《臺灣繪本》執筆者之一	
※	▲張彥勳、朱實等人組織詩團體「銀鈴會」	

1943	01/01.	◆黃海生於臺中市	
	01/05	■〈大稻埕童歌抄〉（10首）／海島洋人／《民俗臺灣》3卷1號	
	01/28	■《臺灣繪本》（版畫）／西川滿編／臺灣日日新報社	
	01/31	◆賴和逝世，享年50歲	
	04/05	■〈臺灣童詞抄〉（37首）／黃連發／《民俗臺灣》／3卷4號	
	05	■〈田佃の家〉（散文）／黃鳳姿／《民俗臺灣》3卷5號	
	06/05	■〈臺灣童歌抄〉（19首）／黃連發／《民俗臺灣》／3卷6號	
	06/13	◆詹國榮生於新竹關西	
	07/01.	■〈桃太郎〉（詩）／西川滿／《文藝臺灣》6卷3號	
	07/01.	■〈繪本桃太郎〉（散文）／西川滿／《文藝臺灣》6卷3號	
	07.	■〈迷失的孩子〉（日文・小說）／張文環／《臺灣文學》3卷3號	
	08/01	■《臺灣の少女》（臺灣的少女）（散文）／黃鳳姿／東京書籍（株）	
	08/05	■《臺灣文學集》／西川滿編／大阪屋號書店（株）	
	09/02	◆林文寶生於雲林土庫	
	10/03	◆陳正治生於苗栗通霄	
	10.	■《日本童話集》（下）／張我軍譯作／北京新民印書館	
	11/01	■〈南方で拾つた「太陽征伐」的傳說〉（一・論述）／西岡英夫／《臺灣教育》第496號	
	12/01	■〈南方で拾つた「太陽征伐」的傳說〉（二・論述）／西岡英夫／《臺灣教育》第497號	
	12/02	■《臺灣地方傳說集》／郭啟賢編／臺灣藝術社	

1944	01	■〈童謎〉（30則）／江肖梅／《民俗臺灣》4卷1號	3.26 臺灣六家報紙──《臺灣日日新報》、《臺南新報》、《臺灣新民報》、《高雄新報》、《東臺灣新報》、《興南日報》結合為《臺灣新報》
	02/02	◆劉正盛生於彰化埔鹽	
	02/16	◆許義宗生於桃園	
	03/01	■〈臺灣民間故事〉（3則）／黃連發／《民俗臺灣》4卷3號	
	03/08	◆王天福生於苗栗竹南	
	06/19	◆楊茂秀生於花蓮	
	06/30	◆黃連發逝世，得年32歲	
	07/08	◆洪義男生於臺北市	
	07/20	■〈思念應召入伍的老師〉／黃鳳姿／《旬刊臺灣》1卷1號	
	07/28	◆沙白（涂秀田）生於屏東竹田	
	08/01	■《臺灣の家庭生活》／池田敏雄／東都書籍（株）臺北支局	
	08/15	◆楊真砂生於嘉義東路	
	09/01	■〈臺灣民間故事〉（續）／黃連發／《民俗臺灣》4卷9號	
	09/03	◆林武憲生於彰化新港	
	10/27	◆洪文瓊生於高雄路竹	
	10/31	◆曾信雄生於苗栗大湖	
1945	01	■《民俗臺灣》5卷1號終刊，共發行43號	8.15 日本無條件投降
	10/27	▲教育部指派國語推行委員會專門委員何容來臺主持推行國語工作	10.25 臺灣光復
	12/10	▲東方出版社創立，創辦人游彌堅	10.25 臺灣行政長官公署正式成立
			10.25 《臺灣新生報》創刊，初期中日文並行

文學視界32　PG1044

臺灣近代兒童文學史

作　　者／邱各容
責任編輯／林千惠
圖文排版／賴英珍
封面設計／王嵩賀

發 行 人／宋政坤
法律顧問／毛國樑　律師
出版發行／秀威資訊科技股份有限公司
　　　　　114臺北市內湖區瑞光路76巷65號1樓
　　　　　電話：+886-2-2796-3638　傳真：+886-2-2796-1377
　　　　　http://www.showwe.com.tw
劃撥帳號／19563868　戶名：秀威資訊科技股份有限公司
　　　　　讀者服務信箱：service@showwe.com.tw
展售門市／國家書店（松江門市）
　　　　　104臺北市中山區松江路209號1樓
　　　　　電話：+886-2-2518-0207　傳真：+886-2-2518-0778
網路訂購／秀威網路書店：http://www.bodbooks.com.tw
　　　　　國家網路書店：http://www.govbooks.com.tw

2013年9月　BOD一版
定價：500元
版權所有　翻印必究
本書如有缺頁、破損或裝訂錯誤，請寄回更換

國家圖書館出版品預行編目

臺灣近代兒童文學史 / 邱各容著. -- 一版. -- 臺北市 : 秀
威資訊科技, 2013.09
　　面；　公分. --
　BOD版
　ISBN 978-986-326-154-4(平裝)

　1. 兒童文學　2. 臺灣文學史

863.5909　　　　　　　　　　　　　102014291

讀 者 回 函 卡

感謝您購買本書,為提升服務品質,請填妥以下資料,將讀者回函卡直接寄回或傳真本公司,收到您的寶貴意見後,我們會收藏記錄及檢討,謝謝!如您需要了解本公司最新出版書目、購書優惠或企劃活動,歡迎您上網查詢或下載相關資料:http:// www.showwe.com.tw

您購買的書名:＿＿＿＿＿＿＿＿＿＿＿＿＿＿＿＿＿＿＿＿＿＿＿

出生日期:＿＿＿＿＿年＿＿＿＿＿月＿＿＿＿日

學歷:□高中 (含) 以下　　□大專　　□研究所 (含) 以上

職業:□製造業　□金融業　□資訊業　□軍警　□傳播業　□自由業
　　　□服務業　□公務員　□教職　　□學生　□家管　　□其它＿＿＿

購書地點:□網路書店　□實體書店　□書展　□郵購　□贈閱　□其他

您從何得知本書的消息?

□網路書店　□實體書店　□網路搜尋　□電子報　□書訊　□雜誌
□傳播媒體　□親友推薦　□網站推薦　□部落格　□其他＿＿＿＿＿＿

您對本書的評價:(請填代號　1.非常滿意　2.滿意　3.尚可　4.再改進)

封面設計＿＿　版面編排＿＿　內容＿＿　文／譯筆＿＿　價格＿＿

讀完書後您覺得:

□很有收穫　□有收穫　□收穫不多　□沒收穫

對我們的建議:＿＿＿＿＿＿＿＿＿＿＿＿＿＿＿＿＿＿＿＿＿

＿＿＿＿＿＿＿＿＿＿＿＿＿＿＿＿＿＿＿＿＿＿＿＿＿＿＿＿＿

＿＿＿＿＿＿＿＿＿＿＿＿＿＿＿＿＿＿＿＿＿＿＿＿＿＿＿＿＿

11466

台北市內湖區瑞光路 76 巷 65 號 1 樓

秀威資訊科技股份有限公司 收

BOD 數位出版事業部

....

（請沿線對折寄回，謝謝！）

姓　　名：＿＿＿＿＿＿＿＿＿　年齡：＿＿＿＿＿　性別：□女　□男

郵遞區號：□□□□□

地　　址：＿＿＿＿＿＿＿＿＿＿＿＿＿＿＿＿＿＿＿＿＿＿

聯絡電話：(日) ＿＿＿＿＿＿＿＿＿　(夜) ＿＿＿＿＿＿＿＿＿＿

E-mail：＿＿＿＿＿＿＿＿＿＿＿＿＿＿＿＿＿＿＿＿＿＿